ULLSTEIN

Das Buch

Der Held der Geschichte – Tim Rowan – ist Marineflieger auf einem Geleitflugzeugträger der Royal Navy. Dieser Schiffstyp wurde eingesetzt, als die Verluste der Alliierten bei den furchtbaren Geleitzugschlachten im Nordatlantik kriegsentscheidend zu werden drohten. Seine Jagd- und Torpedobomber sollten die Konvois nach Murmansk schützen; sie nahmen es mit deutschen U-Booten, Kreuzern und sogar mit Schlachtschiffen auf.
Auf einem solchen Träger, der *Growler*, ist der Marineflieger Tim Rowan stationiert. Er fliegt als Staffelführer eine schnelle Seafire und begegnet täglich dem Tod in den Wolken und im eiskalten Nordmeer. Er erlebt, wie seine Kameraden in den langsameren Swordfish-Maschinen vom Feindeinsatz nicht zurückkehren, und er lernt seinen überehrgeizigen Geschwaderchef, Konteradmiral Chadwick, hassen. Verwundet, abgeschossen, aus dem Bach gefischt – Rowan glaubt, die Hölle längst zu kennen. Aber sie erwartet ihn erst noch – später, auf dem pazifischen Kriegsschauplatz, als die *Growler* von Kamikazepiloten angegriffen wird.
Ein spannender Roman, der die Härte des Krieges auf dem Wasser und in der Luft schildert, aber auch falsches Heldentum entlarvt.

Der Autor

Alexander Kent kämpfte im Zweiten Weltkrieg als Marineoffizier im Atlantik und im Mittelmeer und erwarb sich danach einen weltweiten Ruf als Verfasser spannender Seekriegsromane. Seine marinehistorische Romanserie um Richard Bolitho machte ihn zum meistgelesenen Autor dieses Genres neben C. S. Forester. Seit 1958 sein erstes Buch erschien *(Schnellbootpatrouille)*, hat er über 50 Titel veröffentlicht. Sie erreichten eine Weltauflage von mehr als 25 Millionen und wurden in 14 Sprachen übersetzt. Alexander Kent, dessen wirklicher Name Douglas Reeman lautet, lebt in Surrey, ist Mitglied der Royal Navy Sailing Association und Governor der Fregatte *Foudroyant* in Portsmouth, des ältesten noch schwimmenden britischen Kriegsschiffs. Die deutschsprachigen Taschenbuchausgaben der Werke Alexander Kents sind exklusiv bei Ullstein versammelt.

Alexander Kent

Unter stählernen Fittichen

Aus dem Englischen von Walter Klemm

Roman

Ullstein

Ullstein Taschenbuchverlag 2000
Der Ullstein Taschenbuchverlag ist ein Unternehmen
der Econ Ullstein List Verlag GmbH & Co. KG, München
2. Auflage

Titel der englischen Originalausgabe:
Winges Escort
Übersetzung: Walter Klemm
Umschlaggestaltung: Hansbernd Lindemann
Titelabbildung: Chris Mayger
Gesamtherstellung: Ebner Ulm
Printed in Germany
ISBN 3-548-24745-8

Inhalt

Lächelnd hob er die Faust
Das Zeichen kannte ich:
Der letzte unten
zahlt die Zeche.
Und plötzlich liefen
die runden schwarzen Löcher,
vom Heck bis nach vorn
in gerader Linie
genau auf ihn zu.
Das Lächeln erstarrte,
er kippte vornüber,
dann stürzte er ab; ich sah ihn fallen.
Eine Rauchspirale war alles, was blieb.

Längst sind sie von uns gegangen,
sind nur noch Vergangenheit.
Doch an Tagen wie heute,
da seh' ich sie wieder,
in schlaflosen Nächten frage ich mich:
Warum sind sie draußen geblieben?
Was war der Sinn?
Es muß einen geben,
sie können umsonst nicht
gegangen sein!

Auszug aus: *Ich sah ihn fallen*
von Shaw Taylor

1 Ein neuer Anfang

Oberleutnant zur See Tim Rowan stand am Rand des Gladstone Docks und betrachtete den überhängenden Rumpf des Flugzeugträgers mit trüber Vorahnung.

Der gewohnte Lärm der Kräne und Winschen sowie die knirschenden Schritte der Werftarbeiter und Seeleute, die geschäftig durch den Sprühregen eilten, drangen kaum in sein Bewußtsein.

Es war Mitte Juli 1943, aber hier in Liverpool, wo es dauernd regnete, hatte der Krieg bereits so schwere Narben hinterlassen, daß den Leuten die Lust vergangen war, sich an frühere Sommer zu erinnern.

Tim Rowan war sechsundzwanzig, aber im Augenblick fühlte er sich älter und weniger selbstsicher als sonst. So ging es ihm oft bei der Rückkehr vom Urlaub, wie kurz der auch gewesen sein mochte.

Kritisch ließ er den Blick über die frisch gemalte Bordwand des Flugzeugträgers schweifen, vom hohen Vorsteven über das Flugdeck, vorbei an dem kleinen, kastenartigen Brückenaufbau, der »Insel«, bis nach achtern, wo ein paar Seeleute in Ölzeug Holzsplitter wegspülten, die von geleerten Lattenkisten zurückgeblieben waren.

Es war kein *echter* Flugzeugträger, das konnte niemand behaupten, beim besten Willen nicht. Der Krieg dauerte jedoch bereits so lange, daß die Leute beinahe alles glaubten, was man ihnen einredete. Wie seine Eltern zum Beispiel, die jede Nacht unter der wackeligen Treppe ihres Hauses in Surrey schliefen und sich dort vor Bombenangriffen sicher wähnten. Oder wie der endlose Strom neu eingezogener Marinesoldaten, die das einstige Ferienlager für eine Ausbildungsbasis hielten, nur wegen der Flagge und der Uniformen, die sie trugen. Vor allem jedoch, weil sie es glauben wollten.

Selbst alte Raddampfer, die einst voll fröhlicher Urlauber zwischen Southampton und der Isle of Wight verkehrt waren, wurden jetzt als Minensucher oder Patrouillenfahrzeuge akzeptiert.

Langsam schritt Tim Rowan am Dockrand entlang bis zur Stelling. An Deck hing eine einsame Rettungsboje an einem sorgfältig lackierten Gestell. Selbst der Name des Schiffes, HMS *Growler**, klang so, als habe ihn sich irgend jemand bei der Admiralität in aller Eile ausdenken müssen. Er schien genauso provisorisch wie das ganze Schiff.

Die *Growler* war nämlich wie viele andere ihres Typs ohne sonderliche Rücksichtnahme auf Formschönheit in einer amerikanischen Werft als Frachter gebaut worden. Das Schicksal wollte es jedoch anders. Der dringende Bedarf an Luftsicherung für die schwer zusammengeschlagenen Atlantikgeleitzüge bestimmte ihren neuen Verwendungszweck.

Um die Lücke zu stopfen, die durch den Verlust eleganterer Flugzeugträger im Verlauf des Krieges entstanden war, wurde der Frachter zum Kriegsschiff umgebaut. Jetzt erinnerte die *Growler* mit ihrem Flugdeck und ihren plumpen, kompromißlosen Formen kaum noch an ihre ursprüngliche Bestimmung.

Rowan beobachtete das unaufhörliche Kommen und Gehen der Werftarbeiter und der Besatzungsangehörigen über die beiden steilen Stellings. Seltsamerweise fühlte er sich dabei wie ein unbeteiligter Zuschauer und fast unsichtbar, als sei er für keinen dieser offensichtlich gedankenversunkenen Männer zu sehen. Unwillkürlich fröstelte er unter seinem Regenmantel.

Auf der *Growler*, die jetzt offiziell als Geleit-Flugzeugträger geführt wurde, fuhr er nun seit drei Monaten. Davor war er auf einem der großen Träger der Mittelmeerflotte stationiert gewesen. Und davor ... Gewaltsam schüttelte er die verwirrenden Erinnungen ab, die sein Leben seit dem Ausbruch des Krieges ausmachten.

* Growler: kleiner Eisberg, der fast überspült im Wasser treibt

Orte und Gesichter standen ihm stets klarer vor Augen als die Schiffe: Norwegen, die brennenden Zerstörer, die erschöpften, flüchtenden Truppen. Dann das Mittelmeer mit Griechenland, Kreta und dem belagerten Malta. Sie kämpften immer gegen eine Übermacht. Die Gesichter vergaß er nie, das breite Grinsen, das die Anspannung verbergen sollte, die Veränderung des Ausdrucks, wenn das Flugzeug anrollte und dann über das Flugdeck donnerte, dem fernen Horizont entgegen. Er erinnerte sich jedoch nicht mehr an ihre Namen, besonders nicht an die Namen derjenigen, die nicht zurückgekehrt waren.

Er gehörte nun nicht mehr einer eingespielten Crew an. Aus den verlustreichen Kämpfen auf den verschiedenen Kriegsschauplätzen war er allmählich als Veteran hervorgegangen. Aber er wollte das nicht wahrhaben. Es verringerte die Überlebenschancen, hieß es.

Sie hatten zwei große Konvois durch die »Lücke« im Nordatlantik geleitet, diesen siebenhundert Seemeilen breiten Streifen zwischen dreißig und vierzig Grad westlicher Länge, in dem Flugzeuge weder von britischen noch von amerikanischen Landstützpunkten aus operieren konnten. Dieser »Lücke« und ähnlichen Gebieten verdankten Schiffe wie die *Growler* ihr Dasein.

Nach gründlicher Ausbildung der Besatzung und nach Übernahme ihrer Flugzeuge des Tpys Swordfish und Seafire hatte die *Growler* den Ernst des Lebens kennengelernt. Ein Atlantikgeleitzug, gleichgültig ob er ost- oder westwärts fuhr, war auch für den hartgesottensten Seemann etwas Besonderes: eine Reihe geduldiger Schiffe nach der anderen, alte, abgekämpfte und verrostete Frachter neben großen stolzen Getreideschiffen. Ihre Geschichte war so verschieden wie die Flaggen, unter denen sie fuhren, aber alle kämpften sie gegen einen gemeinsamen Feind. Zwei Feinde, wenn man den Atlantik dazurechnete. Aus der Luft wirkte ein Geleitzug noch eindrucksvoller, wenn man ihn, geräuschlos und so schrecklich verwundbar, durch den rasenden Propeller oder durch eine Wolkenlücke betrachtete.

Wenn eins der Schiffe torpediert wurde, blieb es einfach zurück, langsam und würdevoll, während sein Platz von einem nachfolgenden Fahrzeug eingenommen wurde, von den Gefährten, mit denen es viele Tage ohne Pause gefahren war. Lediglich bei den schlanken schnellen Sicherungsfahrzeugen bemerkte man dann verbissene Bewegung. Man konnte ihren Haß sogar oben am Himmel spüren.

Oberleutnant zur See Tim Rowan von der Royal Naval Volunteer Reserve* hatte das schon oft gesehen; denn er war Jagdflieger.

Bei seinem letzten Geleitzug hatte eine der sichernden Korvetten eine Treibmine gerammt und war innerhalb von Sekunden gesunken. Hätten sie die Mine rechtzeitig genug gesehen, um ihr auszuweichen, wäre vermutlich die *Growler* an ihrer Stelle gesunken, denn sie folgte genau im Kielwasser der Korvette. Die Detonation hatte ihren Rumpf dennoch so durchgeschüttelt, daß sie nach der Geleitfahrt in Liverpool in die Werft mußte. Denn obgleich sie als Kriegsschiff fuhr, war ihr ungepanzerter Rumpf doch nur der eines Frachters: *eine* Schraubenwelle, *eine* Schraube. Das war etwas, was man im Atlantik bei Windstärke zwölf berücksichtigen mußte und was sie mit ihren überbeanspruchten Bordflugzeugen gemeinsam hatte, dachte Rowan grimmig: ein einziger Propeller zwischen dir und der tiefen blauen See.

Schließlich schritt er entschlossen auf die Stelling zu, von deren oberem Ende Quartermeister und Fallreepsposten ihn schon seit mehreren Minuten neugierig beobachteten.

Es war wie bei jedem neuen Anfang, beim Antritt einer neuen Stellung, beim Schulanfang: verschiedene neue Ge-

* Freiwilliger Marinereserveoffizier, Abkürzung: R.N.V.R.

sichter, an die man sich erst gewöhnen mußte, neue Witze, neuer Ärger über unwesentliche Dinge, die einen anfangs noch nicht gereizt hatten.

Es sei lediglich Pech gewesen, hatten alle gesagt. Er blieb stehen, alle Nerven plötzlich gespannt wie Drähte. Während der letzten Geleitfahrt war von einer Swordfish, einem der altmodischen Doppeldecker der *Growler*, ein U-Boot gemeldet worden, das aufgetaucht fuhr. Es zog eine Ölspur hinter sich her und war auch beim Sichten des Flugzeugs nicht getaucht, also wahrscheinlich beschädigt. Möglicherweise rührte die Beschädigung sogar von einem Geleitfahrzeug des eigenen Konvois her.

Sechs Swordfish waren sofort gestartet, ihre Besatzungen hoben grinsend und siegesgewiß die Daumen, begrüßten die Aussicht, endlich etwas Positives tun zu können, statt endlose Patrouillen fliegen zu müssen.

Die Swordfish, die die Sichtmeldung abgegeben hatte, meldete sich nicht mehr. Zweifellos war sie dem U-Boot zu nahe und in den Bereich seiner Geschütze gekommen. Eine halbe Stunde nach dem Start der Flugzeuge war der Wind völlig unerwartet zum orkanartigen Sturm angewachsen.

Bei Einbruch der Dunkelheit stand Rowan mit seinen Kameraden auf den Seitengängen neben dem Flugdeck und starrte trotz des Sturms, des Regens und der bitteren Kälte unentwegt zum verschwommenen Horizont. Erst als See und Himmel sich in Schwärze vereinigten, ging er nach unten. Keine der Swordfishmaschinen war zurückgekehrt. Verirrt, geblendet vom Sturm, waren sie außerstande gewesen, ihren Träger wiederzufinden, bevor ihnen am Ende der Treibstoff ausging.

Rowan seufzte. Ja, es würde eine Menge neuer Gesichter geben.

Rasch stieg er hinauf zu den Fallreepsposten und berührte grüßend seinen Mützenschirm, als er das Stahldeck betrat. Insgeheim schüttelte er sich. Das war das unangenehme an der *Growler*, daß sie ganz aus Stahl bestand. Nicht einmal die Kammern bildeten da eine Ausnahme. Lediglich das Flugdeck bestand aus Oregon-pine, im Gegensatz zu allen anderen Flugzeugträgern. Anscheinend machte es das Schiff weniger topplastig. Gott helfe uns, wenn die *Growler* Feuer fängt, dachte er.

Er sah, daß der Wachhabende ihn beobachtete. Das erste neue Gesicht.

Der Offizier, ein gehetzt wirkender Leutnant, fragte gereizt: »Ihren Namen, bitte?« Dabei überflog er seine Listen, ohne das Grinsen des Fallreepsposten und das warnende Stirnrunzeln des Quartermeisters zu bemerken.

Rowan zog seinen zerknitterten Regenmantel aus.

»Tim Rowan. Ich gehöre hier an Bord.«

»Man kann von mir nicht erwarten, daß ich alle –« Der Wachhabende starrte die jetzt sichtbar gewordenen goldenen Schwingen über den beiden wellenförmigen Streifen auf Rowans linken Ärmel an, das blau-weiße Band an seiner Brust. »Es – es tut mir leid.«

Ruhig musterte ihn Rowan. »Macht nichts, Sub. Aber sehen Sie sich künftig vor, sonst wird einer der Bordflieger noch mit Ihnen Schlitten fahren.« Dann ging er hinein, spürte, wie ihn das Schiff umfing, ihn ganz und gar verschluckte. Er lächelte. *Jonah ist wieder da.*

Obwohl das Schiff im Hafen lag, herrschte die übliche Betriebsamkeit im großen Hangar, der sich unter dem Flugdeck erstreckte. Ein paar Monteure mit mächtigen Stablampen krochen gebückt zwischen den am anderen Ende festgezurrten Flugzeugen herum.

Ein Fremder oder Neuling hätte vermutlich geglaubt, der Raum sei so vollgepfropft mit Maschinen, Flügeln und Propellern, daß kein einziges Flugzeug zu den mächtigen Aufzügen gelangen könne. Doch Rowan schien der Hangar nur zum Teil besetzt. Der Ersatz für die verlorenen Swordfish würde erst eingeflogen werden, wenn das Schiff schon auf See war. Für die neuen Piloten war das zugleich ein Härtetest.

Rowan stand sill, während seine Augen sich dem grellen Licht der Inspektionslampen anpaßten und die seltsamen Schatten gewahrten, die sich auf den hohen Seitenwänden des Hangars abzeichneten. Ein wenig abseits stand sein eigenes Kampfflugzeug. Sofort vergaß er die Außenwelt, den Gestank heißen Öls und den schärferen, an Nagellack erinnernden Lackgeruch und konzentrierte sich ganz auf seine Privatwelt.

Es war seltsam, wie die Maschine ihn zu beobachten, auf ihn zu warten schien. Für Rowan war sie immer etwas Weibliches, an das er nur in der »Sie«-Form dachte. Trotz der Tatsache, daß sie im Geschwader als R wie Roger geführt wurde und seinen Spitznamen Jonah trug, der in Leuchtbuchstaben auf der Motorhaube prangte, zog er das weibliche Geschlecht seines Jagdflugzeugs niemals in Zweifel.

Langsam schritt er hinüber. R wie Roger war eine Seafire; für die meisten Menschen außer denen, die sie flogen, war eine Seafire nur die Marineausgabe der landgestützten Spitfire. Schnell, elegant, tödlich, wirkte sie auf dem Deck eines Geleitträgers völlig fehl am Platz.

Rowan berührte ihren Steuerbordflügel. Die Tragfläche fühlte sich glatt und kalt an wie Eis. Er spielte mit dem Gedanken, in ihr Cockpit zu klettern, verwarf ihn jedoch sofort wieder. Es war besser, den rechten Zeitpunkt abzuwarten. Außerdem mußten die Mechaniker dann denken, nun habe er völlig durchgedreht. So etwas kam oft genug vor.

Er ging zur Leiter, vorbei an leuchtenden roten Warnschildern über die Gefahren des Rauchens, offenen Lichtes, auslaufenden Treibstoffs und ähnlicher Dinge. Aus reiner Gewohnheit schnüffelte er. Anders als auf einem Flugplatz roch man an Bord eines Trägers niemals Treibstoff. Schon das allein hätte Unheil bedeutet, denn wenn die *Growler* voll einsatzfähig war, ihre eigenen und die Tanks der Flugzeuge mit Treibstoff gefüllt waren, dann glich sie einer schwimmenden Bombe.

Im Deck darunter war es ungewöhnlich ruhig. Auf See oder wenn die Besatzung vom Landurlaub zurückkehrte, würde es hier allerdings wieder wie im Tollhaus zugehen, denn einschließlich des Flugpersonals lebten gut fünfhundert Leute in dem widerhallenden, vibrierenden Rumpf.

Rowan kam an leeren Kammern mit schweren, feuersicheren Vorhängen vorbei. Nur die Kajüte des Kommandanten und die Kammern einiger weniger priviligierter Offiziere besaßen Türen. Das war äußerst unangenehm, denn nach einem Patrouillenflug brauchte der Pilot so viel Ruhe und Zurückgezogenheit wie möglich, um wieder zu sich selbst zu finden.

Rowan überlegte, wie dem Kommandanten wohl sein Schiff gefiel. Er hatte ihn während der drei Monate, die er an Bord war, nur einige Male getroffen. Sich nach einer Versetzung einzuarbeiten, war hart für jeden, vom Kommandanten bis hinunter zum Heizer. Aber der Kommandant trug die gesamte Verantwortung, wenn etwas schiefging.

Über die *Growler* war die Besatzung geteilter Meinung, doch überwogen die positiven Seiten. Im allgemeinen haßten es britische Seeleute, ihre Unterkünfte und Messen mit Leuten anderer Fachrichtungen zu teilen; aber hier an Bord erfreuten sich Seeleute, Funker, Heizer und Mechaniker ein- und derselben ungeheuer großen, schimmernden Kantine, wo die Hauptkombüse täglich über vierhundert Mann abfütterte, ob bei ruhiger See oder im Orkan.

Sie hatten auch eine ausgezeichnete Wäscherei, die alle eifrig benutzten; nur ein paar ältere Seeleute wuschen ihre Sachen immer noch in einer hölzernen Pütz selbst und lehnten die Wäscherei als »Yankee-Mode« ab.

Die Duschen für alle Dienstgrade waren recht gut, lediglich der Kommandant war unzufrieden. Er wollte eine

Badewanne. In der amerikanischen Werft, die das Schiff endgültig ausrüstete, bevor man es der Royal Navy übergab, hatte der Kommandant darum gebeten, ein Wannenbad in seinen Räumen einzubauen. Die Amerikaner zeigten Verständnis, installierten es aber trotzdem nicht. Geleitträger hatten wie die meisten amerikanischen Schiffe nur Duschen, wenigstens stand das so im Bauplan. Höflich hatte der Kommandant nachgegeben – vorerst.

Rowan schob den Vorhang seiner Kammer beiseite und knipste das Licht an. Selbst jetzt, im Hafen, hörte er das gedämpfte Murmeln in den Sprachrohren über seinem Kopf, unter seinen Füßen, überall. Es wirkte, als führe das Schiff eine ständige Unterhaltung mit einem anderen Planeten.

Er warf einen Blick auf die drei Kojen. Eine würde bald von seinem Freund Bill Ellis, ebenfalls Seafire-Pilot, eingenommen werden. Für die andere sollte ein Neuer an Bord kommen.

Rowan starrte ein etwas helleres Rechteck im Farbanstrich über der dritten Koje an, wo ein sorgsamer Steward eins von Dicks hübschen Pin-up-Bildern entfernt hatte. Der arme alte Dick war in einer der Swordfish gewesen, die es im mittleren Atlantik erwischt hatte. Es mußte ein entsetzliches Gefühl gewesen sein, weiter und weiter zu fliegen, ins Nichts hinein. Das ständige Fallen des Treibstoffzeigers. Zu wissen, daß niemand den Absturz sehen würde – außer der eigenen Besatzung.

Rowan warf seine Mütze auf die Koje und strich sich durch das dunkelbraune Haar. Das war das beste an der Jagdfliegerei: Man war immer allein. Niemand wurde Zeuge deiner Unsicherheit und Verzweiflung. Die teilte man nur mit seiner Maschine.

Ein Lautsprecher quäkte im Gang und verkündete krächzend: »Herhören! Herhören! Heute abend läuft in der Kantine der Film *Waggons West*. Arbeitsgruppe der Wache um 20 Uhr 15 antreten und Leinwand aufriggen!«

Rowan drehte den Wasserhahn über dem kleinen Waschbecken am Schott auf und wartete das übliche Vibrieren und Sprühen ab, bis das kochendheiße Wasser folgte. Er dachte noch immer an das, was er in London gesehen und gehört hatte, während er auf den Zug wartete, um seine Rückreise nach Liverpool anzutreten.

Es regnete nicht, der Himmel über London war klar und blau. Er hatte beobachtet, daß einige Wartende, darunter mehrere Soldaten, die Augen beschatteten und ein paar winzige Kondensstreifen hoch oben über der zerbombten Stadt beobachteten. Sehr fern und unscheinbar hatten sie ausgesehen, als sie so fast bewegungslos am blauen Himmel standen.

Dann hatte er es gehört, nur ganz kurz: das Taktaktak der Maschinengewehre, das beinahe im Lärm des Bahnhofs unterging.

Ein Zuschauer hatte gerufen: »Getroffen! Seht ihr, das Schwein fällt herunter!«

Rowan hatte einen Blick auf die Leute geworfen und dann wieder zum Himmel aufgeblickt. *Seht ihr, das Schwein fällt runter!* Der Mann hatte von einem Flugzeug gesprochen. Vielleicht war es das, was den Unterschied ausmachte. Die Flugzeuge selbst waren gut oder böse, je nach Nationalität; so wie die Cowboys heute abend in dem Film. Vielleicht hatte der unbekannte Zuschauer sogar recht gehabt, dachte Rowan. Es war besser, nicht des Gegners Gesicht zu sehen, ihn nicht als lebenden Menschen wahrzunehmen, wie man selbst einer war.

Zweimal hatte Rowan erlebt, daß der Kopf im Cockpit sich umwandte, um ihn anzusehen. Der zweite Deutsche hatte sogar seine Schutzbrille heruntergerissen, als könne er nicht einsehen, daß er es war, der jetzt sterben mußte, und nicht irgendein anderer.

»Schön, daß Sie wieder hier sind, Sir.« Ede, einer der Stewards, blickte herein. »War es nett an Land?« Rowan zog sein Jackett aus und lockerte den Schlips. »Ziemlich.«

Er dachte an seinen Urlaub. Die Nächte waren das beste daran gewesen. Das Haus stand am Rand von Oxshott Woods, und jede Nacht hatte er in seinem Bett unter dem Fenster geschlafen, trotz der Bitten seiner Mutter, zu ihnen unter die Treppe zu kommen. Jede Nacht war es dasselbe: Er hörte den Wind in den großen alten Bäumen vor dem Fenster rauschen und konnte bei diesem Geräusch herrlich einschlafen.

Am Tag war es anstrengender. Wo er auch auftauchte, überall fragten ihn die Leute nach dem Krieg, ohne wirklich eine Antwort zu erwarten. Aber er hätte ihre Fragen auch nicht beantworten können, die sich auf Rußland, die erwartete zweite Front, die Rationierungen und die Bombenangriffe bezogen. Die Einstellung mancher Leute hatte ihn bedrückt und geärgert. Eine ganze Weile schon stand es im Krieg nicht günstig für England; die Marine hatte viele gute Schiffe verloren, während das Landheer begrenzte Erfolge erzielte, obwohl es noch immer zu viele Pattsituationen gab.

Aber das Jahr 1943 hatte eine Änderung gebracht. Die Deutschen waren aus Nordafrika vertrieben, Feldmarschall Rommels Erfolgssträhne schien gerissen. Gerade jetzt, in diesem Monat, waren die Alliierten erfolgreich an der Küste Siziliens gelandet. Als nächstes würde das italienische Festland drankommen, und dann ...

Vielleicht hätte er doch mit Bill Ellis nach London gehen, seinen Eltern und Freunden nichts von seinem Urlaub erzählen sollen. Wie Bill es ausgedrückt hatte: »Ein bißchen *leben*, Tim, für den Fall –«

Im selben Zimmer, wo er von seiner Schulzeit bis zur Beförderung zum Oberleutnant geschlafen hatte, lag Rowan oft wach und dachte über Bills Worte nach, während er dem Wind in den Bäumen und dem unregelmäßigen Atmen Simons neben dem Bett lauschte. Simon, einst ein großer, kräftiger schwarzer Hund, war jetzt grau und fast blind; er hatte ihn während seines Urlaubs keinen Augenblick verlassen. Für ihn war es wohl, als sei der Schuljunge Tim wieder heimgekehrt.

Rowan betrachtete sich in dem halbblinden Spiegel über dem Waschbecken: dunkles, widerspenstiges Haar, ruhige braune Augen, die ihn wie einen Fremden zu beobachten schienen. Groß, schlank, völlig normal, entschied er.

In seine Gedanken hinein fragte Ede: »Tasse Tee, Sir? Gleich wird der Ansturm losgehen, wenn alle von Land zurückkommen.«

»Ja, gern«, sagte Rowan. Sein Trübsinn verflog.

Leise vor sich hin pfeifend, eilte der Steward von dannen. In der Pantry am Ende des langen Ganges fand Ede Unteroffizier Grist, seinen Herrn und Meister, eifrig die Messebestecke nachzählend.

»Fehlt was, Unteroffizier?« Ede stand halb abgewandt, während er nach einer sauberen Teekanne griff. Er wußte genau, daß der Unteroffizier gelegentlich bessere Bestecke stahl und sie seinem Kumpel im Maschinenraum zusteckte, der sie umarbeitete und damit einen schwunghaften Handel trieb. Er schmolz sie ein und formte aus Gabeln und Löffeln niedliche kleine Broschen in Gestalt von Ankern oder Flugzeugen, die er den Seeleuten für ihre Freundinnen verkaufte.

Mißtrauisch sah Grist ihn an. »Muß nur mal nachprüfen.« Dann sah er die Teekanne und fragte: »Ist schon einer zurück?«

»Mr. Rowan.« Ede füllte heißes Wasser in die Kanne. »Netter Kerl für einen Offizier.«

Grist nickte. »Hat vor einem Jahr Schlimmes durchgemacht. Ich war auf demselben Schiff. Sein Flugzeug fing Feuer, und er stürzte in den Bach. Sah ziemlich schlimm aus.«

Ede runzelte die Stirn und dachte daran, wie seltsam Rowan mitunter die Schultern bewegte oder daß er längere Zeit in seiner Kammer sitzen und nur still vor sich hin starren konnte.

Grist grinste. »Ich kann dir was erzählen, das deinen Mr. Rowan aufmuntern wird. Für die nächste Fahrt nehmen wir einen Admiral an Bord. Also paß schön auf, mein Junge.«

Ede warf einen Blick auf die Bestecke und dachte: Du aber auch, mein Lieber. Laut sagte er: »Toll! Sie schikken Admirale niemals dorthin, wo es gefährlich wird!«

In seiner geräumigen Tageskajüte saß Kapitän zur See Bruce Buchan in einem roten Lederarmsessel und wartete darauf, daß sein Steward die Tür hinter sich schloß. Dieser Sessel war fast das einzige private Möbelstück, daß er an Bord gebracht hatte, als er das Kommando über die *Growler* übernahm. Er freute sich über den anheimelnden Glanz des Leders vor den schlichten Stahlmöbeln ringsum und den graugestrichenen Wänden.

An dem kleinen Tisch saß ihm seine Frau gegenüber und rührte in einer Teetasse, den Blick gedankenverloren in die Ferne gerichtet.

Buchan war untersetzt, hatte die Vierzig schon hinter sich und war vorzeitig ergraut. Als er so in seiner besten Uniform sehr aufrecht in dem roten Sessel saß, wirkte er wie ein Schiffskapitän aus früherer Zeit.

Sein Alter beschäftigte ihn oft. Manche seiner Kameraden, die schon als Zwölfjährige kurz vor dem Ersten Weltkrieg in die Marine eingetreten waren, wirkten jünger als er. Einige waren bereits Flaggoffiziere, einer sogar Admiral. Andere dagegen, die Pech gehabt oder die Marine zwischen den Kriegen verlassen hatten, saßen inzwischen in guten Positionen in aller Welt. Nicht wenige waren schon tot.

Leise sagte seine Frau: »Also geht es wieder los, Bruce.«

Er betrachtete sie zärtlich. Seit er sie zum letzten Mal gesehen hatte, war sie gealtert, was ihn etwas bedrückte. Tröstend sagte er: »Ich habe eine gute Besatzung, Ellen.

Die meisten sind zwar noch jung und unerfahren, aber ich hatte schon erheblich schlechtere.«

Sie senkte den Blick. »Und bessere.«

Verwundert starrte er sie an. Ungewöhnlich, daß sie solche Bitterkeit an den Tag legte. Vielleicht war es als Vorwurf gemeint?

Er merkte, daß ihr Blick auf dem Bild am Schott gegenüber ruhte. Es stellte die *Camilla* dar, einen Leichten Kreuzer in voller Fahrt. Sie war sein letztes Schiff gewesen, bevor er die *Growler* übernahm. Selbst auf der Fotografie konnte man den steif auswehenden Kommodorestander erkennen; den Stander des Oberbefehlshabers der Zerstörer.

»Die Dinge haben sich geändert, meine Liebe«, hörte er sich sagen. In Wirklichkeit glaubte er es selbst nicht.

Sein Kommodore war damals Lionel Chadwick gewesen, ein Feuerkopf, wie alle behaupteten. Sie waren zusammen in Dartmouth gewesen, später dann Konkurrenten in Regatten und bei Paraden in beinahe allen Marinehäfen, die man sich vorstellen konnte. Niemals jedoch waren sie Freunde geworden. Aber die Royal Navy war eine große Familie, und sowohl die Schiffe wie auch die Menschen, die ihr angehörten, liefen sich immer wieder über den Weg.

Er warf einen Blick auf seinen Schreibtisch, wo der verschlossene Metallbehälter für Funksprüche lag. Sein Unteroffizier war ein sehr ordentlicher Mann. Alles hatte seinen richtigen Platz, sei es Krieg oder Frieden.

Er hatte den langen Funkspruch vor einer Woche bekommen: Befehle, Instruktionen über neues Personal und natürlich auch die Anweisung, eine Konteradmiralsflagge an Bord zu nehmen. Der Admiral hatte das Kommando über eine neue Jagdschutzgruppe, bestehend aus zwei Geleitträgern, aus Korvetten und anderen Geleitfahrzeugen.

Eigentlich hätte es ein stolzer Anblick sein sollen, besonders für jemanden wie Buchan, der während der Depression gezwungen gewesen war, die Marine zu verlassen und seinen Lebensunterhalt außerhalb des jetzigen Berufes zu verdienen, den er gelernt hatte. Aber Konteradmiral Lionel Chadwick, C.B. und D.S.O.*, würde ihm niemals Ruhe geben. Noch immer sah Buchan sein Gesicht bei der Kriegsgerichtsverhandlung vor sich, als sei es gestern und nicht schon vor achtzehn Monaten gewesen. Lebhaft und kläräugig, eben ein Feuerkopf. Er hörte im Geiste Chadwicks frische Stimme, sah die Reihe der ernst dreinblikkenden Offiziere an dem langen, mit grünem Tuch bedeckten Tisch.

Einzelne Sätze waren in sein Hirn eingebrannt: Tat sein Bestes. Unter den Umständen trifft ihn kein Tadel, *jedoch* ... Dieses letzte Wort – *jedoch* – löschte alles andere wieder aus.

Der Verlust der *Camilla*, der schwere Schaden, den ihr Kollisionsgegner erlitten hatte, der Tod mehrerer Seeleute wurden Buchan nicht direkt zur Last gelegt. Aber Chadwicks Aussage, sein *Jedoch*, stellte sicher, daß er nie mehr befördert werden würde.

Die folgenden Monate waren ein Alptraum. Er bekam eine bedeutungslose Stellung in einem Minendepot, wovon er nicht das geringste verstand. Dann das Kommando über ein kleines Ausbildungslager für Bergungsgruppen. Die ihm unterstellten Ausbilder wußten viel mehr von der Materie als er und hielten ihn wahrscheinlich für einen Gescheiterten, auf der Strecke geblieben in einem Krieg, für den er nicht genügend vorbereitet war.

Und dann kam wie aus heiterem Himmel das Kommando über die *Growler*. Er schien doch noch einige Freunde in der Admiralität zu haben, die ihn nicht ganz vergessen hatten. Es war typisch für Buchan, daß er nicht einen Augenblick annahm, er habe diese Stellung wegen seiner Befähigung erhalten und weil es viel zuwenig Fachleute gab.

* hohe Orden

Das Ganze war wie ein Neuanfang für ihn. Zunächst fuhr er hinüber nach Amerika, um die Vollendung seines Schiffes zu überwachen, in ein lebendiges, aufregendes Amerika nach dem England der nächtlichen Fliegerangriffe, der allgemeinen Verknappung und des Ringens mit einem Feind, der nur ein paar Meilen jenseits des Ärmelkanals stand.

Das Schiff mochte häßlich sein, infolge seiner einzigen Schraube und des riesigen Rumpfes in engen Gewässern auch schwierig zu manövrieren, aber es war ein lebendiges Schiff und wurde dringend gebraucht.

Buchan war zwar durch und durch alter Marineoffizier, aber intelligent genug, um einzusehen, daß er einen Kompromiß schließen mußte. Die jungen, unordentlich aussehenden und nur auf Kampf bedachten Offiziere und Mannschaften des fliegenden Personals und die Flugzeugmechaniker waren völlig anders als die Besatzungen, die er bisher gekannt hatte. Sie waren jungenhaft und meist ein wenig struppig, aber es hatte ihn mit Stolz erfüllt, mit welcher Selbstverständlichkeit sie rund um die Uhr zu ihren Patrouillenflügen über dem langsam dahinziehenden Geleitzug starteten. Wie sein Leitender Ingenieur bemerkte: regelmäßig wie eine gut funktionierende Buslinie.

In seine Gedanken hinein sagte seine Frau mit leicht heiserer Stimme: »Dieser Mann wird dich niemals in Frieden lassen.« Buchan lächelte melancholisch. Sie nannte Chadwick nie bei seinem Namen.

»Es war nicht deine Schuld, Bruce, das wurde bei der Verhandlung einwandfrei festgestellt. Ohne diesen Mann wäre es bestimmt nicht –«

Er stand auf. »Ich hatte das Kommando, es war meine Entscheidung. Möglicherweise war sie falsch. Manchmal weiß ich es selbst nicht mehr genau.«

Er hörte eine Lautsprecherdurchsage draußen im Gang. Irgendwo auf dem Flugdeck quietschte und klapperte eine Winsch. Der Teppich unter seinen blankgeputzten Schuhen zitterte ein wenig, als einer der Generatoren im Maschinenraum ansprang: Teile des Ganzen, das sein Schiff war.

Buchan warf einen Blick auf die Messinguhr am Schott. Edgar Jolly, der Erste Offizier, würde gleich kommen, um den morgigen Dienstplan und die Auslaufbefehle zu besprechen. Er mochte den stattlichen, eifrigen und dunkelhaarigen Jolly, seinen Stellvertreter. Die Anwesenheit eines Admirals würde ihn hoffentlich nicht allzusehr verändern. Buchan runzelte die Stirn. Er mußte Jolly daran erinnern, daß er die Räume des Admirals, die frisch gestrichen worden waren, noch einmal inspizierte.

Admirale, selbst jüngere, brauchten sehr viel Platz für ihre Eigenarten und Liebhabereien.

Sie sagte: »Ich glaube, ich gehe jetzt besser, Bruce.« Sie wußte immer den richtigen Zeitpunkt.

»Ja, meine Liebe.« Er beobachtete sie, bemerkte ihre Unsicherheit, weil sie diesen Teil seines Lebens nicht mit ihm teilen konnte. »Ich bin bald wieder zu Hause. Das weißt du.«

Sie barg ihren Kopf an seiner Brust, und er drückte sie fest an sich. Sie fühlte sich zart und zerbrechlich an und duftete nach frischen Blumen. Er erinnerte sich noch genau, wie er sie das erste Mal in Cowes getroffen hatte: ein junger Leutnant und ein hübsches Mädchen in blauem Kleid, mit einem großen, weichen Hut.

»Paß gut auf dich auf, Bruce.«

Es klopfte leise. Vorbei, der Abschied war vorüber.

Der Stabswagen zischte über die naß glänzende Straße, seine Scheibenwischer waren kaum imstande, den heftigen Landregen zu bewältigen.

Konteradmiral Lionel Chadwick trat den Gashebel noch tiefer durch und ignorierte den steif vor Angst dasitzenden Marinefahrer. Er liebte es, schnelle Dinge zu beherrschen: Wagen, Pferde, Jagden, Flugzeuge. Er lachte, als ein Radfahrer zur Seite taumelte und beinahe in den Graben gefallen wäre. Und natürlich Frauen.

Seine kleine Gruppe von Hilfskräften war schon vorausgefahren, was ihm sehr lieb war. Nur Godsal, sein eleganter Flaggleutnant, saß hinter ihm und versuchte, ruhig und entspannt zu wirken, während sein Admiral wie ein Besessener nach Liverpool fuhr.

Chadwick hätte seine Gefühle selbst nicht beschreiben können: gehobene Stimmung, Aufregung, vielleicht auch ein wenig Übermut. Es war alles nur Teil eines großen Spiels. Wenn man den einen Schritt überlebte, plante man bereits den nächsten, und so fort. Nur die Furchtsamen blieben stehen oder gingen unter.

Wieder lächelte er. Der arme alte Bruce Buchan. Er mußte bestimmt heftig schlucken, als er den Funkspruch las, dachte er.

Einer von Chadwicks Freunden – und er besaß deren viele – hatte ihn davor gewarnt, diese neue Ernennung so prompt anzunehmen. In Kürze würde eine bessere Stellung bei der Admiralität frei werden. Chadwick hatte die Sorte Freunde, die solche Dinge wußten, die selbst entscheiden konnten, ob sie eine Stellung annahmen oder ausschlugen. Die das Spiel sehr gut beherrschten.

Aber Chadwick hatte ihn ausgelacht. Er hinter einem Schreibtisch? Blöde Funksprüche abzeichnen oder Bekleidungsvorschriften für Marinehelferinnen? Er doch nicht!

Nun warf er einen kurzen Blick auf die goldenen Schwingen auf seinem Ärmel. Seit vielen Jahren hatte er kein Marineflugzeug mehr geflogen, obwohl er seit seinem fünfundzwanzigsten Lebensjahr ein Privatflugzeug besaß. Vielleicht bot sich ihm nun die Gelegenheit, den jungen Leuten etwas vorzumachen.

Er trat voll auf die Bremse und rief munter: »Es reicht. Übernehmen Sie.«

Chadwick stand neben dem Wagen und ließ den Regen in sein nach oben gewandtes Gesicht und auf die makellose

Uniform fallen. Er war groß und hatte die breiten Schultern eines Athleten, wodurch er schwerer wirkte, als er in Wirklichkeit war. Sein dunkles Haar war straff zurückgekämmt und saß tadellos. Er trug lange Koteletten, die sich weiß von seiner gebräunten Haut abhoben. Eine Frau in Plymouth hatte ihn eines Nachts darauf angesprochen.

»Ist im Dunkeln besser zu sehen«, hatte er lachend erwidert, während er nach der Nachttischlampe griff.

Godsal, der Flaggleutnant, beobachtete Chadwick durch die nassen Scheiben. Der Admiral schien niemals müde zu werden. Nie fehlte es ihm an Ideen und Initiativen. Manchmal wurde er dann ungeduldig und knurrte: »Setzen *Sie* das doch in die Tat um, Mann! Und gnade Ihnen Gott, wenn Sie was verbocken!«

Er studierte Chadwicks großen Mund und die ruhigen grauen Augen. Wenn nur die Hälfte von dem stimmte, was er über ihn gehört hatte, dann mußte er schwer auf Draht sein. Ein Freund hatte ihm gesagt: »Wenn du zu ihm hältst, kannst du es zu etwas bringen. Aber er verlangt vollen Einsatz.«

Die Wagentür schlug zu, und der Fahrer schaltete vorsichtig den ersten Gang ein. Chadwick sagte lachend auf dem Nebensitz: »Ich wette, das hat Sie in Schwung gebracht, stimmt's?«

»Ja, Sir.« Der Fahrer hielt den Blick fest auf die Straße gerichtet. Er mochte seine Stellung als Stabsfahrer, aber wenn er dem Admiral sagte, was er wirklich dachte, dann hatte er sie keine zehn Sekunden mehr.

Chadwick wußte genau, was der Mann dachte, und grinste breit. Genau diese Wut brauchten sie, um gut zu kämpfen und den Krieg zu gewinnen. Sie mußten alle ordentlich gebeutelt werden.

Er dachte an seine neue Stellung, an die Jagdschutzgruppe. Die Idee war ausgezeichnet, obwohl das Beste davon bereits am grünen Tisch der Bürokraten verlorengegangen war.

Er lehnte sich genüßlich zurück und schloß die Augen. Doch das würde er alles ändern.

2 Ersatz

Der Bereitschaftsraum der *Growler* lag auf dem Galeriedeck, wie auch alle anderen für die Führung des Schiffes und den Einsatz der Flugzeuge wichtigen Abteilungen. Es war ein großer, freudloser Raum, in dem Piloten, Beobachter und Bordschützen in bequemen Sesseln saßen und sich entspannen sollten, während sie auf das Einsatzsignal warteten.

Außer einem Pult, ein paar Tafeln und einem verschlossenen Spind gab es nicht viel Mobiliar. Aber den Offizieren, die an diesem Morgen dort herumsaßen, schwatzten, rauchten, in Magazinen oder Zeitungen blätterten, waren das Grammophon oder die Zielscheibe für ihre Wurfpfeile auch weitaus wichtiger als Möbel.

Rowan hatte die Hände hinter dem Kopf gefaltet und starrte zur Decke. Schon vormittags war es in dem Raum mit seinen Stahlwänden so heiß wie in einem türkischen Bad. Er hatte in der ersten Nacht nach seiner Rückkehr schlecht geschlafen, nicht wegen böser Träume, sondern wegen Bill Ellis. Dieser war sehr spät an Bord zurückgekehrt, lärmte betrunken herum und entschuldigte sich ständig, während er in der Kammer herumtorkelte und versuchte, seine Hose auszuziehen. Mehrmals stieß er dabei gegen die Metallmöbel, was neue Flüche zur Folge hatte, sowohl von Bill selbst wie auch in den Nachbarkammern, aus denen wüste Drohungen zu hören waren.

Rowan wandte den Kopf und betrachtete seinen Freund. Ellis war blond und riesengroß, ein richtiger Bär. Bevor er in die Marine eingetreten war, hatte er bereits einen Ruf als Rugbystürmer gehabt: der richtige Mann, dem man bei einem handgreiflichen Streit gern neben sich hatte. Es war überraschend, daß er sich in voller Fliegerausrüstung im Cockpit seiner geliebten Seafire überhaupt bewegen konnte.

Rowan lächelte. Trotz seiner Größe und Kraft blieb Ellis meist ruhig und gutmütig. Jetzt saß er zurückgelehnt in seinem Sessel, eine dunkle Brille über den Augen wie die meisten Piloten, bevor sie nachts auf das unbeleuchtete Deck hinaustraten. Nur war dies ein heller Vormittag im Juli, die *Growler* lag noch immer im Gladstone-Dock, und Ellis' Mund stand weit offen. Er schlief seinen Rausch aus, solange er noch Zeit dazu hatte.

Rowan ließ den Blick über die anderen Offiziere im Raum schweifen. Er kannte sie alle, einige mehrere Wochen lang, ein paar auch schon seit Jahren. Einer davon war Oberleutnant Dymock Kitto. Er hatte schon vor dem Krieg sehr viel geflogen: als Kunstflieger, auf Rundflügen über der Bucht (ein Pfund pro Flug), eine Zeitlang auch als Söldner in China. Er war dunkelhäutig und hatte ein vorspringendes Kinn, das schon eine Stunde nach dem Rasieren wieder aussah wie blauer Stahl.

Oberleutnant Ian Cameron, ebenfalls freiwillige Marinereserve, blätterte einen Katalog durch. Er war ein erstklassiger Jagdflieger, hatte in einem Monat eine große Focke-Wulf und zwei deutsche Seeflugzeuge abgeschossen. Da er dünn war wie eine Bohnenstange und die schleppende Sprechweise eines Varieté-Ansagers hatte, nannten ihn alle »Lord Algy«; tatsächlich jedoch hatte er vor dem Krieg im Möbelgeschäft seines Vaters gearbeitet.

Außer diesen dreien, dem Staffelkapitän und ihm selbst, machten alle anderen zwar einen tüchtigen Eindruck, waren aber noch nicht gefordert worden.

Er betrachtete die beiden Seafire-Piloten, die als letzte an Bord gekommen waren: Leutnant Mariot und Leutnant Cresswell. Beide waren noch sehr jung und hatten die glatte Frische leicht verwundbarer Kinder.

Andy Miller, der Staffelkapitän, kam aus dem Luftoperationsraum, und bevor er die Tür hinter sich schloß, hörte Rowan das Summen der Rechentische und die atmosphärischen Störungen aus den Empfängern. In diesem Raum wurde rund um die Uhr Wache gegangen.

Kapitänleutnant Miller, »Dusty« für seine Freunde, war ein vierschrötiger Mann. Er hatte einen vorspringenden schwarzen Spitzbart, und wenn er den Fliegerhelm trug, sah er aus wie der Teufel selbst. Aber er war ein guter Fachmann, obwohl er vor dem Krieg Gärtner gewesen war.

»Hallo, Tim!« Er winkte Rowan, sitzen zu bleiben. »Ich will nur nachsehen, ob ihr alle hier seid, und . . .«, er machte eine Pause und musterte verächtlich die herumlungernden Gestalten, ». . . einigermaßen korrekt gekleidet.«

Die meisten sahen in der Tat ziemlich wild aus. Sie trugen graue Flanellhosen, Kampfanzugblusen oder alte blaue Jacken, an denen die Goldstreifen durch das lange Tragen völlig zerknittert und beinahe schwarz waren, dazu verbeulte oder wollene, handgestrickte Mützen. Im Bereitschaftsraum war eben alles gestattet.

Rowan fragte: »Wann laufen wir aus, Sir?«

Miller hob die Schulter. »Morgen. Auch gestern hieß es ›morgen‹, wenn Sie verstehen, was ich meine.«

Rowan grinste, er mochte Miller. Der hatte schon auf fast allen Kriegsschauplätzen gekämpft, hatte das Schlachtschiff *Bismarck* gejagt und war zweimal abgeschossen worden. Er hatte Angriffe auf Tarent und auf Nordafrika geflogen, praktisch überall, wo ein Flugzeugträger ihn hinbringen konnte.

Miller fügte hinzu: »Der Admiral ist bereits an Bord gekommen, ohne jedes Aufsehen, fast geräuschlos. Der Kommandant sagt, daß er es immer so macht. Er will die Leute überraschen.«

Rowan dachte darüber nach, was es bedeutete, einen Admiral an Bord zu haben. Hieß das, wie einige dachten, daß die *Growler* nur zu langweiligen Einsätzen käme? Oder bedeutete es, daß etwas Besonderes ausgebrütet wurde?

»Jedenfalls«, Miller blickte auf seine Armbanduhr, »will er gleich kurz zu Ihnen allen sprechen. Aus diesem Grund solltet ihr auch alle hier versammelt sein, statt auf den Gängen herumzulaufen.« Ein wenig irritiert fuhr er fort: »Ich hasse Ansprachen«, und hielt die Uhr ans Ohr, was er häufig tat.

Selbst diese Uhr hatte eine Geschichte. Miller war über dem Kanal abgeschossen worden und fast neben dem deutschen Piloten ins Wasser gefallen, den er selbst erledigt hatte. Der Deutsche war in einem schlimmen Zustand. Stark blutend lag er in seinem kleinen Gummiboot, als Miller zu ihm geschwommen kam. Drei Stunden lang hatte er alles getan, was er konnte, um die letzten Augenblicke des anderen zu erleichtern. Der Mann lag bereits im Delirium und rief hin und wieder einen weiblichen Vornamen. War es seine Frau, seine Schwester?

Als endlich ein Flugrettungsboot auf sie zupflügte, war der Deutsche bereits gestorben. Aber in seinen letzten Minuten hatte er diese Uhr aus der Tasche gezogen und sie verzweifelt in Millers Hand gedrückt.

Miller blickte jetzt auf sie nieder. »Sein Name ist auf der Rückseite eingraviert. Vielleicht werde ich eines Tages herausfinden, wem er sie geben wollte.«

Bill Ellis sagte, ohne die Augen zu öffnen: »Den Teufel werden Sie! Eher glaube ich, daß Sie hinter der Witwe des armen Kerls her sind!« Mit einem breiten Grinsen fügte er hinzu: »Sir.«

Miller grunzte: »Quatschkopf!« Dann ging er zur Tür und rief über die Schulter: »In fünf Minuten ist er hier.«

Ellis nahm die dunkle Brille ab und rieb sich die Augen. »Wer?«

»Der Admiral.« Rowan suchte nach seiner Pfeife, ließ es dann aber sein. Die Luft im Bereitschaftsraum war bereits stickig genug.

»Oh.« Ellis war völlig unbeeindruckt. »Ich wette, das ist ein uralter Mann mit Hörrohr, der von zwei Marinehelferinnen im Rollstuhl auf dem Flugdeck spazierengefahren wird.«

Die Tür flog auf, und Korvettenkapitän Eric Villiers, der Flugdienstleiter und Kommandeur des fliegenden Personals, blickte herein.

Wie Fregattenkapitän Jolly dem Kommandanten für den Zustand und die Kampfbereitschaft des Schiffes verantwortlich war, so hatte Villiers für den gesamten Flugbetrieb und die Einsatzbereitschaft des fliegenden Personals zu sorgen.

Rowan hatte schon früher unter ihm gedient. Villiers verkörperte genau das, was man sich unter einem As vorstellte, war zuversichtlich, ausgeglichen und tüchtig. Und er besaß das richtige Maß an Unbekümmertheit, was ihn als Anführer auswies.

Ernst musterte ihn Rowan. Während der Jahre, die zwischen ihrer früheren Begegnung und jetzt lagen, schien irgend etwas mit Villiers vorgegangen zu sein. Seine Augen waren trübe, er hielt sich schlecht und ließ die Schultern hängen. Jeder wußte, daß Villiers vor Tobruk abgeschossen, ins Meer gestürzt und gefangengenommen worden war. Ein ganzes Jahr lang hatte man nichts von ihm gehört, bis dann eines Nachts in der Nordsee ein patrouillierender Fischdampfer ein dänisches Fischerboot anhielt. Es war in den Händen der Résistance, und nach Ausschiffung der Passagiere, einiger entflohener Kriegsgefangener, kehrte es nach Dänemark zurück. Einer der völlig erschöpften Passagiere war Villiers.

Jetzt kommandierte er: »Bereitschaftsraum, Achtung!«

Man hörte das Scharren von Füßen und das Rücken von Stühlen, dann trat Konteradmiral Chadwick ein.

Neugierig musterte ihn Rowan. Der Admiral schien ihm viel jünger als erwartet, aber bisher hatte er ja nur wenige Flaggoffiziere gesehen, und auch die meist nur aus der Entfernung. Dieser hier wirkte äußerst munter, beinahe drahtig. Rowan lächelte. Also kein Rollstuhl.

Hinter ihm, in gebührendem Abstand, folgten der Kommandant und Fregattenkapitän Jolly.

»Setzen Sie sich, meine Herren.« Chadwick legte seine wundervolle Mütze mit dem doppelten goldenen Eichenlaub am Schirm sorgfältig auf das Pult. »Ich werde Sie nicht lange aufhalten.« Er trat ein paar Schritte auf sie zu und blieb dann stehen. Beinahe leuchtend hob er sich von der grauen Wandfarbe und der mit Notizen vollgekritzelten Tafel ab.

»Ich werde nacheinander alle Abschnitte aufsuchen. Mit Erlaubnis des Kommandanten«, er wandte sich Buchan zu und bedachte ihn mit einem freundlichen Lächeln, »werde ich die Schiffsoffiziere später in ihrer Messe aufsuchen, dann die neuen Piloten, wenn sie eingeflogen sind. Einige von Ihnen werden bereits das Gerücht, das *Gemurmel,* gehört haben«, wieder das freundliche Lächeln, »das wir alle Teil einer neuen Jagdschutzgruppe sind. Das trifft zu. Was Sie jedoch noch nicht gehört haben können, ist die Tatsache, daß diese Jagdschutzgruppe die beste ihrer Art sein wird.«

Sein Arm schoß vor, ein Finger zeigte auf den jüngsten Jagdflieger, Leutnant zur See Frank Creswell. Der Arm war straff ausgestreckt, die schneeweiße Manschette ragte ein wenig unter dem blauen Ärmel hervor, die Goldstreifen leuchteten, ein breiter und darüber der schmale; das Ganze wirkte wie ein Bühnenauftritt. »Wie alt sind Sie?«

Errötend sprang Creswell auf, ein Heft des Magazins *Men Only* fiel aus der Bluse seines Kampfanzuges, was ringsum lautes Gelächter hervorrief. »N-neunzehn, Sir.« Creswell sah aus, als wolle er sich in ein Mauseloch verkriechen.

»Gut.« Chadwick schien zufriedengestellt. »Setzen Sie sich wieder.« Langsam sah er sich im Raum um. »Als ich in seinem Alter war, flog ich ebenfalls eine Maschine.« Er klopfte auf die goldenen Schwingen auf seinem Ärmel. »Es war zu spät, um noch in die Kämpfe des Ersten Weltkriegs einzugreifen, aber ich flog alle möglichen Einsätze, bevor ich diesen Teil des Dienstes quittierte und auf einen Stabsoffizierskursus ging.« Er machte eine Pause und ließ die Worte wirken. »Ich kenne also jede Offizierstätigkeit. Es schert mich keinen Pfifferling, ob Sie Ingenieur oder Zahlmeister, Flieger oder Marineinfanterist sind. Ich erwarte von jedem, daß er immer und zuallererst *Marineoffizier* ist!«

Seine Stimme war ständig lauter geworden, oder Rowan schien es zumindest so. Vielleicht lag es an diesen Metallwänden und daran, daß jeder Zuhörer gespannt den Atem anhielt.

»Ich tadle weder Sie noch irgendein Besatzungsmitglied dieses Schiffes. *Noch* nicht. Aber ich werde es schaffen, daß die neue Gruppe, *meine* Gruppe, in diesem Krieg von wirklichem Nutzen ist, und nicht nur eine halb zu Ende gedachte Idee aus dem Kopf irgendeines Schreibtischhengstes in der Admiralität.«

Rowan spürte die Spannung ringsum, den Ärger, die Feindseligkeit.

Scharf fuhr Chadwick fort: »Im ersten Jahr des Krieges sind meiner Meinung nach mehr britische Soldaten infolge falscher und dummer Führung gefallen als durch direkte Feindeinwirkung.« Jetzt hatte er ihre ungeteilte Aufmerksamkeit. »Schiffe und Männer gingen nicht immer durch fehlendes Kriegsglück verloren, sie wurden verspielt aus Unfähigkeit oder Ignoranz. Der Verlust zweier Großkampfschiffe, die ohne Jagdschutz auslaufen mußten, kostete uns die Seeherrschaft im Raum Singapur, als wir sie dort am dringendsten benötigten. Er kostete uns eine ganze Armee und zwei hervorragende Schlachtschiffe.« Zum ersten Mal schlug er die grauen Lider nieder. »Dazu kam der ungeheure Ehrverlust.«

Er warf einen Blick auf die Messinguhr am Schott. »Ich

rechne damit, daß Sie Fehler machen. Einmal. Nur Konteradmiralen ist es erlaubt, mehr als einen Fehler zu machen.« Niemand lachte. »Aber am Ende werden wir etwas haben, das wir vorzeigen können. Und gnade Ihnen, wenn Sie das durch Fehlverhalten zunichte machen.« Ruhig lächelte er. »Ich wollte Sie mir nur einmal ansehen, einen ersten Eindruck von Ihnen gewinnen. Ich danke Ihnen, meine Herren.« Er machte Anstalten zu gehen, so daß alle wieder aufstanden.

»Noch eins möchte ich Ihnen sagen, dann will ich es nicht mehr erwähnen. Wenn Sie auf Ihren Einsatz warten, auf Ihren Flug oder auf einen Kampf, können Sie sich anziehen, wie Sie wollen. Im Hafen jedoch und bei allen anderen Gelegenheiten möchte ich, daß Sie sich wie Marineoffiziere kleiden.« Er machte eine Pause, stand einen Augenblick auf den Zehenspitzen, als wolle er ihren offensichtlichen Ärger abwehren, und fügte etwas leiser hinzu: »Nur wenn Sie Ihren Admiral auf die Brücke kommen sehen und sein Arsch hängt ihm aus der Hose, ein tagealter Bart wächst ihm aus dem Kinn, dann können Sie es ebenso machen!«

Der junge Creswell lächelte strahlend, andere lachten laut auf, fasziniert von Chadwicks derber Direktheit. Rowan beobachtete den Admiral gespannt, ließ sich keine Nuance seiner Ansprache entgehen. Was für ein Mann war das? Ein Schauspieler? Ein begabter Führer? Er warf einen Blick auf den Kommandanten, aber dessen Gesichtszüge verrieten nichts, sie waren wie aus Stein.

Der Admiral wandte sich um und nahm seine Mütze vom Pult, alles in einer einzigen sparsamen Bewegung. Dann schloß sich die Tür, die Besucher waren gegangen, und einen Augenblick standen alle Zurückgebliebenen wie unter einem Bann.

Kitto rieb sich wild das blaue Kinn. »Ich gehe nach oben.« Dabei sah er Rowan und Ellis an. »Was für einen Napoleon haben wir uns da eingehandelt?«

Seine Stimme hatte das Schweigen gebrochen, und sofort entstand eine erregte Unterhaltung von großer Lautstärke.

Cameron sagte schleppend: »In einem Punkt hat er natürlich recht.«

Kitto starrte ihn an. »Reg dich ab, Algy. Ich hab' schon einen zu langen Weg hinter mir, als daß man mit mir reden könnte wie mit einem Kind am ersten Schultag!«

Ellis blickte Rowan fragend an. »Du sagst gar nichts, Tim?«

»Ich bin mir über ihn noch nicht klar.« Rowan wunderte sich selbst über seine Gefühle: Unsicherheit. Eine Vorahnung vielleicht? »Jetzt geht es wieder monatelang ohne Unterbrechung: Fliegen, Aufregung, Herumhängen.« Er sah, daß einige der Neuen herankamen, um zuzuhören. »Dabei denkt man nicht mehr allzuviel an den tieferen Grund«, er lächelte ein wenig hilflos, »an den *Krieg*.«

Ellis nickte. »Das alles sind nur einzelne Bruchstücke, meinst du.«

»Ja, so ähnlich. Vielleicht ist unser neuer Admiral ein Zeichen der besseren Zeit. Vielleicht bringt er frischen Wind mit und wird die Fehler der Vergangenheit korrigieren.«

Rolston, ein langer schlaksiger Oberleutnant, der wegen seines aufbrausenden Temperaments bekannt war, sagte wütend: »Wenn es nach dem geht, müssen wir bald in Dreispitz und langem Rock herumlaufen! Dieser blöde Hund!«

Cameron musterte ihn freundlich. »Das wäre doch mal was anderes.«

Ellis ergriff Rowans Arm. »Laß uns an Deck gehen. Das hier ist sinnlos.«

Zusammen schlenderten sie den Steuerbordaußengang hinunter, die Hände in den Taschen, und beobachteten das ständige Kommen und Gehen auf der Dockkante.

Es war seltsam, dachte Rowan, hinüberzublicken nach

Liverpool und sich doch so losgelöst davon zu fühlen. Die düsteren Gleisanlagen, die grauen Dächer der Häuser und Schuppen lagen tiefer als ihr Flugdeck. Zerbombte Gebäude, Pfützen nach dem Nachtregen – es war wirklich ein trostloser Ort.

Ellis sagte: »Ich bedaure nicht, daß wir wieder auslaufen. Egal, wohin.«

Rowan sah ihn an, denn Ellis sprach ungewöhnlich ernst.

Ellis fuhr fort: »London war wie eine andere Welt. Ich lernte dort ein Mädchen kennen, eine Tschechin, die an ihrer Botschaft arbeitet. Irgendein Narr, den ich von Devonport her kannte, machte uns auf einer Party miteinander bekannt.« Er seufzte. »Und wir bilden uns ein, *wir* hätten Sorgen.«

Rowan lehnte sich gegen eine Deckstütze. »Nettes Mädchen?«

»Sie kennt London besser als ich.« Ellis schien laut zu denken. »Führte mich in Restaurants und in einen Klub, wo ihre Landsleute verkehren. Es war alles so . . .« Er suchte nach den richtigen Worten, »anders, so verdammt traurig. Sie sitzen hier in England, kämpfen mit uns zusammen, während ihr eigenes Land von den Deutschen besetzt ist, und Gott allein weiß, was mit ihren Freunden und Familien geschieht. Aber trotzdem können sie noch ein fröhliches Gesicht machen. Heißen dich in deinem eigenen Land willkommen.«

Rowan versuchte, ihn aus seinen trüben Erinnerungen zu reißen. »Hast du sie gekriegt?«

Ellis nickte. »Sie hat *mich* gekriegt. Völlig. Sie hat irgendwo einen Ehemann, weiß aber nicht mal, ob er noch lebt. Was für ein verdammtes Durcheinander!« Er blickte in Rowans ernstes Gesicht. »Wie steht's mit dir? Schönen Urlaub gehabt?«

»Nicht unbedingt.«

Ellis schlug ihm auf die Schulter. »Wir sind ein paar schöne Flaschen. Nächstes Mal werden wir . . .«

»Ja.« Rowan fiel neben ihm in Schritt. »Nächstes Mal.«

Kapitän Buchan klemmte sich die Mütze unter den Arm und trat in die frisch gestrichenen Räume des Admirals. Sie waren für diesen Zweck gebaut worden, konnten aber auch als zusätzliche Gefechtszentrale verwandt werden, falls das Schiff als Kommandofahrzeug eingesetzt werden sollte. Die Räume wirkten spartanisch und unbewohnt, selbst am niedrigen Komfortstandard der *Growler* gemessen.

Chadwick blickte von seinem neuen Schreibtisch auf. »Ja?«

Buchan sah Godsal, den Flaggleutnant, am offenen Bullauge etwas in einen großen Aktenordner eintragen. Am anderen Tisch saß Korvettenkapitän James, der Operationsoffizier, und zeichnete Funksprüche ab.

Buchan meldete förmlich: »Klar zum Auslaufen in etwa einer halben Stunde, Sir.«

Ruhig nickte Chadwick. »Gut.« Er sah die anderen an. »Einen Scotch, denke ich.«

Godsal öffnete einen Wandschrank und beschäftigte sich mit Flasche und Gläsern, während Chadwick fragte: »Alles in Ordnung, Bruce?«

Buchan starrte ihn überrascht an, weil er ihn mit Vornamen angesprochen hatte. Er war fast ununterbrochen mit dem Admiral zusammengewesen, seit *gestern*. Dabei kam es ihm zehnmal so lange vor. Aber ihre Unterhaltung hatte sich nur um Dinge gedreht, die das Schiff, die Gruppe, den Bereitschaftsstand und ähnliches betrafen, jedoch nichts Persönliches. Chadwick war wie ein Tornado gewesen. Zu allen Schiffsoffizieren hatte er gesprochen, zu den Seeoffizieren, zum Stab der Ingenieuroffiziere und der Zahlmeisterei. Sooft er während seiner raschen Vorstöße einen Seemann oder sonstigen Mannschaftsdienstgrad getroffen hatte, lautete seine Frage: »Wie heißen Sie? Was tun Sie hier an Bord?« Buchan wußte noch nicht, wie seine Besatzung auf diese Direktheit reagierte, aber wahrscheinlich machte sie Eindruck.

Er erwiderte: »Ich denke schon, Sir.«

»Gut.« Ohne sich umzublicken, streckte Chadwick die Hand aus und nahm von seinem Adjutanten ein Glas entgegen. Er wußte, daß es da war, erwartete es. »Nun, das Schiff ist *Ihr* Baby, wie unsere transatlantischen Freunde sagen würden.« Er hob das Glas und leerte es auf einen Zug. »Hinein in die Luke.« Dann schob er es wieder über den Tisch zu Godsal und der Whiskykaraffe. »Wann sind wir am Treffpunkt mit dem anderen Träger?«

James, der Operationsoffizier, sagte rasch: »Achtzehnhundert*, Sir. *Hustler* übernimmt ebenfalls Ersatzmaschinen.«

»Hm.« Chadwick schwenkte den Whisky im Glas. »Haben Sie den Chef der Geleitfahrzeuge über alle Probleme informiert?«

»Selbstverständlich, Sir.«

James senkte den Blick, als Chadwick schnauzte: »Sagen Sie nicht *selbstverständlich!* Nichts ist selbstverständlich, verstanden?«

James blickte unglücklich zu Buchan hinüber. »Jawohl, Sir.«

Chadwick seufzte. »Vielleicht würden Sie, meine Herren, Ihre Arbeiten nebenan im Dienstzimmer beenden! Mein Sekretär hat noch ein paar Einzelheiten mit mir zu klären, bevor die Post an Land geht.« Er lächelte, als die beiden eilends ihre Gläser leerten und in den Nebenraum verschwanden.

Als er mit Buchan allein war, sagte er: »Man muß sie im Auge behalten, besonders James. Er hat etwa so viel Ahnung vom Geleitschutzfahren wie meine Tante.«

Buchan sagte ruhig: »Ich hatte immer den Eindruck, daß er eine große Hilfe ist, Sir.«

* 18.00 Uhr

»Wirklich?« Kühl musterte ihn Chadwick. »Wir werden ja sehen.«

Buchan fühlte, daß ihn wieder der alte Zorn packte. Chadwick saß völlig entspannt und beobachtete ihn, machte sich über ihn lustig. Er zwang sich zur Ruhe und sagte: »James war mein Operationsoffizier, seit ich dieses Kommando übernahm, Sir. Ich kenne ihn ziemlich genau.«

Chadwick wies auf einen Stuhl. »Setzen Sie sich.« Er goß noch mal tüchtig Whisky in die Gläser. »Nun hören Sie mir zu. Ich wünsche, nein, ich *verlange* Loyalität von allen meinen Offizieren, erwarte aber keineswegs, daß sie mich auch lieben. Zumindest nicht immer.« Er hielt sein Glas in das wässerige Sonnenlicht. »Aber ich wünsche auch nicht, wie ein Kretin behandelt zu werden.«

»Sir?«

»Ich bin jetzt seit vierundzwanzig Stunden an Bord. Das ist nicht sehr lange, gebe ich zu. Aber in dieser Zeit habe ich einige Schwachstellen entdeckt, wichtige Dinge, die wir zurechtrücken müssen.« Er stellte sein Glas ab. »Wußten Sie zum Beispiel, daß Ihr Flugdienstleiter – äh – Villiers in einer Nervenheilanstalt behandelt worden ist?«

»Ich weiß, daß er als Kriegsgefangener sehr viel durchgemacht hat, Sir.«

Chadwick überhörte das. »Und James, Ihr Operationsoffizier, von dem Sie so viel halten – wußten Sie, daß er eine Deutsche geheiratet hat?«

Buchan schluckte. »Nein, das wußte ich nicht, Sir, aber ...«

»Aber Sie halten es auch nicht für wichtig, stimmt's?« Chadwick stand auf, sein dunkles Haar stieß beinahe gegen den Deckenventilator. »Glauben Sie mir, alles ist wichtig, wenn wir am Leben bleiben und gewinnen wollen.«

Draußen hörte man das klagende Tuten eines Schleppers; über den Seitengang wurde eine lange Stahltrosse gezerrt.

Buchan merkte, daß er ebenfalls aufgestanden war. »Ich

nehme das zur Kenntnis. Auch ich kenne Wege, die zum Gewinnen führen.«

Chadwick nahm sein prächtiges neues Doppelglas in die Hand und trat ans offene Bullauge. »Beim Kricket, meinen Sie?«

»Sir, es ist nicht meine Schuld, daß wir auf demselben Schiff sind.«

Chadwick richtete sein Glas auf eine Wren* im Offiziersrang, die soeben aus einem Gebäude in der Nähe des Docks getreten war, um einen Blick auf den Flugzeugträger zu werfen.

»Hübsche Beine«, sagte er abwesend und fuhr fort: »Nein, es ist meine. Ich wußte seit langem, daß diese neue Gruppe zusammengestellt wurde, und ich bat darum, daß Sie ihr zugeteilt würden.«

Fassungslos starrte Buchan ihn an. »Sie?«

»Richtig. Ich mag keine Amateure. Und ich mag auch keine Jasager. Ich denke, Sie sind keins von beiden.« Er wandte sich Buchan zu, doch seine Augen blieben im Schatten. »Tun Sie Ihre Arbeit, dann werden wir gut miteinander auskommen.« Ein Telefon summte im Dienstzimmer nebenan. »Das wird Fregattenkapitän Jolly sein. Ich habe ihm gesagt, daß er für Sie bestimmte Anrufe hierher durchstellen soll.«

Buchan spürte, wie das Deck anfing, leise zu vibrieren, und dachte an den Leitenden Ingenieur, Fregattenkapitän Laird, unten in seinem glänzenden, dröhnenden Reich der Pumpen und Maschinen, mit seiner einzigen, mächtigen Schraubenwelle. Das Schiff war bereit zum Auslaufen, aber Chadwick hielt ihn hier fest wie in einer Falle. Er wurde wieder manipuliert, genau wie das letztemal: der zuverlässige Untergebene, wenn die Dinge gut liefen, aber der Sündenbock, wenn etwas schiefging.

Chadwick sagte eindringlich: »Vergessen Sie doch die

* Women's Royal Naval Service = Marinehelferin

Vergangenheit! Ich hab's auch getan. Es dient keinem von uns. Unsere Verantwortung gehört dem Schiff und der Gruppe. Wir beide haben dafür zu sorgen, daß diese Waffe scharf und schlagkräftig bleibt.«

»Ist das alles, Sir?« Buchan erkannte seine Stimme kaum wieder.

»Ja. Ich komme nach oben, sobald wir Bar-Feuerschiff passiert haben. Lassen Sie mir melden, wenn unsere Geleitfahrzeuge auf Station sind.«

Als Buchan gegangen war, kehrte Chadwick ans Bullauge zurück, aber die hübsche Wren war verschwunden.

Das Schiff vibrierte jetzt stärker, und er hörte die krächzenden Befehle aus den Deckslautsprechern, das übliche geschäftige Treiben auf einem Schiff, das sich anschickt, den Hafen zu verlassen. Eine kleine Dampflok fuhr puffend über die Werftgeleise, die Dockarbeiter begaben sich bereits an die Poller mit ihren jetzt durchhängenden Stahltrossen, angeführt von einem wichtig aussehenden Mann mit Bowlerhut.

Dundas, sein persönlicher Chefsteward, glitt geräuschlos in den Raum und stellte die Karaffe in den Wandschrank zurück.

»Sie gehen auf die Brücke, Sir?«

Dundas war ein strengblickender Mann mit einem Gesicht wie ein Scharfrichter aus alter Zeit, dachte Chadwick. Aber er war ein ausgezeichneter Diener; nach dem Krieg wollte er versuchen, ihn zu übernehmen. Ford, der Butler in Chadwicks Landhaus, war allmählich zu alt geworden. Dundas konnte ein guter Ersatz für ihn sein.

»Ich denke, ja.«

Dundas übergab ihm einen schneeweißen Wollschal, den Chadwick sich nachlässig um den Hals schlang. Dann tat er zwei Tabletten in ein Glas mit Wasser und stellte es auf den Tisch. Der Schal würde den richtigen Eindruck machen, während die Tabletten den Whiskygeruch neutralisierten.

Zufrieden lächelte Chadwick. O ja, Dundas kannte sich bestens aus.

Rowan kletterte die letzten paar Stufen zur oberen Brücke hinauf und blieb dann stehen, um Luft zu holen. Er wünschte jetzt, daß er während seines Urlaubs mehr spazierengegangen wäre und weniger vor sich hin brütend in seinem Zimmer gesessen hätte.

Bis die *Growler* das weiträumige Hafengebiet hinter sich gelassen hatte und zielstrebig die offene See ansteuerte, hatte sich das Wetter verändert. Der Himmel war mit tiefhängenden Wolken bedeckt, und der Wind frischte auf. Rowan blickte zu der neuen Flagge am stählernen Gittermast der *Growler* auf: ein rotes Kreuz auf weißem Grund, mit einem roten Ball im linken oberen und im rechten unteren Viertel. Es mußte ein stolzes Gefühl sein, als Admiral unter eigener Flagge zu fahren, dachte er.

Rowan kam stets gern auf die Brücke, auch wenn sie nicht gerade formschön war. Sie bestand aus dem rechteckigen Tower mit Kartenraum, Steuerhaus und Signalplattform. Darüber befanden sich, abgesehen von dem kurzen Mast, nur noch die Radarantenne und der Suchscheinwerfer, aber wenig anderes. Die *Growler* hatte keinen Schornstein wie ihre größeren Gefährten, sondern auf jeder Bordseite ein riesiges Abgasventil, das dieselben Dienste leistete, wenn es auch nicht so gut aussah.

Rowan sah Fregattenkapitän Villiers, den Flugdienstleiter, auf seiner Station in der Brückennock, die Schultern gebeugt, die Mütze tief über die Augen gezogen. Der Kommandant saß auf seinem hohen Stahlsessel, der an Deck festgeschweißt war und von dem aus er alles und jeden im Auge behalten konnte.

Rowan warf einen Blick über den gläsernen Brückenschirm hinunter zum Flugdeck. Es sah ungeheuer groß aus, wie ein mächtiges, mit Holzplanken gedecktes Feld. Aber mit seinen gut vierhundert Fuß war es nur halb so lang wie das Flugdeck eines großen Trägers. Und aus der Luft wirkte es winzig. Wie Ellis einmal bemerkt hatte: Bei der Rückkehr war es, als wolle man mit einer Bettstelle auf einer Briefmarke landen.

Rowan sah den Landungskontrolloffizier, den Einwinker, in seinem leuchtend orangefarbenen Blouson sich mit seinen Leuten unterhalten. »Bats«, wie er genannt wurde, mußte heute doppelt auf Draht sein, wenn die neuen Flugzeuge ankamen.

Auf den Seitengängen drängelten sich die Arbeitsgruppen, die Feuerbekämpfungstrupps, und Rowan sah auch Dr. Minchin, den Arzt, mit den anderen warten. Für alle Fälle.

Wie grau die Irische See aussah, mit ihren endlosen Reihen kleiner weißer Schaumköpfe, die sich bis zum Horizont erstreckten! Recht voraus und querab bemühten sich drei Korvetten, ihre zugewiesene Position zu halten. Alles waren Veteranen im Kampf um die *Western Approaches*, die westlichen Zufahrtswege, und die Roststreifen auf ihren niedrigen Schiffsrümpfen zeugten von monatelangem Einsatz im Geleitschutz.

Weit achteraus war die etwas plumpere Silhouette des Bergungsschleppers zu erkennen. Sie hatten wirklich an alles gedacht.

Villiers wandte sich um und sah ihn an. »Aha, Sie sind es, Tim.«

Villiers hatte stets gern einen der Flugzeugführer bei sich. Von jedem, der sich nicht gerade in Bereitschaft hielt, erwartete er, daß er auf der Brücke erschien, um auch die andere Seite der Medaille kennenzulernen.

Der Deckslautsprecher krächzte: »Alles auf Flugstationen! Klar zur Flugzeugaufnahme!«

Der Kommandant wandte sich in seinem Sessel um. Er trug einen Dufflecoat, dazu einen dicken Schal, und sah aus wie ein Felsblock.

Villiers nickte ihm zu. »Alles klar, Sir.«

Buchan lächelte flüchtig. »Geben Sie Signal an den Chef der Geleitboote.« Er ignorierte das geschäftige Treiben auf der Signalplattform, die leuchtenden Bündel Flaggentuch, die im steifen Wind auswehten. »Steuerbord fünfzehn!«

Durch das Sprachrohr kam die Bestätigung des Rudergängers: »Steuerbord fünfzehn, Sir. Ruder liegt Steuerbord fünfzehn.«

Fasziniert beobachtete Rowan, wie der vordere Teil des Flugdecks langsam herumschwenkte und in den Wind drehte. Die Korvetten drehten so exakt mit, als hingen sie mit unsichtbaren Bändern am Geleitträger.

»Mittschiffs!« Behende wie eine Katze glitt Buchan aus seinem Stuhl und blickte auf den Tochterkompaß. »Recht so. Zwo-acht-null steuern!«

Er geht diesmal kein Risiko ein, dachte Rowan. Am enttäuschten Gesicht des Navigationsoffiziers konnte er ablesen, daß dieser erwartet hatte, die Kursänderung wie üblich selbst ausführen zu dürfen.

Wieder ertönte die Stimme des Rudergängers: »Kurs zwo-acht-null liegt an, Sir. Eins-eins-null Umdrehungen.«

»Flugzeug Steuerbord querab, Sir!« Ein Dutzend Doppelgläser richtete sich auf den betreffenden Punkt, die Batterien der Örlikon- und Bofors-Geschütze wirbelten herum und hoben sich himmelwärts, als versuchten sie, die Gefahr zu wittern.

»Sechs Swordfish-Torpedobomber!« Der Wachhabende Offizier grinste. »Arme lahme Enten, fliegen über den ganzen Himmel verstreut bei diesem Wind.«

Rowan starrte ärgerlich seinen Rücken an, obwohl ihm klar war, daß diese Bemerkung durchaus zutraf. Seine Augen tränten, als er den kleinen schwarzen Punkten zu folgen versuchte, die sich nur schwach von den vorüberfegenden dunklen Wolken abhoben.

Eine Morselampe klapperte eifrig auf der Signalplattform, und aus der Backbordbrückennock stieg träge eine

Leuchtkugel in die Luft; sie platzte wie eine leuchtendgrüne Birne.

»Wie sieht's aus?«

Rowan wandte sich um und erstarrte. Das war Konteradmiral Chadwick.

»Ich kann die erste Maschine sehen, Sir.« Er ärgerte sich darüber, daß seine Zunge wie gelähmt war.

Chadwick gab ihm sein eigenes starkes Doppelglas. »Nehmen Sie das und sagen Sie mir, was vorgeht.« Entspannt lächelte er.

Rowan hob das Glas und fand die führenden Swordfish. Die ersten drei schwenkten bereits in weitem Bogen ein, verloren an Höhe, setzten zur Landung an. Er fühlte, wie ihm der Schweiß kalt den Rücken hinunterlief. Als wäre er dort oben statt hier auf der großen Metallinsel.

Die stählernen Fangseile wurden über das Flugdeck gespannt, die Aufprallbarrieren in Position gefahren. Die Arbeitsgruppen lungerten nicht mehr gelangweilt herum, sondern standen jetzt im Seitengang wie Sprinter, die auf den Startschuß warten.

Die erste Maschine war in den wenigen Sekunden erheblich größer geworden. Rowan sah ihren rasenden Propeller, die gespreizten Räder, die ohne den gewohnten Torpedo dazwischen seltsam weit auseinanderstanden.

Chadwick fragte: »Macht er's Ihrer Ansicht nach gut?« Er sprach so ruhig, als ginge es um ein Kricketspiel.

Rowan spürte, wie sich seine Magenmuskeln zusammenzogen, als die Swordfish mit heiserem Brüllen herunterkam, über den achteren Teil des Flugdecks donnerte und auf den nassen Holzplanken rutschte, bis das stählerne Fangseil ihren Schwung bremste und auffing. Bats stand allein und windzerzaust auf dem weiten Deck, während er das Signal zum Abstellen des Motors gab. Wie der Blitz schwärmte der Bereitschaftstrupp von den Seitengängen herbei und rollte die Maschine in Sicherheit, hinter die aus schweren Kränen bestehende Auffangbarriere.

Rowan rief: »Verdammt gut gemacht!« Dann fügte er errötend hinzu: »Entschuldigung, Sir.«

Chadwick musterte ihn. »Rowan, nicht wahr? Seafire-Pilot aus Surrey, stimmt's?«

Rowan starrte ihn an. »Ja, genau, Sir.«

»Gut.« Chadwick fügte hinzu: »Behalten Sie das Glas einstweilen. Sie können es später meinem Steward geben.« Damit wandte er sich dem Brückenoffizier zu. »Günstiger Tag zum Einsetzen, wie?«

Rowan beobachtete auch die präzisen und würdevollen Landungen der anderen Swordfish-Piloten. Bald würden sich diese mit Helmen und dicken Schutzbrillen bedeckten Köpfe als menschlich entpuppen, einige vielleicht sogar als alte Freunde.

»Hallo, Foxtrott, hier Eagle fünf. Erbitte Notlandung!« Der Notruf kam aus dem Funkraum am achteren Ende der Brücke und zerriß die Ruhe wie eine Explosion.

Villiers packte sein Funksprechgerät, während Buchan rief: »Bestätigen! Alle anderen Maschinen warten, bis Eagle fünf gelandet ist!«

Rowan merkte, daß der Admiral wieder neben ihn getreten war, wandte sich aber nicht um. Er beobachtete die Swordfish, die soeben den Codenamen der *Growler* gerufen hatte. Sie löste sich bereits von den anderen, die weiterhin über dem Schiff kreisten, und trotz des Lärms der Lüfter und des Windes, der um die »Insel« heulte, hörte er das unregelmäßige, stotternde Dröhnen dieser Maschine.

Der Pilot schwenkte ein und nahm Kurs auf das Flugdeck, wobei er rasch an Höhe verlor.

Ohne den Blick von der Swordfish abzuwenden, merkte Rowan, daß sich die Einsatzgruppen zum Heck in Bewegung setzten; die leuchtendroten Feuerlöscher ragten auf beiden Seiten aus der Gruppe heraus.

»O Gott, o Gott, er schafft es nicht!«

Rowan sah den Propeller langsamer werden und plötzlich stoppen. Die Swordfish dippte steil und erreichte fast das Flugdeck. Aber eine launische See hob das Heck der *Growler* gerade in diesem Augenblick an, etwas höher als normal, so daß die Räder der Maschine gegen die überhängende Heckwulst prallten. Sie schwankte heftig von einer Seite zur anderen, dann riß eine der unteren Tragflächen ab, bevor die Maschine hintüber kippte und verschwand.

Der Lautsprecher krächzte: »Rettungsfloß zu Wasser!«

Aber die *Growler* lief fünfzehn Knoten, und als das Floß über Bord flog und ins Wasser klatschte, sah Rowan, daß die zerbrochene Maschine schon ziemlich weit achteraus trieb und bereits zur Hälfte versunken war.

Der Kommandant rief heiser: »Signal an Korvetten: Wir ändern Kurs auf . . .«

Alle wandten sich um, als Chadwick in ruhigem Ton sagte: »Belege das. Geben Sie an den Schlepper, er soll Überlebende aufnehmen. Ich möchte, daß die restlichen Swordfish ohne Verzögerung einfliegen.«

Buchan ballte die Fäuste. »Aber, Sir, der Schlepper braucht zwanzig Minuten oder länger!«

Chadwick hielt die Hand über die Augen und spähte nach den anderen Flugzeugen aus, die über einer der Korvetten kreisten.

»Denken Sie nach, Buchan.« Seine Stimme blieb völlig ruhig. »Versetzen Sie sich in die Lage eines jungen, völlig unerfahrenen Piloten, der dort oben auf die Erlaubnis wartet, auf diesem Woolworth-Träger zu landen. Sie haben gerade gesehen, wie ihr Freund ins Wasser gestürzt ist, möglicherweise sterben wird. Und da sollen sie oben warten, während wir hier unten Krankenschwester spielen?« Die letzten Worte kamen heraus wie ein Peitschenhieb.

Der Kommandant sah den Navigationsoffizier an und sagte schwer atmend: »Machen Sie weiter.« An Villiers gewandt fuhr er fort: »Lassen Sie die restlichen Maschinen einfliegen.«

Die anderen Flugzeuge landeten ohne Unfall.

Später sagte Buchan: »Geben Sie Signal an Geleitfahrzeuge: Kurs und Geschwindigkeit zum Treffpunkt mit *Hustler* wieder aufnehmen.«

Villiers salutierte: »Von Bereitschaftsstationen wegtreten lassen, Sir?« Sein Gesicht war aschfahl.

»Signal vom Schlepper *Cornelian*, Sir.« Der Signalmeister blickte müde und traurig auf seine Offiziere herunter. »Ein Überlebender. Pilot und Bordschütze sind mit der Maschine untergegangen.«

Buchan nickte. »Bestätigen.«

Villiers murmelte mit gebrochener Stimme: »Gott sei Dank, daß wenigstens einer gerettet ist.«

Chadwick schob sich auf seinem Weg zur Leiter an ihm vorbei. »Aber wir haben ein neues Flugzeug verloren. Sobald dieser Überlebende an Bord ist, erwarte ich einen umfassenden Bericht. Ich brauche einsatzfähige Besatzungen, keine *Überlebenden*!« Damit verließ er die Brücke.

Villiers starrte noch immer zur leeren Leiter. »O du verdammter Schuft! Du widerwärtiger Bastard!«

Buchan sagte scharf: »Das genügt. Gehen Sie hinunter, und begrüßen Sie den neuen Staffelkapitän. Ich möchte ihn sprechen, sobald wir wieder auf Kurs liegen.« Forschend sah er Villiers an. »Ich weiß ja. Aber versuchen Sie, Ihren Zorn zu unterdrücken.«

Rowan stieg die Leitern hinunter, vorbei an Ausguckposten und Geschützbedienungen, während sein Verstand noch immer versuchte, mit dem Erlebten fertig zu werden. Zwei Männer waren gestorben, von einem Augenblick zum anderen. Jedesmal, wenn man ins Cockpit kletterte, mußte man damit rechnen, daß man umkam. Aber nicht auf diese Weise. Er spürte, wie sich die *Growler* schwer überlegte; weitere Flaggensignale wehten an den Rahen aus. Soweit es das Schiff betraf, zählten diese beiden unbekannten Toten überhaupt nicht mehr.

Ellis gab soeben einem Swordfish-Piloten die Hand, ließ ihn aber stehen, als er Rowan sah. »Alles in Ordnung mit dir, Tim?«

»Ich habe soeben was gelernt.« Er blickte nach achtern, auf den langen Bogen des Kielwassers, auf den Qualm, den der Schlepper ausstieß. »Wenn du von jetzt ab in den Bach fällst, bist du auf dich allein angewiesen.« Er steckte die Hände in die Taschen und ging weg.

Erst auf dem Galeriedeck merkte er, daß er noch immer das Glas des Admirals um den Hals trug. Er betrachtete es und erinnerte sich dabei an Chadwicks Gelassenheit.

Der Lautsprecher krächzte: »Steuerbordwache auf Gefechtsstationen. Gefreiter Robinson beim Wachtmeister melden.« Die Routine ging weiter, was auch geschehen mochte.

Er hörte, daß Bill Ellis hinter ihm herkam. Offenbar machte er sich Gedanken.

»Alles klar, Tim?«

Rowan bemerkte seinen besorgten Blick und meinte lächelnd: »Warum nicht? Nichts dauert ewig.«

3 Der alte Feind

Von Mitte Juli an hielt Konteradmiral Chadwick drei harte Wochen lang seine neue Jadgschutzgruppe bis zur völligen Erschöpfung in Trab; er ging jedes Manöver durch, das er nur erfinden konnte. Von der Irischen See bis zu den Äußeren Hebriden, entweder dicht zusammengeschlossen oder weit verteilt, lernten sie die Eigenarten und Fähigkeiten nicht nur des eigenen, sondern auch aller anderen Schiffe kennen. Nachdem sie nachts bei Höchstfahrt mehrmals nur knapp einer Kollision entgangen waren, kannten sie auch genau ihre jeweiligen Schwächen.

Sie hatten auf See Treibstoff übernommen, hatten beinahe rund um die Uhr Flugzeuge gestartet und gelandet. Es gab Feueralarm und Feuerbekämpfung, alle Mann in die Boote und Aufgabe des Schiffes, Ersatz der Offiziere und ihrer Abschnittsleiter aus dem Unteroffiziersstand, wobei der Wechsel sich ohne Vorankündigung von einem Augenblick zum anderen abspielte. Es war, wie ein Rudergänger der *Growler* treffend bemerkte: »Wie das Leben in einem verdammten Irrenhaus!«

Für Rowan erwies sich die plötzliche und unerwartet harte Ausbildung als Segen. Im Innersten hatte er sich vor dem ersten Start gefürchtet. Noch immer waren die letzten Sekunden davor, das schmerzhafte Verkrampfen der Magenmuskeln, wenn die Maschine beschleunigte, wenn die Welt zusammengepreßt wurde in eine einzige mächtige Schraubenwelle, äußerst aufregend; bis man dann mit einer gewissen Überraschung merkte, daß man in der Luft war, daß der Träger rasch an Bedeutung und Größe verlor und daß die Begleitschiffe wie Kinderspielzeug wirkten.

Die *Royal Air Force* hatte Chadwick ein paar dickbäuchige Wellington-Bomber geliehen, die über der Irischen See als feindliche Focke-Wulf-Kondor-Maschinen* fungierten. Aber, wie Kitto nach einer solchen Übung richtig bemerkt hatte: »Hoffentlich denken die jungen Leute nicht, eine deutsche Kondor würde sich ebenso freundlich aufführen wie diese.«

Rowan hatte all dies gutgetan. Es war ja nicht das Fliegen, vor dem ihm gegraut hatte, trotz aller Träume, Erinnerungen und Zweifel, sondern es war der Gedanke an das *Kämpfen*: den Feind vor sich im Visier zu haben oder umgekehrt . . .

Die Gruppe, die jetzt aus den beiden typengleichen Trägern, aus sechs Korvetten und einem Hochseeschlepper bestand, war schließlich nach Liverpool zurückgekehrt, um Ausrüstung und Vorräte zu ergänzen und ein paar kleinere Defekte zu beheben. Eine zusätzliche Swordfish wurde irgendwo aufgetrieben, ein neuer Pilot und Schütze an Bord kommandiert. Der Beobachter der bei der Bruchlandung verlorengegangenen Maschine, ein blasser Fähn-

* deutscher Langstreckenbomber

rich zur See, war nach dem Unfall ständig in Bewegung gehalten worden. Er hatte kaum mit jemandem gesprochen oder Kontakt gehabt. Villiers behielt ihn stets neben sich auf der Brücke und setzte ihn für Botengänge ein.

Außerhalb der engen Welt an Bord der *Growler* nahm der Krieg seinen Fortgang. Ganz Sizilien war jetzt von den Alliierten besetzt, und die Italiener taten ihre Bestes, um zu kapitulieren und sich von ihren deutschen Partnern abzuwenden. An der russischen Front kämpften die deutschen Heere verzweifelt, um ihre alten Stellungen trotz gewaltiger russischer Übermacht zu halten. Täglich gab es auf beiden Seiten Tausende von Toten oder Verwundeten, und der Kampf um Nachschub wurde ständig wichtiger. U-Boote griffen in Rudeln die Geleitzüge im Atlantik an, die britischen M.T.B.* und die deutschen Schnellboote trugen ihre nächtlichen Gefechte im Kanal und in der Nordsee aus, wo es um die kleineren, aber auch wichtigen Nachschubrouten ging.

Amerikaner und Japaner verbissen sich im Pazifik ineinander. In ganz Europa und besonders auf dem Balkan beobachteten Partisanen und Widerstandskämpfer den Nachthimmel und einsame Strände, wo für sie in risikoreichen Einsätzen Waffen und sonstige Versorgungsgüter abgeworfen oder gelandet wurden.

Für Chadwicks Gruppe gab es diesmal in Liverpool keinen Heimaturlaub. Irgend etwas schien sich zusammenzubrauen, wenn man den jüngsten Gerüchten Glauben schenkte. Einsatzmöglichkeiten bestanden im Pazifik, im Mittelmeer, im Indischen Ozean, kurz: irgendwo und überall.

Außer einigen besorgten Offizieren und Mannschaftsdienstgraden, die man aus Mitleid an Land gelassen hatte, weil ihre Häuser zerbombt, ihre nächsten Ange-

* Motortorpedoboote

hörigen getötet oder schwer verwundet worden waren, wartete die gesamte Besatzung an Bord und stellte Überlegungen über den nächsten Einsatz an.

Die neu hinzugekommenen Swordfish-Besatzungen waren die übliche Mischung aus alten Hasen und jungen Amateuren. Zwei holländische Flugzeugführer waren darunter, was eine nette Bereicherung darstellte, ferner ein junger Neuseeländer und ein Beobachter, der alles über das Züchten von Orchideen wußte: »Ein sehr nützliches Talent«, hatte Bats trocken bemerkt. Und schließlich bekamen sie noch einen Piloten, der früher Schauspieler gewesen war.

Chadwick war nach London gefahren, und nicht wenige Besatzungsmitglieder hatten gemurmelt: »Hoffentlich bleibt er dort!«

Ein paar Tage später war er jedoch wieder zurückgekehrt, seltsam menschlich wirkend in seinem eleganten Tweedanzug, und am folgenden Morgen lief die Gruppe aus.

Erst jetzt wurde die Neuigkeit bekanntgegeben. Keins der vielen Gerüchte traf zu. Sie lauschten der nüchternen, leidenschaftslosen Stimme des Kommandanten, die über Lautsprecher im ganzen Schiff ertönte: im Hangardeck, das seltsam still wirkte, da die Mechaniker und Takler bei ihren Flugzeugen standen und zuhörten, in den Kantinen, Dienst- und Vorratsräumen, im Fallschirmpackraum, im Krankenrevier und in allen Messen.

Die Gruppe sollte einen Treffpunkt vor Island ansteuern, um dort einen Konvoi zu übernehmen.

Für die Veteranen war kein weiteres Wort mehr nötig, doch der Kommandant fuhr nach kurzer Pause fort: »Es ist ein sehr wichtiger Konvoi nach Nordrußland. Mit Panzern, Munition, Flugzeugen, Treibstoff und dringend benötigten Ersatzteilen.«

Rowan starrte geistesabwesend das gegenüberliegende Schott an und schien die anderen in der Messe vergessen zu haben. *Rußland*. Es war, als erlebe er einen Alptraum zum zweiten Mal.

Gleichmütig sprach der Kommandant weiter: »Unsere russischen Bundesgenossen müssen so weit wie möglich vorankommen, bevor der nächste Winter die Front wieder durch Eis und Schnee blockiert. Auch der deutsche Generalstab ist sich dieses Zeitdrucks bewußt. Die Deutschen leiden unter Treibstoffmangel, werden aber alles tun, um die Front ohne Rücksicht auf Menschenleben wenigstens so lange zu halten, bis ihnen der Winter zu Hilfe kommt. Ich verlasse mich darauf, daß sich jeder an Bord des Vertrauens bewußt ist, das man in unseren Geleitschutz setzt!« Es folgte eine kurze Pause, als denke er über den richtigen Schluß nach, doch dann sagte er bloß: »Ich danke Ihnen.«

Die Lautsprecher schwiegen; wie die Gestalten im Märchen von Dornröschen erwachten die fünfhundert Menschen im Inneren der *Growler* wieder zum Leben.

Dumpf sagte Kitto: »Nach Rußland, mein Gott!«

»Aber sicher ist es jetzt im Sommer besser, nicht wahr?« Cotter, der erst kürzlich an Bord gekommene Neuseeländer, blickte fragend von einem zum anderen.

Wütend fuhr Rolston ihn an: »Langsam könntest du auch mal erwachsen werden!«

Leise mahnte Ellis: »Laß das, Nick!« Und mit einem entschuldigenden Lächeln zu Cotter: »Es ist wärmer, mehr nicht. Aber die Nächte sind taghell, und die Eisgrenze geht bis zur Bäreninsel zurück. Das bedeutet also einen langen Treck. Wir gehen näher an Spitzbergen als an Norwegen vorbei, bevor wir auf Südkurs drehen und in Onkel Josefs Heimat fahren.«

Rolston unterbrach ihn grob: »Und bis zu diesem Zeitpunkt hat der Jerry* genügend Zeit, uns zu hetzen!«

Cotter runzelte die gebräunte Stirn und setzte sich: »Ich verstehe.«

* von »German« = Deutscher

Rowan beobachtete ihn und dachte: Nein, das tust du nicht. Auch an Bord seines ersten Schiffes hatte es Miesmacher wie Rolston gegeben, aber mitunter behielten sie recht. Der Weg ihres Geleitzugs würde im wesentlichen so verlaufen, wie Rolston beschrieben hatte. Während endlos langer Tage würden die Schiffe nach Norden steuern, Ausschau halten nach den deutschen Focke-Wulf und hoffen, daß sie abgeschossen wurden, bevor sie ihre Sichtmeldung an die Gruppe Nord* in Norwegen abgeben konnten; bevor die U-Boote und die Schweren Kreuzer, ja sogar Großkampfschiffe wie *Tirpitz* und *Scharnhorst*, alarmiert werden konnten, die in den Fjorden auf der Lauer lagen.

Er sah zu, wie die Stewards die Tische für den Lunch deckten, hörte eine Schnulze aus dem Lautsprecher dudeln. Van Roijen, der holländische Pilot, setzte sich neben ihn. Er war fast so groß wie Ellis.

»Sie haben schon solche Rußlandfahrten mitgemacht?« fragte er.

Rowan riß sich aus seinen Gedanken. »Ja, zwei. Vor einem Jahr etwa.« Er wandte sich dem Holländer zu und dachte dabei an die Tschechin, die Ellis kennengelernt hatte; an all die anderen Ausländer, die keine Heimat mehr hatten, keine Nachrichten von ihren Verwandten.

Er lächelte. »Ich bin Tim Rowan.«

»Und ich heiße Peter.« Der Holländer zog seine Brieftasche heraus. »Dies ist meine Frau und mein kleiner Sohn.« Er blickte auf, als der Steward sagte: »Sie möchten zum Flugdienstleiter kommen, Sir. Er ist im Hangar.«

Van Roijen stand auf und nickte. »Gut, aber wenn ich zurückkomme, sprechen wir weiter.«

Der andere Holländer, Jan de Boer, setzte sich auf den leeren Stuhl. Er war sehr viel kleiner als sein Landsmann.

»Peter ist ein guter Mensch und mein Freund«, sagte er, ohne Rowan anzusehen. »Aber seien Sie vorsichtig mit

* Deutsches Oberkommando in Norwegen

ihm und seinen Fotos. Er hat keine Frau mehr, auch keinen kleinen Sohn. Irgendein Schwein hat den Deutschen verraten, daß er nach England gegangen ist, um hier weiterzukämpfen.« Er hob die Schultern. »Sie reagierten, wie nicht anders zu erwarten.«

Rowan starrte ihn an. »Doch nicht alle beide?«

»Doch. Sie wurden von der SS abgeholt. Peter glaubt zwar, daß sie noch leben, aber ich hoffe um ihretwillen, daß sie schon tot sind.« Er legte Rowan die Hand auf den Arm. »Ich weiß, was Sie denken, aber machen Sie sich keine Vorwürfe. Ihr Engländer seid jetzt unsere einzige Hoffnung.«

Er wandte sich ab und schloß heiser: »Deshalb werden wir diesen Konvoi auch durchbringen, zu den Russen oder zu irgend jemand anderem, der noch ein Gewehr halten oder mit einem Messer zustechen kann.«

Das Deck hob sich ein wenig, Geschirr klapperte. Rowan lehnte sich zurück und versuchte sich zu entspannen. Die *Growler* nahm die ersten mächtigen Atlantikseen. Ein Schatten fiel über den Tisch, Kapitänleutnant Miller stand vor ihnen und blickte auf sie herab; sein Teufelsbart stach aggressiv hervor.

»Alle Flugzeugführer nach dem Lunch in die Gefechtszentrale. Also essen Sie nicht zuviel, damit Sie nicht einschlafen, klar?« Dann nickte er dem Holländer zu. »Schon eingewöhnt?«

»Ja, danke.« Nachdenklich betrachtete de Boer den Staffelführer. »Dieser Operationsoffizier ...« Er zögerte und fuhr dann grob fort: »Ich habe gehört, er ist mit einer Deutschen verheiratet.«

Miller antwortete: »Vielleicht.« Fragend blickte er Rowan an. »Na und?«

Der Holländer stand auf und streckte sich. »Ich war nur neugierig, Sir.« Damit schritt er davon.

Rowan sagte: »Das wußte ich gar nicht.«

»Geht's uns denn was an?« Miller musterte ihn. »Sagen Sie bloß nicht, daß Sie nun auch noch durchdrehen!«

Rowan grinste und blickte Millers breitschultriger Gestalt nach, die aus der Tür eilte. Sein Gespräch mit dem Holländer und Millers plötzlicher Ärger hatten ihn irgendwie beruhigt. Er sah Ellis an.

»Laß uns essen gehen, Bill. Vielleicht ist es die letzte anständige Mahlzeit, die wir in nächster Zeit bekommen.«

»Was denn, Spam* und Chips? Toller Lunch für einen Offizier, das muß ich schon sagen.«

Rowan blickte durch ein salzverkrustetes Bullauge. Wie düster die graue See aussah, wie mattes Zinn. Es war seltsam: Wenn er an die Sommer seiner Kindheit dachte, dann hatte damals immer die Sonne geschienen, und die See war blau gewesen.

Ellis stöhnte auf. »Ich habe den Teufel an die Wand gemalt!« Er deutete auf die Platten in den Händen der Stewards. »Es ist wirklich dieser verdammte Spam!«

Keuchend erwachte Rowan aus tiefem Schlaf; seine Kehle war wie ausgetrocknet.

Er befand sich im Bereitschaftsraum, aber statt in einem bequemen Sessel zu dösen, saß er kerzengerade auf einem Stuhl. Sein Traum war abgerissen, als der Lautsprecher krächzte: »In Bereitschaft stehende Flugzeugbesatzungen sofort bei ihrem Einsatzleiter melden!« Er war bereits auf den Füßen und durch die Tür, Helm und Lederjacke in der Hand, als der Lautsprecher fortfuhr: »Zwei Swordfish und eine Seafire klar zum Einsatz. Hilfspersonal auf Flugstationen! Klar zum Flugzeugstart!«

Alarmglocken schrillten in mehreren Abteilungen, er hörte das Getrappel vieler Füße im Seitengang. Erst am Morgen war er auf der Brücke gewesen, deshalb wußte er ungefähr, wo die Gruppe stand: Sie steuerten Nordwestkurs in den offenen Atlantik hinaus, die kleinen Inseln Barra und South Uist mußten irgendwo unsichtbar an

* aus den USA eingeführter Würfelschinken in Dosen

Steuerbord liegen. Rowan schob sich durch die Gestalten in der Gefechtszentrale und sah Broderick, den ASO*, im Geist die atemlos ankommenden Piloten wie auf einer Liste abhaken.

Ungeduldig runzelte Broderick die Stirn, als auch Villiers und James endlich durch die gegenüberliegende Tür eintraten. »Wir haben einen Funkspruch erhalten«, sagte er. »Ein nach Osten fahrender Geleitzug hat ein Rudel U-Boote geortet.« Er fuhr mit dem Zeigestock über eine große farbige Wandkarte mit Geleitzugsrouten, den letzten Positionen versenkter Schiffe, mit Minenfeldern und bekannten U-Boot-Gebieten: ein Panorama des Seekriegs. »Etwa hier.« Der Stock zeigte auf eine kleine numerierte Flagge. Der Ost-Geleitzug war beinahe am Ziel, jedenfalls *beinahe* im Vergleich zu den vielen hundert Meilen, die er schon zurückgelegt hatte. Der ASO fuhr fort: »Also etwa hundert Meilen nordwestlich von uns. Sie haben starken Schutz«, er schwieg kurz, als er sah, daß der Beobachter einer Swordfish sich Notizen machte, »und kommen damit einigermaßen zurecht. Aber die Admiralität meldet zwei weitere U-Boote genau auf ihrem Kurs. Der Konvoikommodore wagt nicht, eine größere Kursänderung vorzunehmen, denn zu viele deutsche U-Boote sind hinter ihnen her. Und eine Liberator ist schon unterwegs, um zu sehen, was sie dagegen tun kann.« Bedeutungsvoll sah er Rowan an. »Der Konvoi hat keinen eigenen Jagdschutz.«

Villiers' leuchtendblaue Augen waren ebenfalls auf Rowan gerichtet. »Okay, Tim? Alles klar?«

Rowan spürte, wie seine Lippen zu einem Grinsen gefroren. »Kleine Fische!«

Kapitänleutnant Rathbone, der Führer der Swordfish-Staffel, stieß hervor: »Ich übernehme die Führung.« Dann nickte er van Roijen zu: »Und Sie sind Nummer zwei.«

Das war's. Nichts Besonderes.

* Air Staff Officer = Operationsoffizier (Luft)

Rowan stülpte sich den Lederhelm auf das widerborstige Haar und zog den Reißverschluß seiner Fliegerkombination hoch, als er durch die Tür rannte. Er nahm niemanden mehr wahr, auch keine einzige Stimme.

In der kurzen Zeitspanne, seit er im Bereitschaftsraum von seinem Stuhl aufgesprungen war, hatte sich die Lage völlig verändert. Der Krieg griff wieder nach ihnen.

Der Flugleiter raste bereits die Treppen zur Brücke hinauf, wo der Kommandant seine Befehle an den Maschinenraum gab. Bats und seine Einsatztrupps waren auf und neben dem Flugdeck versammelt. Signalflaggen stiegen zu den Rahen hoch, und die *Growler* tauchte eine graue Schulter in die See, als sie Kurs änderte und in den Wind drehte. Die zwei Begleitkorvetten dampften, flankierten sie wachsam.

Der Wind auf dem Flugdeck kam Rowan nach der Wärme unten eisig vor. Gebückt rannte er zu den drei Flugzeugen am achteren Ende des hölzernen Decks.

Er sah einen Mechaniker grinsend den Daumen heben, als er ins Cockpit kletterte, er sah den Namen *Jonah* in roten Leuchtbuchstaben, sah die Männer am Schwanzende stehen, darunter einen Unteroffizier, dessen Haar im Wind zu Berge stand und der eine Checkliste in der öligen Hand hielt.

Rowan fühlte, wie die Plexiglashaube einschnappte und den Wind abschnitt, er ließ den Blick über das funkelnde Armaturenbrett gleiten und befestigte das Mikrophon vor seinem Mund. Er hörte das Knistern atmosphärischer Störungen und metallisch klingende Stimmen.

Er lehnte sich zurück, zog die Anschnallriemen fest und benutzte den aufgetuchten Fallschirm als Kissen. Das alles dauerte viel zu lange. Ungeduldig blickte er auf die Uhr. Genau waren es dreizehn Minuten, seit der Einsatzbefehl aus dem Lautsprecher ertönt war.

Er rieb einen Ölfleck von der Plexiglashaube und blickte nach Backbord. Dort lag der andere Flugzeugträger nun auf divergierendem Kurs, da die *Growler* in den Wind gedreht hatte.

Vor sich sah er die führende Swordfish bereits anrollen. K wie *King*, das mußte Rathbone sein. Er überließ den ersten Start keinem der neuen Piloten. Der Doppeldecker schwankte und dippte, als er über das Flugdeck rollte, die schwarzen Helme des Beobachters und des Bordschützen waren hinten im großen Cockpit gerade noch sichtbar. Bats signalisierte kurz hinauf zur Brücke, und wenige Sekunden später wehte der Bejahungswimpel von der Signalrah der *Growler* aus. Rathbones Swordfish heulte dröhnend auf, wurde auf der weißen Mittellinie immer schneller und stieß blauen Rauch aus. Grell leuchtete es aus ihrem Auspuff. Sie raste zum Bug, schoß darüber hinaus ins Nichts und legte sich in einer Steuerbordkurve hart über.

Die zweite Swordfish folgte unmittelbar danach; der Holländer winkte noch jemandem zu, als er die Maschine auf die weiße Mittellinie brachte.

Rowan atmete tief durch, wartete auf den Blitz der Signallampe, öffnete langsam, aber mit fester Hand den Gashebel und hörte das Donnern des Rolls-Royce-Merlin-Motors, der sofort reagierte. Er konnte die weiße Mittellinie nicht sehen, da sie durch den großen Motorblock vor der Kanzel verdeckt war. Also mußte er mit seiner Seafire ein wenig hin und her kreuzen, während er anrollte. Er führte alle erforderlichen Bewegungen aus, ohne sich ihrer bewußt zu sein, machte sich aber klar, daß er nicht zu lange auf der Rollstrecke bleiben durfte, wenn er den Motor nicht gefährlich überhitzen wollte. Er griff zum Steuerknüppel und drückte ihn vorsichtig nach vorn. Ein Schweißtropfen rann unter seiner Brille hervor. Nicht zuviel, du Idiot! Sonst reißt der Propeller das Deck auf! Er gab mehr Gas, sah die Insel an Steuerbord vorbeigleiten, sah verschwommen helle Gesichter auf der Signalplattform. Den Knüppel zurück, aber vorsichtig, um Gottes willen! Er spürte, wie die Maschine bebte, und als er den Kopf wandte, sah er die leuchtendbunte Konteradmiralsflagge wie auf einem Kirchturm unter sich auswehen. Er war in der Luft.

Er fuhr das Fahrgestell ein und zog den Steuerknüppel zurück. Seine linke Hand griff ungewohnt verkrampft zum Gashebel.

Drüben standen die beiden Swordfish scheinbar unbeweglich vor den dunklen Wolken. Er stellte sein Mundstück ein.

»Hallo, *Leader*, hier spricht *Jonah*. Hören Sie mich?«

»Ja, ich höre.« Rathbone war offenbar kein Freund vieler Worte. »Gehen Sie auf Station.«

Rowan entspannte sich ein wenig und lauschte dem pfeifenden Heulen des Merlinmotors, während er jetzt zu der Wolkenbank über ihnen aufstieg. Er beschäftigte sich nur nebenbei mit dem zu steuernden Kurs und der richtigen Höhe. Woran er hauptsächlich dachte, waren die hundert Meilen, die vor ihm lagen; und dieselbe Strecke zurück. Wenn das Wetter sich änderte, wenn die Sicht schlecht wurde, konnte es schwierig werden, den Träger wiederzufinden, vielleicht sogar unmöglich.

Er dachte auch an die U-Boote, die sich vor dem Konvoi sammelten. Es war den Verlust ihrer drei Maschinen samt Besatzungen wert, wenn sie auch nur eines davon versenkten oder zumindest schwer beschädigten. Wie Ellis bemerkt hatte, als ihnen diese Überlegung mitgeteilt wurde: »Klingt großartig – hier unten!«

Die Tragflächen erzitterten, als die Seafire durch die Wolken stieß, hinauf in den klaren Sonnenschein. Rowan fing die Steigung ab und blickte lächelnd hinab auf die Wolkenkissen unter ihm. Das faszinierte ihn immer wieder. Die Swordfish mußten sich auf ihrer wirtschaftlichsten Höhe, also unter den Wolken aufhalten. Seine Aufgabe war es, sie vor einem schnelleren und besser bewaffneten Gegner zu beschützen, was praktisch auf fast alle anderen Flugzeuge zutraf.

Er überprüfte nochmals und etwas eingehender die Instrumente, dann drückte er mit dem rechten Daumen fest auf den Feuerknopf am Steuerknüppel und jagte einen kurzen Feuerstoß aus den beiden Zweizentimeterkanonen und den vier Maschinengewehren. Das ganze Flugzeug vibrierte, als mache ihm das Schießen Spaß. Rowan runzelte die Stirn und blickte in den Spiegel über dem Cockpit. Ihm fiel wieder ein, wie er einmal auf den Knopf gedrückt hatte, ohne daß sich etwas ereignete. Ihn schauderte noch jetzt bei der Erinnerung.

Er nahm das Mundstück ab und lehnte sich weit zurück, genoß den Sonnenschein auf seinem Gesicht. Die plötzliche Wärme wirkte auf ihn wie eine Droge. In seiner Euphorie hätte er die Seafire am liebsten steil nach oben gezogen oder nach unten durch die Wolken gedrückt. Lachend blickte er nach Steuerbord und nach Backbord, sah durch gelegentliche Wolkenlücken die dreizehntausend Fuß unter ihm liegende See. Wie grau sie war!

Die beiden Swordfish schafften mit ihrer vollen Wasserbombenladung nicht mehr als hundertdreißig Meilen pro Stunde. Es war geradezu sträflich, daß er ihretwegen drosseln mußte. Er flog rasch einen Zickzackkurs und spürte, wie Jonah sofort brummend und aufheulend reagierte.

Er dachte an die Leute auf dem Bahnhof, die den Luftkampf beobachtet hatten. *Jonah* mußte jetzt vom Boden aus genauso aussehen.

Ein Blick zur Uhr: zwanzig Minuten. Er rückte die Brille zurecht und musterte eine Wolke direkt voraus. Sie ragte aus der übrigen Bewölkung wie ein riesiger, schaumiger Gletscher, glitzernd und scheinbar aus festem Material.

Scharf wandte er den Kopf, als die beiden Swordfish etwa eine halbe Meile an Steuerbord ruhig durch die Wolkendecke stiegen.

»Hallo, *Jonah*. Hier ist *Leader*. Hören Sie mich?«

Als Antwort wackelte Rowan mit den Tragflächen. Das sparte Zeit.

»Unterseeboot an der Oberfläche, recht voraus! Hat uns nicht gesehen. Wir greifen an!«

Rowan packte den Steuerknüppel mit der rechten Hand, die andere lag auf dem Gashebel. Er sah die zweite Swordfish sich steil überlegen, um hinter Rathbones *King* zu bleiben. Der Holländer verstand etwas vom Fliegen.

Rowan beobachtete, wie die beiden Flugzeuge in den Wolken verschwanden – verschluckt, ausgelöscht. Dann war er selbst in der großen, hochaufragenden Wolke, sah ihre gebrochenen Dampfstreifen durch den rasenden, vierflügligen Propeller.

Er schob den Steuerknüppel nach vorn und heftete den Blick auf den Kompaß, flog einen flachen Bogen und stieß dann steil nach unten.

Durch die verwehende Wolke sah er stumpfe graue Flecken, dann Wellenkämme, die auf der ungeheuren Weite des Atlantiks winzig wirkten, und schließlich stieß er aus den Wolken und sah das Unterseeboot.

Es war dunkler grau als seine Umgebung und hatte die Form eines überdimensionalen Federhalters, die er übersehen hätte, wäre nicht die weiße Pfeilspitze der Bugwelle und das am Bootskörper entlangschäumende Wasser gewesen.

Rowan fing die Maschine ab, und dann ereigneten sich mehrere Dinge gleichzeitig. Die führende Swordfish flog zielstrebig die Backbordseite des U-Boots an, Rowan sah das plötzliche Aufflammen automatischer Waffen auf dem Turm und stellte fest, daß der deutsche Kommandant nicht versuchte zu tauchen.

Er dachte scharf nach. Das Boot konnte beschädigt sein. Aber dann würde es nicht in der Nähe des Konvois und seiner Geleitfahrzeuge bleiben.

Er warf einen Blick auf den trüben Horizont. Dunst?

Oder der Qualm eines der altmodischen Frachter im Geleitzug?

Er hörte Rathbones Stimme: »Tally-ho*!«

Rowan ging in eine Steilkurve, um besser beobachten zu können. Die gesamte Länge des U-Boots war für ihn jetzt von der angreifenden Swordfish verdeckt. Er erstarrte, als die Luft plötzlich in einem Hagel grüner Leuchtspurgeschosse lebendig wurde. Das mußten riesige Mengen sein. Als greller, tödlicher Kegel schossen sie auf den langsamen Doppeldecker zu. Das U-Boot hatte also eine mehrläufige Kanone auf der Plattform hinter dem Turm! Was zum Teufel war das? Er sah, daß sich eine Wasserbombe von der Swordfish löste und wie ein Senkblei ins Wasser fiel. Sekunden später durchbrach eine gewaltige Wassersäule die Oberfläche, aber die Bombe lag zu kurz.

Als Rathbone seine Maschine drehte und wendete, um aus der Schußlinie zu kommen, schien es Rowan, als sähe er die Geschosse im Flugzeug einschlagen und es wie ein Stück Papier im Wind hin und her werfen.

Er biß sich auf die Lippen. Der Holländer griff jetzt an. Rowan dachte an die Fotografien, die lächelnde Frau, den kleinen Jungen.

Er würde hier nicht den Zuschauer spielen! Er gab Gas und stürzte sich auf das U-Boot, sah es durch den rasenden Propeller größer und größer werden.

Seltsam: Niemand hatte sie vor diesem neuen Geschütz gewarnt. Er biß die Zähne aufeinander, als ein leichteres Maschinengewehr einen Strahl Leuchtspurmunition in seine Richtung jagte. Sie hatten ihn also gesehen, obwohl er noch außer Reichweite war. Der deutsche Kommandant bedauerte jetzt wahrscheinlich, daß er nicht getaucht hatte. Rowan brauchte sein Boot nur zu beschädigen, um es außer Gefecht zu setzen.

* Angriffsruf der Jagdflieger, übernommen vom Waidruf der englischen Jäger beim Erblicken des Fuchses

Er wartete noch ein wenig, umklammerte den Steuerknüppel, den Daumen auf dem Feuerknopf. Seine Augen tränten, als er das Ziel anstarrte, das jetzt auf beiden Seiten vor ihm in die Breite wuchs wie ein riesiger, schleimbedeckter Wal. Da kamen die verdammten Leuchtspurgeschosse! Er hielt den Atem an. Fünfhundert Yards. Dreihundert. Er drückte auf den Knopf und beobachtete die Perlenschnur seiner eigenen Geschosse, sah, wie sie die See aufwühlten, sie in ein siedendes Muster weißer Federn verwandelten und dann diagonal über das U-Boot hinwegprasselten.

Er riß den Knüppel zurück, legte die Seafire abrupt auf eine Seite und drehte ab. Der Merlinmotor heulte auf, als er die Maschine im Zickzackflug nach oben jagte, um den leuchtendgrünen Perlenschnüren zu entgehen.

Irgend etwas zupfte heftig und schmerzhaft am Polster hinter seinem Kopf, und er sah zwei Löcher in der Backbordtragfläche. Er ging in eine Steilkurve, gerade rechtzeitig, um des Holländers Wasserbombe beinahe neben dem U-Boot-Rumpf detonieren zu sehen.

Jonahs unerwarteter Angriff mußte die deutschen Geschützbedienungen überrascht haben, so daß von Roijen ungestört angreifen konnte.

Das U-Boot wälzte sich in einem riesigen, ovalen Fleck trüben Wassers, der wie Seifenlauge wirkte, auf die Seite. Die Wasserbombe hatte es nicht versenkt, aber die nächste würde das vielleicht schaffen.

Rahtbone rief: »Ich greife an!«

Als er etwa fünfhundert Fuß unter Rowan durchging, sah dieser die langen Risse im Rumpf und in den Tragflächen. Er sah auch, daß der Bordschütze in seinem Sitz zurückgesunken war, den Arm noch immer um seine Waffe gelegt.

Die Swordfish trugen diesmal anstelle ihrer Torpedos jede zwei Wasserbomben. Rathbone flog gefährlich tief auf sein Ziel zu, die Schlangen der grünen Leuchtgeschosse griffen nach ihm, kreuzten seinen Kurs wie ein glitzerndes Netz. Aber nicht alle Geschütze feuerten, und das Maschinengewehr auf dem Turm hing schlapp herunter, die Mündung auf die See gerichtet. Rowans Geschosse mußten auch die Brücke beharkt haben.

Plötzlich gab es eine grelle Detonation, und die Swordfish schien mitten in der Luft zu platzen. Ihre Bruchstücke flogen in alle Richtungen.

Rowan drückte den Knüppel nach vorn, sah die mehrläufige Kanone herumwirbeln und sich auf ihn richten, als er zum nächsten Angriff ansetzte.

Er ignorierte die zerstreuten Reste von Rathbones Flugzeug, die ringsum die See bedeckten. Das U-Boot hatte einen schwachen Punkt. Er drückte die Maschine beinahe auf die See hinunter, die Druckwellen von Propeller und Tragflächen wühlten das Wasser auf wie ein unsichtbares Rennboot.

Seine Backbord-Flügelspitze hing nur noch wenige Zoll über den Wellenkämmen, während er Jonah immer weiter herumzog. Das U-Boot wirkte jetzt ungeheuer groß. Als er die Maschine aufrichtete und den Knüppel vorsichtig kommen ließ, sah er es spitz von vorn, so daß die mehrläufige Kanone vom Turm abgedeckt und wirkungslos war.

Im Sprechgerät hörte er die verzerrte Stimme des Holländers wild rufen: »Was machst du da, Tim? Willst du auf dem verdammten Ding landen?«

Rowan wagte nicht zu sprechen. In solchen Augenblikken war er dazu nicht in der Lage. Im Gegensatz zu Bill und einigen anderen, zum Beispiel Rathbone.

Und dann war er heran, sah den Turm mit den weißen Gesichtern darin, einen nassen Wimpel, der schlapp von der Periskopsäule hing. All dies nahm er im Bruchteil einer Sekunde wahr: das offene Turmluk, einen ausgestreckten Körper unter dem Maschinengewehr. Dann stieß er mit gewaltigem Donnern auf das Heck des Bootes hinunter, seine Waffen hämmerten wie wild. Zwei Kanonen und vier Maschinengewehre waren eine ganz schöne Feuerkraft. Er spürte ein Kribbeln und Pochen im Rükken, als er hochzog und jeden Augenblick den Einschlag der ihn verfolgenden Geschosse erwartete.

Als er die Selbstbeherrschung wiedererlangt hatte, warf der Holländer gerade seine Wasserbombe. Sie detonierte unmittelbar neben dem Turm und mußte eine der Tauchzellen eingedrückt haben. Noch während er hinblickte, sah Rowan das Periskop zur Seite kippen.

Ruhig sagte er: »Gut gemacht. Verdammt gut!«

Die Swordfish drehte wieder, warf zwei Rauchmarkierer neben das havarierte U-Boot und kreiste dann suchend über den Wrackteilen von Rathbones Maschine. Das U-Boot setzte bereits Schlauchboote aus, dem Turmluk entströmten Menschen wie aufgeregte Insekten.

Rowan kreiste über der Walstatt. Die altmodisch aussehende Swordfish suchte nach Überlebenden aus Rathbones Maschine, während etwa eine Kabellänge* entfernt das U-Boot seine schutz- und wehrlose Besatzung ausspie. Grimmig musterte er sie und tastete mit dem Daumen nach dem Feuerknopf. Warum auch nicht? Welcher Sinn lag darin, einen Feind entkommen zu lassen, der möglicherweise viele hundert Unbewaffnete auf Handelsschiffen umgebracht hatte?

Seufzend befestigte er das Mundstück vor seinem Gesicht. »Wir kehren zum Träger zurück.« Es gab keine Überlebenden der ersten Swordfish, das hatte er gewußt. »Du hast gute Arbeit geleistet, Peter.«

Rowan warf einen Blick auf den Kompaß und dann zum Himmel. Wieder einmal geschafft.

Er meldete den Erfolg. »Hallo, *Foxtrott*, hallo, *Foxtrott*. Hier spricht *Jonah*. Ein U-Boot vernichtet.«

Keine Antwort. Vermutlich war er noch nicht in

* 0,1 Seemeile = 185,20 m

Reichweite, oder – was wahrscheinlicher war – ein Flaksplitter hatte seinen Sender außer Betrieb gesetzt.

Rowan wartete, bis der Holländer den Kurs zum Träger eingeschlagen hatte, dann stieg er wieder über die Wolken in den Sonnenschein hinauf.

Drei Familien würden in den nächsten Tagen Telegramme erhalten: *Im Einsatz gefallen.* Der Flugdienstleiter oder vielleicht auch der Kommandant würden den Angehörigen schreiben, obwohl sie keinen der Gefallenen näher kannten. Dafür hatte die Zeit nicht ausgereicht.

Er zog sein Taschentuch heraus und schneuzte sich. Nach einem Gefecht war es immer das gleiche mit ihm.

Dann sah er die *Growler,* ihre Begleitfahrzeuge und weiter entfernt den anderen Flugzeugträger.

Er sah Morselampen blitzen, malte sich die hastigen Vorbereitungen zur Übernahme aus und die grimmigen Gesichter, wenn sie feststellten, daß einer fehlte.

Er überflog die nächste Korvette, die *Turnstone,* dann ging er steil in die Kurve und folgte dem Kielwasser der *Growler.*

Jetzt kam der übliche Griffwechsel am Steuerknüppel, da die Räder mit der rechten Hand ausgefahren wurden. Klappernd schob sich das Fahrgestell heraus. Ein vorsichtiger, ruhiger Anflug, der winzige Flugzeugträger wurde rasch zu einer breiten Stahlklippe. Neben dem Geschütz auf dem Achterdeck winkten ein paar Seeleute.

Alles ging glatt und einfach. Er sah die stählernen Fangseile, als er die Heckwulst passierte, spürte den plötzlichen Zug seiner Gurte, als die *Growler* einen der Ihren wieder in die Arme nahm.

Von beiden Seiten rannten die Bereitschaftsgruppen herbei, während andere die langsam kreisende Swordfish im Auge behielten.

Er schob die Plexiglashaube auf und atmete die salzige Luft so tief ein wie ein vor dem Ertrinken Geretteter.

Bill eilte vom Seitengang herbei, sobald der Motor mit

einem gewaltigen, zitternden Seufzer verstummte. Rowan sprang heraus und hörte seinen Freund sagen: »Willkommen an Bord, Tim!«

»Danke, Bill.« Er sah zu, wie die Bedienungsmannschaft Jonah unter Aufsicht eines Unteroffiziers in die Sicherheitszone hinter der Aufprallbarriere schob. Dann deutete er auf zwei Einschußlöcher, weniger als sechs Zoll neben seinem Kopf. Heiser schloß er: »Ich hatte mehr Glück, als ich dachte.«

4 Meinungsverschiedenheiten

Als Konteradmiral Chadwicks Geleitträgergruppe die Reede von Akureyri an der Nordküste Islands erreicht hatte, stellte sich heraus, daß der größte Teil des Geleitzugs schon klar zum Auslaufen war.

Die Schiffe hatten sich bereits seit Wochen hier gesammelt; selbst die Besatzungen der Begleitfahrzeuge, deren Optimismus auf der hart umkämpften Rußland-Route schon manchen Dämpfer erhalten hatte, waren beeindruckt. Dies war kein zusammengewürfeltes Sammelsurium von Schiffen verschiedener Tonnage und unterschiedlichsten Alters, bei dem sich die schnelleren nach dem Schneckentempo der ältesten richten mußten. Von den fünfunddreißig Fahrzeugen insgesamt waren höchstens zwei oder drei älter als zehn Jahre, und das ließ auf die Bedeutung schließen, die man der sicheren Ankunft dieses Konvois in Murmansk und Archangelsk beimaß.

Landurlaub für die Besatzung der *Growler* war auf ein Mindestmaß beschränkt, was Bill Ellis zu dem Kommentar veranlaßte: »So viele hübsche Mädchen an Land und keine Chance, sie zu vernaschen. Das kann einen Mann ja krank machen.«

Seltsam war die offene Feindseligkeit der isländischen Bevölkerung. Reagierten sie auf die britischen und amerikanischen Soldaten genauso wie die Völker des besetzten Europas auf die Deutschen? Das verblüffte Rowan, beunruhigte ihn aber nicht weiter. Wie dem auch sei, auf der Heimreise würde Island ihm bedeutend besser gefallen, dachte er.

Der August kam heran, bis die letzten Vorbereitungen abgeschlossen waren. Es herrschte ein ewiges Kommen und Gehen zwischen den Kommandanten der Begleitschiffe und den Kapitänen der Handelsschiffe, den Offizieren der Marinebasis an Land und den Schreibtischoffizieren aus dem alliierten Hauptquartier in Reykjavik, deren Aufgabe es war, diese ungeheure Menge unterschiedlichster Schiffe und Menschen zu einem einzigen kontrollierbaren Geleitzug zu formen.

Das Wetter blieb ungewöhnlich ruhig, selbst der Wind war zu flau, um den Seegang in der Dänemarkstraße zu seiner üblichen Höhe aufzubauen. Jeder Tag war lang, hell und anstrengend. Die Einsatzbereitschaft der Schiffe und Maschinen, Flugzeuge und Geschütze war so gut, wie unter diesen Bedingungen nur möglich. Das Warten fiel allen zunehmend schwer.

Am letzten Julitag ließ Kapitän Buchan alle Offiziere der *Growler* in der Messe zusammenrufen. Der Augenblick des Auslaufens war offenbar gekommen.

Buchan stand sehr aufrecht, während er wartete, bis Ruhe eintrat. Dann sagte er mit seiner volltönenden Stimme: »Der Geleitzug wird heute nacht ankerauf gehen und im Lauf des Vormittags seine Aufstellung beenden.« Er lächelte, als er die Seufzer der Erleichterung hörte. »Ich weiß, meine Herren. Das kommt keinen Augenblick zu früh.«

Er nickte James zu, dem Operationsoffizier, der daraufhin eine große bunte Karte entrollte.

Rowan studierte sie, sein Mund war plötzlich trocken. Er hatte schon oft diese oder ähnliche Routen gesehen: durch die Dänemarkstraße, dann nordöstlich nach Jan

Mayen, weiter hinauf bis zur Bäreninsel, dem einsamen, düsteren Außenposten zwischen dem Nordkap und Spitzbergen, und zur sommerlichen Eisgrenze. Punktierte Kreise markierten die Reichweite der in Island und Schottland stationierten alliierten Luftwaffe. Ein viel größerer Halbkreis zeigte die Reichweite der deutschen Flugzeuge von der norwegischen Küste aus. Dazu Ankerplätze, Minenfelder und besonders gefährdete Gebiete, wo feindliche Zerstörer oder die größeren Einheiten aus den Fjorden operierten. Alles zusammen wirkte wie eine Blaupause des Krieges selbst.

Rowan warf Cotter, dem jungen Neuseeländer, einen Blick zu. In seinem Gesicht waren nicht die geringsten Zweifel zu erkennen, höchstens eine gewisse Erregung. Er wirkte wie ein Junge im Spielzeugladen kurz vor Weihnachten.

Mit knarrenden Schuhen schritt Buchan langsam zur Karte.

»Fünfunddreißig Schiffe, meine Herren. Der Geleitschutz besteht aus einem Flakkreuzer, zehn Zerstörern und acht Minensuchern. Einheiten der Home Fleet werden ständig Vorstöße in das Gebiet nördlich der Geleitzugroute unternehmen. Es handelt sich dabei um zwei Schlachtschiffe mit ausreichendem Geleitschutz und vielleicht noch einem weiteren Flugzeugträger.« Ernst schloß er. »Sie sehen, wie wichtig dieser Konvoi ist.«

Rowan biß sich auf die Lippen. Alles in allem würde die Anzahl der Kriegsschiffe ungefähr der Zahl der Handelsschiffe entsprechen. Cotter hielt das vielleicht für unnötig und übertrieben, nicht aber Rowan, der es besser wußte.

Buchan fuhr fort: »Unsere Gruppe wird in ständiger Gefechtsbereitschaft bleiben. Der Admiral will die beiden Flugzeugträger nach Weisung der Admiralität einsetzen oder so, wie er es für richtig hält. Der Feind weiß vermutlich über unseren Geleitzug Bescheid, obwohl ihm hoffentlich seine ganze Bedeutung nicht bekannt ist.« Er lächelte. »Aber wir müssen ihm die Nase blutig schlagen, bevor er stärkere Streitkräfte zusammenziehen kann, die uns den Weg verlegen.« Das Lächeln verschwand. »Dieser Geleitzug wird *nicht* gesprengt werden, was auch geschehen mag.«

Rowan fragte sich, ob der Kommandant damit auf Konvoi BQ 17 Bezug nahm, den alle Beteiligten noch in bitterer Erinnerung hatten. Infolge eines Mißverständnisses war damals der Befehl zum Zerstreuen erfolgt, was zu seiner Dezimierung geführt hatte.

»Noch Fragen?« Buchan versuchte zu lächeln, sah aber so überbeansprucht und müde aus, daß es ihm mißlang.

Oberleutnant Ian Cameron stand auf und fragte schleppend: »Darf man erfahren, was für Ladung der Konvoi hat, Sir?«

Buchan musterte ihn ruhig. »Alles: Panzer, Flugzeuge, Munition, Waffen. Selbst ein oder zwei Lokomotiven, soviel mir bekannt ist.«

Jemand rief: »Du kannst also mit der Bahn nach Hause fahren, Algy, wenn alle Stricke reißen!« Die Leute lachten, was die Spannung ein wenig lockerte.

Der Kommandant schien über diese Unterbrechung froh zu sein. Er schloß knapp: »Unsere Gruppe wird morgen früh um sechs Uhr ankerauf gehen. Die Flugstationen sind vom Augenblick des Zusammentreffens mit dem Konvoi an besetzt.« Er senkte den Blick und fügte hinzu: »Danach –«, er hob die Schultern, »nehmen wir es, wie es kommt.«

Jan de Boer flüsterte: »Wir werden es denen schon zeigen, verdammt noch mal!«

Der Kommandant verließ die Messe, die Karte wurde zusammengerollt und in den Operationsraum zurückgebracht, und fünf Minuten später öffnete die Bar.

Rowan sah, daß sich Kitto durch die Menge drängte, das blaue Kinn kampflustig vorgeschoben, und fragte ihn: »Alles in Ordnung, Dymock? Du siehst aus wie ein verregneter Sonntag.«

Kitto zeigte die Zähne. »Man hat mir soeben mitgeteilt, daß ich die Seafire-Staffel übernehme und einen halben Streifen dazu bekomme.«

Rowan lächelte. »Freut mich für dich.«

Kitto aber schien durch seine Beförderung völlig verwirrt. »Dusty Miller soll die Swordfish übernehmen. Der Admiral glaubt wohl, daß sie für diesen Konvoi wichtiger sind als die Jagdflugzeuge. Da muß er aber noch dazulernen«, schloß er mit finsterem Gesicht.

Rowan dachte darüber nach, sah im Geist noch einmal Rathbones Swordfish im konzentrierten Geschützfeuer des U-Bootes zerplatzen. Wieder war ein Pilot gefallen, aber das zählte nicht für den Admiral, der dachte nur an einen Nachfolger für ihn. Miller war offensichtlich der geeignetste für die Swordfish-Staffel, er hatte so ziemlich jeden Typ geflogen und genoß allgemein Respekt. Rowan blickte Kitto an. Und wenn es schon einen Wechsel bei den Seafires geben mußte, dann war Kitto der beste, den sie hatten. Seine umfangreiche Erfahrung sowie sein Talent, ein Flugzeug auch dann noch in der Luft zu halten, wenn es buchstäblich schon ein Wrack war, machten ihn zu einem erstklassigen Gruppenführer.

Kitto grinste. »Kapierst du nicht, Tim?« Das Grinsen wurde breiter. »Du bist jetzt mein Stellvertreter, klar?«

Verblüfft starrte Rowan ihn an. Natürlich, damit hätte er rechnen müssen. Er überprüfte seine Gefühle: Freude? Stolz? Wieder einmal verkrampften sich seine Bauchmuskeln. Das einzige, was er empfand, war Schock.

Leise fügte Kitto hinzu: »Das kam auf uns zu, Tim. Eine Menge Piloten sind gefallen, trotzdem hast du kühlen Kopf bewahrt.« Spielerisch boxte er ihn gegen den Arm. »Gott sei Dank! Jetzt mußt du mir den Rücken freihalten.«

Rowan nickte. Am liebsten wäre er in seiner Kammer

oder allein auf dem Flugdeck gewesen. Überall, nur nicht hier. Irgend jemand spielte Klavier, und einige Offiziere sangen begeistert mit. Es war der Abschiedsabend vor dem Auslaufen. Rowan blickte sich noch einmal um. Einige von ihnen würden vermutlich nie mehr einen sorgenfreien Abend im Hafen erleben.

Kitto packte ihn am Arm. »Los, Tim. Bill kommt auch.« Sein Griff verstärkte sich. »Einmal noch, klar?«

Rowan nickte nur. Er hatte es in Kittos Gesicht gesehen, als dieser kam, um ihm die Neuigkeit mitzuteilen. Auf diese Art wurde man nur befördert, wenn die Sprossen der Leiter über einem plötzlich leer waren.

Jeder wußte das; auf den Britischen Inseln war es Gesprächsstoff: munter zum Frühstück, tot zur Teezeit. Oft hatte Rowan gehört, wie die RAF-Piloten ihre Witze darüber machten, denn nur so war der Gedanke zu ertragen. Er zwang sich zu einem Lächeln und ging mit Kitto zu der dichtgedrängten Menge am Klavier.

Die Räume des Admirals waren genauso überfüllt wie die Messe. Überall drängten sich Besucher, größtenteils Kommandanten der anderen Schiffe und Offiziere vom Stützpunkt. Um das Bild noch bunter zu machen, gab es dazwischen auch Uniformen der Royal Air Force und der Amerikaner.

Buchan wartete zwischen zwei keuchenden Stewards, die genügend Gläser auf ihrem Tablett trugen, um ein ganzes Regiment zu bedienen; er versuchte, die Aufmerksamkeit des Admirals auf sich zu ziehen.

Endlich sah ihn Chadwick und hob fragend eine Augenbraue.

Buchan mußte schreien. »Kann ich Sie sprechen, Sir?«

Der Admiral lächelte. »Hat das nicht Zeit, Bruce?« Er nahm ein Glas Champagner. »Bis zur nächsten Party wird es eine ganze Weile dauern!«

Buchan sagte: »Ich habe noch eine Menge zu tun, Sir.«

»Na gut. Der Admiral führte ihn in das kleine Dienstzimmer, das sich an seine Privaträume anschloß. Sobald die Tür zugefallen war, wirkte der Partylärm gedämpft und unwirklich.

Buchan sagte: »Ich habe Ihre *besonderen* Befehle studiert, Sir.«

»Na und?« Chadwick betrachtete sich im Wandspiegel. »Was wollen Sie damit sagen?«

»Bei keiner Besprechung wurde bisher ein vom Geleit unabhängiges Vorgehen unserer Gruppe erwähnt.« Buchan hielt den Blick auf die breiten Schultern des Admirals gerichtet, wollte ihn zwingen, sich ihm zuzuwenden.

Chadwick erwiderte trocken: »Das bedeutet nur, daß diese Dinge geheim sind, Bruce.«

»Bis zu einem gewissen Punkt, Sir.« Buchan versuchte, die richtigen Worte zu finden, dachte aber auch an die Verachtung im Gesicht seiner Frau, sobald Chadwicks Name erwähnt wurde: *dieser Mann!* »Wir sind eine Geleitträgergruppe, eine Jagdschutzgruppe. Wir können nicht als völlig selbständige Einheit operieren. Das ist nicht praktikabel.«

Endlich wandte Chadwick sich um und betrachtete ihn kühl. »Unsinn. Natürlich sind solche Operationen praktikabel.« Er merkte, daß Buchan unbeeindruckt blieb, und erläuterte: »Ich habe dazu eine Theorie und sie mit ein paar Leuten in der Admiralität und im Kriegsministerium besprochen.« Der Blick seiner stahlharten Augen hob sich langsam, bis er Buchan ins Gesicht sah. »Mit wirklich *wichtigen* Leuten. Sie schienen meine Ideen gutzuheißen. Ich hatte bereits seit einiger Zeit den Eindruck, daß unsere Geleitträgergruppen falsch eingesetzt und nicht genügend ausgenutzt werden.«

»Gemäß Ihren Befehlen, Sir«, Buchan sprach sorgfältig, überdachte jedes Wort, »sollen wir dem Konvoi Luftunterstützung geben. Trotzdem – wenn sich ein anderes Ziel bietet, sollen wir völlig unabhängig operieren.« Er schüttelte den Kopf. »Das kann nicht gutgehen, Sir. Auf keinen Fall.«

Chadwick lächelte melancholisch. »Das hat man auch im Befehlsbereich der *Western Approaches* gesagt, bis Max Horton das Kommando übernahm. Und bis Kommandanten wie Walker mit ihrem Können und ihrem Unternehmungsgeist bewiesen, daß man den Feind bis zu seiner endgültigen Vernichtung verfolgen kann, statt bei dem armen, sich mühsam über Tausende von Meilen quälenden Konvoi zu bleiben und nur defensiv alles abzufangen, was die Deutschen gegen ihn werfen!« Seine Stimme wurde schärfer. »Wie bei diesem Konvoi. *Unserem* Konvoi. Ich wette, daß sie seine Ladung in Berlin bis zum letzten Pfund Margarine kennen. Jeder feindliche Agent in Island hatte genügend Zeit, die Schiffe zu zählen und ihren Wert zu schätzen. Was sie nicht genau feststellen konnten, reimten sie sich zusammen, so wie wir das unter ähnlichen Umständen auch getan hätten.«

»Ich sehe trotzdem nicht ein, was ...« Buchan kam nicht weiter.

»Hören Sie, ich werde nicht defensiv mit ansehen, wie dieser Konvoi dezimiert und auf dem Weg zur Kola-Bucht zusammengeschlagen wird. Wenn die Deutschen auch nur ihre Nase vorstrecken, dann verfolgen wir sie. Das ist die neue Taktik: Wir warten nicht, bis wir von U-Booten oder Focke-Wulfs abgeschossen oder von *Scharnhorst* und *Tirpitz* vernichtet werden, wir greifen an!«

Er wandte sich um und musterte Buchan im Spiegel.

»Der Kommandierende Admiral der Geleitstreitkräfte wird seinen Teil dazu beitragen und der Konvoikommodore den seinigen. Muß ich noch mehr hinzufügen?«

Buchan sah weg. Er fühlte sich alt und geschlagen. »Verstehe.«

»Gut.« Die stahlharten Augen beobachteten ihn noch immer. »Also kommen Sie, trinken Sie ein paar Gins mit uns oder was Sie sonst mögen. Lassen Sie einmal Kapitän

Jolly die Verantwortung übernehmen. Ich bin sicher, er ist ohnehin eifrig darauf bedacht, seinen Wert unter Beweis zu stellen.«

»Danke, Sir, aber ich möchte lieber nicht.« Buchan fühlte sich jetzt besser. Die letzte Bemerkung über Jolly hatte den Ausschlag gegeben: Chadwick wollte einen gegen den anderen ausspielen, wie er es schon damals auf der *Camilla* getan hatte. »Ich habe wirklich noch zuviel zu tun.«

Chadwick geleitete ihn zur Tür, zurück in den Lärm und den Qualm.

»Dann tun Sie, was Sie für richtig halten, Bruce.« Er tätschelte ihm den Ellbogen. »Ich kann wirklich nicht zulassen, daß die Arbeit meinem Kommandanten über den Kopf wächst!«

Er kicherte noch immer, als Buchan schon wie blind durch die gegenüberliegende Tür davonstürmte.

Rowan setzte sich im Cockpit zurecht und beobachtete durch den Propellerkreis, wie das Flugdeck der *Growler* vor ihm größer wurde.

Es war lächerlich, sagte er sich. Diese Seafire reagierte ebenso bereitwillig auf jede seiner Forderungen wie seine eigene. Aber er flog Millers Maschine, weil Jonah noch repariert wurde. Das U-Boot hatte nichts Wichtiges getroffen, aber hier oben in den ungeheuren Weiten gingen die Mechaniker kein Risiko ein. Millers Jagdflugzeug war etwa genauso alt wie Jonah, möglicherweise sogar von denselben Arbeitern gebaut worden. Und dennoch hatte er das Gefühl, daß es anders war.

Er sah das Lichtsignal von der Flugbrücke, die kleinen Flecken auf den Seitengängen wurden zu Menschen, während er die Maschine vorsichtig zum Heck der *Growler* hinunterdrückte. Die See sah ölig und kalt aus; als Rowan einen raschen Blick auf die nächststehende Korvette warf, bemerkte er, daß sie mehr von ihrem Schiffsboden zeigte als üblich. Sie rollte also heftig im hohen Seegang. Vielleicht nahm er noch zu? Er entspannte sich und lockerte den Griff am Steuerknüppel, überprüfte noch einmal alles, stellte sicher, daß die Räder ausgefahren und eingerastet waren.

Warum hatte man seine Patrouille eine halbe Stunde früher zurückgerufen?

Er dachte an den riesigen Konvoi, den er überflogen hatte, etwa dreißig Meilen nordöstlich: vier lange Marschkolonnen von Schiffen. Der Kommodore führte die Steuerbordreihe an, von Bord eines großen Frachters, der vor dem Krieg in der Australienfahrt bestimmt bessere Tage gesehen hatte. Die Nachhut bildete der Flakkreuzer mit seinem bunten Tarnanstrich. Er sah dem Kreuzer *Camilla* sehr ähnlich, dessen Foto Rowan in der Kommandantenkajüte gesehen hatte.

Auch die vor dem Geleitzug und an den beiden Flanken fahrenden Zerstörer waren beeindruckend. Und noch weiter vorn hielten die stämmigen Minensucher und die Asdic*-Trawler, meist ehemalige Walfänger, einen ständigen Zickzackkurs. Doch das gemeinsame Kielwasser der vielen Handelsschiffe war am eindrucksvollsten, eine tiefe, glasige Furche, die sich achteraus bis zum Horizont erstreckte. Der Konvoi lief nahezu achtzehn Knoten, eine Menge mehr als alles, was er bisher erlebt hatte; die Höchstgeschwindigkeit war sonst acht bis höchstens zehn Knoten gewesen.

Rowan straffte sich, als die Räder aufsetzten und das stählerne Fangseil die Seafire mit lässiger Gewandtheit abbremste. Der Rolls-Royce-Motor schüttelte sich und schwieg. Rowan schob die Plexiglashaube zurück und spürte die eiskalte Luft in Augen und Nase. Während der letzten Tage hatte es erheblich abgekühlt. Der Konvoi und sein weit auseinandergezogen fahrendes Geleit hatten das

* U-Boot-Ortungsgerät

»Niemandsland« nordöstlich von Jan Mayen erreicht. Zwar waren sie nun außerhalb der Reichweite aller landgestützten Flugzeuge, sowohl der alliierten wie auch der deutschen, aber das machte Patrouillenflüge von den beiden Trägern aus nur um so notwendiger. Die U-Boote betrachteten dieses für sie verhältnismäßig ungefährliche Gebiet nämlich als ihr Eigentum, als ihre Jagdgründe.

Die nächste Seafire, es war die von Bill Ellis, schoß bereits auf das überhängende Heck der *Growler* zu; ihr Propeller beschrieb einen jetzt langsamer werdenden, wie Eis glänzenden Kreis, die Räder waren gespreizt wie die Klauen eines Raubvogels im Sturzflug auf die Beute.

Unteroffizier Thorpe, der dienstälteste von Rowans Wartungsmannschaft, schrie so laut er konnte, um den Motorenlärm zu übertönen: »Ihre Maschine wird erst in zwei Tagen fertig, Sir!«

Rowan nickte und klopfte dem Unteroffizier auf den ölbeschmierten Ärmel. »Tun Sie, was Sie können.«

Als er gebückt durch die Windfangtür unter der Insel ging, hüllte ihn die warme und feuchte Luft aus dem Schiffsinnern ein. Kitto stand mit den Händen in den Taschen da und beobachtete das Landen der Flugzeuge.

»Tut mir leid wegen des Rückrufs, Tim«, sagte er. »Irgend etwas ist im Busch. Alle Besatzungen sollen in fünfzehn Minuten im Bereitschaftsraum sein.« Den Blick auf die zuletzt mit kreischenden Rädern landende Seafire gerichtet, die der junge Creswell flog, sagte Kitto böse: »Der wird sich etwas mehr konzentrieren müssen!« Dann wandte er sich um. »Laß uns gehen.«

Die besten Sessel im Bereitschaftsraum waren bereits besetzt. Rowan warf einen Blick auf das Gedrängel unter den Wandkarten. Alle waren schon da, auch Villiers, der Flugdienstleiter; er wirkte noch angespannter als sonst. Bats war gerade angekommen, das Gesicht noch gerötet vom eiligen Lauf über das Flugdeck. Der Flugzeugingenieur, der Operationsoffizier mit seiner farbigen Karte,

Broderik, der ASO, und, nicht weniger wichtig, Oberleutnant der Reserve Syms, der neue Meteorologe. Sein Vorgänger war völlig zusammengebrochen, nachdem damals die sechs Swordfish den Träger nicht wiedergefunden hatten. Es war ein absolut unnormaler Sturm gewesen, überraschend aufgekommen, das hatten alle gesagt. Aber viele Flugzeugführer sahen danach den Meteorologen trotzdem etwas sonderbar an, fragten sich wohl, ob er die Piloten nicht doch hätte warnen können, und was er das nächste Mal tun würde, wenn *sie* dran waren.

Syms war ein kleiner, sanfter Mann mit rundem Kopf und den blassen Augen eines Gelehrten. Es hieß, er sei vorher Schullehrer gewesen. Andere, boshaftere Stimmen behaupteten, er benutze für die Wettervorhersage zwei verschiedene Arten Seetang: eine für die Jagdflieger, die andere für die Torpedoflugzeuge.

Dusty Miller stand auf, als der junge Creswell in den Raum stürmte, und meldete Villiers: »Alle anwesend, Sir.«

Die Tür der Operationszentrale ging auf, und Konteradmiral Chadwick trat ein. Er trug seinen leuchtendweißen Schal über dem Jackett, und sein Gesicht glänzte vor Gesundheit.

Villiers zunickend sagte er: »Nehmen Sie keine Rücksicht auf mich. Ich will nur dabeisitzen und zuhören.«

Bill Eillis flüsterte: »Was den guten alten Villiers bestimmt sehr freut!«

Villiers räusperte sich und blickte in die ihm zugewandten Gesichter.

»Ich habe Sie hierher gerufen . . .« Er sah Broderik an, aber in Wirklichkeit beobachtete er den Admiral. »Tatsache ist . . .« Er wußte einfach nicht, wie er anfangen sollte.

James, der Operationsoffizier, sagte abrupt: »Wir haben Meldungen aufgefangen, daß die Deutschen ihre schweren Einheiten in die nördlichen Stützpunkte an der norwegischen Küste verlegen.«

Villiers warf dem Admiral einen raschen Blick zu – wie ein Kaninchen, das von einer Schlange hypnotisiert wird, dachte Rowan.

»Zwei Kreuzer, die uns bisher als in Trondheim liegend gemeldet waren, sind jetzt vermutlich in Narvik.« Villiers zeigte auf die Karte. »Weitere Schiffe haben nach Tromsö verlegt, in einer Art Bocksprung-Operation. Keinerlei Patrouillenfahrten oder Übungen lagen dazwischen. Somit hat es den Anschein, als bereiteten sie einen Angriff für den Zeitpunkt vor, wenn wir auf Länge fünfundzwanzig Grad Ost zuhalten.«

Eilends fuhr er fort, als habe er Angst, den Faden zu verlieren: »Der Konvoi wird dann schon die Bäreninsel passiert haben und somit in Reichweite feindlicher Luftstreitkräfte sein. Es bedeutet auch, daß seine Schiffe Jagdschutz haben.«

Sie wandten sich alle um, als Chadwick ruhig sagte: »Außerdem ist es der beste Zeitpunkt, uns vom Nordkap aus zu beharken. Wenn wir im Flaschenhals sind, sozusagen.« Ohne zu lächeln fragte er: »Ist das *alles*?«

Villiers starrte ihn an. »Jawohl, Sir. Sie haben die Berichte ja selbst gesehen, auch den sofortigen Einsatzbefehl für die Einheiten der Home Fleet. Es ist mehr oder weniger das, was wir erwartet haben.«

»Stimmt.« Chadwick stieß sich von der Tür ab, trat zur Karte und ließ den Blick über die versammelten Offiziere schweifen. »Es ist sogar genau das, was wir erwartet haben. Der Krieg ist wie eine Waage. Was dem einen hilft, schadet dem anderen. Ein Schachspiel mit Zug und Gegenzug.«

Völlige Stille herrschte im Bereitschaftsraum, als Chadwick fortfuhr: »Die deutsche Gruppe Nord wird natürlich ihre stärksten Überwasserschiffe dort stationieren, wo sie unseren Geleitzug am besten erreichen können.« Er klopfte auf die Karte, seine Manschettenknöpfe glitzerten wie geschmolzenes Kupfer. »Was der Flugdienstleiter *nicht* erwähnt hat, ist die Tatsache, daß ein riesiger deutscher Öltanker ebenfalls auf dem Weg nach Norden ist. Er fährt wegen der RAF nur nachts, aber sobald er außerhalb unseres Bomberbereichs ist, wird er diese Vorsichtsmaßnahme außer acht lassen, um den Kriegsschiffen so schnell wie möglich Treibstoff zu bringen, den sie dringend benötigen.« Er wartete, beobachtete die Wirkung seiner Worte. »Ich sagte Ihnen, als ich dieses Kommando übernahm, daß die Deutschen im Augenblick Treibstoff nötiger brauchen als Menschen. Gruppe Nord würde nie das Risiko eingehen, einen Supertanker ausgerechnet in diesem Augenblick nach Norden zu verlegen, wenn sie nicht beabsichtigte, wirklich massiv gegen unseren Konvoi vorzugehen.« Er lächelte matt. »Dies alles klingt ziemlich kühn kombiniert. Jedoch ist es ein Schachzug«, er warf Villiers einen raschen Blick zu, »der analysiert, diskutiert und nochmals analysiert werden sollte.«

Broderik, der ASO, sagte rasch: »Wenn sie den Schwerpunkt ihrer Einheiten und ihren Jagdschutz weiter nach Norden verlegen, entsteht Ihrer Meinung nach eine Lücke in ihrer Verteidigung, Sir?« Er wiegte den Kopf, als wolle er unterstreichen, daß er der einzige war, der Chadwicks Kommentar richtig auszulegen verstand.

Der Admiral lächelte. »Genau.«

Villiers warf ein: »Aber wenn die RAF nicht an den Tanker herankommt . . .« Blaß geworden, wandte er sich von der Karte ab. »Sie wollen doch nicht unsere Flugzeuge gegen den Tanker schicken, Sir?«

Chadwick schnippte ein Stäubchen vom Ärmel. »Die Gruppe würde den Konvoi trotzdem vor jeder Bedrohung durch Überwasserstreitkräfte abschirmen. Denn für einen Angriff in der Morgendämmerung – niedrig geflogen, um den deutschen Radargeräten zu entgehen – wären nur wenige Flugzeuge nötig. Dieser Tanker fährt jetzt womöglich ganz gemütlich am hellen Tag.« Er blickte auf die Karte. »Trondheim, Bodö, dann vielleicht Narvik. Oder durch die

Lofoten direkt hinauf zum Altenfjord. Eins oder das andere, denn die Deutschen mögen zwar genau und gewissenhaft sein, aber ihre Hauptschwäche ist das totale Fehlen jeglicher Originalität.« Jetzt lächelte er. »Ja, Villiers. Dies ist eine der Ideen, die ich in London besprochen habe. Daher wurde die Information auch an den Kommandierenden Admiral der Home Fleet weitergegeben«, er strahlte, »und an *mich.*«

Chadwick machte eine Pause und wartete, bis das Stimmengewirr in dem überfüllten Raum verklungen war.

James sagte plötzlich: »Das scheint mir eine günstige Gelegenheit, mit guter Aussicht auf Erfolg, Sir.« Dann warf er einen Blick auf Villiers, als hätten ihn seine Worte selbst überrascht. »Aber für unsere Swordfish-Staffel wird es schwer werden, dort heil wieder wegzukommen.« Er blickte Chadwick an, als erwarte er, daß dieser seine Befürchtungen zerstreue.

Chadwick sagte lediglich: »Das bleibt abzuwarten.«

»Also ist schon alles entschieden?« Villiers beobachtete den Admiral, seine Augen lagen im Schatten, aber sein Gesicht sah ganz krank aus.

»Noch nicht ganz.« Chadwick sah Rowan an und hielt seinen Blick fest. »Die Admiralität, der Nachrichtendienst und natürlich unsere Freunde in der norwegischen Widerstandsbewegung sind schon entsprechend eingewiesen.«

James rief aus: »Aber die Deutschen werden immer mehr über unseren Konvoi erfahren, Sir!«

Chadwick erwiderte eiskalt: »Nun, vielleicht kennen Sie die Deutschen besser als wir.« Er wandte sich ab und ließ den verletzten James stehen. »Unser Konvoi ist von ungeheurer Wichtigkeit, behalten Sie das im Auge, meine Herren. Die Versenkung dieses Tankers wäre nur ein Schachzug von vielen, könnte aber trotzdem für den Feind ein vernichtender Schlag sein. Der Konvoi wird angegriffen werden, unabhängig davon, was wir tun oder sagen. Die Deutschen haben keine andere Wahl, genausowenig wie wir. Aber dieser eine Zug könnte womöglich den nächsten des Gegners vereiteln. Es liegt an uns, alles zu tun, um die Wucht des kommenden Angriffs zu mindern.«

Villiers fragte heiser: »Ist das alles, Sir?«

»Ja, das ist alles.« Chadwick griff nach seiner Mütze. »Ich gehe jetzt an Deck, die Luft hier ist ein bißchen stickig.«

Villiers wartete, bis der Admiral die Tür hinter sich geschlossen hatte, dann sagte er leise: »Das war's also. Jetzt ist die Katze aus dem Sack. Der Admiral beabsichtigt, die beiden Träger zu trennen, *Hustler* mit der Hälfte der Geleitfahrzeuge beim Konvoi zu lassen und mit *Growler* in Etappen näher an die norwegische Küste zu laufen.« Unglücklich sah er sie an. »Die Besatzungen werden natürlich Freiwillige sein.«

James sagte: »Der Admiral hat mir eben noch mitgeteilt, daß die Besatzungen schon ausgewählt sind. *Er* wird sie wissen lassen, wann er sie einsetzen will.«

Rowan dachte an den Blick des Admirals. *Ausgewählt.* Dieser Blick hatte ihm gesagt, daß er dabeisein würde.

Während er der Diskussion zuhörte, hatte er mehr als an Villiers' Verzweiflung und an James' Ärger an das alte Argument gedacht: Selbst wenn jedes Flugzeug der *Growler* abgeschossen, wenn der Träger selbst versenkt oder schwer beschädigt wurde, die Vernichtung des Tankers war dennoch diesen Einsatz wert.

»O Gott!« Er sprach laut, ohne Bill Ellis' plötzliche Betroffenheit zu bemerken. »Damit habe ich nicht gerechnet!«

Ein Funker kam aus der Operationszentrale und reichte James einen Schreibblock. Dieser las laut vor: »Zwei U-Boote östlich vom Konvoi gesichtet.« Und zu Villiers: »Jetzt sind Sie dran.«

Villiers richtete sich auf. »Die zum Einsatz anstehenden Besatzungen melden sich beim ASO, sobald wir hier entlassen sind.« Abschließend fügte er hinzu: »Kein Grund zur Aufregung. Wer weiß, was sich noch ereignet.«

Der Himmel über dem sanft rollenden Träger hatte sich verändert. Von Horizont zu Horizont erstreckten sich lange, kupferfarbene Wolkenstriche, die ganz und gar nicht zu der kalten Luft paßten. Rund um die beiden stämmigen Träger stampften und rollten die Korvetten in der unruhigen See; ihre Decks glänzten, weil der Gischt über ihre Vordersteven und die festgezurrten Geschütze fegte.

Weit weg von Backbord, kaum noch sichtbar an der klaren Kimm, sah man die nächsten Geleitfahrzeuge des Konvois. Ein kleiner Punkt kreiste darüber. Rowan, die Wangen von der beißenden Luft gerötet, blickte vom Seitengang aus schärfer hin und erkannte, daß es das alte Walrus-Wasserflugzeug des Flakkreuzers war, die »tanzende Fledermaus«, wie es liebevoll genannt wurde.

Die Walrus war gut geeignet, um nach aufgetauchten U-Booten zu suchen. Gegen alles, was flog, war sie jedoch hilflos wie ein blindes Baby.

Und dahinter, überlegte er, sollten die Goliaths der Home Fleet sein? Waren sie wirklich dort, um ohne Verzögerung heranzubrausen und den Konvoi zu verteidigen? Es gab einfach zu viele Fragezeichen.

Irgendwer hantierte unter dem Brückenaufbau, und als sich Rowan umdrehte, erkannte er Oberleutnant Syms, den Meteorologen, der seinen großen orangefarbenen Ballon steigen lassen wollte. Er machte ein paar halbherzige Versuche, dann gab er es auf.

Rowan rief: »Wie sieht's aus?«

Syms blickte aus unergründlichen Augen zu ihm herunter. »Bin nicht sicher.« Er zögerte. »Aber ich mache mir schon den ganzen Morgen Gedanken. Wir könnten Nebel bekommen.«

Rowan wandte sich ab. Nebel! Der hätte ihnen gerade noch gefehlt.

Der Meteorologe starrte ihm nach. »Ich kann mich natürlich irren.« Er blickte hinauf zur Mastspitze, an der Chadwicks Flagge auswehte. »Andererseits . . .«

In seine Überlegungen hinein polterten die nächsten beiden Swordfish über das Flugdeck. Ihre Motoren heulten auf, als sie das Startsignal erhielten.

Ein weiterer Patrouillenflug. Syms schüttelte den Kopf und zog sich ins Innere der Insel zurück.

Rowan sah zu, wie sich die Doppeldecker in die Luft erhoben und in Richtung des fernen Geleitzugs eindrehten. Von seinem stählernen Sitz auf der Brücke folgte ihnen Kapitän Buchan mit seinem Glas.

Bray, der Navigationsoffizier, sagte nachdenklich: »Komisches Schiff, wenn man bedenkt, Sir. Mit dem Rumpf eines Handelsschiffes, dem Aufbau eines Flugzeugträgers und einer Mixtur aus Seeleuten und Fliegern als Besatzung. Ich weiß nicht . . .«

Oberleutnant John Bray war Reserveoffizier und vor dem Krieg als Zweiter Offizier auf Öltankern gefahren. Er wußte noch immer nicht, ob der Kommandant ihn mochte. Einige aktive Offiziere lehnten Reservisten ab.

Buchan sah ihn nicht an, sondern sagte: »Bringen Sie das Schiff wieder auf Kurs, NO*. *Hustler* fliegt die nächste Patrouille.«

Bray grinste hinter seinem Rücken. Anscheinend hatte der Kommandant kein einziges Wort von seinen Überlegungen gehört. Er ging zum Sprachrohr: »Backbord zehn.«

Buchan fühlte, wie die Stahlarme des Sitzes gegen seine Rippen drückten, als das Schiff wieder auf den alten Kurs drehte. Soweit schien alles gutzugehen. Warum war er dann so unruhig? Die Wetterberichte klangen nicht schlecht. Die beiden Großkampfschiffe der Home Fleet waren mit ihrem Zerstörergeleit auf See. Seine Unzufriedenheit war nicht fair, das wußte er. Noch vor ein paar Monaten hätte er alles dafür gegeben, wieder auf ein Schiff versetzt zu werden. Er fuhr mit der Hand über die

* Navigationsoffizier

Stahlplatten. Arme *Growler*. Sie war alles andere als schön. Er hatte Brays Bemerkung wohl gehört und war überrascht über seinen sofort einsetzenden Unwillen. Die *Growler* war sein Schiff, und niemand, nicht einmal Chadwick, würde sie sinnlos aufs Spiel setzen.

Ein Bootsmannsmaat rief: »Vom Funkraum, Sir: zwei U-Boote östlich vom Konvoi.«

»Danke.« Er hielt den Blick weiter auf den Horizont gerichtet, der auf und nieder stieg, als versuche er, die Schiffe über den Rand der Welt zu kippen.

Er hörte hinter sich Brays lederne Seestiefel knarren und vergab ihm seine Bemerkung. Bray war manchmal ein bißchen langweilig, wenn er sich über die guten alten Tage bei der Handelsmarine erging. Aber einmal, als sie im Atlantik einem schwer zusammengeschlagenen Geleitzug begegnet waren, sahen sie einen uralten Frachter kentern, während die anderen Schiffe davondampften. Buchan hatte sich an Bray gewandt, um ihn über diesen Frachter zu befragen, der so bemitleidenswert und verloren wirkte. Er war erschüttert, als er sah, daß Bray die Mütze abgenommen hatte und gebannt zu dem sinkenden Frachter hinüberstarrte. Mit gebrochener Stimme hatte er gesagt: »Sie war mein erstes Schiff, Sir. Armes altes Wrack!«

Die Worte eines einfachen Seemanns, dachte Buchan. Aber wie sehr drückten sie das ganze Elend dieses verdammten Krieges aus.

Er sagte: »Was Sie soeben über die *Growler* gesagt haben, NO«, das Knarren der Stiefel hörte auf, »mag zutreffen. Aber mir genügt sie.«

Bray grinste. »Mir auch, Sir.« Er ging zum Tochterkompaß. »Sie ist wohl ein bißchen wie ich: halb und halb.«

Buchan richtete sich in seinem Sitz auf, als er das ferne Dröhnen detonierender Wasserbomben hörte. Der Chef der Geleitfahrzeuge war auf Draht. Auch die Swordfish waren jetzt dort und würden ihren Teil beitragen, falls die U-Boote sich zeigten.

Bray sagte: »Das kann eine weitere große Kursänderung bedeuten, Sir.«

»Abwarten. Möglicherweise wissen die U-Boote nichts von dem Konvoi. Die Zerstörer konnten sie vielleicht unter Wasser zwingen, bevor sie ihn entdeckt haben.«

Bray seufzte. Er dachte an die Hunderte von Meilen, die noch vor ihnen lagen, bevor sie wieder vor Anker gehen konnten. Den Alten schien das aber nicht zu stören. Das war vielleicht ganz gut so, fand er.

5 Handverlesen

Vier Tage lang dampfte der Konvoi gleichmäßig nach Nordnordost, wobei er Geschwindigkeit und Formation so stetig beibehielt, daß es allen vorkam, als könne sich daran nie mehr etwas ändern.

Die frühere U-Boot-Angst war beinahe vergessen; für Rowan und alle anderen innerhalb des geräumigen Rumpfes der *Growler* begannen Zeit und Entfernung jegliche Bedeutung zu verlieren.

Nur wenn Rowan die Operationszentrale aufsuchte oder sich mit dem Navigationsoffizier unterhielt, kehrte er in die Realität zurück. Dann kamen ihm die einheinhalbtausend Meilen zu Bewußtsein, die der Konvoi schon zurückgelegt hatte; trotzdem war das vorspringende Horn von Spitzbergen, das noch tausend Meilen vor ihnen lag, erst das nächste Land. Und wenn sie es passierten, hatten sie erst die Hälfte ihres Weges zurückgelegt. Das machte ihn nervös und reizbar, was seinem Naturell im Grunde nicht entsprach.

Es war die Leere der endlosen, hellen Tage, der ewig gleiche Blick auf die starren Reihen der Handelsschiffe, der die Augen schmerzen ließ und alles noch unerträglicher machte. Und es war die Anspannung der unheimlichen, halbdunklen Nächte mit ihren Schatten auf der bewegten See, die in der Phantasie zu U-Boot-Rudeln wurden. Rowan hatte grell leuchtendes Treibeis und riesige Schwärme von Seevögeln gesehen, die wie teilnahmslos auf dem Wasser hockten und erst aufflatterten, wenn das Flugzeug über sie hinwegdonnerte. Danach ließen sie sich sofort wieder nieder.

An den Wetterberichten konnten sie deutlich ihren Fortschritt über den Polarkreis hinaus ablesen. Sie informierten Syms routinemäßig über wechselnde Fronten und Luftdruckverhältnisse. Überall sonst gab es Regen und Sonnenschein, Hagel oder Trockenheit. Hier beim Konvoi jedoch blieb sich das Wetter immer gleich: *gesichtslos*.

Die Nachrichten über den Kriegsverlauf waren vorsichtig. Wenn die Deutschen über den Abfall ihrer italienischen Bündnispartner bedrückt waren, so ließen sie es sich in ihren Rundfunksendungen jedenfalls nicht anmerken. Im Funkraum der *Growler* hörte man oft deutsche Programme aus Norwegen und von weiter entfernten Sendern. Meist war es aufpeitschende Marschmusik, aber einmal auch eine alarmierende Meldung in englischer Sprache, daß HMS *Growler* mit Mann und Maus versenkt worden sei. Erst als der Nachrichtensprecher als Ort der Vernichtung das Mittelmeer nannte, entspannte sich die Besatzung und fing an zu lachen.

Eine Woche nach Island trafen sie mit zwei großen Flottentankern zusammen; die überbeanspruchten Geleitfahrzeuge bunkerten Treibstoff, ohne den Dienstbetrieb auch nur im geringsten zu unterbrechen.

Die Organisation des Konvois war wirklich beeindrukkend. Rowan hatte genügend Zeit, die fünfunddreißig Handelsschiffe eingehend zu betrachten. Es war geradezu ein Wunder, daß sie diese hohe Geschwindigkeit so gut durchhielten, denn er hatte noch nie derart überladene Schiffe gesehen. Selbst an Deck war jeder Quadratmeter voll bepackt mit großen hölzernen Kisten oder Lattenverschlägen, mit Panzern, gepanzerten Fahrzeugen und zusammengeklappten Flugzeugen. Wäre der Geleitzug im Winter durch diese nördlichen Gewässer gefahren, hätten die Schiffe höchstens halb so viel Decksladung fahren können, damit die Vereisung sie nicht topplastig machte, was selbst für die größten ständige Kentergefahr bedeutet hätte.

Oft überflog Rowan den Konvoi ganz niedrig, sah die nach oben gerichteten Gesichter und die winkenden Hände. Es gehörte viel Mut dazu, in diesem Krieg als Handelsmatrose zu fahren. Die Frachter waren schließlich immer das Ziel und hatten keine andere Bewaffnung als ein paar alte Kanonen.

Am achten und neunten Tag mußte der Konvoi wegen einer angeblichen U-Boot-Sichtung einen weiten Umweg machen. Ob die Meldung richtig oder falsch war, stellte sich nie heraus, aber die Verlängerung der Reise erhöhte auf jeden Fall die Spannung.

Am nächsten Tag erfuhren sie, daß die Alliierten mit der Invasion des italienischen Festlands begonnen hatten. Noch vor einer Woche hätten sie das begeistert gefeiert, aber jetzt kam das Ereignis so plötzlich und schien so weit entfernt, daß die Besatzung sich nur noch isolierter fühlte als zuvor.

Im Bereitschaftsraum, wo sie dösend, schwatzend und rauchend beim Kaffee saßen, sagte Bill Ellis: »Ich wette, man wird ihnen beim Marsch auf Rom Rosen streuen. Die Burschen sind wirklich zu beneiden. Wären wir doch nur dort statt hier oben!«

Villiers kam auf dem Weg zur Brücke durch den Bereitschaftsraum, die Schultern gebeugt, das Gesicht ausdruckslos.

Ellis stand auf. »Haben Sie Neues über die Lage, Sir?«

Villiers blieb stehen, zwang seine Gedanken in die Gegenwart zurück. »Der Nachrichtendienst ist der Ansicht, daß die Deutschen genau wissen, was wir vorhaben, aber wegen des starken Geleitschutzes noch mit dem großen Schlag warten.« Er schüttelte sich. »Ich weiß nicht recht, Bill, aber diese Hunde führen bestimmt etwas im Schilde.«

Rowan hatte halb zugehört, halb die beiden jüngsten Flugzeugführer, Creswell und Cotter, beobachtet; sie spielten »Schiffe versenken« und schienen davon völlig in Anspruch genommen.

Abrupt fragte er: »Und was ist mit unserer *Sonderrolle*, Sir?«

Die beiden sahen ihn überrascht an.

Villiers erwiderte: »Nur Gerede, hoffentlich. Die Nachrichtenleute haben recht, es wird eine Schlacht zwischen den Großkampfschiffen werden.«

Korvettenkapitän James kam aus der Operationszentrale und nickte Villiers zu. »Besprechung auf der Brücke. Der Admiral will Blut sehen.« Müde lächelte er. »Irgend jemand hat ihm wohl seinen Champagner gestohlen.«

Rowan blickte ihnen nach. »Die haben beide eine Heidenangst vor dem Admiral, Bill.«

Schwer ließ sich Ellis in den Sessel fallen. »Wenn wir jemals bis zu ihrer Stellung hinaufsteigen, werden wir vermutlich genau dieselben Symptome zeigen, mein Junge.«

Rowan merkte dann, daß er im Sessel eingeschlafen sein mußte. Denn er wachte erschreckt auf, als seine Kaffeetasse vom Tisch rutschte und klirrend zerbrach.

Ellis sagte: »Wir drehen nach Steuerbord.«

Die Piloten ließen ihre Magazine oder Briefe fallen und eilten an die Bullaugen. Rowan sah undeutlich eine Korvette, die von ihnen abhielt, sah das Blinken einer Morselampe und Signalflaggen an ihrer Rah.

Das Deck richtete sich wieder auf. »Nun, das bißchen Aufregung für diesen Tag scheint vorbei zu sein«, sagte Cotter, und einige lachten.

Ellis knöpfte seinen Kampfanzug auf und suchte in der pelzgefütterten Lederweste herum. Es war ein seltsames

Kleidungsstück, von dem Ellis steif und fest behauptete, er hätte es einem französischen Fliegermajor beim Kartenspiel abgewonnen. Schließlich zerrte er ein Ölzeugbeutelchen heraus, dem er einen Taschenkompaß entnahm.

Leise sagte er: »Neuer Kurs Südost.« Er sah Rowan an. »Villiers hatte unrecht. Wir wenden dem verdammten Konvoi den Rücken.«

Die nächste Gruppe Bereitschaftspiloten trat ein, aber die abgelösten blieben in ihren Sesseln sitzen.

Villiers und James kamen gemeinsam zurück, standen unsicher an der Tür, als sie die ihnen zugewandten, fragenden Gesichter sahen. Schließlich sagte Villiers: »*Hustler* schließt dichter an den Konvoi heran und nimmt zwei Korvetten und den Schlepper mit. Wir gehen mit dem Rest nach Norwegen.«

Rolston knurrte ärgerlich: »Wir werden bestimmt nicht an Land schwimmen und es dem Feind verraten, wenn Sie uns mehr sagen, Sir!«

James blickte ihn warnend an, aber Villiers erwiderte ruhig: »Ich weiß. Aber ich kann Ihnen im Augenblick keine weitere Information geben.«

James ergänzte: »Und wenn Sie noch einmal derart entgleisen, Rolston, melde ich Sie dem Kommandanten, klar?«

Rolston starrte ihn wütend an. »Aye, aye, Sir.«

Ellis seufzte. »Ich gehe essen, das hilft in einer Krise am besten.«

Aber James hielt ihn auf. »Nein, Bill. Sie und Tim sollen sich auf der Brücke melden.« Er sah sich im Raum um. »Sie auch, Creswell. Beeilt euch, der Admiral wartet oben.«

Die drei Offiziere liefen zur Brücke hinauf und wurden in den Kartenraum verwiesen. Er war voller Menchen und triefte vor Kondenswasser. Chadwick stand breitbeinig und mit verschränkten Armen vor dem Kartentisch, seine langen Koteletten glänzten in der Decksbeleuchtung wie

Silber. Kommandant, Navigationsoffizier und Broderick, der ASO, umgaben das hellerleuchtete Rechteck des Tisches wie Schauspieler, die auf ihr Stichwort warten.

Chadwick nickte. »Gut.« Dann sah er Rowan an, sonderte ihn durch seinen Blick von den anderen ab. »Schlafen Sie jetzt besser?«

Rowan fühlte, daß ihn alle anstarrten. Ein wenig unsicher antwortete er: »Ja, danke, Sir.«

Chadwick lächelte. »Prima. Sie haben in letzter Zeit schlecht ausgesehen. Ich behalte meine Leute im Auge, wie Sie wissen.« Dann wandte er sich an Bray. Nun, NO?«

Bray räusperte sich. Die Atmosphäre schien äußerst gespannt zu sein, und Rowan vermutete, daß es vor ihrem Eintreffen eine hitzige Diskussion gegeben hatte.

Der Navigationsoffizier zeigte mit dem Stechzirkel auf die Karte. »Dies ist unsere augenblickliche Position. Wir steuern Südost. In vier Tagen werden wir hier sein, vorausgesetzt . . .«

Chadwick unterbrach ihn ungeduldig. »*Vorausgesetzt*, nun, das versteht sich von selbst!« Er sah die drei Flieger an. »Viel wird von unserem Nachrichtendienst und von unseren Sichtmeldungen abhängen.« Und mit einem Blick auf Buchan: »Aber vor allem vom Verhalten unserer kleinen Streitmacht. Denn mit etwas Glück können wir jetzt unseren Blitzangriff auf den großen Tanker starten. Es scheint, daß er im Augenblick eine Panne hat. Unfall oder Sabotage, das wissen wir nicht. Aber es verzögert seine Weiterfahrt und gibt uns Zeit.«

Zum ersten Mal sprach Buchan, er wandte sich an Rowan. »Sie werden Jagdschutz für drei Swordfish fliegen, mit ihnen den Tanker auf seinem Ankerplatz angreifen und sofort zurückkehren.« Es klang, als würgten ihn diese Worte im Hals.

Chadwick ignorierte ihn. »Sie, Rowan, übernehmen das Kommando.«

Rowan befeuchtete sich die Lippen. »Ja, Sir.«

Überraschenderweise grinste Chadwick, wobei sein breiter Mund beinahe bis zu den Koteletten reichte. »Ist das alles, was Sie zu sagen haben?«

Rowan trat dichter an die Karte heran, studierte Brays sorgfältige Berechnungen, das am Schluß dicht vor der norwegischen Küste eingetragene Bleistiftkreuz. Nach grober Schätzung lag es etwa hundert Meilen von Land entfernt. Eine Swordfish hatte gut fünfhundert Meilen Reichweite, eine Seafire um einiges weniger. Das ließ ihnen am Zielort nicht viel Zeit.

»Eine unsichere Position, Sir.«

Broderick sagte mit seiner gewohnt emotionslosen Stimme: »Seien Sie unbesorgt, wir geben Ihnen die Einzelheiten noch. Ich habe Zeichnungen und auch Fotografien in den Akten.«

Ellis fragte den Admiral: »Wenn wir ihn erledigt haben, Sir, was dann?«

Ruhig musterte ihn Chadwick. »Was wohl? Zurück an die Arbeit natürlich. Wir werden so schnell wie möglich wieder an den Konvoi heranschließen und uns auf das große, entscheidende Gefecht vorbereiten. Natürlich ist das Ganze ein ziemlicher Umweg, und es bedeutet auch, daß wir mehrere Tage auf uns allein gestellt sind. Aber der C. in C.* hat das Unternehmen gebilligt, von dieser Seite sind also keine Rügen zu erwarten.« Das klang, als könne nichts mehr schiefgehen.

Broderick blickte unsicher von Chadwick zu Buchan. »Wenn das also alles ist, Sir?«

Der Admiral runzelte die Stirn. »Im Augenblick ja; aber behalten Sie es für sich. Ich möchte kein großes Gerede darüber. Die dafür vorgesehenen Offiziere und die Swordfishbesatzungen werden vom normalen Dienstplan gestrichen, es sei denn«, er warf einen kurzen Blick auf den

* Commander-in-Chief = Oberbefehlshaber

Kommandanten, »daß wir von der gesamten deutschen Luftwaffe angegriffen werden.«

Broderick verzog keine Miene. »Machen Sie also weiter, meine Herren.«

Als sie sich anschickten, den Kartenraum zu verlassen, sagte Godsal, der gewandte Flaggleutnant, lächelnd zu Rowan: »Sie nicht. Der Admiral wünscht, daß Sie in seinen Räumen auf ihn warten.«

Rowan starrte ihn an. Er hatte ihn bisher überhaupt nicht bemerkt. Aber vielleicht war dies die wichtigste Aufgabe eines Flaggleutnants: unsichtbar zu bleiben, bis er gebraucht wurde.

Rowan ging zu Chadwicks Räumen und spürte, wie das Schiff infolge der zusätzlichen Umdrehungen vibrierte. Die Korvetten würden froh sein, dachte er. Endlich konnten sie höhere Fahrt laufen, statt den für ihre Verhältnisse langsamen Konvoi zu begleiten.

Dundas, der Steward des Admirals, nahm Rowans Mütze entgegen. »Bitte setzen Sie sich, Sir, der Admiral wird bestimmt gleich kommen.« Er hätte in einem großen Herrenhaus einen guten Butler abgegeben, dachte Rowan.

Chadwick trat ein und warf Dundas seine Mütze zu.

»Bleiben Sie sitzen«, sagte er zu Rowan, der aufgestanden war. Er musterte sich kurz im Spiegel und schien zufrieden. »Ich werde Ihre Zeit nicht lange in Anspruch nehmen.« Und zu Dundas: »Einen Sherry.« Dann sah er Rowan zum ersten Mal an. »Sie können trinken, was Sie möchten, da Sie nicht mehr auf dem Dienstplan stehen.«

»Dann hätte ich gern auch einen Sherry, Sir.«

»Gut.« Chadwick wirkte ein wenig geistesabwesend. »Ich hasse Entschlußlosigkeit.« Dann sagte er lächelnd: »Aber nun zu unserem kleinen Sondereinsatz.«

Rowan nippte an seinem Sherry und beobachtete Chadwick. In diesen spartanischen Räumen fühlte er sich in seiner Gegenwart ungeschickt und unsicher.

Der Admiral fuhr fort: »Von Roijen wird der führende

Swordfishpilot. Scheint sehr erfahren und zuverlässig zu sein.« Er kicherte in sich hinein. »Für einen Ausländer.«

Rowan verbarg seine Überraschung. Also würde er die Jäger führen und der Holländer den Torpedoangriff. Nicht Miller und nicht Kitto.

Langsam sagte Chadwick: »Ich weiß, was Sie jetzt denken.« Er schien eine Entscheidung zu treffen. »Sie sind ein guter Pilot, das habe ich gehört und auch selbst beobachtet. Aber wenn sie glauben, ich gebe Ihnen das Kommando über diesen Angriff, weil Sie mein bester Pilot sind, dann können Sie's vergessen.« Er lachte über Rowans betroffenes Gesicht. »Sie sind gut; aber nicht der Beste.«

Er stand auf und schritt unruhig in der Kajüte auf und ab, wobei er das Glas wie einen Talisman vor sich her trug.

»Die Deutschen werden alles tun, um den Konvoi zu schwächen. Wenn sie später ihren Großangriff starten, brauche ich jeden erfahrenen Piloten. Der vorbereitende Angriff auf den Tanker kann die Dinge zu unseren Gunsten wenden. Andererseits kann er natürlich schiefgehen, dann kommen Sie nicht mehr zurück.«

Rowan hätte gern sein Sherryglas geleert, sich bewegt, irgend etwas anderes getan; aber Chadwicks kühle Worte hielten ihn auf seinem Sitz fest.

Chadwick machte weder ihm noch sich selbst etwas vor. Er verbreitete keinerlei Optimismus, gab nicht einmal einen Hinweis auf Überlebenschancen. Welch ein Unterschied zu Villiers! Der Vergleich drängte sich Rowan förmlich auf. Villiers schien das Leben jedes einzelnen Piloten vor jedem Patrouillen- oder Übungsflug für einen Teil seines eigenen Lebens zu halten.

Chadwick fuhr fort: »Ich kenne Ihre Personalakte, Sie haben nicht bei der Marinefliegerei angefangen.« Das war keine Frage, sondern eine Feststellung. »Sie fuhren früher auf Zerstörern an der Ostküste.«

»Jawohl, Sir.« Erinnerungen drangen wieder auf ihn ein: der alte Zerstörer aus dem Ersten Weltkrieg, die verlustreichen Küstenkonvois, die Bomber, das Spießrutenlaufen zwischen den deutschen Schnellbooten ... Es schien hundert Jahre her zu sein. »Ich war des Geleitdienstes überdrüssig, Sir. Als man Freiwillige für die Marineflieger suchte, habe ich mich sofort gemeldet. Ich hätte jede Verwendung angenommen, um von den Geleitzügen wegzukommen.« Er grinste. »Tja, und sobald ich fliegen konnte, kehrte ich schnurstracks zu ihnen zurück.«

Chadwick beobachtete, wie beim Lächeln Rowans Jugend unter dem sonst so ernsten Gesicht hervorschimmerte. »Ja. Und auf dem Zerstörer haben Sie Ihr Patent als Navigationsoffizier gemacht.« Er nickte langsam. »Also ein bißchen von beidem, Flieger und Seemann. Für die bevorstehende Aufgabe werden Sie beides benötigen, sowohl beim Angriff wie bei der Rückkehr zum Schiff.«

»Ich werde mein Bestes geben, Sir.« Es klang schwach, unangemessen.

»Ja.« Chadwick sah weg. »So muß es sein. Mit Durchschnittsleistungen werden keine Kriege gewonnen.«

Es klopfte, und Godsal blickte herein. Die Besprechung war beendet.

Chadwick sagte abschließend: »Prägen Sie sich in den nächsten Tagen so viel über Nordnorwegen ein, wie Sie können: Landmarken, Fahrrinnen zwischen den Inseln, all diese Dinge. Wenn es uns gelingt, Sie unbemerkt bis zur Startposition zu bringen, haben Sie das Überraschungsmoment auf Ihrer Seite.« Er hielt Rowans Blick fest. »Aber nicht viel mehr, fürchte ich.« Dann nickte er. »Gelegentlich werden wir uns in Ruhe unterhalten.«

Rowan trat auf den Gang, noch benommen von Chadwicks rascher Anerkennung. Zuerst hatte er ihm eine Aufgabe übertragen, die volles Vertrauen erforderte, dann hatte er ihn wieder auf Normalgröße zurechtgestutzt und ihm zuletzt wenig Hoffnung auf Rückkehr gemacht. Alles innerhalb weniger Minuten.

Er ging zu Ellis und van Roijen, die in ihrer Kammer

ihn warteten. Leise sagte er: »Das war ein aufmunterndes Gespräch. Ich weiß nicht, ob ich ihn bewundern oder hassen soll.«

Van Roijen strahlte. »Es wird eine tolle Sache, Tim. Wie war doch noch Ihr Ausdruck dafür? Kleine Fische!«

Die sechs Flugzeugbesatzungen saßen im Bereitschaftsraum, ohne sich anzusehen, und lauschten dem jetzt schwächeren Maschinengeräusch.

Die Lichter waren abgedunkelt, um sie nicht zu sehr zu blenden. Es war, als säßen sie da und warteten auf das Ende der Welt, dachte Rowan. Er war innerlich so aufgewühlt, daß es ihn überraschte, wie ruhig seine Hände und Füße waren und wie gleichmäßig sein Atem ging.

Er ließ den Blick noch einmal über die anderen schweifen. Zwölf Männer, sechs Flugzeuge. Ersetzbar. *Verbrauchsmaterial.*

Bill Ellis saß mit ausgestreckten Beinen und geschlossenen Augen da, sein blondes Haar zitterte im Luftstrom des Deckenventilators.

Creswells Gesicht wirkte in der schwachen, orangefarbenen Beleuchtung womöglich noch jugendlicher als sonst.

Dann die Swordfishbesatzungen: jeweils Flugzeugführer, Beobachter und Bordschützen. Seltsam, daß Troup, der ehemalige Schauspieler, einen Orchideenzüchter als Beobachter an Bord hatte. Und der junge Cotter war von den Antipoden hierhergekommen, um diesen Augenblick zu erleben.

Genau nach Brays Berechnung war die *Growler* auf der mit dem Bleistiftkreuz gekennzeichneten Position angekommen, einige hundert Seemeilen nordwestlich der Lofoten. Sie hatten seit dem Verlassen des Konvois kein einziges Schiff oder Flugzeug gesichtet, schienen mit ihren vier rostigen Korvetten das Nördliche Eismeer für sich allein zu haben.

Aus dem anschwellenden Funkverkehr ging hervor, daß der Konvoi zweimal von U-Booten belauert wurde. Es waren jedoch keine Versenkungen oder Beschädigungen gemeldet worden. Vielleicht war das Ganze nur eine Übung gewesen, eine Demonstration der Stärke? Eins war sicher: Der Feind wußte über den Konvoi und seinen Wert genau Bescheid. Sein Bestimmungshafen war offensichtlich. Während der letzten Tage hatte Rowan oft an die fünfunddreißig Schiffe gedacht, die in langen, schnurgeraden Reihen dahindampften, entschlossen und unaufhaltsam.

Die Tür ging auf, und Kapitänleutnant Miller trat unter die Deckenlampe. Ruhig sagte er: »Es wird Zeit, Jungs.«

Sie standen auf, nahmen ihre Sturzhelme und Brillen, gingen im Geist noch einmal ihre Instruktionen durch, die Pläne und Karten, Brodericks Skizzen der Inseln und Landmarken, die jetzt für sie bald Wirklichkeit werden sollten.

Miller trat mit Rowan auf den Gang hinaus. Wie ruhig das Schiff war! Seit vier Stunden stand alles auf Gefechtsstationen, jedes Geschütz war besetzt, alle Flugzeugbesatzungen hielten sich bereit für den Fall, daß der Feind etwas über Chadwicks Privatkrieg in Erfahrung gebracht hatte.

Sie hatten eine Einsatzbesprechung nach der anderen über sich ergehen lassen müssen, bis ihre Hirne sich weigerten, auch nur die geringste zusätzliche Information aufzunehmen. Die Quintessenz war: Dort lag ein Tankschiff vor Anker, dicht unter Land bei einer Insel, und das sollte vesenkt werden.

Miller sagte beruhigend: »Wenn ihr das Biest nicht findet, vergeßt es und kommt zurück. Es gibt für uns noch andere Ziele.«

Sie traten hinaus auf das Flugdeck, das bis auf die sechs Einsatzmaschinen völlig leer war. Unten im Hangar standen die restlichen Flugzeuge, ihre Besatzungen warteten lauschend.

Rowan fröstelte und zog sich den Schal enger um den

Hals. An dieses seltsame, kupferfarbene Licht würde er sich nie gewöhnen können. Es war jetzt fünf Uhr morgens, und ein rauher Wind peitschte sein Gesicht.

Er sah Unteroffizier Thorpe bei seinem Flugzeug kauern. Noch vor ein paar Stunden hatte er bedauernd zu ihm gesagt: »Morgen hätten Sie Jonah haben können, Sir. Aber nach all dem Hämmern während der letzten Tage konnte ich sie nicht auf eine solche Unternehmung gehen lassen. Wirklich nicht.«

Chitty, der Flugzeugingenieur, hatte das bestätigt. »Sie müssen sich mit Dusty Millers Maschine zufriedengeben.« Und um Rowans Bedenken zu zerstreuen: »Sie ist so gut wie Gold.«

Natürlich hatte er recht. Dieses stupide Bevorzugen, dieser Aberglaube war absurd und sinnlos. Es war schon alles schlimm genug ohne ... Er schreckte aus seinen Gedanken, als die erste Swordfish losdonnerte.

Miller schrie: »Überlaß van Roijen den Angriff, Tim. Achte nur auf Jagdflugzeuge und Flak.«

Rowan nickte, griff noch einmal in seine Tasche, schnallte den Lederhelm fest. Er sah die Szenerie so genau vor sich, als wäre er bereits dort: die niedrige, schlafende Insel, die Brandung und den langen, kastenartigen Rumpf des Tankers. Er versuchte, sich an alle Einzelheiten zu erinnern. Die Deutschen hatten jede Menge Jagdflugzeuge in Tromsö und Bardufoss stationiert. Möglicherweise gab es dort in der Nähe auch einige kleine Flugplätze.

Er musterte die schattenhaften Gestalten rings um die Flugzeuge und im nächsten Seitengang. Einige von ihnen nannte er Freunde, aber alle waren ein Teil von ihm. Zu denken, daß er in rund zwanzig Minuten über dem Ziel sein würde ...

Er zog die Handschuhe an, trat rasch zu der wartenden Seafire und kletterte ohne einen weiteren Blick ins Cockpit. Wenn man erst anfing, darüber zu grübeln, was man alles hier zurückließ ... Wieder mußte er sich zur Ordnung rufen.

Er zog die Plexiglashaube über seinen Kopf und lehnte sich gegen den Fallschirm; Augen und Hände glitten über die Instrumente, überprüften alles, verließen sich auf nichts.

Wie laut der Merlinmotor dröhnte! Rowan schnallte sich fest und nahm ein wenig Gas weg. Er beobachtete die aus den Auspuffen der Swordfish schießenden Flammen, das abgeblendete Blinksignal von der Brücke. Er sah die Doppelschwingen von van Roijens Maschine wie schwarzes Filigran vor dem seltsam kupferfarbenen Himmel, das kurze Dippen, als sie anrollte und die anderen schwerfällig hinter ihr eindrehten. Schwach konnte er die Bleistiftform eines Torpedos erkennen, der unter der letzten Swordfish festgezurrt war. Das mußte die Maschine des jungen Cotter sein.

Rowan wandte den Kopf nach Bills Seafire, sah aber nur eine Flügelspitze, da seine eigene Maschine heftig vibrierte. Aber im Spiegel konnte er auch das dritte Flugzeug deutlich ausmachen. Nur Creswell selbst wurde durch die aufgerichtete Nase und den rasenden Propeller verdeckt.

Eine krächzende Stimme sagte in seinem Kopfhörer: »Alle Swordfish gestartet. Klar zum Anrollen, *Jonah*.«

Rowan packte den Steuerknüppel und versuchte, nicht an seinen wirklichen Jonah zu denken, der hinten in einer Ecke des Hangars stand. Wie ein Patient im Hospital, dachte er.

Die Lampe blinkte wieder, und entschlossen gab er Gas. Der Augenblick vor dem Start war immer schwierig, weil es so viel zu überprüfen und zu kontrollieren gab. Wenigstens kam man nicht dazu, sich vorzustellen, was passieren würde, wenn die Maschine durchsackte und abstürzte.

Er fühlte das heftige Vibrieren des Cockpits, als er die Seafire auf der Suche nach dem weißen Mittelstreifen

Zickzack fahren ließ. Undeutlich nahm er die zahlreichen Gesichter und knallroten Feuerlöscher wahr. Eine anonyme Stimme krächzte ihm: »Viel Glück!« ins Ohr, aber er konzentrierte sich nur auf den Start.

Dann sah er plötzlich nicht mehr das Flugdeck, sondern die See unter sich, die wie schwarze Seide leuchtete, hier und da mit einem metallischen Anstrich. Er schluckte, überprüfte den Kompaß, die Kontrollampe für das Fahrgestell und die Steuerung, während die Maschine mit einem jubelnden Aufheulen immer höher stieg.

Nach ein paar Augenblicken sagte er ins Mikrophon: »Hier *Jonah.* Nehmt eure Positionen ein.«

Von jetzt ab würde bis zur Feindberührung Funkstille herrschen. Selbst die Geschütze auszuprobieren war zu gefährlich, denn unter ihnen konnte sich ein gegnerisches Patrouillenboot oder ein auslaufendes U-Boot befinden.

Er hatte das Gefühl, zehnmal so schnell zu fliegen wie sonst. Unter ihm blitzte die See, ein unendliches Panorama, nur gelegentlich von weißen Schaumkronen oder dunkleren Wellentälern unterbrochen.

Rowan blickte nach links und rechts, sah Bill und Creswell neben sich wie die Außenzinken eines tödlichen Dreizacks. Er fragte sich, was van Roijen und seine Swordfish wohl machten. Da sie langsamer und erheblich niedriger flog als die drei Jagdflugzeuge, waren sie für ihn unsichtbar.

Etwas Kleines, Dunkles, von weißem Gischt umringt, tauchte unter ihm aus der Dunkelheit auf. Soviel er sehen konnte, war es ein Fischerboot. Rowan spürte Schweiß unter dem Helm. Er hätte es viel früher entdekken müssen. Jetzt sah er den Mast und das winzige Steuerhaus unter sich verschwinden; halb erwartete er, das Einschlagen von Flakgranaten zu spüren. Nein, es war wirklich nur ein Fischerboot. Aber er hätte es viel früher sehen müssen. Es hätte schließlich auch etwas anderes sein können.

Allmählich wurde es heller. Er erkannte schon den Tarnanstrich seiner Tragflächen, die rot-blaue Kokarde. Und dort, vor dem wegen der rasenden Umdrehungen durchsichtigen Propellerkreis, entdeckte er ein ziemlich flaches Stück Land. Systematisch überprüfte er seine Instrumente, eins nach dem anderen. Er war zweitausend Fuß hoch. Vorsichtig drückte er den Steuerknüppel nach vorn, wußte, daß die anderen ihn beobachteten, seiner Bewegung folgen würden. Fünfzehnhundert. Tausend.

Ein weiteres Boot auf Gegenkurs tauchte unten an Steuerbord auf, und er glaubte, Rauch davon aufsteigen zu sehen. Es war aber keine Flak. Entweder rauchte die Maschine, oder sie bereiteten sich in der Kombüse gerade ihr Frühstück. Er grinste und spürte, wie ihm der steif gewordene Unterkiefer dabei weh tat.

Dann, plötzlich, war das Land genau unter ihm: Hügel, Bäche und kahle Bergspitzen, die zu ihm hinauf zu springen schienen, während er die Insel von West nach Ost überquerte. Zwei kleine Häuser wie weiße Würfel, ein winziger, sich rasch bewegender Punkt. Vermutlich ein Hund.

Ein breites Dreieck glitzernden Wassers öffnete sich an Steuerbord, weitere Häuser standen auf seinem anderen Ufer. Das mußte Svolvaer sein.

In großem Bogen zog er die Maschine nach Backbord und verlor stark an Höhe. Konzentriert musterte er den schmalen Streifen ruhigen, geschützten Wassers unter ihm. Dort war die kleine Kirche, deren Form er sich eingeprägt hatte. Er starrte verzweifelt hinunter, den Daumen am Feuerknopf. Sein Hirn weigerte sich, die Tatsache zu akzeptieren, daß der Ankerplatz leer war.

Plötzlich stand ein Rauchwölkchen an Steuerbord neben ihm, und er spürte die Detonation einer Granate, völlig klar, aber dennoch unwirklich.

Rasch griff er zum Mikrophon. »Hier *Jonah.* Wir steuern Kurs Nord.«

Genauso knapp hörte er Bill antworten: »Roger*.«

Rowan schwitzte jetzt erbärmlich. Sie waren in einer blöden Situation. Ringsum lagen Inseln, und von der Spitze eines kahlen Hügels stiegen weitere Flakgeschosse auf. Als leuchtendrote Perlenschnur kamen sie sehr langsam näher und peitschten dann fast mit Lichtgeschwindigkeit über das Flugzeug hinweg.

Er schob die Schutzbrille hoch und wischte sich mit dem Handschuh den Schweiß aus den Augen. Noch zehn Minuten, nicht länger. Zum ersten Mal sah er die drei Swordfish, sie flogen zwischen zwei Inseln so ruhig und langsam in Kiellinie, als suchten sie einen Landeplatz.

Noch mehr Flakgeschosse, diesmal von einer Batterie weiter im Landesinnern. Die braunen Detonationswölkchen standen wie schmutzige Baumwolle am Himmel, und jetzt stachen auch die ersten Sonnenstrahlen hinter einem kleinen Dorf hervor.

Gleich würde unten die Hölle losbrechen! Telefone würden klingeln, Piloten und Flakbedienungen aus den Betten springen. Geschieht ihnen recht, dachte er vage.

Er drückte den Steuerknüppel nach vorn und beobachtete, wie die Wasserfläche ihm entgegenschoß, während ein steiles Vorgebirge ihm die Sicht auf die detonierenden Granaten und die Swordfish verdeckte.

Und da lag er! Viel größer, als Rowan erwartet hatte, mit einer ganz geringen Bugwelle drehte er langsam in das Hauptfahrwasser ein.

»Er rief: »Tanker recht voraus! Ich greife an!«

Er sah das runde Heck und den breiten Brückenaufbau, sah eine Flagge, die bewegungslos vom Stock über die Heckreling herabhing.

* verstanden

Hinter dem Schornstein beeilten sich ein paar Männer, den Bezug eines Maschinengewehrs abzunehmen.

Er konzentrierte seine ganze Aufmerksamkeit auf diesen Anblick, Steuerknüppel und Feuerknopf so fest in der Hand, daß sie sich wie taub anfühlte.

Der Tanker war so vollgeladen, daß er ganz tief im Wasser lag. Er glaubte die verzweifelten Anstrengungen zu spüren, die der Kapitän machte, um sein Schiff dichter unter Land zu bringen.

Jetzt drückte er den Feuerknopf, spürte das heftige Vibrieren der Tragflächen, während er die Bahn der Leuchtspurgeschosse zum Heck und der schlaff herabhängenden Flagge verfolgte. Mit gewaltigem Donnern zog er über dem Tanker diagonal hoch und sah, wie sich auf dem Wasser die Schatten von Bills und Creswells Seafire mit dem seiner eigenen vereinigten. Er fing die Maschine ab und verlor wertvolle Sekunden, als er beobachtete, wie die Leuchtspurgeschosse in Längsrichtung auf dem Deck einschlugen. Das Maschinengewehr zeigte mit seiner Mündung himmelwärts, der Bezug war noch immer an Ort und Stelle. Ein Körper lag daneben, von den anderen war nichts zu sehen.

Er hörte van Roijens belegte Stimme: »Hallo, *Jonah*! Ich greife an!«

Rowan versuchte, sich die Szene dort unten vorzustellen. Seit Tagen war der Kapitän des Tankers nur während der kurzen Dunkelheit gefahren und hatte sich tagsüber verborgen, um der RAF zu entgehen. Jetzt, da er sich endlich in sicheren Gewässern glaubte, zu einer Tageszeit, die er für besonders günstig hielt, erschienen feindliche Jäger. Woher, wie viele, spielte keine Rolle mehr. Sie griffen sein Schiff an, während er mit seiner Besatzung wie auf einer riesigen Bombe hockte.

»Heranschließen!«

Rowan riß den Blick vom Tanker und den Flügeln der ersten Swordfish los, die, genau dem Fahrwasser folgend, auf den Tanker losjagte.

Die Flak schoß von zwei Seiten, mußte aber aufs Geratewohl feuern, da sie das Ziel nicht sah. Die Swordfishpiloten ließen jetzt alle Vorsicht außer acht. Er hörte van Roijens heisere Rufe, als er seinen Doppeldecker noch tiefer drückte, so daß es schien, als ritte er auf seinem eigenen Spiegelbild über das wirbelnde Wasser.

Rowan sah das weiße Aufspritzen, als der Torpedo ins Wasser schoß, und wischte sich den Schweiß vom Gesicht, während er die Maschine gleichzeitig ein wenig schräg legte, um besser beobachten zu können. Aber der Torpedo lief korrekt, sprang nicht wie ein Delphin aus dem Wasser wie so viele.

Als die Swordfish hochzog, sah Rowan ihren Heckschützen einen langen Feuerstoß über das stählerne Achterdeck des Tankers jagen.

Dann kam der nächste, es war Troup. Was für ein zutreffender Name für einen Schauspieler. Rowan wandte den Blick ab, schwankte im Zickzack von Seite zu Seite, da grelle Leuchtspurgeschosse dicht hinter ihm vorbeizischten. Auch ein paar Flakgranaten detonierten. Sie kamen zwischen zwei Inseln hervor, also lag dort wohl ein Kriegsschiff vor Anker, wahrscheinlich das Geleit des Tankers.

Er bemerkte ein grelles Aufblitzen und glaubte, das Detonieren des Torpedos zu hören, der den Schiffsrumpf dicht vor der Brücke traf. Gischt und Rauch schossen himmelwärts, direkt vor Troups Maschine. Sie wurde von der Schockwelle heftig geschüttelt.

Auch der zweite Torpedo traf voll und verursachte eine ungeheure Detonation. Als der Qualm langsam zur nächsten Insel abzog, war das gesamte Vordeck des Tankers in Flammen gehüllt; Laufsteg und Fockmast stürzten in einen riesigen, glühenden Krater.

Sein Kielwasser verlief jetzt in unregelmäßigen Kurven, die Bugsee sank in sich zusammen, und ein Boot wurde ausgeschwenkt. An mehreren Stellen verriet ein

Platschen, daß Rettungsflöße über Bord geworfen wurden. Die Besatzung gab das Schiff auf.

Creswells schrille Stimme in den Kopfhörer drang wie ein Messer in Rowans Schädel.

»*Jagdflugzeuge!* Null Grad, hoch!«

Dann Bills wütende Antwort: »Du verdammter Idiot! Du hättest sie früher sehen müssen!«

Rowan sagte: »Hier spricht *Jonah*. Angriff abbrechen!«

Van Roijens Antwort schien von weit her zu kommen, war stark überlagert von atmosphärischen Störungen. »Roger.« Und nach einer Pause: »Hau ab, verdammt noch mal!«

Diese letzte Bemerkung war an Cotter, den dritten Swordfishpiloten, gerichtet. Er kreiste noch immer über dem brennenden Tanker, wollte offenbar seinen Torpedo noch loswerden, da er beim ersten Anflug durch die gewaltige Explosion vertrieben worden war.

»Tallyho!« Das war Cotter. Er schrie es laut und begeistert wie ein jubelnder Schuljunge.

Rowan vergaß Cotter, gab Vollgas und stieg steil nach oben. Er hatte die deutschen Jagdmaschinen aus der fahlen Sonne kommen sehen. Es waren zwei, während eine dritte gerade über der nächsten Insel auftauchte.

Bill hatte recht. Es war Creswells Aufgabe gewesen, über seinem Anführer zu wachen und ihm den Rücken freizuhalten. Jetzt war es zu spät. Jetzt konnte er nur noch einen von ihnen abschießen und dann so schnell wie möglich hinter den Swordfish herfliegen.

Ein Schatten schoß durch sein Blickfeld, er riß die Seafire in einer Steilkurve hoch, und die Silhouette des anderen Jägers verschwand. Er zog die Maschine noch höher, versuchte, seinen Atem unter Kontrolle zu bringen und nicht ständig in den Rückspiegel zu blicken. Der Gegner war eine Me 109 mit gelben Streifen hinter dem schwarzen Balkenkreuz auf den Flügeln.

Er drückte auf den Feuerknopf und fluchte, als die

Leuchtspurgeschosse wirkungslos über das Schwanzende der deutschen Maschine hinwegfächerten.

Noch einmal herum, mit Kanone und Maschinengewehren feuernd. Der andere Pilot versuchte, ihn abzuschütteln.

Alle möglichen Gedanken schossen Rowan durch den Kopf, während seine Augen, Hände und Füße reibungslos zusammenarbeiteten. Der deutsche Pilot handhabte seine Maschine genau nach den Weisungen des Ausbildungshandbuchs. Wahrscheinlich war er ein Neuling, nach Norwegen geschickt, um ein wenig zu üben, bevor es an die Ostfront ging.

Wieder drückte Rowan auf den Knopf und sah die Geschosse in die schwarzen Balkenkreuze prasseln. Verräterische Rauchfahnen stiegen auf, die Messerschmitt geriet außer Kontrolle.

Rowan hielt den Atem an, wollte dem Mann Zeit lassen, auszusteigen. Aber der reagierte nicht, mußte also beim letzten Feuerstoß selbst getroffen worden sein.

Er fing seine Maschine ab und hörte das gedämpfte Rattern von Maschinengewehren: Bill war am leeren Himmel in den Kampf mit einer weiteren Me 109 verwickelt. Sie tauchten gerade in die Rauchwolke, die vom brennenden Tanker aufstieg.

»Hallo, *Jonah*!« Das war Creswell. »Derek wird angegriffen!«

Rowan machte sich nicht die Mühe zu antworten, sondern drückte die Seafire steil nach unten, bis das Heulen ihres Motors zu einem schrillen Kreischen wurde.

Dann rief er: »Hallo, Derek, hier *Jonah*. Wirf den verdammten Aal ab und mach dich aus dem Staub!«

Am Rand seines Blickfeldes sah er die erste Me 109 auf einem Hügel explodieren und Bills Schatten darüber hinwegjagen, während er aus allen Rohren feuerte.

Creswell blieb jetzt dicht hinter Rowans Heck, offensichtlich hatte er seine Lektion gelernt.

Cotter rief: »Auf ›los‹ geht's los!«

Rowan knirschte mit den Zähnen, als die niedrig fliegende Me 109 um einen Felsvorsprung fegte und die Swordfish fast genau vor sich hatte. Der Doppeldecker war erledigt, bevor Cotter überhaupt wußte, was vorging.

Rowan sah die aus den Rohren des deutschen Jagdflugzeugs schießenden Feuerzungen, dann Trümmerstücke, die über das Wasser geschleudert wurden; die Swordfish verlor rasch an Höhe und explodierte dicht vor dem Tanker in einem riesigen, orangefarbenen Feuerball.

Bills Gegner zog eine Rauchfahne hinter sich her, hatte offenbar genug und flog geradewegs hinüber zum Festland.

Creswell rief beinahe schluchzend: »Ich will ihn verfolgen!«

»Abgelehnt! Kehren Sie zur Basis zurück!« Rowan blickte auf seine Uhr, der Schweiß brannte ihm in den Augen. Sie waren schon viel zu lange unterwegs.

Creswell rief: »Aber er hat Derek umgebracht!« An Rowans Stelle antwortete Bill: »Halt den Mund und tu, was dir befohlen wird!«

Die beiden Seafire schwärmten aus und formierten sich gestaffelt hinter Rowan.

Van Roijen rief: »Kehre zur Basis zurück. Ende.«

Die Inseln verschwanden unter ihnen; voraus erstreckte sich nur die leere, glitzernde Wasserwüste.

Die beiden Swordfishmaschinen unter ihm wurden jetzt nicht mehr durch ihre Torpedos behindert und erreichten ihre volle Geschwindigkeit von gut hundertdreißig Meilen. Rowan sah van Roijens roten Schal wie einen Wimpel aus dem Cockpit wehen.

Das Leben dreier junger Leute gegen eine Schiffsladung dringend benötigten Treibstoffs. Das ergab immerhin einen militärischen Sinn, dachte Rowan bitter.

Er blickte sich um, die Sonne stand in seinem Rückspiegel. Achte auf den Feind, er kommt aus der Sonne. Und sie waren keineswegs schon zu Hause, sondern hatten noch einen langen Weg vor sich.

6 Nachricht von daheim

Die Rückkehr der kleinen Gruppe auf das Flugdeck der *Growler* verlief ebenso wild wie bewegend. Als die Bedienungsmannschaften von den Seitengängen herbeistürmten, um seine Maschine in Empfang zu nehmen, sah Rowan nur winkende Arme und strahlende Gesichter.

Selbst der Tod des Neuseeländers und der Verlust einer Swordfish konnten die Freude über das Erreichte nicht dämpfen. Alle Verzögerungen und Vorbereitungen, die endlosen Patrouillenflüge und das unaufhörliche Arbeiten an den Motoren hatten sich gelohnt.

Rowan wartete unter der Insel, bis Bill auf ihn zueilte, Schwimmwesten und Helm herunterriß und gierig die frische Luft einatmete; dann sagte er: »Kein einziger Deutscher auf dem ganzen Rückweg!«

Seltsamerweise hatte er die ganze Zeit weniger eine Verfolgung gefürchtet als vielmehr die Gefahr aufkommenden Nebels. Aber die See war klar und leuchtend geblieben, während sie hinter den langsam fliegenden Swordfish hin und her kreuzten.

Er blickte auf, als der Träger auf den neuen Kurs drehte.

Bill zog einen verschrumpelten Apfel aus der Tasche und rieb ihn langsam an seinem Jackett. »Kurs Nord. Jetzt holen sie das letzte aus ihr heraus, um wieder aufzuschließen.«

Rowan beobachtete seinen Freund und fragte sich, ob sich Furcht oder Unsicherheit hinter dessen vertrauten Zügen verbarg. Er dachte an seine eigenen Gefühle, als der dicke Flugzeugträger und seine vier Geleitfahrzeuge endlich wie kleine Inseln am Horizont aufgetaucht waren. Das war schon fast Liebe gewesen. Da er wußte, daß die Besatzung der *Growler* und ihrer Geleitfahrzeuge, vom Admiral bis zum jüngsten Heizer, beinahe bewegungslos auf ihr Wiederauftauchen gewartet hatte, konnte er der Versuchung nicht widerstehen, eine Siegesrolle nach Art der RAF zu drehen.

Aus der Luft wirkte die *Growler* mit ihren Masten und Antennen, die an beiden Seiten die Bordwand überragten, mehr denn je wie ein dicker Käfer. Aber in diesem Augenblick war sie ihm wunderschön erschienen.

In seine Gedanken hinein sagte ein Bootsmannsmaat: »Sie werden auf der Brücke erwartet.« Der Maat konnte sich nicht verkneifen, voller Stolz hinzuzufügen: »Verdammt gut gemacht, Sir!«

Als Rowan sich umwandte, sah er einen Unteroffizier bei den Fangseilen stehen. Er wischte sich die Hände an einem Klumpen Putzbaumwolle ab, aber seine Augen blieben dabei auf den Horizont gerichtet. Es war der Betreuer von Derek Cotters Swordfish und seiner Besatzung. Er hatte gewartet und gehofft wie alle anderen. Jetzt war er als einziger ausgeschlossen von der allgemeinen Freude. Zum Glück wußte er nicht genau, was sich ereignet hatte und daß die drei jungen Männer in einem glühenden Inferno ums Leben gekommen waren.

Rowan begann zur oberen Brücke hinaufzusteigen, seine Beine waren noch immer schwer und gefühllos. Genausogut hätte auch Unteroffizier Thorpe jetzt dort stehen können und auf ein Flugzeug warten, das nie zurückkehren würde.

Chadwick ging tief in Gedanken auf den Grätings auf und ab. Als er Rowan sah, nickte er lebhaft. »Das haben Sie verdammt gut gemacht. Besser, als ich erwartet hatte.« Dann warf er Villiers einen Blick zu. »Na, hab' ich's Ihnen nicht gesagt?«

Villiers sah Rowan an. »Bin froh, daß Sie's geschafft haben, Tim.«

Rowan versuchte sich daran zu erinnern, was er über

Funk gemeldet hatte, während er auf die Landeerlaubnis wartete.

Chadwick sagte: »Tanker vernichtet, eine Messerschmitt abgeschossen.«

»Und auch Oberleutnant Ellis' Messerschmitt war sicher ein Abschuß, Sir«, ergänzte Rowan.

»Wir werden es ja hören.« Chadwick sah einem Steward entgegen, der mit einer Kanne Tee heranbalancierte. »Mein Gott, ist das Leben schön!«

Rowan fiel zum ersten Mal auf, wie stark die Brükkenaufbauten vibrierten.

Villiers sagte erklärend: »Der Chief* hat alle Register gezogen. Wir fahren so schnell wir können nach Norden, zur Bäreninsel.«

Rowan versuchte, die Erinnerung an den angreifenden gegnerischen Jagdflieger abzuschütteln, an seine eigenen Leuchtspurgeschosse, die in die Tragfläche der feindlichen Maschine schlugen. Er fragte: »Aber damit führen wir doch sicherlich die Verfolger zum Konvoi?«

Chadwick beobachtete ihn über den Rand seines Teebechers hinweg. »Macht nichts. Dort hat es schon einen schweren U-Boot-Überfall gegeben.«

Rowan versuchte, auf Chadwicks Gesicht Sorge oder Bestürzung zu entdecken, vergeblich.

Der Admiral fuhr fort: »Seien Sie unbesorgt. Nicht auf unseren Konvoi, sondern auf die Schweren Einheiten der Home Fleet.«

Villiers schüttelte den Kopf und winkte den Steward mit seiner Teekanne weg. »Vierzehn U-Boote, aufgereiht wie die Gasse beim Spießrutenlaufen. Sie haben einen Zerstörer versenkt und einen Kreuzer schwer beschädigt; aber das Schlimmste war, daß sie einen Volltreffer auf dem großen Flugzeugträger erzielten. Er ist mit Zerstörergeleit nach Scapa zurückgekehrt. Sicher

* Leitender Ingenieuroffizier

hätte er es auch allein schaffen können, mit seinen vielen Flugzeugen an Bord.«

Ärgerlich warf Chadwick ein: »Das sind deren Probleme, verdammt! Es macht aber von jetzt an unsere Unterstützung lebenswichtig. Gott sei Dank ist *Hustler* beim Konvoi.« Dann beherrschte er sich. »Die Versenkung des Tankers wird die Deutschen zum Nachdenken zwingen und meine Theorie bestätigen. Früher oder später werden sie anfangen, die Geleitfahrzeuge abzuschießen, um danach den Konvoi aufreiben zu können.«

Rowan warf einen Blick durch die offene Tür des Steuerhauses und sah Buchan auf seinem stählernen Stuhl sitzen, als wäre er daran festgeschweißt.

Chadwick sagte plötzlich: »Ich muß in die Gefechtszentrale und ein paar Dinge überprüfen.« An Villiers gewandt, fügte er hinzu: »Kommen Sie mit.« Im Gehen rief er Rowan noch zu: »Sehr gut gemacht! Ich sorge dafür, daß Ihre Leistung besonders erwähnt wird.«

Als er verschwunden war, rief Bray: »Der Kommandant möchte Sie sprechen, Tim.«

Rowan trat ins Steuerhaus und spürte die ruhige Kompetenz, die von Kapitän Buchan auszugehen schien.

»Vielen Dank, daß Sie gewartet haben, Sir.« Er fühlte sich in Buchans Gegenwart immer etwas unsicher. All die Jahre, die er ihm voraushatte, die Schiffe, die Erfahrung, selbst wenn er zwischen den Kriegen eine Zeit an Land gewesen war – sie flößten ihm Respekt ein.

Leise sagte Buchan: »Ich bin froh, daß Sie Erfolg hatten.« Zum ersten Mal schienen ihm die Worte zu fehlen. »Tut mir leid um den jungen Cotter, aber . . .«

Abrupt stand er auf und sah Rowan an. »Ich bedaure, daß ich derjenige bin, der es Ihnen sagen muß. Aber wir haben kurz nach Ihrem Start einen Funkspruch von der Admiralität erhalten. Letzte Nacht gab es einen Bombenangriff . . .« Fest sah er Rowan an, die Augen so dunkel wie Schiefer. »Ihr Haus wurde getroffen; es gab keine Überlebenden.«

Wie versteinert starrte Rowan zurück. Das Haus. Der Wind in den Bäumen von Oxshott Woods. Seine Eltern. Alles ausgelöscht.

Rowan wischte sich mit der Hand über den Mund. »Danke, daß *Sie* es mir sagen, Sir.« Die Worte entfuhren ihm unbedacht.

»Schon gut. Und wenn es etwas gibt, das ich für Sie tun kann . . . *Irgend etwas*, verstehen Sie?«

»Ja.« Rowan spürte, wie es ihm die Brust einschnürte, wie ihm die Tränen übers Gesicht liefen; aber er konnte nichts anderes tun, als kraftlos stehenzubleiben. »Ja.«

Bray sagte eindringlich: »Der Admiral kommt zurück, Sir.«

Buchan nickte. »Gehen Sie mit Rowan durch den Kartenraum und über die Steuerbordleiter in seine Kammer und kommen Sie danach hierher zurück.«

Fregattenkapitän Jolly war eingetreten und wandte sich jetzt ab, als Rowan und der Navigationsoffizier an ihm vorbeigingen. Leise sagte er zum Kommandanten: »Man lernt, damit zu leben, aber man findet sich niemals damit ab.«

Buchan sah ihn an. »Das stimmt, Edgar.« Jolly war sein Erster Offizier, seit er das Kommando über die *Growler* übernommen hatte. Soweit er sich erinnern konnte, hatte Jolly damit zum ersten Mal ein Zeichen von Anteilnahme gezeigt.

Chadwick trat zwischen sie. »Ich habe gerade die Geschichte von Rowans Verlust gehört. Wessen blödsinnige Idee war es, ihm den Tod seiner Eltern mitzuteilen?« Er wartete keine Antwort ab. »Das macht sie auch nicht wieder lebendig. Aber es hätte ruhig warten können, bis wir wieder an Land sind.« Damit trat er vor eine der Klarsichtscheiben. »In der Zentrale geht gerade ein Funkspruch ein: starke deutsche Überwasserstreitkräfte aus Tromsö ausgelaufen. U-Boot-Rudel schließen bereits dichter an den Konvoi heran, und ich denke, die Deutschen haben jedes

Aufklärungsflugzeug und jeden Bomber von hier bis sonstwo klar zum Einsatz.« Grimmig blickte er sie an. »Wenn es soweit ist, möchte ich alle Leute in bester Verfassung haben. Ich brauche sie *lebend*, nicht abgeschossen, weil sie an ihre Familien und Häuser dachten, *verstanden?*«

Er fuhr herum, als Bray auf die Brücke zurückkam. »Überprüfen Sie nochmals Ihre Berechnungen, NO.« Dann warf er Buchan einen Blick zu. »Und sagen Sie dem Chief, er soll mehr Umdrehungen machen. Dies ist ein Geleitträger, kein verdammtes Bananenboot!« Damit stürmte er von der Brücke.

Jolly atmete langsam aus. »Jetzt wissen wir Bescheid.«

Der Kommandant griff nach seiner Pfeife, dann nahm er das Maschinenraumtelefon ab. An seinen breiten Händen standen die Knöchel weiß hervor, so fest packte er den Hörer. Verdammtes *Bananenboot*? Dem würde er es zeigen! Seine Frau fiel ihm ein: *diesem Mann!*

Als er ins Telefon sprach, war er wieder ruhig. »Chief? Hier spricht der Kommandant . . .«

»Alle Mann auf Flugstationen! Klar zum Start!«

Rowan bahnte sich einen Weg in den Bereitschaftsraum und lauschte mit halben Ohr dem zunehmenden Geräusch der Maschinen, als die Ablösung der Torpedobomber startklar machte.

So ging es nun seit vierundzwanzig Stunden. Während die *Growler* nordwärts zum Treffpunkt an der Bäreninsel stampfte, waren endlose Funksprüche über U-Boot-Sichtungen eingetroffen, dazwischen Meldungen über Kriegsschiffe, die aus ihren norwegischen Basen verschwunden waren.

Rowan fröstelte trotz der filzgefütterten Jacke, seiner Mae West* und des Gedrängels um ihn herum. So ging es

* Filmschauspielerin, Spitzname für Schwimmweste

nun seit dem Angriff, seit der Nachricht vom Tode seiner Eltern. Ihm war, als sei er krank gewesen und erhole sich nur langsam. Anders konnte er seine Gefühle nicht beschreiben. Der Arzt hatte es einen Schock genannt. Zuviel Streß. Aber was erwartete er denn? Sollte er auf Urlaub gehen? Wohin denn? Er erinnerte sich an Bills Worte nach ihrem letzten Urlaub. Jetzt würde er nie mehr mit dem alten Simon vorm Bett daliegen und dem Nachtwind lauschen. Er hoffte nur, daß niemand von ihnen lange gelitten hatte. Er spürte, daß der Schmerz hinter seine Augen zurückkehrte, und versuchte, ihn unter Kontrolle zu halten.

Der Arzt hatte natürlich recht gehabt. Es war Schock. Aber was nützte es ihm, das zu wissen?

Broderick warf einen Blick über die versammelten Flugzeugbesatzungen. »Gut. Ich habe Ihnen ein paar Neuigkeiten mitzuteilen. Der Konvoi ist wieder angegriffen worden. Ein Geleitfahrzeug wurde versenkt, aber man nimmt an, daß auch ein U-Boot vernichtet wurde. Die *Hustler* läßt ständig Patrouillen fliegen, so daß die U-Boote meist unter Wasser gezwungen werden. Noch etwas ist wichtig: Kein einziges Handelsschiff ist getroffen worden.

Einige Flieger standen auf, um einen Blick auf die farbigen Karten zu werfen, andere lauschten dem vom Flugdeck hereindringenden Lärm, den die letzten startenden Swordfish verursachten. Das Donnern ihrer Motoren verstummte nach wenigen Sekunden.

Broderick fuhr fort: »Mit etwas Glück werden wir morgen Fühlung mit dem Konvoi haben. Es ist gerade eine kritische Phase für den Kommodore. U-Boote stehen voraus und beschatten ihn, um eine Lücke zwischen den Geleitfahrzeugen zu finden. Die feindlichen Überwasserstreitkräfte werden wahrscheinlich erst nach der letzten Kursänderung auf Süd angreifen. Der Geleitzug muß mit den ihn in großem Abstand begleitenden Streitkräften der

Home Fleet Kontakt halten, sich gleichzeitig aber auch auf Kursänderungen einstellen, sobald er von den Deutschen gesichtet wird.«

Cameron, auch Lord Algy genannt, murmelte: »Ein gefundenes Fressen für die Focke-Wulf!«

Broderick hatte ein bemerkenswert gutes Gehör. »Stimmt, Algy. Wenn eine Focke-Wulf den Geleitzug entdeckt, wird es wirklich kritisch. Da der Flugzeugträger der Flotte außer Gefecht gesetzt worden ist, müssen *Hustler* und die Geleitfahrzeuge den gesamten Jagdschutz übernehmen. Und wie Sie wissen, sind eine Menge Jagdflugzeuge erforderlich, um eine Focke-Wulf zur Strecke zu bringen.« Er warf dem Operationsoffizier einen Blick zu. »Sind das alle Punkte, Cyril?«

James blickte auf eine Karte nieder. »Ja. Da gibt es nur eine einzige Lösung: Wir müssen Jäger zur *Hustler* hinüberfliegen.«

Darauf herrschte absolutes Schweigen, so daß die üblichen Schiffsgeräusche überlaut zu hören waren. Schließlich trat Dymock Kitto neben das Pult. Sein Kinn schimmerte bläulich im grellen Licht, und zwischen seinen beiden bereits stark verblichenen Goldstreifen glänzte der kürzlich hinzugefügte halbe Streifen besonders hell.

»Wir lassen nur zwei Jagdflieger auf *Growler* zurück.« Kittos Stimme klang so gleichmütig, als sei es Routine, eine Seafire bis an die äußerste Grenze ihrer Reichweite zu fliegen und dann den anderen Träger zu finden. »Ich übernehmen die rote Gruppe.« Dann blickte er Rowan an. »Du übernimmst Blau.«

Alle sahen sich betreten an, Kitto fuhr jedoch unbeirrt fort: »Andy Miller muß also wieder seine alte Rolle übernehmen und das Schiff verteidigen, während wir weg sind.« Dann wandte er sich an Mariot, den jungen Seafirepiloten, der zusammen mit Creswell an Bord gekommen war. »Sie auch. Der Rest startet in einer halben Stunde. Packen Sie Ihre Sachen, lassen Sie sich vom Operationsoffizier einweisen, und informieren Sie sich beim Meteorologen über die Wetterlage.« Er erkundigte sich nicht, ob irgend jemand noch Fragen hatte. Das schien ihm wohl nicht erforderlich.

Rowan trat an die Karte und malte sich die winzigen Flugzeuge aus, die wie Fliegen von einem Träger zum anderen schwirrten. Da lag ein ganz schön großes Stück offene See dazwischen. Angenommen, der Brennstoff ging vorher zu Ende? Oder *Hustler* wurde torpediert, bevor sie eintrafen?

Das Ganze erinnerte ihn an eine Karikatur, die er im letzten Urlaub gesehen hatte: Ein Taucher arbeitete unter Wasser an einem Wrack, und vom Bergungsschiff kam an ihn die Mitteilung: *Mach dir nicht erst die Mühe heraufzukommen, Fred. Wir sind gerade torpediert worden!*

Kitto rief: »Auf ein Wort, Tim!« Er wartete, bis Rowan zu ihm kam, und sagte dann: »Möglicherweise treffen wir eine Focke-Wulf auf unserem Weg zur *Hustler*. Sei aber vorsichtig und laß deine Benzinuhr nicht aus dem Auge. Meine Gruppe wird etwa zwanzig Minuten vor deiner abfliegen, es ist also ein ganz schöner Abstand zwischen uns.«

Rowan nickte. Die Wahrscheinlichkeit, daß sich zwei feindliche Flugzeuge hier oben im Norden zufällig begegneten, war zwar verschwindend gering, aber immerhin bestand die Möglichkeit, und man mußte sich darauf einstellen. Die große Focke-Wulf-Kondor war langsam im Vergleich zu einem Jagdflugzeug, aber sie besaß eine beachtliche Feuerkraft.

Auf den Atlantikrouten, in der Biskaya und in der Arktis hatte die mächtige Kondor ihren Wert immer wieder unter Beweis gestellt. Wie ein Raubvogel stieß sie auf einen Konvoi herab und kreiste lässig über ihm, bis sie von einer anderen Kondor abgelöst wurde oder bis es ihr gelungen war, die U-Boote an die Beute heranzuführen.

Die Geleitflugzeugträger erschwerten ihr die Arbeit erheblich, aber bei ihrer Reichweite von fast viertausend Meilen stand der Kondor der gesamte Seeraum zur Verfügung.

Rowan erinnerte sich mit tödlicher Klarheit an das eine Mal, als er einer Kondor begegnet war, nicht weit von ihrer jetzigen Position entfernt, aber im Winter; die See sah aus wie schwarzes Glas. Der Konvoi war schon mehrmals von U-Booten angegriffen worden und hatte gleichzeitig mit extrem hohem Seegang zu kämpfen. Zwei Frachter waren in einer Nacht mitsamt ihren Besatzungen spurlos verschwunden, sieben andere bei einem Torpedoangriff versenkt worden, bevor die Geleitfahrzeuge in der schweren See endlich eingreifen konnten.

Rowan fuhr damals an Bord eines Hilfskreuzers mit einem einzigen Katapult zum Abschießen einer Hurricane. Sobald diese Maschine in der Luft war, gab es für sie keine Rückkehr mehr. Der Pilot mußte abspringen und konnte nur noch beten, daß ihn jemand aus dem Wasser zog, bevor er zu einem Eisblock gefror. Hätte die hartgeprüfte britische Bevölkerung gewußt, wie schwach die Verteidigung der Konvois damals war, wäre ihre Widerstandskraft wohl bald zusammengebrochen.

Aber diese eine »Wegwerf-Hurricane« war mehr wert als alle Korvetten, Wasserbomben und ausgebildeten Seeleute im Konvoi, wenn die U-Boote erst einmal abgeschüttelt waren.

Am siebten Tag auf See sichtete ein Geleitfahrzeug eine Focke-Wulf-Kondor.

Danach schien sich für Rowan alles im Bruchteil von Sekunden abzuwickeln; der unerhört starke Druck, als das Jagdflugzeug in eine Regenbö hineinkatapultiert wurde, die Reihen der Handelsschiffe, die unter ihm wegglitten ... Der Regen war ihre einzige Chance. Wenn die Kondor den Konvoi schon gesichtet und seine

Position an ihre Basis gefunkt hatte, war der ganze Kampf ums Überleben vergebens.

Und dann, ganz plötzlich, hatte er das große deutsche Flugzeug entdeckt. Es hing schräg über ihm und füllte fast den ganzen Himmel.

Er beobachtete den Wasserschleier hinter der Maschine, spürte, daß der Regen zunahm und daß mit jeder Sekunde seine Chance, den Konvoi wiederzufinden, schwand. In diesen Augenblicken war sein ganzes Leben an ihm vorbeigezogen. Er war damals vierundzwanzig gewesen und hatte sich nichts sehnlicher gewünscht, als weiterleben zu dürfen. Das Ganze schien ihm so unfair und verbitterte ihn so sehr, daß er alle Vorsicht vergaß.

Er flog die Kondor direkt an, denn es schien ihm unmöglich, daß sie ihn nicht gesehen haben sollte. Aber wer rechnete andererseits mit dem Auftauchen eines Jagdflugzeugs mitten im nördlichen Eismeer, wenn sich im Umkreis von tausend Meilen kein Träger befand? Rowan drückte auf den Feuerknopf und wäre vor Überraschung beinahe in die Backbordtragfläche des Bombers gerast. Seine Kanonen hatten Ladehemmung!

Als die Bordschützen der Kondor endlich reagierten, zischten ihre Leuchtspurgeschosse sofort dicht an seinem Propeller vorbei. Er spürte, daß seine Maschine unter den Einschlägen ruckte, und sah Öl über die Plexiglashaube spritzen.

Plötzlich ganz ruhig, betätigte er erneut den Auslöseknopf. Diesmal feuerten alle Kanonen und Maschinengewehre. Er drückte seine Hurricane abwärts und flog einen Angriff über das geräumige Heck der Kondor, sah seine Geschosse einschlagen und den Heckschützen treffen. Im selben Augenblick fühlte er jedoch, daß seine Maschine außer Kontrolle geriet und zu trudeln begann.

Das Schlimmste war, daß er sich an nichts mehr erinnern konnte. Er war außerstande gewesen, Schleudersitz und Fallschirm auszulösen, soviel war sicher. Die Hurricane fing Feuer, alles war voll erstickendem Qualm, und er hörte jemanden schreien. Von da ab wußte er nichts mehr, bis hilfreiche Hände ihn in ein Rettungsboot zogen und ihm jemand die schwelende Lederjacke vom Körper riß.

Der Rest des Konvois hatte die Halbinsel Kola unbehelligt gerundet und sein Ziel erreicht. Es war unwahrscheinlich, daß Rowans kurzer Luftkampf die Kondor ernstlich beschädigt hatte, aber mit ziemlicher Wahrscheinlichkeit war ihr Sender dabei zerstört worden.

Auf alle Fälle griffen keine U-Boote mehr an, und irgendwo in einer norwegischen Luftbasis grübelte wohl ein deutscher Pilot noch immer über das Auftauchen einer einzelnen Hurricane mitten im Nördlichen Eismeer.

Rowan setzte sich hin, stopfte seine Pfeife und versuchte, nicht an seine toten Eltern zu denken. Wenn er diesen Geleitschutz überlebte, wollte er das zerstörte Haus besuchen.

Bill setzte sich neben ihn. »Ich weiß, wie dir zumute ist. Dieser Flug zur *Hustler* gefällt auch mir nicht besonders, ist aber besser, als hier untätig zu warten.«

Rowan sah ihn an. »Es wird dort schon nicht so übel sein. Tee und Kekse genau wie hier, eine richtige zweite Heimat.«

Wieder krächzte der Lautsprecher. »Rote Gruppe sofort zum achteren Ende des Flugdecks!«

Rowan bemühte sich, nicht an den Flug zu denken. Wenigstens hatte er Jonah wieder. Das war immerhin etwas.

Er blickte Cameron und Creswell an. »Wir wollen uns fertigmachen, gleich sind wir dran. Laßt uns oben noch einmal die Erkennungssignale überprüfen, schließlich habe ich keine Lust, von meinen eigenen Leuten abgeschossen zu werden.«

Sie nickten und verbargen ihre wahren Gefühle. Er wandte sich um, als er sah, wie ein Seemann ihre Namen auf die Tafel mit dem blauen Streifen am oberen Rand schrieb: Rowan, Ellis, Cameron und Creswell. In Sekundenschnelle konnten sie mit dem Schwamm auch wieder ausgelöscht werden.

Das pfeifende Heulen von Seafiremotoren sagte ihm, daß Kitto und seine Gruppe bereits starteten. Entgegen seiner sonstigen Gewohnheit wollte er nicht zusehen. Er konnte ihnen ja die Hand geben, wenn sie auf *Hustler* gelandet waren. Oder auch nicht, je nachdem, wie es ausging.

Rowan dachte an den ruhigen und zuverlässigen Buchan auf seinem eisernen Sitz, den gehetzten und gequälten Villiers auf seiner Flugbrücke, an James mit seinen Karten und Koppeltischen; ob er sich wohl Gedanken wegen seiner deutschen Frau zu Hause machte? Grübelte er darüber nach, wie sie sich fühlte beim Anstehen um Nahrungsmittel oder nach einem Bombenangriff, bei dem ihre Landsleute einige ihrer Nachbarn getötet hatten?

Ihm kam der Flieger in den Sinn, den er über den Lofoten abgeschossen hatte. War das wirklich erst ein paar Tage her? Das Telegramm mußte dessen Elternhaus inzwischen erreicht haben: *Gefallen für Führer und Vaterland.* Seine Eltern würden sich fragen, wer ihn getötet hatte.

Die Zeiger der Uhr mußten wohl gerast sein. Rowan stand auf und griff in seine Taschen: Rasierapparat und Zahnbürste, Tabaksbeutel und Ersatzpfeife. Er fühlte auch den zusammengefalteten Brief in der Innentasche seiner Jacke. Es war der letzte von zu Hause, seine Mutter hatte darin geschrieben: Mach dir keine Sorgen um uns, lieber Junge. Paß nur auf dich selbst auf!

Es wurde nicht gern gesehen, daß man Privatbriefe bei sich trug. Aber warum nicht? Er nahm den Sturzhelm vom Stuhl und hielt die Schutzbrille prüfend gegen das Deckenlicht. Schließlich war dieser Brief das einzige, was er noch von seinen Eltern besaß. Eine Alarmglocke schrillte, und er spürte das Vibrieren des nächsten Aufzugs, der ihre Maschinen aus dem Hangar brachte.

Es wurde Zeit. *Paß nur auf dich selbst auf.*

Er warf einen Blick auf seine Kameraden und war mit einem Mal seltsam gerührt. »Los geht's, Jungs!«

Der Lautsprecher verfolgte sie: »Gruppe blau klar zum Start!«

Draußen war die Luft kalt, der Himmel klar bis auf ein paar Wolkenstreifen. Eine ruhige, lange Dünung hob die fünf Schiffe träge an, bevor sie unter ihnen hindurch weiter zum anderen Horizont lief.

Drei Swordfish kreisten über ihnen, die zurückkehrende Patrouille. Die anderen waren irgendwo auf der Suche nach U-Booten. Bei dieser guten Sicht bot die *Growler* ein hervorragendes Ziel, hob sich vom Horizont ab wie ein Häuserblock.

Unteroffizier Thorpe berührte Rowan am Arm, sein ölverschmiertes Gesicht war besorgt. »Ein Freund von mir ist auf der *Hustler*, Sir: Unteroffizier Denny. Bitte grüßen Sie ihn, er wird Sie gut betreuen.«

Rowan mußte lächeln. Thorpes Worte machten ihm klar, daß er mehr zurückließ als nur das Schiff.

»Das tue ich bestimmt.«

Sie standen noch einen Augenblick in der eisigen Luft und sahen zu, wie die Seafire in Position gebracht wurden, die Nasen himmelwärts gerichtet; als erste erschien Jonah.

Bats eilte vorbei, schnallte im Laufen seinen Helm fest und rief grinsend: »Aufgesessen, meine Herren!«

Dreihundert Meilen leere See. Und danach Tee und Kekse.

Seufzend zog sich Rowan hinauf ins Cockpit.

»Hier spricht Führer Blau. Bin startklar!«

Der Bejahungswimpel an der Signalrah wurde geschlippt, wehte aus, und die nächste Korvette kam noch dichter heran für den Fall, daß eine Maschine zu Bach ging.

Der Rolls-Royce-Motor sprang an und machte die Seafire lebendig. Automatisch überprüfte Rowan alles, dann blitzte die Signallampe auf.

Seine Maschine raste über das Flugdeck und ins Nichts hinein.

Rowan bewegte die Zehen in den filzgefütterten Stiefeln und blickte sich aufmerksam um. Die vier Seafire flogen in loser Formation auf achtzehntausend Fuß Höhe. Dies war zwar nicht die wirtschaftlichste Flughöhe, aber ihm schienen gute Sicht und die Fähigkeit, Konvoi und Flugzeugträger möglichst früh auszumachen, wichtiger.

Sie befanden sich nun zwanzig Minuten in der Luft, und Rowan wunderte sich noch immer, daß sich See und Himmel in dieser unfreundlichen Gegend so schnell verändern konnten. Der Himmel war jetzt bedeckt, die Kimm verschwommen und bronzefarben.

Er biß sich auf die Lippen, nahm die Schutzbrille ab und untersuchte sie. Dann überprüfte er Kurs und Geschwindigkeit und setzte sie wieder auf. Der Horizont blieb dunstig.

Er warf einen Blick auf Bills Maschine an Steuerbord querab. Er sah ihn ganz deutlich, sah, wie er den Mund öffnete und wieder schloß, als kaue er eifrig. In Wirklichkeit sang er, seine Sauerstoffmaske tanzte dabei auf und nieder wie ein Ziegenbart.

Sobald Rowan nicht an seine Instrumente und die Kameraden dachte, kehrten die Gedanken sofort zu seinen Eltern zurück. Ihm kam alles mögliche in den Sinn, das er bisher für selbstverständlich gehalten hatte. Wie ihre Einstellung zueinander. Wie oft hatte seine Mutter Vater beim Nachhausekommen gefragt: »Hattest du einen schönen Tag, Liebster?« Sein Vater pflegte dann ohne Zögern zu antworten: »Danke, wie immer, mein Liebling.«

Vielleicht war das ihre Stärke gewesen: Gewohnheit. So war allmählich ihre Zuneigung unerschütterlich geworden, unberührt von allem, was außerhalb ihrer eigenen kleinen Welt lag.

Und jetzt waren sie beide tot!

Er blinzelte, als sein Cockpit plötzlich von Wolkenfetzen eingeschlossen wurde.

»Hallo, Führer.« Das war Bill. »Ich sehe ein Schiff.« Er kicherte in sich hinein. »Wundervoller Tag für eine Kreuzfahrt!«

Rowan hob bestätigend die Hand und beugte sich vor, um nach dem Schiff Ausschau zu halten. Jetzt sah auch er es, knapp über dem Horizont, weiß und braun, mit winzigen, glitzernden Lichterreihen im Rumpf; Licht am hellen Tag?

Ein armseliger Neutraler, dachte er. Höchstwahrscheinlich Schweden. Es waren ja wirklich nur sehr wenige Neutrale übriggeblieben, und von Tag zu Tag hatten sie es schwerer, sich aus der Feuerlinie zu halten.

Am besten, sie sahen ihn sich einmal näher an.

Auch das Schiff wirkte undeutlich und verschwommen. Rowan versuchte, nicht an Syms' Warnung vor Nebel zu denken.

»Kiellinie!« sagte er in sein Mikrophon und sah im Spiegel, daß Creswell mit den Tragflächen wackelte. »Wir bleiben dicht zusammen.«

Er hörte Bill singen: »Nimm mich in deine Arme!«

Wieder zogen Wolkenfetzen vorbei; sie reichten jetzt viel tiefer. Er warf einen Blick auf den Höhenmesser: wahrscheinlich nicht mehr als tausend Fuß.

Plötzlich hielt er den Atem an, wagte nicht mehr zu blinzeln. Denn für Bruchteile von Sekunden hatte sich ein scharfer Schatten zwischen den Wolken abgezeichnet. In der nächsten Minute hätte er ihn übersehen. Da flog ein riesiges Flugzeug, und Rowan zweifelte nicht daran, daß es ebenfalls das einsame Handelsschiff ansteuerte. Aus Interesse, Neugier oder Langeweile, der Grund war gleichgültig.

Er rief: »Kondor! Ich gehe runter!«

Er drückte die Seafire steil abwärts, wußte, daß die anderen ihm folgen würden.

Die Wolken wurden dichter, bis sie ihm jede Sicht nahmen. Seine Kiefer schmerzten, so fest biß er die Zähne zusammen, jeden Muskel angespannt, um sich voll zu konzentrieren. Die Wolken barsten, teilten sich wie ein zerrissener Vorhang, als er die Maschine weiter nach unten drückte. Hinunter, nur hinunter! Es ging um Sekunden.

Er packte den Knüppel fester und schaltete den Knopf auf *Feuer*. Einen Versager konnte er sich kein zweites Mal leisten.

Die Maschine schwankte wild, als er in das bronzene Licht hinausjagte. Kaum zu glauben, aber das andere Flugzeug war wirklich da! Genau, wie er es sich vorgestellt hatte, in der perfekten Position. Er stand über der Backbordseite der großen Focke-Wulf, und selbst die geringsten Einzelheiten prägten sich ihm genau ein.

Dreihundert Yards. Er behielt die deutsche Maschine im Visier, war kaum imstande zu atmen. Noch eine Sekunde, dann drückte er den Feuerknopf, beharkte die Focke-Wulf mit einem langen Feuerstoß über die Backbordtragfläche zur Kanzel und weiter nach achtern. Der obere Heckschütze wankte in seinem Sitz, Metall und Plexiglas stoben in leuchtenden Bruchstücken davon, als der tödliche Hagel aus Leuchtspurgeschossen und Vierzentimetergranaten sein kleines Reich in ein Inferno verwandelte.

Der Bomber legte sich stark über, sah aus wie ein ungeheuer großes Kruzifix. Rowan fing seinen Sturzflug ab und bemerkte tief unten einen hellen Farbfleck: das neutrale Schiff, der unbeteiligte Zuschauer.

Nun raste Bills Seafire steil nach unten, ein vier Sekunden langer Feuerstoß hämmerte in den Rumpf und wahrscheinlich auch in die Kanzel der Kondor.

Bill schrie: »Ich hab' ihn, der ist erledigt!«

Rauch quoll zuerst zögernd, dann immer dicker aus dem Schwanz der Kondor, die jetzt flach tiefer ging. Der Pilot versuchte wahrscheinlich, in der Nähe des Schiffes zu wassern. Dabei konnte er gewiß noch eine Funkmeldung an die

Basis absetzen. Und Jagdflugzeuge bedeuteten die Anwesenheit eines Trägers. Den Rest konnten sie sich leicht zusammenreimen.

Rowan fing Jonah ab und ging in eine steile Kurve. Der Motor heulte auf, als er die Nase nach oben drückte, um mehr Höhe zu gewinnen.

Da hörte er Creswells Angriffsruf: »Tallyho!«

Rowan tastete nach dem Schalter und rief: »Abbrechen, Frank!« Aber Creswells Seafire schoß schon wie ein Pfeil aus dem Himmel und feuerte aus allen Rohren, während sie auf den ölverschmierten Bauch der Kondor zuraste.

»Jesus!« Rowan drückte noch einmal auf den Knopf und jagte einen langen Feuerstoß in die Kondor. Vergeblich. Schon hörte er das Rasseln der schweren deutschen Maschinengewehre. In seinem Eifer mußte Creswell völlig den Heckschützen der Kondor vergessen haben. Er hatte ihn wohl erst im letzten Augenblick gesehen, wie der Walfänger den riesigen harpunierten Wal kurz sieht, ehe er von seinem ungeheuren Schwanz zertrümmert wird.

Creswells Seafire schlug einen Haken, rollte sich dabei fast auf den Rücken, während die deutsche Maschine taumelte und dann rasch abstürzte, der See entgegen.

Rowan flog hinter Creswell her. »Hier spricht *Führer Blau*. Hörst du mich?« Sein Herz klopfte wild, als er sah, daß Creswells Maschine seitlich wegkippte; aber sie richtete sich wieder auf. »Hier ist *Jonah*.« Er sprach ruhig, beinahe sanft. »Hörst du mich, Frank?«

Er sah im Spiegel, daß die anderen wieder ihre Position hinter ihm einnahmen, sah mehrere Fallschirme wie Flaumfedern nach unten treiben. Der Schwede hatte gedreht, wahrscheinlich auf die zu erwartende Absturzstelle der Kondor zu.

Da plötzlich Creswells gepreßte Stimme: »Hallo, *Jonah*, ich höre.«

Rowan wischte sich fahrig den Schweiß vom Gesicht, er hatte das Gefühl, als säße Creswell neben ihm im Cockpit.

Creswell fuhr fort: »Ich hab's vermasselt, tut mir leid. Ich dachte nicht ...« Er hustete.

Rowan blickte zur Seite, sah die Kondor unten aufschlagen und explodieren, aber das interessierte ihn nicht mehr. Er konzentrierte sich ganz auf die Seafire vor ihm.

»Was ist mit deinen Instrumenten, Frank?«

»Sind in Ordnung, Jonah, glaube – glaube ich.« Und lauter, seine Einsamkeit und seinen Schrecken verratend, rief er: »Ich blute! Alles ist voll Blut! O Gott!«

Rowan sagte: »Übernimm die Führung, Bill. Algy, du hältst die Schlußposition.«

Er flog seine Seafire langsam und vorsichtig an Creswells heran, bis er querab auf gleicher Höhe mit ihm war. Jetzt sah er die großen Löcher im Rumpf, die glänzende Nässe, die wahrscheinlich von einer Treibstoffleckage herrührte. Er sah auch Creswell, dessen Kopf hin und her schwankte, als er sich ihm zuwenden wollte.

Rowan sagte ruhig und vorsichtig. »Flieg nur weiter, Frank. Kümmere dich nicht um die Instrumente, flieg einfach hinter Bill her.« Dann hob er die Stimme: »Frank!« Er hatte gesehen, wie die Nase der Seafire absackte, ihm wurde klar, daß Creswell die Besinnung verlor.

»Sprich weiter, Frank. Behalte Bills Maschine im Auge und sprich mit mir. Egal, worüber.« Seine Stimme war beschwörend, beinahe flehend.

Creswell antwortete stotternd: »Hab' den verdammten Heckschützen nicht gesehen. Aber ich erinnere mich, daß der Ausbilder uns sagte ...«

Rowan rief: »Was sagte er, Frank?« Dann versuchte er es noch einmal. »Was hat er gesagt?«

Aber Creswell schweifte ab. »Mein Mädchen ist abgehauen und hat einen Stoppelhopser geheiratet. Einen verdammten Infanteristen. Kannst du dir das vorstellen?«

»Mein Vater war auch Infanterist.« Rowan schielte auf seine Instrumente. Sie waren jetzt dreizehntausend Fuß hoch. Wenn sie doch nur die Schiffe in Sicht bekämen!

Oder sollten sie plaudernd nach Norden fliegen, immer weiter, bis sie einer nach dem anderen wie getroffene Vögel vom Himmel fielen, weil der Treibstoff ausging?

Creswell zu retten war zweifellos im Augenblick das wichtigste. Rowan wußte kaum etwas über ihn. Er war jung, hatte ein frisches Gesicht und sollte eigentlich noch gar keine Sorgen kennen. Und jetzt versuchte er mit letzter Kraft, Rowans Anweisungen auszuführen. Vielleicht starb er dabei, flog ins große Vergessen, und alles, woran er denken konnte, war sein Mädchen, das einen Infanteristen geheiratet hatte.

Als Rowan nach vorne sah, entdeckte er an Backbord voraus einen schwarzen Schatten am Horizont.

Bill rief heiser: »Die Bäreninsel, wenn ich mich nicht irre.«

Creswell sagte wie beiläufig: »Treibstoff ist fast alle. Muß mich bös' erwischt haben.« Er stöhnte. »O Gott, es tut so wahnsinnig weh!«

Rowan sagte: »Halte durch, Frank. Wir wollen doch jetzt die Gruppe nicht sprengen.« Das klang blödsinnig, war aber alles, was er anzubieten hatte. »Denk an den nächsten Urlaub. Bill und ich werden dir ein anderes Mädchen besorgen!«

»Hallo, *Jonah.*« Das war Bill. »Schiffe recht voraus!« Dann mit einer Stimme, die beinahe überschnappte: »Und zwei Swordfish Steuerbord querab, tief unten. Oh, ihr lahmen alten Enten! Ich könnte euch umarmen!«

Rowan rief in sein Mikrophon: »Hallo, *Kiebitz,* hier *Führer Blau*!« Zum Glück erinnerte er sich noch an das Rufzeichen der *Hustler.* »Erbitte Erlaubnis zur Notlandung.« Wütend schlug er mit der Faust auf den Gashebel. »Antwortet, verdammt! Antwortet!«

Eine leise und sehr ferne Stimme sagte: »Hallo, *Führer Blau.* Erlaubnis erteilt.«

Rowan versuchte, die plumpe Form des Geleitträgers auszumachen, hinter dem eine Menge anderer Schiffe auftauchten. *Hustler* drehte bereits in den Wind, um sie aufzunehmen. Kitto mußte vor kurzem eingetroffen sein und sie alle auf Trab gebracht haben. Er fühlte, wie seine Augen feucht wurden. Gott segne ihn!

»Ich kann sie nicht mehr halten!« Das war Creswell. »Ich schaffe es nicht mehr!«

Rowan sah, daß sich Creswells Propeller verschwommen abzeichnete, stotternd lief und dann ganz stoppte.

Rasch rief er: »Ich komme mit nach unten.« Ruhiger fügte er hinzu: »Denk an Fallschirm und Schleudersitz.« Er sprach so gelassen wie möglich, denn ihm war klar, daß schon ein Schwanken seiner Stimme Creswell auslöschen konnte.

»Verstanden.«

Rowan konzentrierte sich ganz auf die durchlöcherte Seafire, die jetzt in einer steilen Kurve nach unten ging.

»Fertig zum Aussteigen, Frank!«

Einen Augenblick dachte er, es sei zu spät. Doch dann bemerkte er eine Bewegung im Cockpit, sah Creswells gelben Schal wie eine Flagge auswehen; nur daß er jetzt mehr rot als gelb war.

Plötzlich schoß Creswell aus dem Cockpit wie ein Korken aus der Flasche; der Fallschirm öffnete sich.

Rowan ging mit hinunter, kreiste über ihm und paßte auf. Creswell versuchte zu winken, hing dann schlaff in den Leinen und trieb mit dem Wind rasch davon.

»Hier *Kiebitz.* Landen Sie sofort!«

Rowan beobachtete den Fallschirm und sah eine der Begleitkorvetten mit Höchstfahrt herankommen. Er sagte: »Hier *Jonah.* Du landest als erster, Bill.«

Dessen Stimme klang abgelenkt. »Setze zur Landung an.« Auch Rowan vergaß die Spannung des Landemanövers, vergaß sogar die Tatsache, daß sie die *Hustler* gefunden hatten. Der Fallschirm war im Augenblick alles, was zählte.

Er flog eine Runde um die Schiffe, sah die beiden

Swordfish ihre Patrouille fliegen, sah auch, daß ein Boot von der Korvette ablegte und auf die Stelle zuhielt, wo Creswells Fallschirm im Wasser aufsetzen würde.

Es war, als beobachte er sich selbst, dachte Rowan. Damals.

Dann seufzte er. Nun konnte er nichts mehr tun. Er richtete sich auf, und die *Hustler* gewann für ihn zum ersten Mal Bedeutung, als sie vor ihm immer größer wurde. Sie war in allem, bis zur letzten Niete, ein Schwesterschiff der *Growler*. Und doch völlig anders. Nur ein Seemann konnte das verstehen.

Er hielt den Atem an, beobachtete das Rollen des Trägers in einer Quersee, bevor er ansetzte. Seltsamerweise wurde es die beste Landung, die er je gemacht hatte, soweit er sich erinnern konnte.

Kitto wartete schon auf ihn.

»Gut gemacht, Tim. Die Korvette hat eben signalisiert, daß Creswell lebend geborgen wurde. Sie schaffen ihn sofort herüber, damit *Hustlers* Arzt ihn behandeln kann. Der Kommandant kocht vor Wut, weil eure Landung so lange gedauert hat. Aber ich denke, er ist trotzdem froh, uns alle an Bord zu haben.« Er musterte Rowans erschöpftes Gesicht. »Ihr seid also einer Focke-Wulf begegnet?«

Seltsam, das hatte er ganz vergessen. »Haben sie abgeschossen.« Es klang beiläufig.

Kitto klopfte ihm anerkennend den Arm und wandte sich Ellis und Cameron zu. »Der Flugdienstleiter will euch gleich sprechen, und der Kommandant auch.«

Die drei schüttelten ihm die Hand.

Bill sagte: »Armer Frank!«

Lord Algy sah hinüber zur Korvette, die sich anschickte, beim Träger längsseit zu gehen. »Und die verdammten Jerries sitzen jetzt bequem und trocken auf dem Passagierschiff, werden von schwedischen Stewardessen betreut und trinken heißen Grog.«

Bill grinste, aber seine Augen blieben traurig. »Eine Schande, nicht?«

Zwei Stunden und zehn Minuten nach der Landung auf HMS *Hustler* senkte sich dichter Nebel über den Konvoi und verbarg jedes Schiff vor seinen Gefährten.

Rowan lag in der fremden Koje, die Hände hinter dem Kopf verschränkt, und lauschte den Geräuschen ringsum. Es war noch einmal gutgegangen, wenn auch nur knapp.

7 Eine ritterliche Geste

Der dichte Nebel hielt den Konvoi und seine Geleitfahrzeuge nur einen Tag umschlossen, aber während dieser Zeit ereigneten sich mehrere wichtige Dinge. Wohl das wichtigste war, daß die Frachter sich zerstreut hatten; ihre ohnehin arg strapazierten Beschützer mußten Kollisionen und Schlimmeres riskieren, um sie wieder in eine überschaubare Formation zu treiben.

An Bord der *Hustler* wirkten die verzweifelten Anstrengungen der Schiffe undeutlich und sehr fern. Gelegentlich hörte Rowan während seiner Rundgänge an Deck das halberstickte Blöken einer Schiffssirene und die schrillere Antwort eines suchenden Zerstörers. Die beiden restlichen Korvetten des Geleits blieben ständig in Sichtweite, allerdings verschwommen wie Geisterschiffe. Ihre Wachhabenden hatten die wohl schwierigste Aufgabe. Sie durften nicht zu dicht an den gewaltigen Rumpf der *Hustler* herankommen, sie aber auch nicht verlieren, wenn die Nebelschwaden dichter wurden.

Das andere, was sie beunruhigte, war die völlige Ungewißheit über die Bewegungen der deutschen Großkampfschiffe. Sie waren nicht zu ihren norwegischen Stützpunkten zurückgekehrt, mußte sich also noch in der Nähe herumtreiben. Der Meteorologe der *Hustler* behauptete steif und fest, an der norwegischen Küste sei kein Nebel, so daß die Deutschen es vielleicht vorzogen, auf See zu bleiben. Auf alle Fälle stand der Konvoi bestimmt noch ganz oben auf ihrer Liste.

Als der Nebel langsam zurückblieb, nahm der Seegang sofort erheblich zu. Die Kämme wurden dichter, die Täler tiefer, und gelegentlich bildeten sich mächtige Brecher.

Der Träger rollte und stampfte, daß sein Flugdeck mitunter bis zu dreißig Grad Schlagseite aufwies, während der Gischt wie tropischer Regen um die Geschützpivots rauschte. Den beiden Korvetten mußte es schwerfallen, Position zu halten.

Bisher war noch niemandem erlaubt worden, Creswell im Lazarett zu besuchen. Sie erfuhren lediglich, daß der Chefarzt mehrere Stahlsplitter aus Creswells Seite und Hüfte entfernt habe. Zu Creswells großem Glück hatte ihn die Korvette rasch auf dem Träger abgesetzt. Ein wenig später hätte der Nebel dies verhindert. Auf der Korvette gab es keinen Arzt, Creswell wäre dort mit ziemlicher Sicherheit gestorben.

Rowan las gerade noch einmal den Brief seiner Mutter, als ein Läufer erschien, um ihn auf die Brücke zu holen.

Der Kommandant der *Hustler* erwartete ihn mit dem Flugdienstleiter und zwei Swordfishpiloten.

Rowan kannte Kapitän Arthur Turpin nicht näher, aber das wenige, was er von ihm wußte, gefiel ihm ganz und gar nicht. Er war ein hochmütiger Mann mit einer großen Schnabelnase, die das ganze Gesicht beherrschte. Wie Buchan hatte auch er einige Jahre außerhalb der Marine verbracht, aber damit erschöpfte sich auch die Ähnlichkeit zwischen ihnen. Wenn Buchan ruhige Zuverlässigkeit ausstrahlte, so vermittelte Turpin ständig das Gefühl gereizter Übellaunigkeit.

Er schnauzte Rowan an: »Das hat aber verdammt lange gedauert!«

Rowan erwiderte ruhig: »Tut mir leid, Sir.«

Turpin schien enttäuscht, hatte vielleicht eine Ausrede

erwartet. Er stand in dem Ruf, auf Reserveoffizieren herumzuhacken. *Verdammte Amateure* nannte er sie.

Turpin steckte die Hände in die Außentaschen seiner Jacke, die Daumen stießen nach vorn wie zwei Hörner. »Es läuft alles genauso wie erwartet.«

Rowan wartete, gewarnt von einem Stirnrunzeln des Flugdienstleiters.

Wir haben soeben einen Funkspruch der Admiralität erhalten: Ein deutsches Schlachtschiff, möglicherweise die *Scharnhorst*, steht nordöstlich von uns. Sie ist zu Schießübungen aus ihrem Fjord ausgelaufen, wenigstens wurde dies allgemein verbreitet. Unsere Agenten waren so verdammt sicher, daß dieses Auslaufen nichts mit der allgemeinen Kreuzerbewegung zum Nordkap zu tun hatte, daß sie es nicht einmal für nötig hielten, ihr Auslaufen rechtzeitig zu melden.«

Der Flugdienstleiter warf ein: »Offen gesagt, Sir . . .«

»*Ich* spreche jetzt.« Turpin wandte ihm den Rücken zu. »Die Streitkräfte der Home Fleet suchen das Schlachtschiff, während wir uns bemühen sollen, den Konvoi zusammenzuhalten, bis« – kalt musterte er Rowan – »unser Admiral mit *Growler* wieder zu uns stößt. Ihr Abstecher wird ohnehin noch ein gehöriges Nachspiel haben. Ein einziger Geleitträger, *meiner*, muß hier allein die ganze Arbeit leisten. Man erwartet von uns, daß wir mit zwei alten Korvetten und einem lausigen Schlepper den gesamten Konvoi vor U-Booten schützen.«

Der I.O.* räusperte sich vorsichtig. »Und was ist mit den deutschen Kreuzern, Sir?«

Turpin starrte ihn an. »Das war ein Trick. Wenn sie wirklich existieren, dann sind sie jetzt wahrscheinlich schon auf dem Rückweg nach Norwegen.«

Es herrschte betretenes Schweigen, bis Rowan fragte: »Ist die Wettervorhersage günstig, Sir?«

* Erster Offizier

Turpin antwortete nicht, sondern trat an eine Klarsichtscheibe und murmelte, ohne sich umzudrehen: »Erzählen Sie's ihm.«

Der Flugdienstleiter sagte gleichmütig: »Die Wetteraussichten sind schlecht für uns, aber nicht schlecht genug, um U-Boote abzuschrecken.« In seinen Augen sah Rowan so etwas wie eine Entschuldigung. »Wir werden zwei getrennte Seafire-Patrouillen fliegen, eine voraus und eine südöstlich vom Konvoi.« Dann senkte er die Stimme. »Wenn die U-Boote dichter heranschließen, brauchen wir alle Swordfish, um Wasserbomben . . .«

Turpin unterbrach ihn: »Fassen Sie sich kurz!« Er stand mit weitgespreizten Beinen da, offenbar entschlossen, sich nicht festzuhalten, auch wenn das Schiff stark überholte.

Der I.O. fügte hinzu: »Wir lassen außerdem als Nahpatrouille zwei Swordfish starten. Das sollte genügen.«

Ein Telefon summte in seinem Kästchen wie eine gefangene Biene. »Vom Funkraum, Sir. Sieben U-Boote gemeldet, vermutlich in unserer Nähe«, berichtete ein Oberleutnant.

Turpin grunzte: »Die müssen Flügel haben.«

Rowan folgte den anderen hinunter in die Operationszentrale. Unmöglich zu wissen, was wirklich vorging. Zu viele Entscheidungen fielen allein auf Grund der knappen Meldungen, die Admiralität und Nachrichtendienste aus verschiedenen Quellen erhielten. Turpin hatte vielleicht wirklich recht mit den deutschen Kreuzern. Manchmal wurden Sichtmeldungen über dasselbe Schiff oder denselben Verband mehrmals abgegeben, so daß zum Schluß eine ganze Flotte auf See schien. Aber trotzdem war Rowan nicht einverstanden mit Turpins ärgerlicher Reaktion, auch wenn er begreiflicherweise wütend auf Chadwick war.

Er hörte das übliche Gerassel der Aufzüge, als die Flugzeuge aufs Flugdeck geschafft wurden. Der Operationsoffizier gab ihm und den anderen Piloten letzte Instruktionen.

Rowan sollte den südöstlichen Sektor übernehmen, eine zweite Seafire würde vorausfliegen und alle zwanzig Minuten den Rand seines Sektors streifen.

Rowan sagte: »Ich erwarte, daß *Growler* noch vor Dunkelheit zu uns stößt, Sir.«

Ohne den Blick von der Karte zu heben, zuckte der Operationsoffizier die Schultern. »Sie ist bereits verspätet. Ich muß bald mit einem weiteren Flugzeug nach ihr suchen lassen. Wahrscheinlich hat sie Maschinenschaden.«

Der Meteorologe sagte trocken: »Oder sie ist versenkt worden.«

»Nein, das hätten wir gehört.« Der Operationsoffizier wirkte erschöpft. »Es sähe Konteradmiral Chadwick allerdings ähnlich, wenn er nochmals auf einen kleinen Ausflug gegangen wäre.«

Rowan dachte an die geringe Zahl der Flugzeuge auf *Growler* und an Chadwicks Neigung, seine Vorgesetzten zu ignorieren. Wenn Turpin recht hatte, konnte er für seine Eigenmächtigkeit wirklich mit einer scharfen Rüge rechnen. Wegen Chadwicks Angriff auf den Tanker hatte sein Träger beim Konvoi gerade dann gefehlt, als er am dringendsten benötigt wurde. Und jetzt wieder.

Falls diese Schwächung der Sicherungsstreitkräfte dem Gegner einen erfolgreichen Überfall erlaubte, würde man Chadwick sicherlich zur Verantwortung ziehen. *Handeln nach eigenem Ermessen,* das war meistens die Weisung der Admiralität. Wenn man Erfolg hatte, war alles gut. Wenn es schiefging, wurde man gekreuzigt.

Rowan lehnte sich gegen das Schott, während er die Stiefel anzog, dann setzte er den Helm auf. Das Deck holte so stark über, daß er sich an der Reling festhalten mußte, als er zum Start ging.

Es war jetzt kälter; die See hatte sich in ein Inferno aus leuchtendweißen Brechern und tiefdunklen, bösartigen Wellentälern verwandelt. Das Schiff drehte bereits in den Wind, die beiden Korvetten schlossen heran, der plumpe

Schlepper *Cornelian* folgte ziemlich weit achteraus, und wie gewöhnlich stieß er zuviel schwarzen, fettigen Qualm aus.

Der von Thorpe empfohlene Unteroffizier überschrie den Lärm der laufenden Motoren: »Jonah steht bereit für Sie, Sir!«

Ein Lautsprecher krächzte: »Beeilung da unten! Wir haben nicht den ganzen Tag Zeit!«

Der Unteroffizier zwinkerte: »Der Alte spielt gern den Feuerfresser, Sir.«

Rowan nickte und winkte Bill Ellis im Seitengang zum Abschied zu.

Der Start war schwierig, und als der Bug der *Hustler* im allerletzten Augenblick in ein tiefes Wellental sackte, dachte Rowan, daß es auch sein letzter würde. Der Motor hustete und heulte, die Maschine fiel mehrere Fuß unter das eben verlassene Flugdeck, bevor er sie wieder in der Hand hatte. In diesem Bruchteil einer Sekunde sah er, wie der Gischt nach ihm griff, und meinte, sein triumphierendes Zischen zu hören.

Vom Wind gerüttelt, stieg er langsam höher und ließ den Träger unter sich zurück. Er flog einen Kreis, um sich zu orientieren. Die Schiffe fuhren zwar wieder in langen Reihen hintereinander, aber die Abstände waren viel zu groß. Er sah einige stattliche Zerstörer der Home Fleet, die sich immer noch bemühten, die schwerfälligen Frachter zusammenzutreiben. Es waren Zerstörer der *Tribal*-Klasse, wenn er ihre schlanken Formen und ungleichen Schornsteine richtig erkennen konnte. Er stieg auf dreizehntausend Fuß und begann seine methodische Suche.

Auf dem schwer arbeitenden Träger hinter ihm starteten zwei Swordfish, um den Konvoi vor U-Booten zu schützen, und eine weitere Seafire, um die Voraussicherung zu übernehmen. Rowan fragte sich, ob Turpin einen *Growler*-Piloten losschicken würde statt eines eigenen. Wollte er seinen Ärger über Chadwick an dessen Piloten auslassen? Daß sie bis an die äußerste Grenze ihrer Reichweite geflogen waren, um sein Schiff zu finden, und unterwegs eine Kondor abgeschossen hatten, schien ihm wenig Eindruck zu machen.

Rowan wandte den Kopf und bewegte automatisch den Knüppel. Er hatte etwas gesehen, ohne es zu erkennen. Denn er flog der Sonne entgegen und seine Augen tränten.

Da war es wieder! Weder ein Brecher noch ein dunkles Wellental. Er richtete Jonah auf und warf einen raschen Blick auf den Höhenmesser: achttausend Fuß.

Aufmerksam kreiste er über der Stelle und sah seinen Schatten über die Instrumente fallen, als die Sonne nach achtern auswanderte. Er griff zum Fernglas, schob die Schutzbrille hoch und suchte nach dem Konvoi. Der war fast unsichtbar, gab sich nur durch einen Rauchstreifen und eine dunkle Linie zu erkennen. Der Träger lag auf einem anderen Kurs und war durch eine ziemliche Strecke rauher See vom Geleitzug getrennt.

Vorsichtig legte er Jonah auf die Seite, lauschte dem gleichmäßigen Summen des Motors und hielt Ausschau nach dem Eindringling. Plötzlich hielt er den Atem an: Er hatte eine winzige Rauchfahne dicht auf der Wasseroberfläche gesehen, umgeben von ein wenig Gischt.

Es war ein getaucht fahrendes U-Boot, dessen Schnorchel jedoch übers Wasser ragte, um Luft für die Diesel anzusaugen, während es für den Angriff auf den Konvoi seine Batterien auflud.

In einer steilen Kurve zog er die Maschine hoch. Auf dem Unterseeboot hatte ihn offenbar noch keiner gesehen. Der bevorstehende Angriff beschäftigte die Deutschen wahrscheinlich so intensiv, daß sie an nichts anderes dachten. Die Alliierten hatten in diesem Jahr erhebliche Erfolge bei der U-Boot-Bekämpfung erzielt; bessere Ausrüstung, intensive Luftüberwachung und vor allem Radar hatten das Gleichgewicht zum ersten Mal zu ihren Gunsten verschoben. Die U-Boot-Kommandanten bewiesen nach wie vor den gleichen Mut, die gleiche Geschicklichkeit, aber da ständig Verluste ersetzt werden mußten, verringerte sich allmählich die Qualität ihrer Besatzungen.

Der deutsche Offizier dort unten in seinem wild rollenden Bootskörper konzentrierte sich bestimmt mehr auf seine Aufgabe, als nach einem Punkt am trüben Himmel zu suchen. Rowan fing die Maschine über den niedrigen Wolken ab und meldete sich über Funk.

»Hallo *Kiebitz.* Hier *Jonah.*« Er fragte sich, ob dort unten noch weitere U-Boote lauerten. »Hört ihr mich? Ende.«

Die Antwort klang halb erstickt und war von atmosphärischen Störungen unterbrochen. »Ja, *Jonah* . . .« Den Rest verstand Rowan nicht.

»Habe U-Boot gesichtet.« Er sprach langsam und deutlich. »Etwa sieben Meilen südöstlich von euch, läuft Kurs Nord.« Gespannt lauschte er.

»Warten Sie.«

Er lächelte böse. Sollte er hier Runde um Runde fliegen, auf die patrouillierenden Swordfish mit ihren Wasserbomben warten und sie dann zur genauen Position führen? Bis dahin mußten sie ihn bestimmt entdeckt haben.

»Hallo, *Jonah.* Hier *Kiebitz.* Dehnen Sie Ihre Patrouille weiter aus. Wir greifen an.«

Rowan begann wieder zu steigen, beobachtete den Höhenmesser, lauschte dem Heulen seines starken Motors und dachte an Turpin. Bei dem gewaltigen Abstand zwischen ihm und dem Konvoi würde er seine beiden Korvetten schicken müssen. Sie mußten zusammenarbeiten, ihr Asdic würde vor ihnen hertasten wie der Stock eines Blinden. Damit mußten sie das U-Boot eigentlich finden. Er warf einen Blick auf die Uhr. Sie würden etwa zwanzig Minuten brauchen. Er richtete sein Glas nach unten, suchte eine Wolkenlücke und wartete.

Er sah die beiden Korvetten heranbrausen, die offensichtlich mit Höchstfahrt riesige Gischtwolken hochschleuderten. Er selbst war zu hoch, um feststellen zu können, ob das U-Boot noch immer dicht unter der Oberfläche fuhr.

Turpin würde vermutlich warten, bis die Korvetten Kontakt aufgenommen hatten, und dann seine Swordfishbomber starten lassen. Rund um den deutschen Kommandanten würde gleich die Hölle losbrechen.

Mit Bedauern kehrte Rowan dem Drama unten den Rücken und flog weiter nach Südosten.

Etwas blitzte kurz auf, ziemlich tief unten und fern an Backbord; er glaubte schon, es sei das von einer Schiffsbrücke reflektierte Sonnenlicht. Fasziniert starrte er hin. Aber es war ein Flugzeug. Winzig und scheinbar bewegungslos vor dem gewaltigen Panorama der stürmischen See.

Die *Growler* mußte also doch schon in der Nähe sein; sie hatte Patrouillen vorausgeschickt, um Kontakt mit der Gruppe aufzunehmen. Der unglückselige Pilot da unten war aber weit vom Kurs abgekommen, und wenn er auf dieser geringen Höhe blieb, mußte er bald von einem U-Boot gesichtet werden.

Rowan spielte mit dem Gedanken, Turpin seine Entdekkung zu melden. Wenn die *Growler* in der Nähe war, würde er vielleicht seine Taktik ändern und näher an den Konvoi heranschließen.

Dann kam er jedoch zu dem Schluß, daß der andere Pilot sich verirrt hatte. Er traf eine Entscheidung.

Mit Macht drückte er die Maschine herunter, sah die Wolken Schicht um Schicht vorbeirasen. Er ließ die Blicke von einer Seite zur anderen schweifen und suchte nach dem verirrten Flugzeug. Es war nicht mehr, wo es hätte sein sollen. War es schon abgestürzt?

Er beugte sich vor, denn plötzlich sah er sie wieder: eine winzige Maschine, sehr schlank, mit Schwimmern unter den Tragflächen, die wie Skier wirkten. Er fing seinen

Sturzflug ab und blieb zunächst zwischen den Wolken, um nachzudenken.

So weit vom Land entfernt? Ein Wasserflugzeug, wahrscheinlich eine Arado 196. Die Erleuchtung kam ihm so plötzlich, als hätte jemand sie ihm zugerufen: Die Arado brauchte nicht von Land aus zu starten, sie wurde an Bord großer Kriegsschiffe mitgeführt.

Er beobachtete, wie sie über die See huschte, nicht höher als tausend Fuß. Die Sonne glitzerte auf ihrem langen Cockpit, und er versuchte sich zu erinnern, wieviel Mann Besatzung sie hatte und wie ihre Bewaffnung war.

Er stieß wieder hinunter, genau auf das Wasserflugzeug zu. Seine Ohren dröhnten vom Sturzflug, während er bedachte, daß das Mutterschiff nicht weit entfernt sein konnte.

Die Arado legte sich steil über und änderte den Kurs um neunzig Grad nach Steuerbord.

Er hat mich gesehen. Macht nichts. Zu spät.

Er sah die Balkenkreuze auf den Schwingen, sah die Köpfe der Besatzung durch das Plexiglas. Zwei Mann.

Knapp über der Arado fing er den Sturzflug ab und jagte einen vier Sekunden dauernden Feuerstoß heraus.

Der Pilot war kein Amateur. Er flog Zickzack, auch noch als Stücke seiner Steuerbordtragfläche absplitterten, und stand dann mit beinahe abgewürgtem Motor fast still, damit die Seafire ihn überholen sollte.

Rowan versuchte es mit seinem Sprechgerät, hörte aber nur Quieken und Knacken. Außer Reichweite. Er fragte sich, was mit dem U-Boot passiert war, während er mit einer Steilkurve einen weiteren Angriff begann. Zwei Mann waren dort unten, und beide wußten, daß sie nicht die geringste Chance hatten.

Er flog bis auf vierhundert Yards heran und jagte einen langen Feuerstoß über die Arado hinweg. Die Leuchtspurgeschosse spiegelten sich im gläsernen Cockpit wie ein Feuerwerk.

Warum schoß er nicht gezielt?

Er sah, daß die deutsche Mannschaft mit den Schwingen wackelte und zur See hinunter flog. Wenn die Arado bei diesem Seegang wasserte, würde sie mit Sicherheit zerbrechen und die Crew ertrinken. Warum also hatte er den Vorgang nicht beschleunigt und sie selbst getötet?

Er kreiste über der Maschine, sah ihre Schwimmer von der ersten großen See abgleiten, dann taumelte sie in ein tiefes Wellental hinein. Der Schwanz zeigte steil nach oben, Gischt schäumte über ihr langes Cockpit. Der Propeller stotterte, blieb schließlich stehen. Er sah die kleine Maschine auf der tobenden See schaukeln wie ein abgefallenes Blatt. In ganz geringer Höhe überflog er sie noch einmal und warf eine Rauchboje ab, obwohl ihm klar war, daß es wohl keinen Zweck hatte. Aber die beiden Deutschen würde seine Absicht verstehen.

Jetzt machte er kehrt und flog zum Konvoi zurück. Er stellte fest, daß es erheblich dunkler geworden war und die Wolken drohender wirkten.

Wieder probierte er sein Funksprechgerät aus, und diesmal bekam er eine Bestätigung.

Zwischen laut knatternden atmosphärischen Störungen schilderte er seine Begegnung mit dem Wasserflugzeug, nannte dessen ursprünglichen Kurs und Position in bezug auf den Konvoi. Sie würden das anhand der Informationen des Nachrichtendienstes überprüfen können. An Bord hatten sie Unterlagen über den Aktionsradius der Arado, über den Schiffstyp, von dem sie starten konnte, all diese Einzelheiten, die sie wie Juwelen hüteten. Er verschwieg jedoch, daß er das Flugzeug nicht zerstört hatte.

Jetzt sah er schneeweiß leuchtende Wassersäulen himmelwärts steigen, sah das Durcheinander von Schiffen und detonierenden Wasserbomben. Da waren auch zwei tief fliegende Swordfish, die bei dem starken Querwind gewaltig vorhalten mußten; ihre Wasserbomben trugen noch zu dem allgemeinen Durcheinander bei.

»Hallo, *Jonah*! Hier *Kiebitz*. Kehren Sie zur Basis zurück. Ende.«

Er überprüfte seine Geräte und warf einen Blick auf den Kompaß. Sicherlich wollte Turpin schnell Näheres über das Wasserflugzeug hören.

Niedrig überflog er die beiden Korvetten und sah in ihrem Kielwasser weitere Wasserbomben detonieren.

Plötzlich hatte er die *Hustler* Steuerbord voraus, ihre Bordwand hob sich dunkel vom aufspritzenden Gischt ab, als sie gegen die Quersee aufdrehte. Er sah das Blinklicht und begann sich auf den Anflug zu konzentrieren. Noch war sie etwa vier Meilen entfernt und rollte heftig. Es würde eine äußerst schwierige Landung werden, bei der er die Entscheidung zum Aufsetzen erst im letzten Augenblick treffen mußte.

Mit einem Mal merkte er, daß er laut vor sich hin summte. Vielleicht tat er das immer und hatte bisher nur nicht darauf geachtet.

»Hier *Jonah*. Erbitte Landeerlaubnis.«

Zu seiner Überraschung lautete die Antwort: »Verweigert.«

Dann sah er eine andere Seafire etwas unter ihm, die bereits im Anflug war. Er versuchte ihre Kennzeichen auszumachen, aber die Sicht war zu schlecht.

Eine Notlandung! Er fing seine Maschine ab, ging auf ebenen Kurs und beobachtete gespannt den Anflug des anderen. Jetzt konnte er schon das Wasser unter dem plumpen Heck des Trägers kochen sehen. Trotz seiner Höhe glänzte das Flugdeck vor Nässe.

Er wollte der anderen Seafire folgen, über das Schiff hinwegfliegen, drehen und seine Landeerlaubnis abwarten.

Die andere Maschine war im Begriff aufzusetzen, Räder und Landeklappen waren ausgefahren. Er stellte sich den Piloten vor, eine Hand am Knüppel, die andere am Gashebel, während er das Steigen und Fallen des Decks abschätzte. Kitto pflegte zu sagen: »Wie das Ausspielen der letzten Pokerkarte.«

Laut und scharf hörte er plötzlich eine Stimme im Kopfhörer: »Abdrehen! Torpedolaufbahn an Steuerbord!«

Nun schien sich alles in Sekundenschnelle abzuspielen und dauerte trotzdem entsetzlich lange. Stark überholend drehte *Hustler* in die Torpedolaufbahn hinein, wie ein Mammut dem Angreifer die Stirn bietet. Rowan sah keine Torpedolaufbahn, aber er sah die Seafire zögern und dann doch einen letzten Landeversuch machen. Sie traf in spitzem Winkel auf, ein Rad knickte ab, während das Schiff seine Drehung fortsetzte.

Rowan drückte Jonah herunter, suchte nach dem U-Boot, das den Torpedo abgeschossen hatte, aber es war ihm unmöglich, den Blick von der Seafire abzuwenden, die über das Deck pflügte und in den unteren Brükkenaufbau raste, den Schwanz steil aufgerichtet.

Eine Swordfish flog vorbei und warf zwei Wasserbomben; Rowan starrte die Bordwand der *Hustler* an und erwartete die gewaltige Wassersäule der Torpedodetonation.

Von irgendwoher war auch ein Zerstörer aufgetaucht und jagte nun mit qualmendem Schornstein durch die grobe See, die Geschütze aufs Wasser gerichtet.

Weitere Wasserbomben detonierten, und dann schoß eine riesige Ölsäule empor, die sich im Zusammenstürzen rasch ausbreitete und die Wogen zu glätten schien.

Der Zerstörer warf noch eine Wasserbombensalve, und diesmal gab es keinen Zweifel. Wie ein glänzender Finger hob sich das spitze Heck des U-Boots über den Ölfleck, als mache es einen letzten Versuch aufzutauchen. Granaten detonierten in seiner Nähe, und eine traf das Tiefenruder. Das Boot verschwand und nahm seine Besatzung mit auf den Grund der See, die schlimmste Todesart von allen.

Rowan bestätigte seine neuen Anweisungen und begann eiskalt seinen Landeanflug. Trotzdem sah er im Geist immer noch den anderen Piloten vor sich und erwartete beinahe den Schrei: »Abdrehen!«

Er sah das Heck der *Hustler* steigen, die See rund um die Schiffsschrauben kochen. Als es wieder absackte, setzte er auf, spürte den harten Stoß der Räder und den gewaltigen Ruck des Fangseils. Er stellte den Motor ab, schob die Cockpithaube hoch und stieß die Hände zurück, die sich ihm helfend entgegenstreckten. Halb kletternd, halb springend stolperte er an Deck.

Er rannte an den emsigen Seeleuten mit ihren knallroten Feuerlöschern und Schläuchen vorbei, drängte sich durch die Gestalten in Overalls, bis er die auf dem Kopf stehende Seafire erreichte.

Der Arzt und seine Gehilfen waren bereits dort, aber sie mußten noch warten, bis die Mechaniker das Cockpit aufgeschnitten hatten.

Rowan zwang sich, in das Gesicht des Piloten zu sehen. Er hing in seinen Gurten, der Kopf baumelte seitlich herunter. Der Aufprall hatte ihm wahrscheinlich das Genick gebrochen. Unter seiner Schutzbrille lief Blut hervor, die weit aufgerissenen Augen hatten noch im Tod einen ärgerlichen Ausdruck.

Rowan wandte sich ab. Er hatte den Mann ein- oder zweimal gesehen, kannte ihn aber nicht näher.

Bei einer Schwingtür blieb er stehen, ohne sich um Wind und Gischt zu kümmern, die ihm ins Gesicht peitschten.

Als er nochmals einen Blick auf die zerschmetterte Seafire warf, sah er, daß die Mechaniker den Piloten herauszogen. Seine Stiefel ragten unter ihren Achseln hervor, während sie ihn zum vorderen Aufzug trugen.

Rowan nahm den Helm ab und wischte sich das Gesicht. Er erreichte die Brücke, ohne zu wissen, wie.

Kapitän Turpin saß in einem ähnlichen Stahlsessel wie Buchan. Rowan wartete nicht, bis Turpin sprach, sondern sagte barsch: »Es war keine Täuschung, Sir. Nordöstlich von uns muß ein Schlachtschiff sein oder sonst etwas Großes.«

Turpin musterte ihn kalt. »Ist dies der Ton, in dem Sie üblicherweise mit Ihren Vorgesetzten sprechen?«

Rowan sah ihn ruhig an. »Üblicherweise nicht, Sir.«

Der Flugdienstleiter sagte: »Es war bestimmt ein kleines Wasserflugzeug, keine Heinkel 115?«

Rowan blickte an ihm vorbei durch die quietschende Klarsichtscheibe.

»Ganz bestimmt. Ich hab' sie aufs Wasser gedrückt. Vielleicht ist sie eine längere Strecke geflogen, aber das bezweifle ich. Trotzdem habe ich nirgends ein großes Schiff gesehen.«

Ein Oberleutnant sagte: »Funkraum hat Verbindung mit *Growler*, Sir. Sie wird heute nacht zur Gruppe stoßen.« Er sprach gedämpft, den Blick auf Rowan gerichtet.

»Gut.« Turpin trat hinaus zur Brückennock, sein Körper glich die Bewegung des Schiffes aus. »Sie können weitermachen.«

Rowan wandte sich auf dem Absatz um und verließ die Brücke. Er mied die fragenden Gesichter in der Messe und ging lieber in den Hangar. Dort sah er gerade noch, wie seine Jonah zu ihrem Platz gerollt wurde, wo eine Gruppe Mechaniker auf sie wartete. Mit ihren Lampen und Instrumenten wirkten sie wie Chirurgen.

Den Unteroffizier bat er abrupt: »Könnten Sie mir einen Becher zu trinken geben? Irgend etwas.« Seine Beine fühlten sich an, als wollten sie unter ihm nachgeben.

»Aber sicher.«

Der Mann eilte weg und kehrte beinahe sofort mit einer Mucke dampfenden Tees zurück. Er sah zu, wie Rowan daran nippte. »Verraten Sie mich bitte nicht, Sir, sonst machen die mich zur Sau«, sagte er.

Rowan merkte, daß der Tee zu etwa einem Drittel aus Rum bestand. »Danke«, erwiderte er lächelnd.

Der Mann wischte sich die fettigen Hände ab. »Ich sah den Aal, er strich dicht an unserer Backbordseite entlang. Verfehlte den alten Zossen höchstens um zwanzig Fuß.«

Rowan überlegte. Der U-Boot-Kommandant war demnach so zuversichtlich gewesen, daß er nur einen einzigen Torpedo abfeuerte und den Rest für den Konvoi aufhob, sein eigentliches Ziel. Ihm mußte klar gewesen sein, daß die Geleitfahrzeuge hinter einem seiner Kameraden her waren, daß sich somit nichts zwischen ihm und dem Träger befand und er in aller Ruhe zielen und schießen konnte.

Er mußte wohl auch gewußt haben, daß etwas Größeres unterwegs war, ein Schiff, das einen nur beschädigten Flugzeugträger innerhalb von Sekunden versenken konnte. Doch seine allzu große Zuversicht hatte ihn ins Verderben geführt.

Ein Aufzug begann zu rasseln, und die zerschmetterte Seafire glitt langsam ins Hangardeck herunter. Mechaniker liefen zum Aufzug, um sicherzustellen, daß die Kameraden oben gute Arbeit geleistet hatten und keine Feuergefahr mehr bestand.

Der Unteroffizier sagte leise: »Das war Mr. Maynards Maschine. Netter junger Mann. Ist letzte Woche zwanzig geworden.« Er blickte Rowan ins Gesicht. »Ich vermute, der Alte mußte sich entscheiden: entweder Maynard oder die gesamte Besatzung. Trotzdem ...« Er beendete den Satz nicht.

Der Lautsprecher bellte: »Achtung, Achtung! Sofort zwei Swordfish auf dem achteren Flugdeck klarmachen zum Start! Beeilung! Klar zum Flugzeugstart!«

Rowan ging in seine Kammer und fand dort Bill, der auf ihn wartete.

Sie setzten sich nebeneinander auf eine Koje, und Bill fragte unvermittelt: »Weißt du was? Ich glaube, die Deutschen werden diesen Konvoi vernichten.«

Rowan sah ihn an. Das klang gar nicht nach Bill. »Dann werden wir sie eben daran hindern müssen, klar?«

Bill grinste. »Sieht aus, als seien wir die einzigen, die das können.« Er lehnte sich zurück. »Wie fühlst du dich, Tim?«

Rowan überlegte. Er war jetzt ruhiger, das mußte wohl an dem Rum liegen.

»Manchmal möchte ich aus der Haut fahren. Eben gerade auf der Brücke war ich verdammt grob zum Kommandanten, aber ich konnte nicht anders. Ich habe das Wasserflugzeug in den Bach gedrückt, obwohl ich es hätte vernichten und die Besatzung umbringen müssen. Schließlich spielen wir nicht Kricket.« Er blickte seinen Freund an. »Und doch tun wir ständig so. Das macht mich manchmal ganz krank.«

Lord Algy blickte herein. »Frank kann schon sitzen und essen. Wollen wir ihn besuchen? Ich habe es mit dem Arzt abgesprochen.«

Sie standen auf, froh darüber, das Thema wechseln zu können.

Über ihren Köpfen vibrierte das Deck, als die nächste Patrouille über die nassen Planken rollte, um ihre Positionen vor und neben dem Konvoi einzunehmen.

8 Ausstieg

Rowan saß an einem Tisch in der Messe und sah den Stewards beim Servieren des Frühstücks zu. Ein Arm griff über seine Schulter, stellte etwas hin und zog sich dann wieder zurück. Er musterte sein Gedeck: zwei Dosenwürstchen und ein Klecks Rührei aus Eipulver. Das Ganze glitt in einer Pfütze aus Fett hin und her.

Ein Steward am anderen Ende der Tafel sah sein Gesicht und grinste. »Es ist eben Krieg, Sir.«

Rowan blickte auf und sah, wie das Deck krängte. Der Seegang hatte über Nacht noch erheblich zugenommen. Er hatte gehört, wie der Konvoi Fahrt vermehrte, so daß eine geringe Chance bestand, die U-Boote noch einen weiteren Tag lang abzuschütteln. Ein Funkspruch der Admiralität besagte, daß sieben in ihrer Nähe seien. Eins war mit Sicherheit versenkt worden. Ein zweites, das er gemeldet hatte, konnte möglicherweise durch die Wasserbomben der Korvetten beschädigt worden sein. Somit blieben noch fünf übrig. Das war nicht allzuviel für einen Rußlandkonvoi.

Fünf U-Boote. Er malte sie sich im Geiste aus, sie und ihre Besatzungen. Jedes Boot hatte etwa sechzig Mann an Bord, das ergab also rund dreihundert Deutsche, die draußen in der Arktis auf sie warteten, bereit zum Angriff, während er hier saß und sein Frühstück anstarrte.

Bitter lächelte er. Er war wohl schon übergeschnappt.

Bill Ellis ließ sich auf den Stuhl neben ihm fallen und grunzte böse, als das Schiff jäh in ein tiefes Wellental sackte. »Verdammt, ich hoffe nur, daß heute nicht geflogen wird, Tim.«

Rowan nickte und dachte an Creswell unten im Lazarett. Warum bloß hatten die Schiffbauer den gesamten medizinischen Abschnitt nach vorn gelegt? Einen Schwerverletzten mußte das ständige Steigen und Fallen des Vorschiffs belasten; dem jungen Frank Creswell allerdings schien es nichts auszumachen, er wirkte schon wieder ganz fröhlich, wenn auch noch sehr blaß und irgendwie älter. Sie hatten neben seiner Koje gestanden und über unbedeutende Dinge geplaudert.

Aber plötzlich fragte Creswell: »Wir gehen mit der Fahrt herunter, warum?« Sie blickten einander an, Rowan, Bill und Lord Algy. Jetzt, da es nötig gewesen wäre, fehlten ihnen die Worte.

Aus dem Lautsprecher kam der Befehl: »Oberdeck – Achtung! Front nach achtern!«

Eine kurze Pause, dann waren wieder die zunehmenden Umdrehungen der Schraubenwelle zu hören.

Leise hatte Creswell gefragt: »Sie haben einen bestattet, nicht wahr?«

Rowan kehrte wieder in die Gegenwart zurück. Er schob den Teller beiseite und nahm sich einen Toast. Wenigstens das Brot war gut auf diesen in den USA gebauten Schiffen.

Er dachte an die vielen Meilen, die sie während der Nacht zurückgelegt hatten. Dieser Pilot mit dem verärgerten Gesicht und dem gebrochenen Genick war jetzt weit, weit achteraus und Hunderte von Faden tief unter Wasser.

Der Messelautsprecher schreckte ihn quiekend und krächzend aus seinem Brüten auf.

Dann erklangen verständliche Worte. »Hier spricht der Kommandant. Heute morgen habe ich einen wichtigen Funkspruch von der Admiralität erhalten.«

In der kurzen Pause, die der Einleitung folgte, dachte Rowan an die Millionen Funksprüche, die in jeder Sekunde und an jedem Tag die Luft erfüllten. Einer davon hatte ihm die Nachricht vom Tod seiner Eltern gebracht.

»Er enthielt die Mitteilung, daß die Streitkräfte der Home Fleet während der Nacht ein Gefecht mit schweren deutschen Einheiten hatten, unter denen sich wahrscheinlich auch das Schlachtschiff *Scharnhorst* befand. Das Artillerieduell wurde auf äußerster Reichweite geführt und dem Gegner schwerer Schaden zugefügt. Unsere eigenen Schiffe haben einige Beschädigungen und Verluste erlitten, aber keines wurde versenkt.«

Rowan dachte, daß jetzt ferne Hurra-Rufe zu hören sein müßten. Wenigstens war es so immer in den Filmen.

Die unbewegte Stimme des Kommandanten fuhr fort: »Ich habe Weisung erhalten, ein Zusammentreffen mit diesen Streitkräften zu vermeiden, und der kommandierende Admiral der Home Fleet will alles tun, um einen weiteren Angriff des Feindes abzublocken.«

Einige Offiziere trommelten mit Messern und Gabeln auf ihren Tabletts herum, und einer sagte: »Das will ich doch annehmen!«

Turpin war aber noch nicht fertig. »Ich habe mit dem Konvoikommodore Kontakt aufgenommen, und wir sind beide der Meinung, daß wir jetzt eine Kursänderung vornehmen und einen südlicheren Kurs steuern sollten. Da *Growler* nicht wie erwartet zu uns gestoßen ist, bleibt mir keine andere Wahl, als unabhängig zu handeln. Das ist alles.«

Das Gemurmel klang wieder auf, als der Lautsprecher schwieg.

Bill Ellis sagte: »Vielleicht hat er recht. Es wäre ja dämlich, einen weiten Umweg zu machen, wenn der Feind von unseren großen Brüdern aufgehalten wird. Das muß vielleicht ein Schauspiel gewesen sein, Tim: all diese schweren Geschütze, die über Meilen offener See hinwegfeuerten, ohne daß der eine mehr als einen Schatten vom anderen sehen konnte.«

Rowan hatte zuvor mit dem Piloten gesprochen, der nach Südosten geflogen war, um mit *Growler* Kontakt aufzunehmen. Sie lag auf Kurs und dampfte mit Höchstfahrt in Richtung Konvoi, die vier Korvetten umgaben sie wie wachsame Terrier. Der Funkverkehr war nur kurz gewesen. Konteradmiral Chadwick stößt wieder zur Gruppe, hieß es. Aber er war nicht erschienen, und Turpin hatte sich entschlossen, nicht auf ihn zu warten.

Bill fuhr sich mit den Fingern durchs Haar und gähnte. »Wir werden bald wissen, woran wir sind. Turpin wird ein paar Beobachtungsballons steigen lassen, und wenn der Weg frei ist, wird er Befehl zur Kursänderung geben.«

Rowan konnte sich nicht vorstellen, daß *Growler* bei der Ankunft nicht dabeisein sollte. Es war schlimm, wenn man in Kriegszeiten zu sehr an einem Schiff hing. Aber der kleine Geleitträger bedeutete viel für ihn, er gehörte dorthin, nicht hierher auf *Hustler*.

Ein anderer Oberleutnant ging auf Bills Bemerkung ein. »Das wäre aber Glück, wenn sie bei diesem Sturm den Wetterballon steigen lassen könnten.«

Bill blickte auf, als Rowan Anstalten traf, den Tisch zu verlassen. »Was ist los, Tim?«

Rowan hob die Schultern. »All das Geschwätz geht mir auf die Nerven. Irgend etwas stimmt doch nicht! Was ist beispielsweise mit dem Wasserflugzeug? Ich habe es mir schließlich nicht eingebildet!«

»Der Alte ist wohl der Meinung, daß jetzt voraus alles klar ist.« Bills Stimme klang besorgt. »Ich würde die Sache auf sich beruhen lassen, Tim.«

Rowan merkte, daß die anderen in seiner Nähe aufgehört hatten zu essen und ihn anstarrten. Er hatte das Gefühl, sich lächerlich zu machen.

Abrupt sagte er: »Ich gehe in die Gefechtszentrale.«

Der andere Oberleutnant fragte Bill gedämpft: »Ist mit Ihrem Freund alles in Ordnung?«

Bill rieb sich das Kinn. »Aber sicher. Er war nur in der letzten Zeit ein bißchen überbeansprucht. Außerdem hatte er schlechte Nachrichten von zu Hause.«

»Ach so.« Der Oberleutnant fuhr seelenruhig fort. »Gib mir mal die Marmelade rüber, Junge.« Bill lächelte traurig. Das ungeschriebene Gesetz funktionierte: Lücken füllen, der Vormarsch geht weiter. Nur nicht über die Sorgen anderer sprechen, man hatte genügend eigene.

Rowan betrat die Zentrale, in der es ungewöhnlich geschäftig herging. Die Koppeltische tickten und brummten, von allen Seiten kam das Summen von Elektrizität, das leise Ticken der Morsebuchstaben und hin und wieder eine blecherne Stimme aus der Sprechanlage.

Der Operationsoffizier sah müde auf. »Sie sind doch nicht in Bereitschaft, oder?«

»Nein, Sir.« Jetzt, da er hier war, kam Rowan sich albern vor. »Ich habe nur über die Mitteilung des Kommandanten nachgedacht.« Unsicher hob er die Schultern. »Es scheint mir alles zu glatt, zu einfach.«

»Sind Sie gekommen, um mir *das* zu sagen?«

»Was ist denn los hier?« Das war der Flugdienstleiter, der hinter einem Milchglasschirm hervorkam.

»Er sagt, daß wir irgendwie von den Deutschen getäuscht werden.« Die Stimme des Operationsoffiziers klang gefährlich ruhig. »Der Kommodore, die Home Fleet, die Admiralität und der Nachrichtendienst, alle sind der Meinung, daß wir es schon fast geschafft haben und praktisch in Sicherheit sind. Nur er hier weiß es besser.«

Rowan erwiderte hitzig: »Ich bin kein kompletter Idiot, Sir, nur weil ich zwei Wellenlinien* auf dem Ärmel habe und nicht schon 1907 bei der Marine in China gedient habe.«

»Das genügt!« Der Flugdienstleiter trat zwischen sie. »Schluß jetzt, alle beide!«

Er musterte Rowan etwas eingehender, sah die Anstrengung, die Spuren ununterbrochener Einsätze in seinem Gesicht. Er zwang sich zur Ruhe. »Sie denken, die Deutschen lassen uns absichtlich diese Kursänderung machen, weil sie alles bereits eingeplant und vorausberechnet haben?«

Rowan nickte. »Ja, das denke ich, Sir. Ich bin schon öfter auf dieser Route gefahren. Die Deutschen haben uns nie so weit kommen lassen, ohne einen wirklich schweren Angriff zu starten.« Er zeigte auf den großen Glasschirm mit der Position des Konvois und verschiedenen anderen Einzelheiten. »Wenn der Feind nun lediglich ein paar Kreuzer eingesetzt hätte, um die Schiffe der Home Fleet von uns wegzulocken? Der Sicherheitsschirm wäre besser intakt geblieben für den Fall, daß ein wirklich großes Schlachtschiff ausgelaufen ist.«

Der Operationsoffizier gab zu: »Stimmt. Wir wissen zwar, daß die *Tirpitz* in ihrem Fjord liegt, aber die *Scharnhorst*, das größte Schiff in diesen Gewässern, ist einsatzbereit.« Das klang schon weniger skeptisch.

Der Flugdienstleiter sagte: »Sie könnten also mit den wirklich schweren Einheiten angreifen, und während der

* Abzeichen der Reserveoffiziere

ganzen Zeit weitere Schiffe aus dem Süden nachziehen.« Nachdenklich nickte er. »Möglich wäre es. Alles hängt von diesem verdammten Wasserflugzeug ab. Als es ausblieb, wird das Mutterschiff zur Basis zurückgekehrt sein.« Er winkte einen Telefonposten herbei. »Verbinden Sie mich mit dem Kommandanten.«

Turpin schwieg, bis der Flugdienstleiter ihm diese Gesichtspunkte dargelegt hatte. Dann aber hörte Rowan seine Stimme scharf und ärgerlich aus dem Hörer bellen.

Der Flugdienstleiter legte vorsichtig auf. »Der Kommandant sagt, daß der Flakkreuzer auf *seinen* Vorschlag hin die Walrus starten ließ. Sie wird einen kurzen Aufklärungsflug unternehmen. Ist alles klar, dann ändert der Konvoi den Kurs in genau einer Stunde, wie vorgesehen. Kein weiterer Austausch von Signalen erwünscht.« Er lächelte. »Das ist alles.«

Sie wandten sich um, als Dymock Kitto unter die Deckenlampe trat.

»Erbitte Erlaubnis, eine Seafirepatrouille starten zu lassen, Sir, und zwar sofort. Ich kenne Oberleutnant Rowan lange genug, um mich voll und ganz auf sein Urteil zu verlassen.« Ruhig musterte er den Operationsoffizier. »Und da ich jetzt mit Ihnen ranggleich bin, Sir, füge ich hinzu, daß ich – obwohl ebenfalls ein Reservist – wahrscheinlich mehr Flugstunden aufweisen kann als jeder andere Pilot in der Navy.«

Zu ihrer Erleichterung grinste der Operationsoffizier. »Hoffentlich die meisten auf unserer Seite?« Dann wurde er wieder ernst. »Der Alte gestattet bestimmt keine komplette Patrouille. Aber ich schlage ihm vor, eine einzige Seafire starten zu lassen.« Stirnrunzelnd fuhr er fort: »Nicht Sie, Kitto. Sie sollten das Kommando über die Rebellen der *Growler* behalten.«

Rowan sagte rasch: »Ich hole meine Ausrüstung.« Dann sah er Kitto an. »Okay?«

Kitto hob den Kopf, als lausche er dem Heulen des Windes; sein blaues Kinn glänzte im grellen Licht. »Aber keine Heldentaten!«

Als Rowan in seine Kammer eilte, hörte er im Lautsprecher die Befehle zum Startklarmachen einer einzigen Seafire. Turpin hatte also eingewilligt. Als er in den Bereitschaftsraum kam, fand er Bill und die Flieger der Bereitschaftswache vor, die beim Flugdienstleiter lebhaft protestierten.

Dieser antwortete lediglich: »Es handelt sich nicht um einen Routineflug.« Er fing einen Aschenbecher auf, der vom Tisch rutschte, und fuhr fort: »Außerdem dürfte es kein gemütliches Unternehmen werden.« Er nickte Rowan zu. »Ich teile Ihnen jetzt die Einzelheiten mit. Oben haben Sie nachher fünfzig Minuten zur Verfügung, keine Sekunde mehr. Also Beeilung!«

Es war ein seltsames Gefühl, Jonah allein auf dem vor Nässe glänzenden Flugdeck stehen zu sehen. Die um die Seafire versammelten Gestalten wirkten, als huldigten sie dem letzten aller Flugzeuge. Das unheimliche Leuchten am Himmel, die purpurroten Streifen zwischen den rasenden Wolken, die endlos sich heranwälzende See, alles schien Rowan irgendwie unwirklich. Das fahle Licht tauchte die Wogenkämme in ein schmutziges Gelb, und der Wind stach wie eiskalter Sand.

Der Unteroffizier half ihm ins Cockpit und schnallte ihn mit besonderer Sorgfalt fest, wobei ihm die Kälte Tränen in die Augen trieb. Laut rief er: »Der Kommandant hat auf der Brücke selbst übernommen, Sir.« Er rückte seine Kopfhörer in die richtige Lage. »Das geht also klar.« Noch einmal tätschelte er das Cockpit, dann schloß er die Haube. Rowan sah, daß die Lippen des Mannes unhörbar »viel Glück« murmelten. Blitzschnell duckte er sich, als der Propeller zuerst zögernd, dann schneller und schneller drehte, bis er schließlich zu brausendem Leben erwachte.

Der Bejahungswimpel wurde gehißt und vom Sturm

sofort in Fetzen gerissen. Rowan hoffte nur, daß der Signalmeister mehrere Reservewimpel hatte.

Das Genehmigungslicht blinkte, und Jonah rollte so vorsichtig über das Flugdeck, als versuche er, den Pfützen auszuweichen.

Noch ging es langsam voran. Jetzt hoch mit dem Schwanz. Rowan hatte den gewohnten Schweißausbruch bei der Vorstellung, wie die Propellerflügel sich ins Deck graben würden.

Das vertraute Panorama glitt vorüber, die farbigen Overalls von Bats und seiner Crew. Ein einzelner Seemann trat mit einer Pütz in der Hand aus der Windfangtür der Insel und erstarrte zur Salzsäure, als er merkte, daß er den falschen Augenblick erwischt hatte.

Nun sah Rowan, wie das Deck auf ihn zuraste. Er hatte das Gefühl, als steuere er einen außer Kontrolle geratenen, bremsenlosen Rennwagen über eine Klippe. Mit einem donnernden Aufheulen des Motors war er in der Luft.

Es dauerte mehrere Minuten, bis er den Träger umrundet und den böigen Wind überwunden hatte, der entschlossen schien, ihn zurück an Bord zu drücken.

Aber trotz allem war es ein guter Start gewesen, was er kaum glauben konnte, wenn er unter seiner Steuerbordtragfläche die heftigen Bewegungen des Trägers sah. Leise summte er vor sich hin. Hier wollte wohl jeder dem anderen zeigen, was er leisten konnte. Turpin kam von seinem hohen Roß herunter, um zu beweisen, daß er die plumpe *Hustler* besser zu handhaben verstand als jeder andere. Rowan lächelte mit schmalen Lippen. Und er selbst?

Bevor er wendete und auf Südkurs ging, warf er einen langen Blick auf den fernen Konvoi. In der Operationszentrale hatte man ihm gesagt, daß ein Kreuzer der Home Fleet zum Geleit gestoßen sei; hinter der schlanken Silhouette des Flakkreuzers konnte er jetzt undeutlich dessen Tarnfarbe ausmachen.

Er drehte ab und ließ den Konvoi hinter sich.

Die arme alte Walrus! Wie konnte nur der Mann, der die wunderschöne Spitfire konstruiert hatte, sich etwas so Häßliches wie diese plumpe Fledermaus ausdenken? Der einzige Trost für die Besatzung eines Amphibienflugzeugs war, daß es auf dem Wasser niedergehen konnte, bei diesem Seegang allerdings ein gewagtes Unternehmen. Er dachte an die Arado und fragte sich, ob die beiden Deutschen wohl gerettet worden waren.

Methodisch und sorgfältig begann er den Horizont abzusuchen. Es war dunstig wegen des fliegenden Gischts und sturmgepeitschten Regens, aber noch klar genug.

Eine Stimme in seinen Kopfhörern sagte: »Hallo, *Jonah*, hier *Kiebitz*. Irgendwas von der Walrus zu sehen?«

Rowan schaltete auf Senden. »Negativ.« Er stellte sich Turpin vor, wie er wohl darauf antwortete: »Alles Zeitverschwendung! Verdammte Amateure.«

Als er in einige Wolkenfelder hineinflog, spürte er die Windstöße wie die Faust eines unsichtbaren Riesen. Er fing an zu steigen und überprüfte dabei ständig seinen Kompaß, denn es war nur zu leicht, sich vom Sturm abtreiben zu lassen. Weit und breit gab es kein Land in Reichweite, also nahm er die Navigation besser ernst.

Zwölftausend Fuß, und der Motor lief vorbildlich. Rowan versuchte vergeblich, sich zu entspannen. Wenn er sich seinen nächsten Urlaub vorstellte, dachte er zwangsläufig an zu Hause. An das Mitleid der Nachbarn, an die seltsame Neugier in ihren Augen.

Plötzlich wurde sein Blick gespannt. Er glaubte, durch eine schmale Wolkenlücke einen Farbtupfer gesehen zu haben. Er drückte die Nase der Seafire nach unten und tastete nach dem Feuerknopf. Diesmal konnte es etwas ganz anderes sein als eine hilflose Arado.

Aber als der Propeller die Wolke beiseite gefegt hatte, sah er tief unter sich die Walrus des Flakkreuzers, fast bewegungslos vor den Reihen der Brecher. Er starrte hinunter und fragte sich, wie sich eine so schwerfällige Maschine wohl flog. Höchstgeschwindigkeit hundertfünfunddreißig ... Er schnappte nach Luft, als die nächste Wolke von einem grellen Blitz beleuchtet wurde. Den Bruchteil einer Sekunde glaubte er, zwei andere Flugzeuge hätten sich an ihn herangepirscht, während er das Flugboot beobachtete, und seien jetzt in dieser Wolke kollidiert. Dann aber erblickte er den großen wegdriftenden Rauchball, und als er aus der Wolke hervorschoß, sah er auch die Schiffe im vorderen Backbordquadranten. Weitere Blitze blendeten ihn, er spürte das gefährliche Bocken der Seafire, als eine Granate dicht hinter ihm detonierte, aber er konzentrierte sich ganz auf die Schiffe. Drei waren es, darunter ein mächtiges; obwohl es spitz auf ihn zulief, erkannte er Brücke und großkalibrige Geschütze. An der gewaltigen Bugwelle war abzulesen, daß es hohe Fahrt machte. Nach Norden.

Die anderen beiden waren große Zerstörer, wahrscheinlich der *Karl-Galster*-Klasse. Er hatte sie schon früher in diesen Gewässern gesehen.

Weitere Flakgranaten detonierten genau vor ihm, er drehte nach Backbord ab, ging tiefer und kletterte dann wieder in einer steilen Kurve, um die Geschützführer zu irritieren. Sie schossen nicht mit Knallerbsen, das stand fest. Es mußte die Mittelartillerie des schweren Kreuzers sein, nach Art der Detonationen zu urteilen.

Er drehte ab, drückte die Maschine rasch tiefer und flog zu der Walrus hinunter, die sich scheinbar kaum bewegt hatte. Als er näher kam, sah er, daß sie von der Flak getroffen worden war, denn in den oberen und unteren Tragflächen klafften große Löcher. Aber der achtere Propeller, der »Drücker«, drehte sich noch ungestört, und er bemerkte am Blinken einer Signallampe, daß sie ihn gesehen hatten.

Er fing Jonah ab, blickte in den Spiegel und nach oben, um sich zu vergewissern, daß er nicht verfolgt wurde, und flog dann direkt hinter das Flugboot. Zwei Mann der Besatzung konnte er sehen, von den anderen jedoch nicht das geringste.

Rowan fragte sich, ob der Träger in Reichweite war, und schaltete sein Funksprechgerät ein, merkte aber sofort, daß es tot war. Die Druckwellen der detonierenden Flakgranaten mußten es beschädigt haben. Er tastete nach seiner Signallampe und gab einen kurzen Spruch an die Walrus ab: *Kehre zur Basis zurück.* Möglicherweise war aber auch deren Funkanlage beschädigt worden.

Er begann wieder zu steigen, sah das seltsame Himmelslicht in sein verwischtes Blickfeld gleiten. Er hatte keine Zeit zu verlieren, denn um den schweren deutschen Kreuzer zu stoppen, brauchte es allerhand. Er machte sich daran, Fahrt, Kurs und Entfernung der drei Schiffe zu berechnen.

Klaren Kopf behalten! Er suchte nach Wolkendeckung, sah sie über sich und zog die Maschine dort hinauf. Turpin mußte überzeugt werden. Er würde sehr genau wissen wollen, was da auf ihn zukam.

Als er das zweite Mal aus den Wolken stieß, entdeckte er die drei Kriegsschiffe wieder, jetzt an Steuerbord und auf divergierendem Kurs. Sie wirkten von oben flach und kontrastlos. Im Fernglas konnte er erkennen, wie die Geschütztürme herumschwangen, die langen Rohre sich auf ihn richteten. Für die Flak war er bestimmt außer Reichweite, aber nicht für diese schweren Waffen. Er überlegte. Der Größe nach konnte es *Admiral Hipper* sein. Er sah die nächste Wolkenbank auf sich zukommen und steuerte sie an.

Rowan konnte sich nicht erinnern, etwas gesehen oder gespürt zu haben. Es war mehr eine Ahnung als ein schwerer Schock. Eben noch beobachtete er die bauchige Wolke, im nächsten Augenblick rang er nach Luft, als ob seine Lungen Feuer gefangen hätten. Er hatte ein Gefühl, als durchstächen Nadeln schmerzhaft sein Trommelfell.

Er konnte nur hilflos das Bild vor seinem Propeller anstarren. Es stand nicht still, sondern begann sich zu drehen, erst langsam, dann schneller und immer schneller.

Er wollte schreien, sich bewegen, konnte aber nicht. Vor sich sah er weder Himmel noch Wolken, nichts mehr von alledem, nur noch die See. Ihre eisgraue Oberfläche wurde zu großen weiß-grauen Flecken, dann zu Brecherfeldern und jetzt zu einzelnen Seen.

Endlich begriff er die grausame Realität: Das große Kriegsschiff hatte mit schwerer Artillerie auf ihn gefeuert, einfach nach grober Schätzung quer vor seinen Kurs. Jetzt stürzte er ab. Die halbe Backbordtragfläche fehlte. Seine Hände fingen an, sich zu bewegen, fummelten zuerst unsicher, dann mit rasender Verzweiflung, als er Brandgeruch wahrnahm und zum ersten Mal spürte, daß sein linker Stiefel innen pitschnaß war.

Großer Gott! Er öffnete das Cockpit und sog keuchend die eiskalte Luft ein, die seine wachsende Panik beiseite fegte.

*Absturz. Ausstieg. Mayday!** Gott helfe mir!

Er hing kopfunter an den Riemen, rutschte dann aus dem Cockpit, trat und schlug um sich wie ein Ertrinkender. Endlich spürte er den scharfen Ruck, den jähen Schmerz im linken Bein, als der Fallschirm sich über ihm öffnete, ihn trug und der Wind ihn forttrieb. Seine Lippen und Augen waren beinahe zugefroren.

Er krümmte sich, schluchzend vor Schmerz. Und plötzlich hörte er ein stotterndes, brüllendes Husten. Dann sah er Jonah: Die Maschine rast in Spiralen abwärts, hinterließ eine schwarze Rauchspur, bis sie unten im Wasser verschwand. Nichts mehr zu hören, und als er sich die Augen auswischte, war sogar der Rauch verweht.

Rowan blickte zwischen seinen Füßen nach unten. Der linke Stiefel leuchtete rot. Er würgte und schmeckte Erbrochenes in der Kehle. Unbeholfen tastete er seine Schwimmweste ab, seine Finger waren so dick, als wären

* Internationaler Hilferuf im Sprechfunk, entspricht S.O.S. im Tastfunk

es lauter Daumen. Er hörte weitere Detonationen und fragte sich, warum die Deutschen immer noch Munition verschwendeten. *Es sei denn . . .*

Er wartete, bis der Wind den Fallschirm etwas beiseite schob, dann sah er das Aufblitzen von Geschützfeuer. Die Deutschen waren inzwischen weit weg. Jonah hatte zum Sterben viel länger gebraucht als angenommen. Schmerz und Wut brannten in seinem Innern wie Feuer. *Armer Jonah.*

Ungläubig starrte er hin, als die Walrus unter ihm auftauchte und wie ein Schweinsfisch die schweren Brecher durchschnitt. Das mußte der Traum eines Irren sein! Jemand stand ganz vorn, steckte den Kopf durch ein Bullauge und winkte ihm zu. Er sah aus wie ein Mann ohne Unterleib, ein Auswuchs auf der Nase der Walrus. Rowan mußte plötzlich lachen. Er lachte noch immer, als er mit einem mächtigen Aufspritzen ins Wasser klatschte. Der Fallschirm zog ihn durch die tobende See wie ein Stück Treibholz.

Rasch verlor er das Bewußtsein. Er hörte das Donnern von Motoren, hörte jemanden Unverständliches schreien. Verdammte Narren! Die deutschen Granaten würden sie erwischen. Aber sie konnten ja sowieso nicht mehr starten. Verdammte, wunderbare Narren!

Endlich war es soweit – endlich war er tot.

Er öffnete die Augen, weil ihm etwas auf den Lippen brannte. Entsetzen und Schmerz waren nicht weit weg, lauerten dicht unter der Bewußtseinsgrenze auf ihn. Dann begriff er langsam und widerwillig, daß er nicht tot war. Auch lag er nicht im Wasser, sondern im kastenartigen Bauch der Walrus und sah durch die Risse im Rumpf die Wellen draußen. Aber wieso waren sie unter ihnen? Mühsam versuchte er, sich zu orientieren. Endlich erkannte er: Sie flogen! Waren in der Luft!

Er merkte, daß jemand auf ihn zukroch, ein junger

Mann mit sehr blauen Augen. Er mußte schreien, um das Donnern der Motoren zu übertönen. »Alles in Ordnung, Kamerad?« Er tätschelte Rowans Bein. »Ich habe die Wunde verbunden, aber den Rest überlassen wir lieber dem Arzt.«

Rowan wollte sprechen, brachte aber keinen Laut heraus. Eine andere Gestalt saß auf einem Notsitz unterhalb des Piloten, und versuchte taumelnd, die heftigen Bewegungen der Walrus auszubalancieren. Dem Mann war ein Arm abgerissen worden, unter ihm schwamm alles im Blut. Sie hatten wirklich schon genug durchgemacht. Dennoch hatten sie keinen Augenblick gezögert, seinetwegen auf der See niederzugehen. Für einen Fremden, von dem sie doch annehmen mußten, daß er ohnehin nicht mehr zu retten sei.

Der junge Mann mit den blauen Augen stolperte nach vorn und berührte den Piloten an der Schulter. »Er ist soweit in Ordnung, Jim!« brüllte er. »Es hat ihn am Bein erwischt, aber er wird schon durchkommen.«

Der Pilot trug keinen Sturzhelm, sein Kopfhörer war über ein schäbiges Käppi gestülpt.

Rowan hörte ihn antworten: »Muß wohl am Brandy liegen, den du in ihn hineingekippt hast. Ein Glück, daß er nicht vergeudet wurde!«

Rowan lehnte an den vibrierenden Spanten und wunderte sich, daß er weder von seiner Bergung noch vom Start etwas gemerkt hatte. Vielleicht war er doch tot gewesen, aber irgendwie wieder ins Leben zurückgekehrt?

Er versuchte, sich zu bewegen, und merkte, daß seine Fliegerkombination vor Nässe triefte. Und seine Uhr war weg. Der Schmerz wurde schlimmer.

»Nimm die Morselampe, da ist der verdammte Konvoi!« Dröhnend lachte der Pilot. »Oh, ihr Prachtstücke!«

Der andere steckte die Lampe durch ein Bullauge an Backbord, während sich die Walrus stark überlegte und tiefer ging. »Soll ich ihnen von den Deutschen erzählen?«

Der Pilot wandte sich um und starrte ihn an. »Was soll der Quatsch? Das kann warten, bis sie uns aufgepickt haben!«

Zum ersten Mal sah Rowan sein Gesicht. Unter der Mütze leuchtete weiß ein provisorischer Augenverband, getrocknetes Blut klebte an seiner Wange. Der Mann hatte das Viktoriakreuz verdient für seine Leistung.

»Der junge Soldat kroch wieder nach achtern und warnte Rowan: »Mach dich auf was gefaßt, Kamerad! Wenn wir aufsetzen, dann sehr hart!«

Durch ein klaffendes Loch in der Bordwand sah Rowan etwas Mächtiges vorbeigleiten: einen großen Frachter, offenbar sehr tief weggeladen; die See hob und senkte sich anscheinend mühelos an seiner Bordwand. Fasziniert beobachtete er sie. Da setzte die Walrus auf, und der Schmerz raubte ihm erneut die Besinnung.

Als er wieder die Augen öffnete, mußte er sich auf eine neue Umgebung, neue Geräusche und Gerüche einstellen. Er hatte sofort ein Gefühl der Wärme und Geborgenheit. Und er lag in einer weißgestrichenen Koje. Unter den steifen Laken war er nackt, sein verwundetes Bein stak in einem festen Verband, der jeden Schmerz fernzuhalten schien. Vorsichtig bewegte er den Kopf, als fürchte er, die Schmerzen damit sofort zurückzuholen.

Langsam wurde ihm klar, wo er sich befand. Das waren die unruhigen, stampfenden Bewegungen eines Zerstörers. Er stellte auch fest, daß die anderen Kojen im gleichen Takt hin und her schwangen und alle leer waren. Er lag in der klinisch sauberen Perfektion eines hellen Schiffslazaretts.

Er lauschte dem Brausen der Lüfter, dem gleichmäßigen Vibrieren der Maschinen. Offenbar stand er unter dem Einfluß von Beruhigungsmitteln, denn es fiel ihm schwer, die Augen offenzuhalten.

Eine fröhliche Stimme sagte: »Tja, Sir, das Gucken geht

noch nicht so recht!« Das war ein Sanitätsgast, aus dessen Jackentasche eine Anzahl Bleistifte herausragten.

Heiser fragte Rowan: »Welches Schiff?«

»Die *Pathan,* Zerstörer der Tribal-Klasse. Der Skipper ist Commander Nash. Wollen Sie sich jetzt bitte wieder zurücklegen, Sir?«

Er verstand die Frage in Rowans Augen und fügte leise hinzu: »Tut mir leid um Ihre Freunde, Sir. Aber Sie haben eben Glück gehabt. Nur daran sollten Sie denken.«

Rowan glaubte, verrückt zu werden. Langsam fragte er: »Was ist passiert? Erzählen Sie mir alles.«

Der Sanitätsgefreite beugte sich über die Koje. »Erinnern Sie sich denn an nichts mehr, Sir?«

Rowan schüttelte den Kopf, selbst das kostete ihn viel Kraft.

Der Mann seufzte. »Wir fuhren auf der Steuerbordflanke des Konvois, als Ihre Maschine gesichtet wurde. Der Flottillenchef stellte uns ab für den Fall, daß wir gebraucht würden. Ein Frachter vor uns ließ Öl ab*, und der Skipper entschloß sich, es zu riskieren und ein Boot zu Wasser zu lassen. Dann gab es noch eine Diskussion mit Ihrem Flugzeugführer. Er wollte uns erst zwei Tote an Bord geben, aber der Flottillenchef befahl ihm, die Walrus aufzugeben und an Bord zu kommen. In der Zwischenzeit wurden Sie uns herübergereicht.« Der Sanitätsgast wandte den Blick ab. »Danach weiß niemand so recht, was passiert ist. Entweder war es explodierende Munition oder ein Kurzschluß, jedenfalls . . .«

Rowan griff nach dem Handgelenk des Sanitätsgefreiten. »Kamen beide Männer ums Leben? Wollten Sie mir *das* schonend beibringen?«

Der Sanitätsgast betrachtete ihn unsicher. »Wie ich schon sagte, Sie hatten eben Glück, Sir.«

Rowan stöhnte: »Wie lange bin ich schon hier?«

* zum Beruhigen des Seegangs

»Etwa zwei Stunden, seit der Arzt nach Ihnen gesehen hat, Sir. Da wir zur Tribal-Klasse gehören, haben wir einen Arzt an Bord.«

»Holen Sie ihn!« Rowan sah, wie der Ausdruck des Mannes sich veränderte. Im nächsten Augenblick wird er mir eine Beruhigungsspritze verpassen, dachte er. So dringlich wie möglich sagte er: »Ich gehörte nicht zur Walrus-Besatzung, die hatten mich nur aufgefischt.«

»Wenn das so ist?« Der Mann ging zu einem Telefon und sagte hinein: »Doktor? Hier Wilkins. Dieser Flieger möchte Sie sprechen.« Er nickte, den Hörer am Kopf. »Hab' ich ihm auch gesagt, Sir.«

Rowan rief, so laut er konnte: »Sagen Sie ihm, ich wurde abgeschossen – von einem schweren Kreuzer.« Er merkte, daß seine Worte einschlugen. »Wahrscheinlich der *Hipper*. Sagen Sie's ihm schnell, um Gottes willen!«

In diesem Augenblick schrillten die Alarmglocken, ein Lautsprecher bellte: *»Auf Gefechtsstationen! Auf Gefechtsstationen!«*

Eine gedämpfte Detonation war zu hören, der sofort eine zweite folgte. Ein paar Farbsplitter regneten auf seine Koje.

Der Sanitätsgefreite hängte ein. »Ich glaube, wir haben Gesellschaft bekommen, Sir.«

Der Türvorhang wurde zur Seite geschoben. Das war unverkennbar der Zerstörerkommandant, ein drahtiger Fregattenkapitän mit einem braunen Sweater unter dem blauen Jackett und mit langen ledernen Seestiefeln.

Er fragte: »Ein schwerer Kreuzer, sagen Sie? Dann muß er das wohl sein. Sonst noch was?«

Ein Seemann mit Stahlhelm rief zur Tür herein. »Käpt'n, Sir, der I.O. möchte Sie dringend sprechen.«

»Soll warten.« Er blickte nur Rowan an.

»Außerdem zwei Zerstörer, große.« Rowan sah, wie es im Kopf des Kommandanten arbeitete. Jeden Augenblick mußte er jetzt sein Schiff ins Gefecht eingreifen lassen, er wurde dringend auf der Brücke benötigt, aber trotzdem war er gekommen. Er wollte sich vergewissern, wollte so viele Informationen wie möglich bekommen. Und er mußte auch die Zuverlässigkeit dieser Nachricht, Rowans Glaubwürdigkeit, aus seinem Gesicht und seinem Benehmen ablesen.

Als Rowan alles hervorgestoßen hatte, woran er sich erinnern konnte, nickte der Kommandant. »Gut. Besten Dank. Dann sind wengistens keine Überraschungen mehr zu erwarten.« Er verschwand im Gang und rief mit derselben ruhigen Stimme nach dem Signalmeister.

»So, Sir.« Der Sanitäter sah Rowan an. »Irgendwie muß ich Ihnen jetzt was Wärmeres überziehen.«

Draußen hörte man das Schrillen von Glocken und das Rasseln der Munitionsaufzüge. Die Männer an ihren Geschützen warteten.

Commander Nash stand auf der Brücke und ließ das soeben Erfahrene an den Konvoikommodore und den ranghöchsten Offizer der Sicherungsschiffe weitergeben.

Dann sagte er: »Morsen Sie zum Geleitträger, Signalmeister: Wir haben einen seiner Leute aufgelesen, der Name ist Rowan.«

Er wandte sich nach zwei riesigen Wassersäulen um, weitab an Steuerbord. Der schwere Kreuzer war noch außer Sicht und außer Reichweite. Offenbar versuchte er, den Frachtern einen Schrecken einzujagen, in der Hoffnung, daß sie sich zerstreuen würden. Danach hatten die U-Boote leichtes Spiel.

Der Navigationsoffizier sah zu, wie der Kommandant seine Pfeife stopfte und anzündete. Schließlich fragte er: »Ist es nicht seltsam, daß *Hustler* kein Flugzeug als vermißt gemeldet hat, Sir? Man sollte doch denken, daß der Kommandant sich Sorgen macht.«

Durch das aufflammende Streichholz sah Nash ihn nachdenklich an. »Nicht, wenn Sie Turpin kennen würden. Der hielt es wahrscheinlich für unnötig.«

Er drehte sich um, als ein Signalgast ihm einen Zettel überreichte, las ihn langsam und nickte dann.

»Signalmeister!«

Der Unteroffizier ließ sein Glas sinken. »Sir?«

Der Kommandant lächelte flüchtig. Er kannte den Signalmeister schon lange.

»Heißen Sie bitte die Gefechtsflaggen!«

9 Im Gefecht

Die Lazarettür wurde aufgeschoben, und ein Oberleutnant mit scharlachrot unterlegten, wellenförmigen Ärmelstreifen eilte herein, stopfte ein paar Dinge in seine Tasche und wollte wieder gehen.

Der Sanitätsgefreite fragte: »Was ist los, Sir?«

Rowan beobachtete die Verwirrung auf dem Gesicht des jungen Arztes, der sein Examen bestimmt erst unmittelbar vor dem Eintritt in die Marine abgelegt hatte. Sicherlich war dies sein erstes Schiff.

Der Arzt sah die beiden unsicher an. »Noch nicht viel.« Er schwankte gegen eine Koje, als der Zerstörer sich hob und wieder absackte. »Wir nehmen mehr Fahrt auf. Die anderen Zerstörer sind schon dicht heran.« Er rieb sich die Augen. *»Ich muß überlegen . . .«*

Dem Gefreiten war es gelungen, Rowan in einen schweren U-Boot-Pullover zu stopfen und ihm eine warme Hose anzuziehen. Das eine Hosenbein mußte er wegen des dicken Verbandes aufschlitzen. Vor Anstrengung waren sie beide völlig erschöpft, aber die offensichtliche Angst des Arztes half ihnen, sich rasch zu erholen.

Der Sanitäter riet seinem Vorgesetzten: »Sie gehen besser in die Messe, Sir. Mein Kamerad hat dort alles zur Aufnahme der Verwundeten vorbereitet. Er erwartet Sie.«

Rasch sagte der Arzt: »Gut, dann bin ich in der Messe.« Er versuchte, Rowan zuzulächeln, aber es gelang ihm nicht. »Sie sind hier gut aufgehoben. Bleiben Sie liegen und . . .«

Neue Detonationen polterten gegen den Schiffsrumpf, und ohne ein weiteres Wort eilte der Arzt von dannen.

Der Sanitätsgefreite murmelte: »Armer kleiner Kerl. Kann vielleicht einem Kind einen Splitter aus dem Finger ziehen, aber ich fürchte, er ist ziemlich nutzlos, wenn erst Granaten hier herumfliegen.« Er schnappte sich einen Beutel mit dem roten Kreuz darauf und sagte grinsend: »Ich gehe. Und Sie bleiben brav hier und tun, was der Onkel Doktor gesagt hat.« Damit verschwand er.

Rowan ließ sich auf die Koje zurücksinken und befühlte seine Rippen. Als der Sanitäter ihn angekleidet hatte, hatte er gemerkt, daß sein ganzer Körper zerschunden und voll blauer Flecken war. Er sah aus, als sei er in eine Schlägerei verwickelt gewesen. Allmählich suchte er sich die Einzelheiten zusammen, erinnerte sich aber nur an undeutliche Bilder ohne zeitliche Reihenfolge oder Verbindung. Nur das Gesicht des Flugzeugführers, der gerade ein Auge verloren hatte, sah er deutlich vor sich, ebenso dessen Gefährten, der ihm Branntwein eingeflößt hatte. Dann sah er Jonah in Spiralen herunterkommen und spürte eine verzweifelte Wut in sich aufsteigen. Ohne Turpins Arroganz wäre eine komplette Patrouille von *Hustler* gestartet. Was dann auch passiert wäre, zumindest *ein* Flugzeug hätte mit der Warnung zurückkehren können. Jetzt hörte er draußen fast ununterbrochen das Donnern des Geschützfeuers. Was für ein Irrsinn, das Ganze!

Er dachte an Bill, wünschte, er wäre hier. Was hatte Bill noch über den Krieg gesagt? Die Anstrengung, sich daran zu erinnern, verursachte ihm Schmerzen. Aber er mußte seine Gedanken ordnen, wenn er durchhalten wollte.

Dann nickte er. Bill hatte gesagt, der Krieg sei eine Serie von Katastrophen, die durch Irrsinn zusammengeschweißt würden. Das war es.

Die *Pathan* arbeitete so schwer, daß Flaschen und Gläser in den Regalen klappernd und klirrend protestierten. Rowan versuchte aufzustehen, hielt sich an einer Deckstütze fest, nackt bis auf Pullover und Hose, beide geliehen. Hier an Bord gehörte ihm überhaupt nichts.

Über dem Pult am Eingang zum Lazarett, wo in normalen Zeiten Seeleute Schlange standen, um sich für den Landgang zu rüsten oder aber um nach ihrer Rückkehr den Arzt aufzusuchen, hing ein Spiegel. Rowan betrachtete sich darin, als sei er ein Fremder. Seltsam, dachte er, über dem weißen Pullover wirkte sein Gesicht jünger als sonst. Das zerzauste Haar und die dunkelbraunen Augen hätten aus einem alten Fotoalbum stammen können. Er kam sich vor wie Robinson Crusoe. Er war in den Bach gestürzt, gerettet worden, befand sich jetzt auf einem fremden Schiff und konnte sich an das meiste nicht mehr erinnern. Er zog eine Grimasse und hangelte sich Hand über Hand an der Wand entlang. Unter einem Tisch sah er ein paar ausgetretene Sandalen und zwang seinen rechten Fuß in die eine hinein. Nicht viel bei einem Schiffbruch, fand er.

Eine weitere Detonation erschütterte den Zerstörer und lag schon sehr viel näher. Er hörte das Klappern von Granathülsen und gelangte zu dem Schluß, daß es von den beiden vorderen Doppellafetten kam. Das hieß also, daß sie den Feind angriffen. Er dachte an das entschlossene Gesicht des Kommandanten; für diesen Mann gab es gar keine andere Entscheidung.

Der Konvoikommodore würde den alten Flakkreuzer und die kleineren Sicherungsfahrzeuge bei sich behalten, der Kreuzer der Home Fleet und die großen Zerstörer würden sich den Deutschen entgegenstellen. Sie mußten versuchen, den schweren Kreuzer aufzuhalten, bis alle Streitkräfte der Home Fleet eingreifen konnten. Wie die US-Kavallerie. Rowan fluchte wütend, weil er seine Gedanken nicht im Zaum halten konnte. So begann der Irrsinn, dachte er.

Wieder wurde das Lazarett von Geschützfeuer durchgeschüttelt. Von nun an gab es höchstens Pausen von ganz wenigen Minuten.

Ich muß hier raus.

Er hörte jetzt auch den Abschuß schwerer Kaliber, das Orgeln der großen Granaten über seinem Kopf. Der deutsche Kreuzer war offenbar näher gekommen.

Er öffnete die Tür und blickte in den engen Gang hinaus. Am anderen Ende standen zwei Matrosen mit Äxten und Feuerlöschgeräten. Sie blickten ihn nicht einmal an, als er, sich an der Handleiste festhaltend, an ihnen vorbeihüpfte. Ihre Gesichter waren wie versteinert vor Konzentration.

Rowan sah eine weitere Stahltür, deren Vorreiber geschlossen waren. Ein Seemann stand daneben, einen Telefonhörer am Ohr. Da Klarschiff zum Gefecht befohlen war, würde er diese Tür nicht öffnen, um keinen Preis der Welt.

Die nächste Salve des Feindes lag sehr nah, hatte sie eingegabelt. Obgleich vorher das kurze Heulen zu hören gewesen war, wurde Rowan doch von der ungeheuren Kraft dieser Detonationen völlig überrascht. Sie schienen den Schiffsrumpf aus dem Wasser zu heben, durchzuschütteln und wieder fallen zu lassen. Der Gang bockte und rasselte derart, daß Rowan dachte, er würde auseinanderbrechen. Als sich das Schiff langsam wieder aufrichtete, hörte er wie vorher die rasenden Schrauben und das unregelmäßige Geschützfeuer.

Aber etwas war anders: Das Telefon baumelte an seiner Strippe, der Seemann lag auf dem Rücken und starrte an die Decke. Die Stahlplatten unter ihm waren rot verschmiert. Das Blut fing da an, wo zwei Löcher, offenbar durch Splitter, in seiner Uniform zu sehen waren.

Rowan beugte sich über ihn, aber der Mann war tot. Er hatte sich eine Zigarette gerollt und hielt sie noch in der Hand; wohl um sie zu rauchen, *wenn alles vorüber war.*

Ohne zu zögern schlug und drehte Rowan die Vorreiber zurück und öffnete die Tür. Dann hielt er sich fest und starrte die gewaltige Bugsee an, den dichten, beizenden Qualm und die Verwüstungen an Deck. Er stand an Steuerbordseite und sah die Hälfte des zerschmetterten Motorbootes von seinen Davits baumeln. Durch Löcher im Aufbau, teils mit verbrannten Rändern, schimmerte das Licht, und unter einer Örlikon lagen zwei ausgestreckte Gestalten. Das lange stählerne Rohr war abgeschoren wie eine gebrochene Möhre.

Er hoppelte am achteren Schornstein vorbei, der ebenfalls von zahlreichen Splittern durchsiebt war. Überall trieb Qualm, wohl weil ihre Zerstörer zum Schutz des Kreuzers einen Rauchschirm legten.

Heulend pflügte eine Salve dicht neben ihnen in die See und warf vier gewaltige Wassersäulen hoch, die das Schiff überfluteten und einen der ausgestreckten Körper wie einen Sack über Bord spülten.

Rowan kämpfte sich weiter voran, an einem Geschütz vorbei, hinter dem die Bedienungsmannschaft mit ihren Schutzhauben wie Mitglieder einer fremdartigen Sekte hockte. Die Männer musterten ihn ausdruckslos, bis einer schrie: »Wo willst du hin, Kumpel? Hier draußen holst du dir nur eine Erkältung.«

Sie grinsten sich an, als hätten sie einen tollen Witz gemacht.

Rowan erreichte die Brückenleiter und klammerte sich an ihr fest, atmete mit der Luft zugleich den Gestank verbrannten Pulvers ein, während er Kräfte sammelte. Es war eiskalt, trotzdem schien sein ganzer Körper zu brennen. Selbst wenn er nackt gewesen wäre, hätte ihn das nicht gestört. Er sah die Gefechtsflaggen hell vor den rasenden dunklen Wolkenfetzen auswehen und hätte am liebsten hurra geschrien oder geheult.

Aufwärts und weiter aufwärts kletterte er, vorbei an einer anderen Örlikon, deren Geschützführer durch seine Optik in den fettigen Qualm blickte.

»Hier, nehmen Sie meine Hand, Sir.« Ein Signalgast

hielt ihn fest, während ein Leutnant ihn so erstaunt anstarrte, als sei er soeben einem Sarg entstiegen.

Der Kommandant stand oben auf den Grätings und spähte angestrengt über das Brückenkleid. Der Navigationsoffizier beugte sich über den Tochterkompaß, und ringsum standen die Läufer, die Signalgasten und Ausgucksleute, während ein Bootsmannsmaat reglos wie eine Wachsfigur an Sprachrohren und Telefonen wartete.

Weitere schwere Granaten orgelten über ihre Köpfe hinweg.

Der Kommandant bemerkte beiläufig: »Es ist vorbei. Sie machen Zielwechsel auf die *Kirkwall*.« Zum Navigationsoffizier sagte er: »Kursänderung, NO.«

»Steuerbord zehn.« Der Oberleutnant entdeckte Rowan und grinste. »Großer Gott!«

Der Kommandant wandte sich um. »Da Sie schon so weit gekommen sind, können Sie ebensogut auch bleiben.« Er wartete, während ein Seemann Rowan auf den Brückensitz half.

»Der Kreuzer *Kirkwall* hält sich gut. Er hat den Feind schon zweimal getroffen, und wir gehen jetzt zum Torpedoangriff vor.« Der Kommandant wirkte völlig ruhig, nur seine Augen glühten orangefarben im Widerschein der Notbeleuchtung. Aus dem Brückenlautsprecher kam die Meldung: »Treffer auf *Kirkwall*, dicht hinter der Brücke.

Rowan blickte über das Brückenkleid und sah etwas aus dem Wasser ragen, das wie der Bauch eines U-Boots aussah. Es war aber das Heck eines Zerstörers.

Der Kommandant sagte: »Der Flottillenchef. Hat einen Volltreffer erhalten.«

Mehrere Männer schwammen im rauhen Seegang um das Wrack herum, einer winkte wild mit den Armen, als der Zerstörer vorbeiraste. Rowan sah, wie er von der Bugwelle beiseite gefegt und begraben wurde.

»Alle Rohre fertig, Sir.«

»Gut.« Der Kommandant steckte seine nicht angezündete Pfeife wieder in die Tasche. »Hoffen wir, daß Sie recht haben und wirklich nur zwei Zerstörer den Dicken begleiten.«

Rowan zuckte zusammen, als weitere schwere Granaten an Backbord voraus detonierten. Tonnenweise ergoß sich Wasser über die Back, Splitter pfiffen und heulten über sie hinweg, prasselten gegen den Rumpf wie Hagel.

Auf der Brücke begannen die Sprachrohre ihr übliches Lamento: Achterdeck – zwei Mann gefallen. Geschütz X defekt. Vier Mann tot im Kesselraum.

Als sich der Rauch langsam hob und mit dem Wind davontrieb, sah Rowan den Kreuzer *Kirkwall*. Er dampfte zwischen den Zerstörern und feuerte mit hochgerichteten Geschützen ununterbrochen auf die Deutschen. Rowan konnte die feindlichen Schiffe noch immer nicht sehen, außerdem tränten seine Augen viel zu stark. Statt dessen starrte er den dahinstürmenden Kreuzer an. Das Bild faszinierte ihn derart, daß er sogar den ohrenzerreißenden Donner des eigenen Geschützfeuers, das irrsinnige Geschnatter der Befehle und Anforderungen vergaß.

Jeder an Bord mußte wissen, daß sie keinerlei Chancen hatten mit ihren Sechs-Zoll-Geschützen gegen die dicken Stahlpanzerplatten des schweren Kreuzers und gegen die gewaltige deutsche Artillerie. Aber wenn die Zerstörer nahe genug herankamen, um ihre Torpedos abschießen zu können, würde ihn das zum Abdrehen zwingen.

Er hörte jemanden mit gebrochener Stimme rufen: »Um Gottes willen! Sehen Sie sich das an!«

Ein greller Feuerball stand über der Back des Kreuzers und spuckte Rauch und Wrackstücke. Sie stürzten noch herab, als er die Stelle längst passiert hatte und weiter auf den Feind lospreschte.

»Nicht mehr lange«, sagte der Kommandant und richtete sein Glas auf die mit bloßem Auge nicht sichtbaren Gegner. »Wenn wir nur einen einzigen Treffer erzielen könnten!«

»Käpt'n, Sir! *Pitt* ist getroffen!«

Rowan starrte über die Köpfe der Ausguckposten hinweg und sah den Zerstörer auf Backbordseite der *Kirkwall* sich in ein Durcheinander aus Gischt und entweichendem Hochdruckdampf hüllen. Als der Qualm sich ein wenig verzog, stellte er fest, daß *Pitt* gut zwanzig Fuß seines Vorschiffs verloren hatte und mit hoher Fahrt unterschnitt. Der Zerstörer begann sofort zu kentern. Die Schrauben drehten sich noch wie die eines Spielzeugboots, als sich das Heck schon hoch über den Qualm emporreckte.

Der Signalmeister rief: Signal von *Kirkwall*, Sir: Habe Wassereinbruch im Maschinenraum. Muß sofort Fahrt vermindern. Viel Glück!«

»Bestätigen.«

Der Kommandant richtete noch immer sein Glas auf den sinkenden Zerstörer. Seine Stimme ließ nicht erkennen, was das Signal wirklich bedeutete, daß nämlich er, da der Flottillenchef tot und der Kreuzer ausgefallen war, jetzt allein das Kommando übernehmen mußte.

Er blickte Rowan an. »Ich werde Sie wohl noch brauchen.« Damit wandte er sich wieder nach vorn.

»Und wenn der Torpedofächer ihn nicht trifft, Sir?«

»Dann werde ich ihn rammen!«

Rowan merkte, daß jemand sein Bein berührte, und als er hinunterblickte, sah er einen der Signalgasten den locker gewordenen Verband befestigen.

Besorgt sagte der Junge: »Es blutet wieder Sir.«

Rowan schickte sich gerade an, etwas zu erwidern, als die ganze Welt um ihn detonierte.

Jemand versuchte, ihn aufzurichten, und als er sich die tränenden Augen mit dem Pulloverärmel wischte, merkte er, daß es der Signalmeister war.

»Geht's wieder, Sir?« Das Gesicht des Mannes war zerschnitten und blutete stark. »Das Durcheinander hier ist fürchterlich!«

Rowan kroch auf den Grätings nach vorn und hustete dabei den Rauch aus, den er geschluckt hatte. Überall lag zerbrochenes Glas und gesplittertes Holz.

Er sah eine wogende Qualmwolke an Backbord aufsteigen, zumindest eine Granate mußte also binnenbords detoniert sein. Die Druckwelle hatte ihn aus dem stählernen Sitz und halb über die offene Brücke geschleudert, aber er spürte keinerlei Schmerz.

Als seine Ohren wieder funktionierten, hörte er ringsum Hilferufe, während weiter achtern jemand so schrille Schreie ausstieß wie ein gemartertes Tier.

Der Mast war verschwunden, der obere Teil der Brücke, einschließlich Radar und Artillerieleitstand, lag in Trümmern.

Als er sich mühsam am Sitz hochzog, sah er gerade den Kommandanten wieder auf die Füße taumeln, die Augen schon überall zugleich, um die Schäden zu schätzen.

Der Navigationsoffizier war fast in zwei Teile zerrissen, die Leute im achteren Teil der Brücke waren tot oder zumindest schwer verwundet.

Der Kommandant schwankte zum Kompaß und sah dann Rowan an. Er fragte nicht, ob dieser es schaffen würde, sondern rief gleich: »Übernehmen Sie vom N.O. Drehen Sie auf eins-sieben-null.« Dann stieß er die Kappe eines Sprachrohrs auf. »Beschädigungen melden, Number One*. Schicken Sie Tragbahren herauf, aber schnell!«

Rowan beugte sich zum Sprachrohr hinüber. »Steuerhaus!«

Er hörte jemanden heftig husten, dann kam die Antwort: »Steuerhaus, Sir! Gefreiter Lewis am Ruder!« Die Stimme klang gebrochen.

»Wie sieht es unten aus?«

Eine Pause, dann: »Gefechtsrudergänger und zwei andere sind tot. Der Kartentisch ist zertrümmert, und Mr.

* Erster Offizier, I.O.

Prince blutet entsetzlich. Ich glaube, sein Bein ist halb abgerissen.«

Rowan wußte nichts von diesen Leuten, vermutete aber, daß der unglückliche Mr. Prince ein Fähnrich war.

Er blickte auf den Tochterkompaß, der wie wild tanzte. Geschütze hämmerten aus jeder Himmelsrichtung, und über den zertrümmerten Resten des Brückenkleids erspähte er jetzt die im Dunst verschwimmende Silhouette des deutschen schweren Kreuzers. Aus der Luft hatte er schon mächtig ausgesehen; aber hier unten schien er den ganzen Horizont zu füllen und wirkte geradezu furchteinflößend. Er sah seine Geschütze aufblitzen, zählte die Sekunden und zuckte zusammen, als die Granaten irgendwo achtern einschlugen.

Er mußte das Vertrauen des Rudergängers gewinnen. Bestimmt war es schrecklich dort unten, im Halbdunkel hinter geschlossenen Stahlblenden, während seine Freunde um ihn herum zerfetzt waren oder starben. Mit fester Stimme sagte er: »Steuerbord zehn.«

»Ruder liegt Steuerbord zehn, Sir.«

Rowan klammerte sich an den Kompaß, fühlte, wie der Schmerz zurückkehrte und seine Gliedmaßen unkontrollierbar bebten, als habe er Fieber.

»Mittschiffs! Recht so!«

Er sah, daß ihm der Kommandant einen Blick zuwarf, bevor er zur anderen Brückenseite verschwand und den neu aufgetauchten Gesichtern Befehle und Anweisungen zurief.

Rowan wartete, bis der Rudergänger wiederholt hatte. Es war ein Wunder, daß das Schiff noch immer Schrauben und Ruder gehorchte.

»Steuern Sie eins-sieben-null.« Dann holte er tief Atem und fügte hinzu: »Gut gemacht, Lewis.«

Er sah, daß auf den Bahren stille Gestalten weggetragen wurden, die Gesichter mit Flaggentuch, Ölzeug oder sonstigen Kleidungsstücken bedeckt.

Jetzt war ein weiterer Zerstörer das Ziel. Rowan blickte kurz hinüber, als er von schweren Granaten eingedeckt wurde. Mast und vorderer Schornstein wurden weggeblasen wie im Orkan. Reihen gezackter Löcher erschienen in seiner Bordwand, und aus den wilden Kursänderungen war zu erkennen, daß auch seine Ruderanlage zerschossen worden war.

Heiser sagte der Kommandant: »Dann waren's nur noch drei.«

»Der Chief möchte Sie sprechen, Sir.«

Ein Bootsmannsmaat hielt ihm das Telefon hin, aber sein Blick ruhte dabei wie gebannt auf dem deutschen Kreuzer. Der Mann wirkte wie ein vom Fuchs hypnotisiertes Kaninchen.

»Ja, Chief?« Alle duckten sich, als mehrere Granaten über die Brücke hinwegorgelten. »Da kann ich Ihnen nicht helfen. Wir müssen volle Umdrehungen beibehalten.« Wütend sah er Rowan an, während er weitersprach. »Wenn dieser schwere Kreuzer durchbricht, bedeutet es das Ende des Konvois. Wir selbst sind nicht mehr wichtig.« Böse knallte er den Hörer auf.

Rowan wandte sich ab. Selbst der Kommandant schien kurz vor dem Eingeständnis, daß sie den Feind nicht aufhalten konnten. Nicht mit drei Zerstörern, darunter *Pathan,* die nur noch mit dem achteren Geschütz feuern konnte; und auch das kam nur zum Tragen, wenn sie abdrehten, um einer einschlagenden Salve zu entgehen.

Aber die vier Torpedorohre waren auf den Feind gerichtet, genau wie bei den anderen Zerstörern. Nur *einen einzigen guten Treffer!* Aber genauso hätte man erwarten können, daß die See plötzlich austrocknete.

Der Konvoi war hinter den treibenden Rauchschwaden und den wehenden Fontänen detonierender Granaten kaum noch zu sehen. Die kostbaren Frachter – viele Tage seit dem Verlassen Islands so wohlbehütet – versuchten jetzt verzweifelt, diesen mörderischen Granaten zu entkommen. Ihre ganze Hoffnung war eine Handvoll kleiner Sicherungsfahrzeuge, dazu *Hustler* und ihre beiden Korvetten, ein Bergungsschlepper und der veraltete Flakkreuzer. Wenn die Unterstützung durch die Home Fleet nicht bald eintraf, mußte in Kürze nur noch der Schlepper übrig sein.

Wie zur Antwort rief der Signalmeister: »Funkraum meldet, daß die Streitkräfte der Home Fleet noch immer im Kampf mit schweren deutschen Einheiten liegen, Sir. Vor morgen früh kann nicht mit Unterstützung gerechnet werden.«

Der Kommandant sah an ihm vorbei. Er hatte es von Anfang an gewußt.

Der Feind hatte seine Bewegungen genau berechnet: Zug und Gegenzug, wie nach Chadwicks Worten Krieg geführt werden sollte. Aber die arme *Growler* lag vielleicht schon auf dem Grunde des Meeres.

Eine gewaltige Detonation warf *Pathan* auf die Seite, Menschen und loses Gerät rutschten über das Deck wie Treibgut.

»Volltreffer im Achterschiff, Sir.«

Männer riefen einander beim Namen, ihre Stimmen drangen durch Feuer und aufsteigenden Qualm, der hoch über dem Schiff einen wirbelnden Kegel bildete.

Rowan merkte die Wirkung des Treffers sofort. Die Geschwindigkeit nahm ab, und als das Schiff durch eine Reihe Brecher pflügte, fühlte er ihre Bremswirkung wie die eines Fangseils.

Der Kommandant sagte ruhig: »Sagen Sie dem Torpedo-Offizier, er hat Feuererlaubnis. Äußerste Reichweite, aber wir haben wegen des Fahrverlusts keine Zeit mehr. Signalmeister, geben Sie Feuererlaubnis auch an die anderen Zerstörer.«

Rowan sah das Kommende deutlich vor sich. Wenn der Widerstand der Verteidiger gebrochen war, würden die Deutschen sofort den Konvoi angreifen und ihn mit ihrer weitreichenden Artillerie entweder versenken oder zerstreuen, ganz nach ihrem Belieben. Auch die schlimm zugerichtete *Kirkwall* hatte nun nicht mehr die geringste Chance. Einer der deutschen Zerstörer konnte sie mühelos versenken.

Er wandte den Kopf, als ein Ausguck etwas schrie. Fast fürchtete er hinzusehen, aus Sorge, daß sich etwas noch Schlimmeres ereignet hätte.

»Sehen Sie dort, Sir!« Der Signalgast stotterte beinahe vor Aufregung. »Flugzeuge an Steuerbord voraus! Großer Gott, es sind die alten Swordfish!«

Heiser rief der Signalmeister: »*Hustler* hat den Konvoi verlassen, um uns zu unterstützen!«

Rowan hoppelte zur Brückenreling, ohne sich um die Glassplitter zu kümmern oder um die Blutspur, die er auf den Grätings hinterließ. Der Kommandant bemerkte seinen suchenden Blick und reichte ihm wortlos das Glas.

Rowan starrte ungläubig hinüber. Seine Augen tränten, es dauerte kostbare Sekunden, bis er die heranbrausenden Maschinen mit dem Glas finden konnte. Dann sagte er heiser: ›Neun Swordfish, Sir. Aber nicht von *Hustler*!«

Kaum konnte er seine Bewegung verbergen, als er die Torpedobomber den Feind in drei dicht geschlossenen Pfeilspitzen anfliegen sah, nur wenige Fuß über den Brechern. Er erkannte sogar ihr Geschwaderabzeichen, den Eisbär, der einen Torpedo in den Tatzen hielt.

Die deutschen Geschützbedienungen waren wohl so in die systematische Beschießung vertieft, daß sie die langsame und fast geräuschlose Annäherung der Flugzeuge von der anderen Seite her zunächst nicht bemerkten. Aus Überraschung wurde jedoch sofort Wut, als alle drei Schiffe mit sämtlichen Waffen das Feuer eröffneten. Der Himmel um die Doppeldecker war bald mit den Schmutzflecken detonierender Granaten übersät, während ein immer dichteres Gewebe glitzernder Leuchtspurmunition den Maschinen den Weg zu verlegen suchte. Das Netz wurde so engmaschig, daß Rowan sich nicht vorstellen konnte, wie ein Flugzeug hindurchkommen sollte.

Eine Swordfish explodierte, ihre Reste fielen, sich überschlagend, in die See. Eine weitere schwankte einen Augenblick, dann stürzte sie mit abgerissener Tragfläche ebenfalls ab und zerbarst kurz vor dem Aufschlag. Die anderen sieben flogen weiter. Sie ignorierten die deutschen Zerstörer, die jetzt Kurs änderten, um ihren größeren Kameraden zu schützen, ignorierten das mörderische Abwehrfeuer, das Inferno der Leuchtspurgeschosse, das gerade wieder eine Swordfish traf, die brennend abstürzte.

Der Kommandant rief: »Sagen Sie dem Chief, er soll mir ein paar zusätzliche Umdrehungen geben und sich einen Dreck um den eventuellen Schaden scheren! *Dies ist unsere Chance, unsere einzige Chance!*«

Morselampen blinkten von den anderen Zerstörern herüber, und Rowan fühlte die plötzliche, wilde Erregung, den verzweifelten Eifer ringsum, obwohl jeder noch vor kurzem das Gefühl der Niederlage gehabt hatte.

Eine vierte Swordfish detonierte in der Luft und verstreute ihre brennenden Wrackteile über mehrere hundert Meter. Nur noch fünf! Sehr klein und einsam wirkten sie jetzt, als sie weiter auf ihr Ziel zuflogen.

Rowan fluchte, während er versuchte, das Glas ruhig zu halten. Er spürte, wie das zusammengeschlagene Schiff unter seinen Füßen auf das Scheppern der Maschinentelegrafen und die rauhen Kommandorufe reagierte.

Er beobachtete die zweite Swordfish, sah die grünen und gelben Streifen auf der Motorhaube und wußte, das war Andy Miller, der den Angriff führte. Er sah ihn vor sich in seiner Kanzel, den Teufelsbart nach vorn auf den Feind gerichtet wie einen Wegweiser.

Eine weitere Swordfish verlor an Höhe, dann schlug sie aufs Wasser, und ihr eigener Torpedo sprengte sie in Stücke.

Die führende Maschine warf jetzt ihren Torpedo ab,

aber es war zu früh; oder er traf im ungünstigen Winkel auf eine See, Rowan wußte es nicht genau. Er sah nur, wie er zerbrach. Als die Swordfish hochzog und abzudrehen versuchte, wurde sie von der Nase bis zum Schwanz beharkt, überschlug sich und verschwand dicht neben dem Schiff im Wasser.

»Alle vier Rohre klar zum Feuern, Sir!«

»Hart Backbord! Mittschiffs! Recht so!« Der Kommandant stützte sich mit den Ellbogen auf das Brückenkleid und hielt sein Glas ohne zu schwanken auf den Gegner gerichtet. *»Feuer!«*

Rowan hörte die gedämpften Abschußgeräusche, als die vier Torpedos die Rohre verließen.

»Alle Torpedos laufen, Sir!«

Rowan hielt den Atem an, als er sah, daß Andy Millers Swordfish wie mit kleinen Feuertropfen übersprüht wurde und dann schwankte wie ein verwundeter Vogel.

Die eigenen Torpedolaufbahnen der *Pathan* waren vergessen; selbst der Kommandant stürzte zur anderen Brükkenseite, um die Swordfish zu beobachten, die, den Schwanz bereits in dichten Rauch gehüllt, weiter auf den Kreuzer zuhielt. Die Deutschen schossen mit allem, was sie hatten, aber die Swordfish schien gefeit. Sie warf ihren Torpedo ab, der in einem Gischtwirbel verschwand, und als jemand hurra rief, ging Millers Maschine in Flammen auf, stürzte ab und verschwand hinter einem Zerstörer.

Der deutsche Kreuzerkommandant hatte sich entschlossen, in Millers Torpedolaufbahn zu drehen; hierdurch setzte er aber seine Breitseite den Torpedos der *Pathan* aus.

Einer nach dem anderen trafen drei davon den mächtigen Rumpf und warfen so gewaltige Wassersäulen auf, daß sie bis hinauf zu seiner roten Flagge reichten.

Dann traf ein vierter Torpedo ziemlich weit achtern auf der anderen Seite. Andy Miller hatte ausgeführt, was er sich vorgenommen hatte.

Die beiden überlebenden Swordfish hatten bereits abgedreht und flogen nach Süden davon. Ihre Torpedos hatten zwar nicht getroffen, aber der Feind war gestoppt. Die zwei großen Zerstörer hielten sich dicht an ihr Flaggschiff. Obwohl die Schäden sicherlich nicht tödlich waren, würde der Kreuzer es doch schwer haben, Norwegen zu erreichen, wenn sich das Wetter verschlechtern sollte.

Commander Nash sagte: »Signalmeister, geben Sie an die anderen Zerstörer: Gefecht abbrechen, unter Nebelschutz auf den Konvoi zurückziehen.« Er nahm die Pfeife aus der Tasche und sah Rowan an. »Das war das Tapferste, was ich jemals gesehen habe.« Er wartete einen Augenblick und musterte Rowans blasses Gesicht. »Kannten Sie die alle?«

Rowan senkte das Glas. Jetzt würde die Familie des deutschen Flugzeugführers nie mehr die Uhr zurückbekommen, die Andy Miller getragen hatte.

»Ja, alle. Einige besser, andere schlechter. Aber Andy Miller konnte einfach alles fliegen. Außerdem war er ein feiner Kerl.« Schwer ließ er sich in den Stahlsessel sinken, während der Sanitätsgefreite aus dem Lazarett ihm den Beinverband erneuerte.

Der I.O. der *Pathan* kam auf die Brücke und sah sich um, bevor er fragte: »Wo ist der N.O., Sir?«

Der Kommandant zeigte müde auf einen Körper unter einer Öljacke. Dann deutete er auf Rowan, der in seinem schmutzigen Pullover und der aufgeschlitzten Hose im Kommandantenstuhl saß und auf die Rauchschwaden blickte, die über der Stelle standen, wo sich alles abgespielt hatte.

»Er hat die Schiffsführung übernommen, Number One. Ein Flieger als N.O., aber er hat seine Sache gut gemacht.«

Der Erste Offizier blickte über sein zerschlagenes Schiff, musterte die aus den Sockeln gehobenen Geschütze, deren Rohre hilflos gen Himmel ragten, die Toten und auch diejenigen, die gerade anfingen zu begreifen, daß sie noch am Leben waren.

»Ich glaube, das haben alle getan, Sir.«

Rowan zog einen Dufflecoat über, den jemand für ihn gefunden hatte.

Er verließ auch für den Rest des Tages nicht die Brücke, trotz der Bitten des Sanitätsgefreiten und der Vorhaltungen des beunruhigten Arztes. Er blieb auf dem Kommandantensitz, trank abwechselnd Kaffee und Suppe und sah zu, wie das Schiff vom Rest seiner Besatzung wieder aufgeklart wurde, soweit dies möglich war. Und er dachte noch immer an die neun schwerfälligen Swordfish und ihre heldenhaften Besatzungen.

In der Abenddämmerung stießen sie wieder zum Konvoi, und als Morsesprüche mit Glückwünschen und Beileidsbezeugungen von den Kolonnen der Schiffe kamen, flammte an Steuerbord achteraus ein helles Erkennungssignal auf.

HMS *Growler* und ihre Begleitung kamen zurück. Jetzt, und erst jetzt ging Rowan nach unten.

10 Der Preis des Sieges

Kapitän Bruce Buchan beugte sich über die Brückennock und beobachtete aufmerksam das Längsseitkommen des Schleppers *Cornelian*. Beide Schiffe machten nur geringe Fahrt, aber während er zusah, wie die bandagierten Gestalten auf ihren Tragbahren herübergereicht wurden und andere, die noch imstande waren zu gehen, selbst durch die Eingangspforte humpelten, schien Buchan jedes Scheuern des schweren Schleppers am Rumpf der *Growler* körperlich zu spüren.

Es war noch sehr früh am Morgen, die See war ruhiger als seit Tagen. Trotzdem machte eine lange Dünung dieses Manöver besonders schwierig.

Der Schlepperkapitän verstand jedoch sein Geschäft, und bald waren alle Verwundeten durch die Pforte auf die *Growler* transportiert.

Jenseits des Geleitträgers erstreckten sich die langen Reihen der Handelsschiffe bis zum südlichen Horizont. Die erheblich geschrumpfte Zahl der Geleitfahrzeuge war sorgfältig vor dem Konvoi und auf seinen beiden Flügeln aufgestellt worden; der Flakkreuzer fuhr jetzt im Mittelpunkt der Formation, von wo aus seine Flugabwehrwaffen den meisten Schutz geben konnten. Auf *Growlers* Steuerbordseite, im Abstand einer halben Meile, hielt sich *Hustler,* deren nächste Patrouille sich auf dem Flugdeck gerade warmlief, wobei die Maschinen prustend und heulend blauen Dunst in die klare, frische Morgenluft stießen.

Buchan fühlte sich erschöpft, ausgelaugt von der anstrengenden Rückkehr zum Konvoi. Sie hatten längere Zeit gestoppt gelegen, nachdem der Chief das Heißlaufen der Welle gemeldet hatte. Die Wellenlager vertrugen zwar eine Menge, aber wenn ein Schiff derart durch den hohen Seegang gejagt wurde, konnte das nicht ohne Auswirkung bleiben.

Konteradmiral Chadwick hatte sofort bei Tagesanbruch eine Seafire starten lassen. Sie war zurückgekehrt mit der überraschenden Nachricht, daß sich ein schwerer deutscher Kreuzer und zwei Zerstörer zwischen ihnen und dem Konvoi befanden. Buchan hatte erwartet, daß Chadwick nun beunruhigt sein würde, aber der Admiral hatte lediglich ausgerufen: »Genau wie ich es vorhergesagt habe! Die Deutschen haben diese Partie gut gespielt, vielleicht sogar zu raffiniert.« Dann hatte er seine Offiziere angesehen und hinzugefügt: »Wir werden sofort einen Torpedoangriff starten. Bereiten Sie alles vor, Villiers. Sagen Sie dem Geschwaderkommandeur, daß ich vollen Einsatz verlange. Das ist die Gelegenheit, auf die wir gewartet haben.«

Buchan erinnerte sich an die langen, qualvollen Stunden, an das Absuchen des bewölkten Himmels, das angestrengte Lauschen auf Motorengeräusche. Als dann nur zwei zurückkehrende Swordfish gesichtet wurden, war das für die meisten ein furchtbarer Schock. Einer der Überlebenden machte dazu noch eine Bruchlandung, außerdem waren zwei Besatzungsmitglieder verwundet.

Und jetzt wurde der Rest derer an Bord geholt, die bei den Kämpfen dem Tode entgangen waren. Festgezurrt auf ihren schwankenden Tragbahren, wurden sie vom Bordkran aus dem rollenden und stampfenden Schlepper gehievt. Einige kamen von den versenkten Zerstörern, andere waren zu schwer verwundet, um in den überfüllten Krankenrevieren der kleineren Schiffe zu bleiben. *Growler* hatte den Chefarzt an Bord und ein geräumiges Lazarett. Und unter diesen armseligen Gestalten befand sich auch Oberleutnant zur See Timothy Rowan.

Der Signalmeister rief: »Von *Cornelian*, Sir: Klar zum Ablegen.«

Buchan atmete auf. »Gut, Signalmeister. Sagen Sie ihm meinen Dank.«

Der I.O. erschien auf der Brücke, ein Megaphon unter dem Arm. »Alle Verwundeten unten im Lazarett, Sir. Ich habe eine Arbeitsgruppe für den Arzt abgeteilt und alles bereitstellen lassen, was er braucht.«

»Gut.«

Buchan sah verlangend seinen Stuhl an, aber ihm war klar, daß er sofort in Schlaf sinken würde, wenn er sich auch nur einen Augenblick hinsetzte. »Gehen Sie hinunter und sprechen Sie mit den Verwundeten, Edgar, sobald der Arzt das genehmigt. Ich komme später selbst, wenn ich fertig bin.«

Jolly nahm einen Becher Tee, den ihm ein Bootsmaat hinhielt. »Die Zerstörer haben sich anscheinend verdammt gut geschlagen. Haben den schweren Kreuzer lange genug abgewehrt.«

»Jedenfalls so lange, bis Kapitänleutnant Miller und

seine Leute ihr Ziel erreichen konnten.« Buchan öffnete in plötzlichem Ärger die Hände und schloß sie wieder. »Wenn wir nur von Anfang an dabeigewesen wären!«

Eine Stahltür wurde geöffnet und wieder zugeschlagen: Chadwick erschien auf der Brücke. Er erwiderte ihre Grüße, dann stieg er auf die Gräting und sah zu, wie der Schlepper qualmend ablegte, während seine Besatzung Tauwerk und Fender aufklarte, Tee trank und froh war, wieder unter sich zu sein.

Buchan musterte den Admiral haßerfüllt. Chadwick war frisch rasiert, und unter seiner goldverzierten Mütze leuchteten die wie immer tadellos getrimmten silbergrauen Koteletten.

Über die Schulter sagte er: »Ich war in der Gefechtszentrale und habe meine Funksprüche an den Konvoikommodore und an den neuen Chef der Geleitfahrzeuge abgegeben. Das ist jetzt Fregattenkapitän Nash von der *Pathan*. Hat eine gute Schau abgezogen. Sein Schiff ist in schlimmem Zustand, aber er ist der richtige Mann für mich. Ein Kämpfer.« Dann drehte er sich um und musterte Buchan. »Sie sehen ziemlich mitgenommen aus. Warum gehen Sie nicht hinunter und legen sich ein paar Stunden hin? Fregattenkapitän Jolly könnte doch so lange übernehmen.«

Buchan starrte ihn wütend an. »Ich schaffe es, danke.«

»Fein.« Chadwick beobachtete ihn. »Großartig.« Ohne den Blick von ihm zu wenden, fuhr er fort: »Ich habe *Hustler* befohlen, von jetzt ab ständig Patrouillen fliegen zu lassen. Die Jagdflugzeuge, die wir Kapitän Turpin geliehen haben, werden zurückkehren, sowie der Konvoi auf den neuen Kurs dreht.« Er schnippte mit den Fingern. »Wann, N.O.?«

Mit einem Ruck richtete Bray sich auf. »Um zehn-null-null Uhr, Sir.«

Buchan fragte: »Bekommen wir weitere Unterstützung, Sir?«

»Das nehme ich an. Zwei Kreuzer und ein paar andere

Sicherungsfahrzeuge werden gegen Mittag zu uns stoßen, und unsere russischen Freunde sind darauf vorbereitet, uns all ihre U-Boot-Jäger und U-Jagdflugzeuge entgegenzuschicken, um die Jerries unter Wasser zu drücken.« Grinsend fuhr er fort: »Wir sind ja auch pünktlich zur Stelle, genau wie versprochen.«

Mit belegter Stimme fragte Buchan: »Aber um welchen Preis, Sir! Haben Sie diese Zahlen gelesen?« Er merkte, daß Jolly ihm einen warnenden Blick zuwarf und daß der wachhabende Offizier beiseite ging, um nicht mit einbezogen zu werden.

Chadwick musterte Buchan ruhig. »Drei erstklassige Zerstörer wurden versenkt, ein Kreuzer außer Gefecht gesetzt. Neun Flugzeuge wurden abgeschossen, einschließlich der Walrus und unserer eigenen Seafire. Alles in einer einzigen Schlacht.« Seine eisgrauen Augen blickten kalt. »Aber sehen Sie sich um! Alle Frachter sind noch hier – und alle unbeschädigt.« Er wandte sich Jolly zu. »Ich habe es in der Zentrale auf den Gesichtern gesehen. Die Swordfishbesatzungen bedeuteten auf diesem Schiff eine ganze Menge, wenigstens hat man mir das gesagt. Doch wenn dieser Kreuzer zum Konvoi durchgebrochen wäre, hätte nichts, aber auch nichts die Frachter retten können. Die Tapferkeit der *Pathan* und alle Anstrengungen der anderen Schiffe wären umsonst gewesen, nutzlos vergossenes Blut!« Er wandte den Blick ab. »Sieben Swordfish wurden abgeschossen, einundzwanzig tapfere Männer starben. Aber der Kreuzer wurde aufgehalten. Dadurch, daß Millers Swordfishtorpedo ihn zum Eindrehen zwang, bot er sich den Zerstörern wie auf einem Tablett dar!«

Der wachhabende Offizier rief nervös: »Vorgesehene Umdrehungszahl wiederaufgenommen, Sir.«

Dieser Ruf brach den Bann. Jolly setzte sein Megaphon ab und schritt zur Tür.

Der Admiral fragte wie beiläufig: »Wo wollen Sie hin?«

Jollys Antwort klang unsicher. »Ich wollte nach den

Verwundeten sehen, Sir, sobald sie zur Ruhe gekommen sind.«

Chadwick rückte seine Mütze zurecht und betrachtete sich in der Klarsichtscheibe.

»Wenn Sie in einen Autounfall verwickelt sind, brauchen Sie sofort einen Cognac, Number One, nicht erst einen Monat später.« Er wandte sich an die Brücke im allgemeinen. »Und da hier offenbar niemand für diese Aufgabe entbehrt werden kann, werde ich selbst gehen, und zwar *jetzt*.«

Minchin, der Chefarzt, überflog das gekritzelte Überweisungspapier, das Rowan von dem jungen Arzt der *Pathan* mitbekommen hatte. Minchin hatte ein ernstes Gesicht und wirkte wie viele seines Berufsstandes zumindest äußerlich grob und herzlos.

»Wieder mal Glück gehabt.« Er rief einen Sanitätsgasten herbei. »Ich lasse die Wunde neu verbinden, dann werden Sie in Ihre Kammer verfrachtet.« Er sah sich in dem überfüllten Lazarett um, musterte die bandagierten Gestalten, die weißgekleideten Sanitäter. »Hier unten ist kein Platz mehr.« Dann lächelte er kühl. »Ein paar Zoll weiter rechts, und Sie hätten die Metallsplitter dort gehabt, wo der Kollege auf *Pathan* sie nicht hätte entfernen können.«

Rowan lauschte dem Stöhnen eines Jungen hinter ihm. Der ganze Raum schien voller Schmerz und Leid.

»Waren es Flaksplitter?«

Der Arzt schüttelte den Kopf, den Blick schon auf die nächste Bahre gerichtet. »Anscheinend ein paar Stücke von Ihrem eigenen Flugzeug.«

Plötzlich trat Schweigen ein, selbst in den Kojen.

Der Chefarzt sagte leise: »Allmächtiger, der Admiral selbst!«

Chadwick trat zwischen die Verwundeten, die Mütze unter dem Arm, gesammelten Ernst im Gesicht. Ein paar

Schritte hinter ihm kam Dundas, sein Steward, mit einem großen Karton.

»Tut mir leid, Sir, ich habe Ihren Besuch nicht erwartet. Hier unten herrscht ziemliche Unordnung.«

Ringsum in den mehrstöckigen weißen Kojen reckten die Leichtverwundeten die Hälse, stützten sich auf die Ellbogen, um besser zu sehen.

Chadwick erwiderte: »Ich will Sie auch nicht stören, Sie haben viel zu tun.« Dann wandte er sich an die Allgemeinheit, mühelos füllte seine Stimme den Raum. »Und diese wackeren Männer hier wollen bestimmt auch keine aufmunternden Reden von mir hören. Aber ich mußte einfach gleich herunterkommen, um Ihnen allen zu sagen, wie stolz ich auf Sie bin, welche Ehre es für mich ist, Sie alle hier bei mir zu haben.« Er sah sich im Kreis der schweigenden Gesichter um. »Man hat mich vor Antritt der Fahrt gewarnt, hat mir gesagt, daß es ein fast endlos weiter Weg ist und daß die Deutschen in diesen Gewässern noch immer die Oberhand haben.« Er räusperte sich. »Aber mit Männern wie Ihnen könnte ich die ganze verdammte Welt erobern! Und *das* werde ich denen in London antworten, wenn wir wieder daheim sind!«

Fasziniert hörte Rowan zu, während einige Verwundete anfingen zu klatschen und den makellosen Admiral fröhlich angrinsten. Die meisten allerdings konnten nicht ihre bandagierten Hände benutzen. Manche hatten auch keine mehr; aber ihre Freude über die Worte des Admirals war offensichtlich.

Langsam ging Chadwick wieder zur Tür und fügte noch hinzu: »Mein Steward hier hat jede Menge Zigaretten und Schokolade für euch, Jungs. Ich komme wieder, sobald wir außer Gefahr sind.« Er blieb neben einer Koje stehen und blickte auf den darin Liegenden hinunter.

Rowan hatte gesehen, wie der Seemann vom Schlepper herübergeschafft worden war. Er konnte nicht älter als achtzehn Jahre sein und war kaum bei Bewußtsein. Rowan hatte auf dem farbigen Zettel an seiner Koje gelesen, daß er sofort zur Amputation vorbereitet werden sollte.

Der Admiral berührte die Schulter des Verwundeten. »Du kannst mich nicht hören, mein Junge; aber Gott sei mit dir!« Dann schritt er von dannen, und der Vorhang raschelte leise, als er das Lazarett verließ.

Rowan wußte nicht, was er von Chadwick halten sollte. War er ein Schauspieler, ein Betrüger? Oder war es ihm ernst mit seinem Mitleid, seinem Stolz auf diese wenigen Überlebenden?

Ein Sanitätsgefreiter rief grob: »Sie sind dran, Sir.«

Später, als Rowan in seiner eigenen Kammer lag und das Bein in dem neuen Verband heftig schmerzte, überlegte er, was Chadwick wohl wegen seiner Eigenmächtigkeit bevorstand.

Er lauschte dem Donnern der Motoren, das anschwoll und verebbte, als die Seafire zur *Growler*, ihrer angestammten Basis, zurückkehrten. Er registrierte die wechselnden Vibrationen des Rumpfes, wenn das Schiff jeweils Kurs änderte, um die Ankömmlinge aufzunehmen. Aber es schien eine Ewigkeit zu dauern, bis Bill Ellis zu ihm in die Kammer kam.

Er setzte sich neben die Koje und sagte ruhig: »Hallo, Tim. Du hast uns einen ganz schönen Schrecken eingejagt, aber das weißt du wohl.« Sein Blick glitt über die Decke. »Gehörst du nicht ins Lazarett?«

Rowan bewegte leicht sein verwundetes Bein, um Bill zu beruhigen. »Das geht schon in Ordnung. Sie haben nur Metallsplitter entfernt, von meiner armen Jonah. Ich habe nicht ...«

Bill unterbrach ihn. »Vergiß das jetzt, Tim, und ruh dich aus. Als wir Mitteilung von der *Pathan* erhielten, daß du dort an Bord seist, war es hier für uns wie ein Feiertag. Wir dachten schon, du wärst im Bach, und Turpin, dieser Schuft, hätte es nicht für nötig gehalten, uns und alle darüber zu informieren, daß du vermißt wurdest.«

Rowan fragte: »Hast du schon mit den anderen gesprochen?«

»Ja, mit einigen.« Bill seufzte. »Du hast natürlich mit angesehen, wie die alten lahmen Enten ihren Angriff auf den Kreuzer flogen. Es muß ein erschütternder Anblick gewesen sein.« Dann senkte er den Blick: »Die meisten von ihnen hat es erwischt: Andy Miller, Ron Kirby und den Holländer . . .«

Rowan packte ihn am Handgelenk. »Welchen von den beiden?«

»Den kleinen de Boer. Peter van Roijen kam zurück, ihm ging bei der Landung das Fahrgestell zu Bruch. Aber er ist unverletzt.«

Rowan schloß die Augen, versuchte, sich an all ihre Gesichter zu erinnern, was ihm ausgesprochen schwerfiel. Er sah sie am Frühstückstisch sitzen, vor sich hin dösen im Bereitschaftsraum, in einem Pub an Land oder bei einem Trainingsspiel auf dem Flugdeck: Flugzeugführer, Beobachter, Bordschützen. Einundzwanzig davon innerhalb von fünfzehn Minuten ausgelöscht.

Endlich sagte er: »Das bedeutet ein völlig neues Geschwader, wenn wir zurückkommen.« Er zwang sich zu einem Lächeln. »Sieht aus, als würdest du hinsichtlich des Konvois unrecht behalten.«

Bill hob die Schultern. »Ops* sagt, daß wir in drei Tagen sicher im Außenhafen liegen werden. Wir bleiben aber in Reichweite des deutschen Luftwaffenstützpunkts Banak in Nordnorwegen. Die Dickschiffe haben nun ihren Auftritt gehabt, auch bei den U-Booten scheint es einige Verluste gegeben zu haben. Nun sind morgen bestimmt die Flugzeuge dran!« Sein Gesicht wurde grimmig. »Vielleicht können wir dann den Punktstand ein wenig aufbessern.«

Rowan wurde allmählich schläfrig. »Es tut gut, wieder auf der *Growler* zu sein.«

* Operationsoffizier

Bill musterte ihn traurig. »Auf diesem alten Zossen? Aber wahrscheinlich hast du recht.«

Im Gang hörte man Schritte, dann wurde der Vorhang beiseite gezogen. Bill sprang auf, als der Admiral in die kleine Kammer trat.

Chadwick nickte. »Stehen Sie bequem, äh, Ellis, stimmt's?« Dann blickte er zur Koje. »Hatte noch keine Gelegenheit, mit Ihnen zu sprechen, Rowan. Ich will Sie nicht stören, wollte Ihnen nur mitteilen, daß ich mich gefreut habe über Ihren tapferen Einsatz. Dazu noch der Abschuß eines Wasserflugzeugs und das Aufspüren des schweren Kreuzers. Sie haben Großartiges geleistet. Hätten Sie den nötigen Rückhalt gehabt, hätten Sie bestimmt eine Menge Menschenleben retten können.« Er ließ sich nicht weiter darüber aus, sondern fuhr fort: »Auf jeden Fall werde ich dafür sorgen, daß Ihre Leistung anerkannt wird. Es wird Zeit, daß jemand Ihres Schlages mehr Bewegungsfreiheit bekommt, wie?« Er lachte vor sich hin. »Wir sind zwar noch nicht hoch und trocken, aber ich bin optimistisch, was den Konvoi betrifft. Gibt es irgend etwas, das ich für Sie tun könnte?«

Rowan überlegte einen Augenblick. »Wenn die Deutschen noch einen Luftangriff gegen uns unternehmen, Sir, möchte ich dabeisein. Ich hätte nie geglaubt, daß es so schwer ist, still dazuliegen und nur zuzusehen.

»Keine Sorge!« Chadwick grinste. »Wenn wirklich noch so ein Angriff kommt, werde ich jeden Mann in die Luft schicken, der seine Augen und seinen Verstand noch gebrauchen kann.« Er fuhr herum, als ein Funkgast in der Tür erschien. »Ja?«

Mit zitternder Hand hielt ihm der Funker seinen Schreibblock entgegen.

»Von der Gefechtszentrale, Sir. Wie angefordert.«

»Ja.« Chadwicks graue Augen fuhren über die gekritzelten Worte. »Danke. Sagen Sie der Brücke, daß ich komme.« Und zu Rowan: »Die Sicht ist nicht besonders.

Bewölkung nimmt zu. Das könnte uns die Abwehr eines Luftangriffs erschweren. Also ist es besser, wenn ich das Nötige veranlasse. Und gnade demjenigen, der etwas versiebt!«

Bill ließ den Admiral vorbei: »Ich konnte seinen Whisky-Atem riechen«, murmelte er, als Chadwick verschwunden war. »Ich wette, er hat ihn jetzt bitter nötig. Ich möchte nicht in seiner Haut stecken.«

Dann lächelte er, denn Rowan war tief und fest eingeschlafen. Leise ging er hinaus, zog den Vorhang zu und knipste das Licht aus. Draußen sah er den großen Holländer mit gerunzelter Stirn auf ihn warten.

Van Roijen fragte: »Tim okay?«

Bill nickte. »Sie haben ihn mit Schlafmitteln vollgepumpt. Wird ihm guttun, er hat eine schwere Zeit hinter sich.«

Van Roijen seufzte. »Machst du einen Rundgang mit mir? Ich kann nicht dauernd in dieser verdammten Messe sitzen. All die leeren Stühle . . .«

»Gut, zweimal um das Deck.«

Als sie den Steuerbordaußengang erreichten, hatte sich das Wetter verschlechtert. Wolken waren aufgezogen, und zwar in jeder Höhe, und nur gelegentlich ließ sich ein Fleckchen Himmel sehen.

Die Schiffe fuhren genau in Formation und glänzten trübe im grauen Licht. An Bord ihrer Nachbarkorvette sah Bill Seeleute an den Aufzügen Munition zu den Flugabwehrgeschützen mannen.

Seltsam, daß man nie an Zurückliegendes dachte, auch nicht an die Gefahren, denen man entkommen war. Immer dachte man nur an die bevorstehenden Gefahren.

Der Lautsprecher dröhnte: »Alle Flakbedienungen in einer halben Stunde zum Geschützexerzieren.« Und als sei es ihm eben erst eingefallen, fügte der ausrufende Quartermeister noch hinzu: »Die Messeältesten Rum fassen!«

Van Roijen rieb sich die Hände. »Ihr Briten! Mich wundert nur, daß er den Rum nicht zuerst erwähnt hat!«

Kaum war die Morgendämmerung angebrochen, als sich die Besatzung der *Growler* wieder auf Gefechtsstationen begab. Zwar wurde kein Alarm gegeben, aber Chadwick wollte kein Risiko eingehen. Das Frühstück wurde eine Stunde früher ausgegeben als üblich, dann wandte sich der Kommandant über Lautsprecher an die gesamte Besatzung und sagte ihr, womit in den nächsten Stunden zu rechnen sei.

Die Lücke wurde jetzt enger, die Frist für einen letzten Angriff auf den Konvoi knapper. Jede Umdrehung der Schrauben brachte die Schiffe ihrem Ziel und dem zusätzlichen Schutz durch die Russen näher.

Chadwick blieb eine Weile in der Gefechtszentrale und sprach dann im Bereitschaftsraum zu den versammelten Flugzeugbesatzungen. Er war schon bei den meisten Geschützbedienungen gewesen und hatte auch das Hangardeck besucht. Dort war ihm ein kühler, beinahe feindseliger Empfang zuteil geworden, da die Mechaniker ihn persönlich für den Verlust der Swordfishbesatzungen verantwortlich machten. Doch als er ging, verriet sein Gesicht weder Ärger noch Verstimmung.

Jetzt sagte er zu Buchans Umriß, der sich vom gläsernen Brückenkleid abhob: »Es wird kälter. Hier oben kommt der Winter früh.«

Buchan musterte ihn kühl. »Das macht uns den Rückweg wahrscheinlich leichter, Sir.«

In der Ferne hörte man mehrere Detonationen, eine kurz nach der anderen. Dann rief der Signalgast am Sprachrohr: »Die Geleitfahrzeuge bekämpfen ein U-Boot, Sir. Zwei Meilen südwestlich vom Konvoi.«

Chadwick überlegte. »Also hängen noch immer ein paar von den Halunken an uns dran. Die werden aber nicht mitkommen, wenn wir diese Geschwindigkeit beibehalten.« Dann blickte er auf seine Leuchtzifferuhr. »Geben

Sie an *Hustler,* er soll die Swordfishpatrouille sofort starten lassen. Hat keinen Zweck, noch länger zu warten.«

Buchan dachte an Turpin und fragte sich, was er wohl an dessen Stelle unternommen hätte, wenn *Growler* und nicht *Hustler* beim Konvoi gewesen wäre. Hätte er seine Swordfish wohl eingesetzt, um den Zerstörern zu helfen? Und wenn der Admiral nicht an Bord gewesen wäre, hätte dann *er* diesen selbstmörderischen Angriff befohlen, den Chadwick in Szene setzte?

»*Hustler* meldet verstanden, Sir. Erste Patrouille in zehn Minuten.«

»Gut.« Chadwick beobachtete die ihnen nächste Korvette, schätzte nach ihrem heftigen Rollen Windstärke und Seegang.

Die meisten Offiziere und Mannschaften der *Growler* überlegten, was sich wohl in den nächsten Stunden ereignen und wie es sich auf jeden einzelnen auswirken würde.

Im Maschinenraum stand Fregattenkapitän (Ing.) William Laird, der Leitende Ingenieur, auf seiner glänzenden, vibrierenden Plattform und stellte sich vor, was passieren mußte, wenn ein Torpedo zwischen seinen riesigen Kesseln, Kondensatoren und Turbinen detonieren würde. Sie hörten so gut wie nie von dieser anderen Welt dort oben, sahen kaum jemals die See, außer auf dem Weg zur Wachablösung. Laird war ein guter Ingenieuroffizier, verstand sein Fach meisterhaft und war im Frieden Chefingenieur auf einem Union-Castle-Liner gewesen. Von dem hatte er auch nicht viel mehr gesehen.

Eine Lampe blinkte über seinem kleinen Pult, und Johns, der Zweite Ingenieur, preßte den Telefonhörer ans Ohr, während er das andere mit einer ölverschmierten Hand zuhielt. Nach dem Auflegen rief er: »Flugzeuge gesichtet, Chief!«

Der Chief nickte. »Sagen Sie es dem Kesselraum und

dem Obermaschinisten.« Er betrachtete die große, glänzende Schraubenwelle, das Herz des Schiffes und ihrer aller Leben.

In ihrem makellos weißen Lazarett überprüften Minchin und der jüngere Marinestabsarzt Barstow gerade die Instrumente, als die Alarmglocken schrillten. Minchin war sehr müde und hatte bereits mehrere Aufputschpillen geschluckt. Er wußte, daß er sie brauchte. Die ganze Nacht hindurch hatte er Schwerverwundete operiert, von denen die meisten jetzt zum Glück fest schliefen. Die Schlafmittel machten sie so benommen, daß sie nicht merkten, was vorging. Er hatte auch das Bein des jungen Seemanns amputiert, der war aber trotzdem gestorben.

Müde lächelte er Barstow an. »Mein Vater wollte, daß ich Buchhalter werde. Er hatte wohl recht.«

Auf seinem speziellen Teil der »Insel« richtete Korvettenkapitän Eric Villiers sein Glas auf die *Hustler*, als ihre erste, aus drei Swordfish bestehende Patrouille übers Flugdeck brummte und dann langsam aufstieg. Anschließend drehte sie wieder auf ihren alten Kurs, parallel zur *Growler*. Ihre Aufbauten und die zerfetzte Flagge leuchteten einen Augenblick mit ungewöhnlicher Klarheit in einem Streifen trüben Lichts auf.

Villiers musterte seine kleine Mannschaft, die Telefonposten mit ihren dicken Wollmützen, die sie vor dem eisigen Wind schützten. Er kommt genau aus dem verdammten Rußland, hatte der Gefreite eben gemurmelt. Oben heulte es um Gittermast und Radarantennen, und Villiers malte sich Buchan aus, der dort über ihm stand und den Admiral im Nacken hatte.

Villiers rieb sich die Stirn mit dem Handschuhrücken. Ihm war noch immer elend, wenn er daran dachte. Er hatte den Swordfishbesatzungen den Befehl übermitteln müssen, der sie in den sicheren Tod schickte. Hätte die von Chadwick zur Aufklärung ausgeschickte Seafire den deutschen Kreuzer nicht entdeckt, wären all diese Männer jetzt noch am Leben. Zwecklos, den Wert von Menschenleben zu vergleichen oder sich zu fragen, was dann mit dem Konvoi geschehen wäre. Was für ihn zählte, waren die Verluste an Freunden, nicht Taktik und Strategie.

Ein Gefreiter meldete: »Rote Gruppe klar zum Start, Sir.« Er beobachtete Villiers' angespanntes Gesicht, die im trüben Licht schimmernden Augen.

»Gut. Geben Sie's weiter an Gefechtszentrale.«

Villiers versuchte, seine Kopfschmerzen zu vergessen, aber er konnte den Alptraum nicht verscheuchen. Immer und immer wieder sah er ihn vor sich.

Als er damals im Mittelmeer in Gefangenschaft geriet, war das für ihn beinahe eine Erleichterung. Wie die meisten seiner Freunde hatte er am schlimmsten Abschnitt der Schlacht im Mittleren Osten gekämpft. Es sah so aus, als könne den Feind nichts mehr aufhalten. Jeden Tag war er gestartet, um einem bereits schwer mitgenommenen Konvoi Schutz zu geben oder eine eingeschlossene Heeresgruppe an Land zu unterstützen.

Zuerst war er auf einem Flugzeugträger stationiert, wurde aber nach dessen Torpedierung einem gemischten Geschwader in der Wüste zugeteilt. Es bestand aus Marinefliegern, Piloten der Royal Air Force, aus Südafrikanern, Australiern, Neuseeländern und Kanadiern; sie flogen alles, was Flügel hatte, und ihre Methoden und Ideen waren so verschieden wie die Maschinen. Aber alle waren bereits Veteranen, wenn auch nur deshalb, weil sie am Leben geblieben waren.

Villiers hatte den Respekt auf den Gesichtern der jungen, frisch aus England kommenden Flugzeugführer gesehen. Dazu gehörte auch Rowan, der damals, vor langer Zeit, unter ihm gedient hatte.

Eines Tages war es zu Ende gewesen. Er wurde abgeschossen und unmittelbar danach von einem italienischen Zerstörer aus dem Wasser gefischt. Ein Gefangenenlager folgte dem anderen, und schließlich wurde er den Deutschen übergeben und kam in ein Lager bei Minden.

Aus irgendeinem Grund war er dann nochmals verlegt worden, und zwar nach Dänemark. Für ihn und seine Gefährten war das nach der feindlichen deutschen Umgebung angenehm. Auch kamen sie England damit ein wenig näher. Manche hatten schon eine Flucht versucht, aber nur wenigen war sie gelungen.

Er hatte sich äußerlich genauso eifrig an Fluchtplänen beteiligt wie die übrigen, verachtete sich aber selbst dafür. In Wirklichkeit wäre er viel lieber in Gefangenschaft geblieben, als wieder an diesem schrecklichen Krieg teilzunehmen. Natürlich scheute er sich, dies irgend jemandem einzugestehen.

Das Lager war nur zehn Meilen von der See entfernt. Als der ranghöchste Offizier die Mitteilung erhielt, daß der örtliche Widerstand bereit sei, ein kleineres Fluchtunternehmen zu unterstützen, entwickelte sich alles sehr rasch. Der deutsche Lagerkommandant war kein Tyrann und hatte bis vor kurzem an der russischen Front gekämpft, wo er ein Auge und einen Arm verloren hatte. Gewöhnlich wanderte er im Lager herum, als sei er ein Insasse und nicht der Kommandant.

Sie hatten einen Vorsprung von einer ganzen Nacht. Die Flucht hatten sie mit Hilfe einiger Zivilarbeiter bewerkstelligt, die an der Kanalisation des Lagers arbeiteten. Das Ganze war so einfach gewesen, daß einige von ihnen noch immer darüber lachten, als sie in zwei getrennten Abteilungen durch Wälder und über Landstraßen eilten, die ganze Zeit geführt von ihren dänischen Befreiern.

Zwei Tage mußten sie in kleinen Bauernhäusern warten, wo sie von den Dänen verborgen und versorgt wurden.

Aber irgend etwas mußte schiefgegangen sein. Villiers wußte nicht, ob jemand sie verraten hatte oder ob der deutsche Nachrichtendienst besser war als vermutet. Am zweiten Tag waren die Widerstandskämpfer erschienen, um Villiers' Gruppe zu einem anderen Versteck zu bringen. Es war heller Tag, deshalb mußten sie ihre jeweiligen Häuser einzeln verlassen. Villiers sollte der letzte sein. Er hatte auf dem Heuboden über der Scheune gelegen, den leeren Himmel beobachtet und sich gefühlt, als sei der Krieg an ihm vorbeigezogen. Aber das plötzliche Kreischen von Bremsen und Autoreifen sowie barsche Kommandorufe belehrten ihn eines Besseren.

Seitdem gab es für ihn keinen einzigen Tag mehr, an dem er nicht an das Bild denken mußte: der Bauer, seine Frau und ihre hübsche Tochter sowie ein älterer Mann, der auf dem Hof arbeitete, umzingelt von Deutschen, bedroht und geschlagen.

Villiers wußte genug von den Deutschen, um zu erkennen, daß dies keine alten Soldaten waren, die man zum Bewachen der Gefangenen abgestellt hatte, auch keine normalen Garnisonstruppen. Es waren Leute der örtlichen SS-Einheit, die man gerufen hatte, damit sie bei der Suche nach den Entflohenen halfen.

Der junge deutsche Anführer fragte immer wieder nach Informationen. Dann zog er die Pistole und erschoß den alten Mann vor aller Augen. Als nächsten erschoß er den Bauern. Die beiden Frauen wurden schreiend und weinend in einen Lastwagen gezerrt, dann fuhr der Trupp ab.

Das Schweigen der Dänen hatte die Deutschen überzeugt, aber sie hatten sich für diese Enttäuschung mit brutalem Mord gerächt.

Als dann endlich die Widerstandskämpfer kamen und Villiers abholten, hatten sie wortlos die beiden Leichen angesehen und dann ihn.

Er hätte nichts weiter zu tun brauchen, als die Leiter herunterzuklettern und sich den Deutschen zu ergeben. Das hätte sicherlich das Leben der beiden Dänen gerettet, und er wäre vermutlich wieder in das Gefangenenlager zurückgebracht worden.

Daß er es nicht getan hatte, verfolgte ihn bei Tag und Nacht und ließ ihn nie mehr zur Ruhe kommen.

Er schreckte zusammen, als die Alarmglocken schrillten und einer seiner Leute schrie: »Sir! Feindliche Flugzeuge südwestlich vom Konvoi! Über dreißig!«

Die eiserne Schwingtür knirschte, und da stand Rowan, in seine lederne Fliegerjacke gehüllt, die Mütze über ein Auge gezogen. Den Arm hatte er um einen Heizer der Leckkontrolle gelegt. Er rief: »Der Arzt sagt, ich darf nach oben ...« Tief atmete er die salzige Luft ein. »Wenn ich irgendwie helfen kann, wäre das besser als ...« Die plötzliche Erkenntnis, daß niemand antwortete, ließ ihn verstummen.

Verzweifelt sagte der Unteroffizier zu Villiers: »Haben Sie nicht gehört, Sir? Mehr als dreißig Feindflugzeuge nähern sich dem Konvoi von Südwesten!«

Rowan wankte nach vorn und sah Villiers ins Gesicht. Es wirkte wie eine Wachsmaske, ohne jedes Verständnis, versteinert.

Rasch griff er zum roten Telefon und fragte den Posten: »Wer hat Bereitschaft?«

»Gruppe Rot, Sir.«

Rowan beobachtete Villiers' Schultern. Der Mann hatte sich nicht bewegt. »Gruppe Rot? Klar zum Alarmstart!«

Lautsprecher rings um die Brücke fielen alsbald in den allgemeinen Lärm ein.

»Fla-Waffen klar zum Feuern!«

Es war jetzt ein bißchen heller, und als Rowan sein Glas auf den anderen Geleitträger richtete, sah er die Geschäftigkeit drüben, sah die steigende Bugwelle der Korvette, die Fahrt aufnahm, um auf ihre Verteidigungsposition zu gehen.

Morselampen blinkten Befehle die Reihen der Frachter entlang, und unter dem Brückenaufbau der *Growler* sah Rowan die ersten Seafire in Startposition rollen.

Der Unteroffizier reichte ihm das Telefon.

»Hallo, Führer Rot, hörst du mich?« Er malte sich Kittos Überraschung aus. Rowan und die meisten der älteren Flugzeugführer hatten Villiers oft zugesehen, aber noch nie bei einem wirklichen Alarmfall.

»Ich verstehe dich laut und klar. Aber was, zum Teufel, machst du dort?«

Aus einem kleinen Lautsprecher unter dem Brückenkleid erklang es jetzt: »Klar zum Start!«

Der Unteroffizier murmelte: »Brücke für Sie, Sir.«

Er reichte Rowan das Telefon, aber Villiers trat ihm in den Weg und schnauzte barsch: »Geben Sie's gefälligst mir, Mann. Was soll das?« Dann sagte er ruhiger: »Flugdienstleiter hier, Sir. Ja, Gruppe Rot. Ja.« Er nickte, den Blick auf den Bejahungswimpel oben an der Rah gerichtet. »Oberleutnant Rowan assistiert mir, Sir.« Dann fügte er mit plötzlichem Ärger hinzu: »Das habe ich doch gerade gesagt!« Wütend knallte er den Hörer auf.

»Geben Sie das Startsignal. Der Kommandant behält Kurs und Geschwindigkeit bei, der Wind ist günstig für uns.«

Der helle Strahl der Signallampe stach durch das gläserne Brückenkleid; eine Seafire nach der anderen heulte auf und setzte sich in Bewegung.

Andere Jagdmaschinen starteten von *Hustler*. Der Feind würde einiges zu knacken haben, dachte Rowan.

Weit vor dem Konvoi, an Steuerbord, hörte er Geschützfeuer von den Zerstörern und kleineren Korvetten.

»Gruppe Rot in der Luft, Sir.« Der Unteroffizier beobachtete Villiers wie einen gefährlichen Hund.

»Gut. Informieren Sie den Operationsoffizier.« Villiers nahm die Mütze ab und ließ sich den Wind durchs Haar wehen. »Drei weitere Seafire sollen sich sofort klarmachen zum Start.« Er stülpte sich die Mütze wieder über, sein Gesicht wirkte äußerst konzentriert. »Oberleutnant Ellis übernimmt die Führung.« Er sah Rowan an. »G wie Georg, ja?«

Rowan musterte ihn. »Ja.« Villiers schien vorübergehend das Gedächtnis verloren zu haben.

Die nächsten Maschinen wurden aus dem Lift gerollt und auf dem achteren Ende des Flugdecks aufgestellt.

»Hallo, G wie Georg?«

Rowan hätte Villiers am liebsten das Telefon aus der Hand genommen und noch einmal mit Bill gesprochen.

»Ja. Mehr als dreißig. Steigen Sie so hoch wie möglich, damit Sie über ihnen stehen.«

Der Unteroffizier überschrie den Lärm der Motoren. »Klar zum Start, Sir!«

Rowan sah Bats mit den Schiffsbewegungen schwanken, während er dem Führer der Gruppe seine Signale gab: *Bill.* Er stellte sich vor, wie er mit seiner mächtigen Figur das ganze Cockpit füllte. Ob er auch jetzt sang? *Mehr als dreißig Feindflugzeuge!* Aber sie würden hauptsächlich die Frachter angreifen. Sicherlich hatten sie bereits seit Tagen auf sie gewartet und jetzt nichts anderes im Auge als dieses Ziel.

Der Artillerielautsprecher erwachte zum Leben: »Flugzeuge in Grün vier-fünf! Höhenwinkel zwei-null«*

»Unsere Flugzeuge alle in der Luft, Sir!«

Rowan sah Bills Trio nach, das wie eine Habichtfamilie aufstieg und rasch zu den Wolken kletterte: Bill, Lord Algy und Nick Rolston; der letztere würde wie üblich wild vor sich hin fluchen.

»Hallo, Foxtrott, hier Führer Rot.« Kittos Stimme wurde von lautem Knacken im Hörer übertönt. »Sind jetzt auf zwölftausend Fuß und nehmen Position ein. Ende.«

Dann Bills Stimme, langsam und konzentriert: »Zehntausend Fuß und auf Position. Ende.«

Das Zentrum des Geleitzugs schien in einem gewaltigen Kegel stechender Flammen zu explodieren. Aber es war

* fünfundvierzig Grad an Steuerbord, Höhenwinkel zwanzig Grad

nur der Flugabwehrkreuzer, der aus allen Rohren Feuer eröffnet hatte. Mittlere Artillerie und Maschinenwaffen spuckten einen endlosen Strom von Granaten und Leuchtspurgeschossen nach Steuerbord voraus, und als hätten sie auf dieses Signal gewartet, eröffneten jetzt auch die anderen Schiffe ein konzentriertes Feuer. Jeder Frachter hatte irgendwelche Geschütze an Bord, und genauso wie die Zerstörer und Korvetten ihren Geschoßhagel von vorn nach achtern und wieder zurück streuten, so errichteten auch sie eine ständige Feuerbarriere vor dem Kurs der angreifenden Flugzeuge.

Rowan suchte mit dem Glas den Feind. Nach dem raschen Start schien jetzt alles so langsam zu gehen. Langsam, aber desto tödlicher.

»Dann sah er sie, noch während der Lautsprecher bellte: »Achtung, Torpedoangriff!«

Da waren sie: Heinkel-111-Bomber, die in einer großen Welle herunterkamen und sich jetzt auffächerten, mit einer halben Kabellänge Abstand zwischen den einzelnen Flugzeugen. Um sie herum und über ihnen war der Himmel bald voll schmutzigbrauner Pockennarben der detonierenden Granaten, aber sie flogen unbeirrt und in genauer Formation weiter. Exakt. Tödlich.

Der Artillerielautsprecher ertönte: »Feuer eröffnen! Feuer eröffnen!« Zum ersten Mal begann die *Growler* zu beben und zu zucken, im Takt des gewaltigen Donners ihrer Geschütze. An Bofors und Örlikons arbeiteten die Bedienungsmannschaften wie die Teufel und jagten lange Feuerstöße über den Bug der *Hustler* hinweg. Ein Seemann schrie plötzlich: »Achtung, da kommen sie!«

Rowan starrte hin, war unfähig, sich zu bewegen, als die unerschütterliche Linie der Bomber auf nahezu dreißig Fuß überm Wasser niederging. Deutlich hörte er das Dröhnen ihrer Motoren zwischen dem Krachen der Geschütze und dem ohrenbetäubenden Rattern der automatischen Waffen.

Jede der anfliegenden Maschinen trug zwei Torpedos. Rowan hielt sich fest, als das Deck stark überholte, und wußte, daß Buchan das Kursänderungssignal des Konvoikommodore befolgte.

Eine Heinkel fiel brennend ins Meer, aber noch während einige dünne Hurrarufe erklangen, warfen die anderen ihre Torpedos ab, in einer mächtigen, gleichzeitigen Welle. Als sie das Wasser berührten und Fahrt aufnahmen, rasten ihre Blasenbahnen wie ein gewaltiger, Schrekken verbreitender Fächer auf den Konvoi zu.

Die Heinkelmaschinen zogen wieder hoch und drehten in großem Bogen ab, wobei zwei von ihnen schwarze Rauchschwänze hatten.

Drei schwarze Punkte brachen plötzlich durch die Wolken. Ohne sich um Leuchtspurgeschosse oder platzende Granaten zu kümmern, stürzten sie sich auf die hintersten Heinkelmaschinen.

Rowan wollte zusehen, wie die Seafire mit rasselnden Maschinenwaffen und ballernden Bordkanonen über den Feind hinwegfegten, aber er konnte den Blick nicht von den mächtigen Frachtern wenden, die jetzt in die Blasenbahnen der Torpedos hineindrehten.

Eine Korvette erbebte in einer gewaltigen Detonation, fing sofort an zu kentern und sackte achteraus. Eine weitere blitzte in der Konvoimitte auf, dann war ein Doppelschlag zu hören. Noch während Rowan sein Glas herumriß, glaubte er, es sei eins der Munitionsschiffe. Aber es war der Flugabwehrkreuzer, offenbar von zwei Torpedos getroffen.

Ein weiterer Torpedo traf einen kanadischen Frachter knapp hinter der Brücke; die Druckwelle der Detonation schlug wie ein ungeheurer Hammer gegen den Rumpf der *Growler*.

Ein Mann rief: »Das ist die *Bristol Lady*, Sir!« Dann fügte er erstaunt hinzu: »Mein Gott, sie fährt noch immer!«

Rowan roch Rauch und verbrannte Farbe und sah den großen Frachter durch den fallenden Gischt weiterpreschen.

Stimmengewirr ertönte aus den Sprachrohren, und der Feuerbekämpfungstrupp rannte auf dem Backbord-Außengang nach vorn.

Dann zeichnete sich undeutlich der Flakkreuzer vor ihnen in dem trüben Licht ab; sein Rumpf lag beinahe diagonal vor dem Kurs der *Growler*, Rauch und Flammen schossen aus seiner Bordwand und aus der Brücke. Die Ruderanlage war wohl außer Kontrolle, und er hatte bereits Schlagseite. Ein riesiger Doppelkrater reichte vom Hauptdeck bis hinunter zur Wasserlinie. Einige seiner Geschütze feuerten noch, schwiegen aber bald, als der Befehl zum Verlassen des Schiffes erging.

Der Kreuzer lag jetzt beinahe querab von *Growler*, hatte schwere Schlagseite nach Steuerbord, und die Bugseen des Konvois brandeten über seine aufgerissene Bordwand wie Wellen über ein Riff.

Menschen, klein und unwirklich, sprangen in die See. Andere warfen Rettungsflöße über Bord, während wieder andere Verwundete zum höher liegenden Heck zerrten. Rowan biß sich auf die Lippen. Es war schrecklich mit anzusehen, wie Menschen auf einem sinkenden Schiff immer wieder versuchten, den höchsten Punkt zu erreichen, womit sie ihren Todeskampf nur verlängerten.

Von der Signalplattform stach ein Lichtkegel nach achtern, und Rowan vermutete, daß Buchan den Schlepper *Cornelian* herbeirief, damit er rettete, was noch zu retten war.

Ein Signalgast rief heiser: »*Hawfinch** gesunken, Sir. Die armen Schweine!«

Hawfinch war die Korvette, *Growlers* getreuer Gefährte, seit die Gruppe gebildet worden war.

* Kernbeißer

»Hallo, Foxtrott, hier Führer Rot. Habe mehr als zwanzig Feindflugzeuge genau südlich von Ihnen gesichtet.«

Die Luft wurde von weiteren Detonationen auf dem mit schwerer Schlagseite treibenden Kreuzer erschüttert. Ein Mast stürzte mit dem Gewirr der Takelage über Bord.

Kitto rief: »Es sind JU 88! Wir greifen an! *Tallyho!*«

Villiers sagte dumpf: »Die fliegen über den Wolken und werden versuchen, uns durch die Wolkenlücken zu bombardieren.«

Im Funkempfänger schwirrten Stimmen durcheinander, und Rowan war klar, daß irgend jemand da oben sein Gerät noch auf Sendung geschaltet hatte. Er erkannte Kitto, und im Hintergrund schrie jemand gellend. Bill mußte zu den anderen gestoßen sein. Er sah es so deutlich vor sich, als wäre er oben dabei.

Eine Wassersäule schoß in der Steuerbordkolonne des Konvois empor, und ein Ausguck rief: »Ein Frachter hat Torpedotreffer, Sir.«

Sie sahen zu, wie wieder ein Frachter in Rauch und Dampf gehüllt zurückblieb, während sein Hintermann scharf Kurs änderte, um eine Kollision zu vermeiden.

Geschützfeuer, Wasserbomben, so ging es ununterbrochen weiter. Ein U-Boot hatte den Schutzschirm der Geleitfahrzeuge durchbrochen und war mitten im Konvoi aufgetaucht. Es hatte den Treffer auf dem Frachter erzielt, aber bevor es wieder tauchen konnte, wurde es von Granatfeuer eingedeckt und von den Wasserbomben zweier über ihm kreisender Swordfish der *Hustler* versenkt.

Eine zweimotorige Ju 88 brach, wie eine Fackel brennend, durch die niedrige Wolkendecke und flog knapp über einen Zerstörer hinweg. Sie behämmerte ihn noch der ganzen Länge nach mit ihren Bordwaffen, dann stürzte sie in die See.

Der torpedierte Frachter trieb vorbei, und Rowan sah, daß der Brand offenbar nicht mehr zu löschen war. Seltsam, daß zwei Torpedos derart verschiedene Wirkungen erzielen konnten. Der kanadische Frachter hatte seinen Treffer überlebt und hielt noch immer Position. Aber dieser hier würde mitsamt seiner Decksladung aus verschalten Flugzeugen und Lastwagen keine Stunde mehr schwimmen. Gewaltige Flammen schossen aus Deck und Luken, schnitten den kleinen Gruppen flüchtender Männer den Weg ab, fegten sie erbarmungslos beiseite.

Die Schiffe vollzogen eine weitere Kursänderung in blindem Gehorsam. Ihre Kapitäne versuchten, die Lücken zu schließen, Abstände genau beizubehalten.

Ein zweiter Bomber brach durch die Wolkendecke, schlug im Wasser auf und sprenkelte die reflektierte Glut mit seinen Trümmern. Zwei Fallschirme trieben über der *Growler*, waren aber schon vergessen, als eine weitere Ju 88 mit ballernden Kanonen herabstieß und eine Bombenreihe in die Perlenschnüre der Leuchtspurgeschosse warf.

Kugeln schlugen ins Flugdeck, rissen große Splitter los und hämmerten wie eine Bandsäge in den stählernen Brückenaufbau. Eine Bombe detonierte längsseit, und Rowan sah eine weitere vor seinen Augen in der See verschwinden. Sie detonierte zwischen *Growler* und dem sinkenden Frachter, er spürte das Einschlagen der Splitter in der Bordwand und hörte andere kreischend davonfliegen.

Der Bomber drehte ab und flog Zickzackkurs, als ihn die Steuerbordgeschütze der *Growler* auffaßten. Auch eine Korvette feuerte auf Visierschußentfernung, bis der Bauch des Bombers aufgerissen wurde und eine Feuerspur wie Blut aus ihm herausströmte.

»Feuer einstellen!« Die Gongs an den Geschützen wurden von den verbissen schießenden Seeleuten nur langsam befolgt. »Feuer einstellen!«

Die Feindflugzeuge waren verschwunden, zurück blieb nur treibender Qualm. Der Flakkreuzer lag auf der Seite, bereits halb unter Wasser, und der Schlepper war so dicht herangegangen wie möglich; sein einziger Schornstein qualmte, als trage er ein schwarzes Banner. Der torpedierte Frachter reckte das Heck höher und höher, und jetzt, da die Geschütze schwiegen, hörte Rowan auch das Kreischen der gewaltigen Kisten, die sich aus ihren Zurrings rissen und über Bord stürzten; auch aus dem Maschinenraum donnerte und krachte es, wo schwere Maschinenteile durch den dunklen Raum flogen und die Zerstörung vollendeten.

Dann erklang Kittos Stimme überraschend nahe. »Hier Führer Rot. Feindflugzeuge vertrieben, sechs abgeschossen. Östlich von uns schwere Einheiten gesichtet.« Nach kurzem Zögern fuhr er fort: »*Makesafe*, ich wiederhole, *Makesafe* stößt zu uns.«

Rowan nahm die Mütze ab und fuhr sich mit den Fingern durch das Haar. *Makesafe* war der Deckname für die schweren Einheiten der Home Fleet.

Villiers sprach in ein anderes Mikrophon, seine Stimme klang seltsam gepreßt. Dann rief er Rowan zu: »Sagen Sie ihnen, sie sollen zur Basis zurückkehren. *Hustler* übernimmt ab sofort die U-Boot-Patrouille.«

Rowan gab die Weisung durch. »Ich denke, wir haben es geschafft. Die Deutschen haben bestimmt genug«, meinte er.

Eine dumpfe Detonation dröhnte über das Wasser. Der Frachter war untergeschnitten, seine Kessel explodierten.

Der Unteroffizier sagte: »Mitteilung von der Brücke, Sir.« Wartend sah er Villiers an, der sich über das Brükkenkleid beugte und anscheinend die Frachter beobachtete.

Rowan hinkte über die Grätings. »Ist mit Ihnen alles in Ordnung, Sir?«

Villiers machte den Versuch, sich umzuwenden, fiel aber schwer neben den Telefonpfosten.

Da Rowan sein Knie nicht beugen konnte, rief er dringlich: »Helft ihm, um Gottes willen!«

Ein Seemann schob den Arm unter Villiers' Schultern

und zog ihn gleich wieder hervor. Seine Hand war blutbedeckt und sah im trüben Licht geradezu schwarz aus.

Ungläubig starrte er Rowan an. »Er ist tot, Sir!«

Rowan übernahm den Hörer. Als die letzten Bombensplitter das Schiff getroffen hatten, mußte ein kleines, glühendes Bruchstück Villiers durchbohrt haben. Er hatte nicht geschrien, hatte lediglich dagestanden und auf den Tod gewartet. Der Schmerz mußte fürchterlich gewesen sein, eine minutenlange, unerträgliche Qual. Aber als Rowan ihm ins Gesicht blickte, glaubte er es noch nie so friedlich, so zufrieden gesehen zu haben.

»Hier spricht Oberleutnant Rowan, Sir«, sagte er ins Telefon. »Ich muß Ihnen melden, daß Korvettenkapitän Villiers beim letzten Angriff getötet wurde.«

»Verstehe.« Buchan schien die Hand über das Mundstück zu legen. Dann fuhr er fort: »Lassen Sie die Flugzeuge einfliegen und melden Sie es bitte dem Lazarett. Ich schicke jemanden, der Villiers' Stelle übernimmt.«

Rowan fragte: »Wollten Sie uns etwas sagen, Sir? Ich meine, bevor ich seinen Tod meldete?«

Buchan antwortete dumpf: »Das hat sich erledigt.«

Rowan trat wieder ans Brückenkleid, erinnerte sich an das Pfeifen der Splitter und fragte sich, was es gewesen war, das Villiers wirklich zerstört hatte.

Chadwick mußte im Begriff gewesen sein, ihn auf die obere Brücke zu rufen. Wenn es dazu gekommen wäre, hätte Villiers seinen Ärger und seine Verzweiflung sicherlich nicht mehr unterdrücken können.

Ein Seemann bedeckte Villiers' Gesicht mit einem Stück Segeltuch. Aber jetzt konnte nichts mehr ihn verletzen, und er würde Rowan so in Erinnerung bleiben, wie er ihn von früher gekannt hatte.

Eine Morselampe klapperte auf der Plattform, und ein Signalgast rief: »Erste Seafire in Sicht, Sir, an Steuerbord!«

Rowan nickte. Sie kehrten alle zurück, das war immerhin etwas.

Der Strahl eines Scheinwerfers glitt über die Reihen der Handelsschiffe. Nur ein einziges fehlte. Chadwick hatte erreicht, was er wollte. Was der Feind jetzt auch unternahm, diese Schiffe würden in Rußland ankommen. Da die Home Fleet zu ihnen gestoßen war und die deutschen Einheiten abgedrängt hatte, konnte sie nichts mehr aufhalten. Rowan versuchte, nicht an den Preis des Sieges zu denken: Schiffe und Flugzeuge. Und Männer wie er.

»Hallo, Foxtrott, hier G wie Georg. Erbitte Landeerlaubnis.«

Rowan sah die Seafire eine enge Schleife über dem Schiff ziehen, Räder und Landeklappen bereits ausgefahren. Ihr Cockpit reflektierte das Licht.

Er griff zum Mikrophon: »Hallo, Bill.« Er zögerte. »Hier *Jonah*. Genehmigung erteilt.«

Am nächsten Tag bestatteten sie ihre Toten, und am darauffolgenden Morgen dampften die Schiffe an einer Reihe auslaufender russischer Zerstörer vorbei in die Kola-Bucht.

Der lange Weg war zu Ende.

11 Einmal weg von allem ...

Es war bereits Mitte November, als die *Growler* und ihr wettergegerbtes Geleit die Heimat erreichten, oder, um genauer zu sein, Loch Eve in Schottland.

Der Rückweg von Murmansk nach Island, zum Treffpunkt mit frischen Geleitfahrzeugen, war ganz anders verlaufen. Sie sahen nur wenig vom Feind, und obwohl sie ständig von einem Rudel U-Boote beschattet und auch gelegentlich angegriffen wurden, war nur ein einziges Schiff torpediert worden, und zwar ein Trampdampfer, der aussah, als sei er zu alt, um noch schwimmen zu können. Selbst nach dem Treffer hatte sich das alte griechische Schiff geweigert, freiwillig unterzugehen, und mußte nach Abbergung der Besatzung von einem eigenen Zerstörer versenkt werden.

Die eigentliche Bedrohung war die See selbst. Starke Stürme bauten einen riesigen, bedrohlichen Seegang auf, der mitunter ein Schiff höher anhob als das nächste und es dann so tief in ein Wellental warf, daß nur noch Mast und Schornsteinspitze sichtbar waren. Die Position im Konvoi zu halten war ein Alptraum, und mit jedem Wachwechsel wurde die Stimmung gereizter und gefährlicher.

Erst als die Gruppe vor Island ankerte, um Treibstoff zu ergänzen, die Schwerverwundeten ins Hospital zu überführen und die zahlreichen Schäden auszubessern, fanden die Männer Muße zu verarbeiten, was sie erlebt hatten.

Ein Ingenieur in Reykjavik hatte Bray gefragt, was er von den Russen hielte.

Ohne zu zögern hatte Bray geantwortet: »Sie waren zu uns nur muffig und aufsässig. Ich weiß, daß sie harte Zeiten durchmachen und daß unsere Verluste während der Geleitfahrt im Vergleich zu ihren an der Ostfront völlig unbedeutend sind. Ich habe ja auch keine Blaskapelle und Rosengirlanden erwartet, aber etwas freundlicher hätten sie schon sein können.«

Abgesehen von ein paar Besuchen auf den schwerbewachten Molen und in einer Hütte, die sie lächerlicherweise den Offiziersklub nannten, hatte Rowan genausowenig von Murmansk gesehen wie die übrige Besatzung.

Jede Nacht und jeden Morgen gab es Fliegeralarm, was nicht weiter überraschend war, da die deutschen Stützpunkte ja ganz in der Nähe lagen. Keins der Geleitschiffe war jedoch getroffen worden, und das Löschen der kostbaren Ladung ging ohne Unterbrechung weiter. Pro Tag wurde vierundzwanzig Stunden lang gearbeitet, selbst während der bitterkalten Nächte, wenn die Flak rings um den Hafen und die vielen vor Anker liegenden Schiffe mit ihrem Abwehrfeuer den Himmel wie bei einem phantastischen Feuerwerk erleuchteten.

Die Russen hatten alles und jeden für die Arbeit eingesetzt: deutsche Kriegsgefangene, Zivilisten aus ihren Straflagern, ihre eigenen Truppen, Männer und Frauen jeder Altersstufe.

Zwischen den Schichten sah man die Leute ruhen und ihre kärgliche Suppe und trockenes Brot essen. Ihre Gesichter waren von der harten Arbeit und der kümmerlichen Ernährung so abgezehrt, daß viele Seeleute versuchten, ihre eigenen Rationen mit ihnen zu teilen.

Bevor der jeweils nur kurze Kontakt durch einen der russischen Kommissare oder durch drohende Gesten der bewaffneten Posten unterbrochen wurde, sah Rowan verschiedentlich, wie ein paar Tafeln Schokolade rasch versteckt wurden, mit einer Ehrfurcht, als seien es Juwelen.

Aber wie Bray schon gesagt hatte, die Unfreundlichkeit der Russen war fast demütigend und eine herbe Enttäuschung nach allem, was sie während dieser entsetzlich langen Geleitfahrt ausgestanden hatten.

Von Chadwick war wenig zu sehen. Sofort nach dem Festmachen in Reykjavik war er an Land gegangen und erst eine Stunde vor dem Auslaufen nach Süden wieder an Bord gekommen.

Einige hatten angenommen, daß er wegen seiner Eigenmächtigkeit abgelöst werden würde. Aber als er eilig über die Stelling schritt und in Beantwortung des Seitepfeifens grüßte, den Kragen gegen die ersten Schneeböen hochgeschlagen, merkte Rowan an seinem strahlenden Gesicht, daß er mit sich und der Welt zufrieden war.

Rowan dagegen machte sich Sorgen um seine Zukunft. Während der Rückreise war er zusätzlich Wache gegangen, meist als Ersatz für den toten Villiers, und sein verwundetes Bein machte ihm ständig zu schaffen. Die kalte, feuchte Luft und die heftigen Schiffsbewegungen trugen viel dazu bei. Nur seine Dickköpfigkeit, seine Entschlossenheit, das Lazarett soviel wie möglich zu meiden, hielten ihn in Gang.

Je mehr sie sich Schottland näherten, desto schlechter stand es um seine Nerven. Für die meisten Besatzungsmitglieder wurden bereits Urlaubsscheine ausgestellt, denn *Growler* würde für mehrere Wochen in die Werft gehen, da neue Ortungsgeräte und weitere automatische Waffen eingebaut werden sollten.

Ein neues Swordfishgeschwader mußte eingearbeitet, die Gefallenen, Verwundeten oder abkommandierten Leute ersetzt werden.

Während ihres Aufenthalts in Island hatten sie wenig über ihren Konvoi gelesen, jetzt jedoch hörten sie, daß die Russen an der gesamten Front eine neue Offensive gestartet hatten und die Deutschen schwere Verluste erlitten.

Unerwartet kam die Nachricht, daß einem Kleinst-U-Boot der Angriff auf das mächtige deutsche Schlachtschiff *Tirpitz* geglückt war. Das winzige Fahrzeug war in den tiefen Fjord eingedrungen, in dem die *Tirpitz* lag, und hatte eine Haftmine an ihrem Rumpf angebracht. Die Deutschen organisierten danach sofort eine so dichte Absperrung, daß der norwegische Widerstand nichts über den angerichteten Schaden erfahren konnte. Aber es genügte, daß der Vorstoß gelungen war. Offiziere des Hauptquartiers in Reykjavik deuteten an, daß Chadwicks Vernichtung des großen Öltankers die Treibstoffversorgung des deutschen Schlachtschiffs unterbunden hatte. Wenn es der *Tirpitz* gelungen wäre, auszulaufen und den Konvoi anzugreifen, wäre an dem grauenhaften Ausgang nichts mehr zu ändern gewesen.

Jetzt stand Rowan mit Bill Ellis im Seitengang und beobachtete, wie der Buckel der Insel Lewis verschwommen aus dem Nieselregen wuchs. Vier rostgestreifte Korvetten dampften querab, tauschten Signale und Grüße aus, während ihre nassen Rümpfe in dem grauen Licht glänzten.

Wie oft auf der langen Fahrt hatte Rowan gedacht,

daß er bestimmt fallen oder zumindest schwer verwundet würde. Aber nun waren sie hier, beinahe schon zu Hause. *Zu Hause?* Wo war das?

Bill fragte abrupt: »Was hast du vor, Tim? Beiß mir nicht gleich wieder den Kopf ab, aber ich würde den Urlaub gern mit dir zusammen verbringen.«

Rowan betrachtete Bills männliches Profil, dachte an die Erleichterung, mit der er ihn jedesmal von einem Patrouillenflug hatte zurückkommen sehen.

»Tut mir leid, Bill. Ich war unausstehlich. Es war nicht meine Absicht, mir's vor allen Leuten ausgerechnet mit dir zu verderben.«

Möwen fegten herab und segelten neben dem langsam fahrenden Flugzeugträger her. Mit ihren kalten Augen prüften sie die beiden im eisigen Nieselregen stehenden Gestalten.

Bill grinste. »Ich weiß. Sonst hätte ich dir schon längst deinen verdammten Schädel eingeschlagen.«

»Der Arzt sagt, ich muß noch eine Weile warten, bevor ich auf Urlaub gehen kann. Das Bein macht Ärger.« Mit Bill konnte man immer offen reden. »Er schwört jedoch, daß es nichts Ernstes ist. Er hat etwas in seinen Bart gemurmelt von Landsitzen, in die sie Verwundete wie mich zur Erholung schicken.«

Bill nickte. »Ich kenne sie. Es gibt Nierchen oder Kedgeree* zum Frühstück, aber in silbernen Schüsseln mit Dekkel. Danach werden die Rekonvaleszenten von ihrer Ladyship mit der Reitpeitsche über das ganze Grundstück gejagt. Dient alles der Gesundheit.« Aufgekratzt fügte er hinzu: »Aber wenn du doch mal weg kannst, Tim, dann komm ein paar Tage nach London zu mir, ja?«

»Ja.« Rowan dachte an das Haus in Oxshott Woods. Wenn er Glück hatte, waren die Trümmer bei seinem Besuch bereits schneebedeckt. »Ich hätte schon Lust dazu.«

* Ein Reisgericht mit Fisch und Eiern

»Frank Creswell geht es genauso wie dir, Tim. Der Arzt schickt auch ihn in eine Anstalt für Rekonvaleszenten. Vielleicht ist es dieselbe wie deine.«

Rowan wandte sich um und sah den Möwen zu, die im Sturzflug schreiend hinunterstießen. Jemand mußte wohl Abfall über Bord geworfen haben.

Frank Creswell hatte sich wirklich verändert. Man konnte fast sagen, daß er seine neue Rolle als verwundeter Held genoß. Wenigstens schien das die Erinnerung an seinen toten Freund etwas verdrängt zu haben. Früher oder später mußte er sich ohnehin damit abfinden, sonst würde er den nächsten Luftkampf niemals überleben.

»Laß uns nach unten gehen und Tee trinken. Oder sollen wir lieber warten, bis die Bar aufmacht? Ich möchte gern mal wieder sehen, wie sich jemand betrinkt.«

Bevor Bill antworten konnte, trat ein Bootsmannsmaat heran und sagte: »Der Kommandant läßt grüßen, Sir, und bittet Sie in seine Kajüte.«

»Danke.« Rowan blickte seinen Freund an. »Buchan in seiner Kajüte? Wir müssen wirklich in Sicherheit sein, wenn er die Brücke verlassen hat!«

Bill ging mit ihm zusammen zur Schwingtür und sagte: »Es ist vielleicht wegen deines Urlaubs.«

Rowan klopfte und trat ein. Buchan saß an seinem Schreibtisch und kritzelte eifrig in einem großen Ordner, die Pfeife ragte ihm aus dem Mund, als gehöre sie mit zum Gesicht.

Er blickte auf. »Ah, Sie sind es, Rowan.« Er hatte offensichtlich geduscht und ein wenig geruht, denn die Veränderung in seinem Gesicht war erstaunlich. »Ich habe Ihre Papiere hier, wollte Sie ihnen persönlich übergeben. Heute nacht laufen wir ein, und ich werde möglicherweise stark beschäftigt sein, bis ich meine Wünsche und Forderungen bei der Werftleitung durchgesetzt habe.« Er lächelte. »Sie sollen sich in einem Landsitz in Hampshire melden, um sich ein wenig auszuruhen. Das tut mir zwar leid, aber viele Ihrer Kameraden hatten weniger Glück.« Er blickte auf einen Metallkasten neben seinem Stuhl nieder. »Commander Villiers' persönliche Effekten. Ich schicke sie an seine Witwe, soll sie damit machen, was sie will.«

Das sagte er so grob, daß Rowan ihn unwillkürlich anstarrte. »Ich wußte nicht, daß Villiers verheiratet war, Sir.«

»Sie hat ihn verlassen.« Buchan faltete die Finger über dem Magen und sah auf. »Vielleicht hat ihn das so verändert.«

Buchan, der die Brücke praktisch überhaupt nie verlassen hatte, wußte also trotzdem über Villiers' Veränderung Bescheid.

Bedächtig fuhr der Kommandant fort: »Wenn Sie ein nettes Mädchen finden, dann heiraten Sie, gleichgültig, was die Besserwisser sagen, und bleiben Sie Ihr ganzes Leben lang mit ihr zusammen. Aber solche Frauen sind nicht leicht zu finden.«

»War das alles, Sir?«

Buchan stand auf und reichte ihm impulsiv die Hand. »Ich weiß nicht, wann wir uns wiedersehen, Tim, Sie kennen ja den Dienst. Aber passen Sie gut auf sich auf. Und mein Dank für alles, was Sie für mich und mein Schiff getan haben!« Fest packte er Rowans Hand. »Ich hoffe, Sie kommen zu uns zurück.«

Buchan setzte sich wieder und schob einen dicken Umschlag über den Tisch, wobei er kaum das Grinsen unterdrücken konnte.

»Dies sind Ihre Freifahrscheine, Lebensmittelkarten, Urlaubsschein und anderes Zeug.«

Rowan nahm den Umschlag, drehte ihn um und starrte die sauber getippte Adresse an: *Kapitänleutnant* T. Rowan, R.N.V.R.

»Ich weiß nicht, was ich sagen soll, Sir.«

Buchan meinte fröhlich: »Hat nichts mit mir zu tun,

mein Junge. Wenn es von mir abhinge, hätte ich Sie wahrscheinlich zum Konteradmiral befördert.« Er öffnete wieder seinen Ordner. »So, jetzt verschwinden Sie und versuchen Sie, sich daran zu gewöhnen.« Seine Stimme folgte Rowan, als dieser benommen die Kajüte verließ: »Und gehen Sie zum Schneider, bevor Sie nach Hampshire fahren!«

Rowan ging zur Messe in der Erwartung, dort Bill vorzufinden. Statt dessen entdeckte er Frank Creswell, der auf der Seitenlehne eines Sessels saß, das Gesicht zu einem gewaltigen Grinsen verzogen. Als er Rowan sah, rief er: »Sie haben mir einen zweiten Streifen verpaßt, Tim! Ich hab's gerade erfahren!«

Rowan blickte an ihm vorbei über die weißen Tische, an denen mehrere Offiziere saßen und zu ihrem Tee Brot, Butter und Orangenmarmelade aßen. An dem einen Tisch hatten sich immer die Swordfish-Offiziere versammelt, aber jetzt saßen da nur van Roijen und ein weiterer Flugzeugführer. Rowan erinnerte sich an Buchans Worte: *Aber viele Ihrer Kameraden hatten weniger Glück.*

»Freut mich für dich, Frank.«

Er ging zu den anderen und setzte sich, wobei er sein verwundetes Bein so unter den Tisch zog, daß niemand dagegenstoßen konnte.

Van Roijen drehte sich um und nickte ihm zu, die tiefeingegrabenen Falten in seinem Gesicht wichen einem warmen Lächeln.

»Ah, Tim, mein Freund. Bald sind wir im Hafen, dann bekomme ich wahrscheinlich Nachricht von meiner Familie. Das wäre doch toll, nicht wahr?«

Rowan blickte weg. Wir machen uns alle etwas vor, dachte er. Verbergen unsere wahren Gefühle voreinander.

»Das wäre super, Peter. Hoffentlich hast du recht.«

James, der Operationsoffizier, setzte sich und sah zu, wie der Steward ihm aus einer riesigen Kanne Tee einschenkte. »Herzlichen Glückwunsch, Tim«, sagte er leise.

»Ich habe es heute morgen erfahren.« Dann betrachtete er seine eigenen verblaßten Streifen. »Hoffentlich bringt es Ihnen Glück!«

Rowan lächelte. »Danke.« Er konnte nicht umhin, sich zu fragen, was James und einige andere Aktive wirklich dachten. Wenn der Krieg noch lange weiterging, und viele behaupteten das, würde es bald eine Menge Reserveoffiziere in höheren Stellungen geben.

»Es wird einige Zeit dauern, bis ich mich daran gewöhnt habe«, sagte er schließlich nur.

James schien in Gedanken schon weit weg zu sein. »Es wird guttun, daheim Urlaub zu machen, das kann ich Ihnen sagen.«

Rowan sah van Roijens Hand auf dem Tisch. Sie lag ganz still, als wäre sie es und nicht ihr Besitzer, der dem Gespräch lauschte und an die Ungerechtigkeit dachte, die darin lag, daß James' deutsche Frau lebte, während seine eigene Familie ...

Er erwiderte: »Ich würde ebensogern an Bord bleiben.« Zwar wußte er nicht, warum er das gesagt hatte, aber er war überrascht, als er merkte, daß er es ernst gemeint hatte.

Der kleine Marinebus mit den roten Kreuzen auf Dach und Seiten schlingerte auf der schmalen Landstraße; die Scheibenwischer waren kaum imstande, den Graupelregen zu bewältigen, der sicherlich bald in Schnee übergehen würde.

Es war bitter kalt; Rowan und Creswell, die einzigen Passagiere, saßen eng zusammengedrängt, die Hände in den Taschen ihrer Mäntel vergraben, die Kragen über die Ohren hochgeschlagen, während sie zusahen, wie der Fahrer den Bus vorsichtig und kunstvoll lenkte. Es war noch früh am Abend, aber sehr dunkel, und Rowan wunderte sich, daß sie nicht längst in den Graben gefahren waren, da die abgeblendeten Scheinwerfer nur durch einen schmalen Schlitz ein wenig Licht hindurchließen.

Er fühlte sich ganz krank nach der unbequemen Fahrt;

sie waren bereits volle zwei Tage unterwegs, hatten jeweils in örtlichen Lazaretten übernachtet. Und das Wetter war während der ganzen Zeit immer schlechter geworden.

Creswell stöhnte: »Mein Gott, wenn das nicht bald aufhört, sterbe ich noch, bevor wir am Ziel sind!«

»Du hättest nicht so viel trinken sollen.«

Rowan lächelte ohne Mitgefühl und dachte an ihren kläglichen Versuch, sich in einer kleinen Kneipe ein wenig Fröhlichkeit anzutrinken. Sie war leer bis auf zwei Landarbeiter, den Wirt und den Luftschutzwart, und diese vier starrten die beiden Marineoffiziere wortlos an, als wären sie soeben vom Mond gefallen. Auch das Bier war schal und abgestanden.

Als sie wieder im Bus saßen, war Creswell dann plötzlich ernst geworden. Er sagte: »Ich hatte noch gar keine Gelegenheit, ausführlich mit dir zu sprechen.« Seine Augen wurden so dunkel, als leide er noch immer Schmerzen. »Ich werde dir nie vergessen, was du getan hast. Wie du mich hinuntergeleitet hast. Immer noch höre ich deine Stimme in meinem Ohr. So ruhig, so nahe. Nein, das werde ich nie vergessen.«

Rowan war es unbehaglich zumute. »Achte also in Zukunft darauf: erst denken, dann angreifen. Auch die deutschen Flieger wollen unbedingt am Leben bleiben, weißt du.«

Jedenfalls hatte er auf der unbequemen Reise nach Süden mehr über Creswell erfahren als während ihrer ganzen Zeit auf *Growler*.

Er war Einzelkind, und da sein Vater oft ins Ausland reiste, um für seine Importfirma Holz einzukaufen, hatte er sich immer enger an seine Mutter angeschlossen. Dann war sie plötzlich krank geworden und gestorben. Creswell, der damals noch ein Schulkind gewesen war, erzählte traurig: »Mein alter Herr heiratete sofort wieder, eine um viele Jahre jüngere Frau. Deshalb bin ich gar nicht traurig darüber, daß wir zu diesem Landsitz fahren, oder was es auch ist. Mein letzter Urlaub war eine Katastrophe. Sie gefiel sich darin, meinen Vater die ganze Zeit herumzukommandieren. Und er saß da und grinste wie ein Idiot.«

Rowan warf ein: »Vielleicht war sie eifersüchtig auf dich?«

»Nein, bestimmt nicht! Sie führte sich auf wie eine billige Barfrau.«

Einmal hatten sie lange an einem Bahnübergang gewartet, während ein schier endloser Güterzug langsam vorüberrumpelte. Jeder Wagen trug einen mächtigen Panzer, völlig neu und unterwegs zu irgendeiner Heereseinheit. Waren sie für die »Zweite Front« bestimmt, von der man jetzt überall sprach? Wann sollte sie kommen?

Sonst hatten sie wenig Veränderungen bemerkt. Die Häuser sahen schäbiger aus ohne ihren jährlichen Anstrich; ihre Eigentümer konnten ihnen nicht die gewohnte Sorgfalt angedeihen lassen, da sie in Uniform irgendwo Dienst taten. Die dünnen Zeitungen waren voll unbestimmter Berichte: Der Marineminister bedauert, den Verlust von HMS X mitteilen zu müssen . . . Letzte Nacht haben unsere Bomber Hamburg angegriffen . . . Oder die U-Boot-Bunker in Lorient . . . Dann folgten Verdunkelungszeiten, Mitteilungen über eine geringere Zuteilung von Bekleidung, Eiern oder sonstigen Lebensmitteln. Das war alles.

Rowan hatte sich vor dem Verlassen der *Growler* regelrecht gefürchtet. Als es dann Zeit wurde, den Transporter zu besteigen, zusammen mit einigen »gehfähigen Verwundeten«, wie Minchin sie nannte, war sein Gefühl der Verlassenheit und Isolierung noch stärker geworden.

Das Schiff, normalerweise so laut und unruhig, wirkte wie ausgestorben. Nur ein paar Wachgänger befanden sich noch an Bord, und die waren vernünftig genug, unsichtbar zu bleiben. Aber Buchan war da und begrüßte seine Frau an der Stelling. Dann waren auch sie verschwunden.

Der Bus hielt mit einem scharfen Ruck, und Creswell keuchte: »Das war bestimmt ein Achsbruch!«

Aber der Fahrer murmelte: »Wir sind da, meine Herren.« Dann stieg er aus und rief über die Schulter: »Ich hole jemanden.«

Rowan stand vorsichtig auf und hielt sich an der Rükkenlehne fest.

Das Gebäude vor ihnen schien groß und recht alt zu sein. Obwohl alle Fenster verdunkelt waren, spürte er die Eleganz des Hauses und konnte sich gutgekleidete Besucher vorstellen, die durch den hohen, mit Säulen verzierten Eingang schritten. Aber jetzt würden dort bestimmt keine Teppiche liegen, keine fröhlichen Stimmen zu hören sein. Er machte sich gefaßt auf Lazarettkojen aus Stahlrohren, auf strenge Schwestern aus dem Ersten Weltkrieg und den Geruch nach Seife und Wolldecken.

Halblaut sagte er zu Creswell: »Ich möchte wissen, wie weit es zum nächsten Dorf ist? Ich könnte jetzt einen Schluck vertragen.«

Eine brennende Fackel schwankte die Stufen herunter, blinzelte durch den Hagel wie ein Auge. »Hier entlang, bitte.« Das war eine Männerstimme, die ihnen irgendwie vertraut vorkam. »Brauchen Sie Hilfe, Sir?«

Creswell rief erstaunt: »Sie sind Dundas, der Steward des Admirals, stimmt's?«

Dundas erwiderte mit seiner Trauerstimme: »Ja, Sir. Bin heute morgen angekommen.« Er lächelte andeutungsweise. »Hier haben wir es sehr behaglich.«

Rowan merkte, daß ihm ein weiterer Mann die Stufen hinaufhalf. Er fühlte sich wund und steif. Aber was wollte Dundas hier?

Durch zwei Doppeltüren traten sie in eine Eingangshalle, vor der sie sprachlos und vom Lichterglanz eines prächtigen Lüsters geblendet stehenblieben.

Eine Dame mit kurzer Lockenfrisur und in einem wundervoll geschnittenen Tweedkostüm stand am Fuß der breiten Treppe. Wortlos sah sie zu, wie Dundas und ein ältlicher Diener den Offizieren Mützen und Mäntel abnahmen; eine Hand auf dem schweren eichenen Treppengeländer, stand sie völlig bewegungslos da, als habe sie so bereits seit Stunden gewartet.

Rowan zog die Krawatte zurecht und wünschte sich Zeit, um sein unordentliches Haar zu kämmen. Als er auf seine Schuhe hinunterblickte, sah er den frisch aufgenähten Goldstreifen am Ärmel, was ihm beinahe einen Schock versetzte. Seine Beförderung hatte er ganz vergessen.

Endlich sagte die Dame: »Sie müssen Kapitänleutnant Rowan sein.« Damit kam sie auf ihn zu und reichte ihm die Hand. »Ich hoffe, die Reise war nicht zu anstrengend?«

Ihre Hand war klein, aber erstaunlich fest. Sie reichte ihm nicht einmal bis zur Schulter, dennoch hatte Rowan ein Gefühl, als sähe er zu ihr auf.

Er erwiderte: »Nein, sie war nicht beschwerlich, danke. Aber dies hier ist eine Überraschung.«

Zum ersten Mal lächelte sie, wodurch sie wie ein junges Mädchen aussah.

»Wir müssen uns jetzt natürlich einschränken.« Sie ließ seine Hand nicht los. »Aber wir tun, was wir können, um einigen verwundeten Offizieren Ablenkung und eine völlig andere Umgebung zu bieten.«

Sie ging nicht näher auf diesen Punkt ein, zog aber jetzt ihre Hand zurück und sah Creswell an.

»Sie sehen schrecklich jung aus für einen Oberleutnant; aber von Ihrer schweren Verwundung scheinen Sie sich schon einigermaßen erholt zu haben.« Wieder lächelte sie. »Ihre Räume sind fertig. Und wir liegen hier nicht in der Einflugschneise der Bomber, diese Ecke von Hampshire hat bisher Glück gehabt.«

Eine Tür flog auf, und Rowan erlebte die nächste Überraschung, als Konteradmiral Chadwick, in grauem Fischerpullover und schweren Gummistiefeln, in die Halle stapfte.

Er sah Rowan an und nickte zufrieden. »Da sind Sie also. Fein.«

Die Dame des Hauses zog eine Grimasse. »Wirklich, Lionel, mußt du zu Hause herumlaufen wie ein Landstreicher?« Und zu Rowan: »Sie kennen natürlich meinen Mann.«

Chadwick rieb sich die Hände. »Ich war eben mit Ford im Keller. Er fängt wirklich an, senil zu werden. Unser ganzer Weinvorrat ist ein Trümmerhaufen.« Er tippte sich mit dem Zeigefinger an den Nasenflügel. »Aber ich habe trotzdem noch einen trinkbaren Wein zum Dinner entdeckt. Sie werden doch mit uns essen, Rowan?«

Rowan wurde rot. »Gern, Sir. Natürlich.« Er warf einen Blick auf Creswell. »Wenn es keine Umstände macht.«

Chadwick wartete, bis Dundas eine Zigarre abschnitt und sie ihm mit einem brennenden Streichholz reichte.

»Es tut auch mal gut, von den Schiffen wegzukommen. Weg von allem. Ich werde Ihnen morgen das Grundstück zeigen, wenn das Wetter es zuläßt. Mein Verwalter hat zwanzig italienische Kriegsgefangene losgeeist, die wir hier auf dem Landsitz beschäftigen. Ganz brauchbare Burschen.«

Ein Telefon klingelte diskret nebenan, und ein ältlicher Mann in schwarzem Jackett, den Rowan für den »senilen Ford« hielt, trat langsam in die Halle. »Die Admiralität, Sir.«

Chadwick schob die Zigarre in den anderen Mundwinkel. »Wer?«

Fords halb unter den Lidern verborgenen Augen merkte man die Konzentration an. »Admiral Caistor, Sir.«

Chadwick hob die Schultern. »Ach, der alte Tommy. Nun, sagen Sie ihm, ich bin beschäftigt, er soll zu einer zivilisierteren Zeit wieder anrufen.« Und zu Rowan: »Am besten ruhen Sie sich noch ein wenig aus vor dem Essen.

Wenn Sie irgend etwas brauchen, sagen Sie es Dundas. Wenden Sie sich lieber nicht an Ford, sonst müssen Sie bis Weihnachten warten!«

Dann verschwand er vor sich hin summend im Hintergrund des Hauses.

Seine Frau sagte ruhig: »Ich zeige Ihnen den Weg.« Sie ging zur Treppe. »Er bricht im Urlaub wie ein Wirbelwind über das Haus herein.« In ihrem Ton klang weder Wärme noch Überraschung, sie traf lediglich eine Feststellung.

Rowan bewunderte die Leichtigkeit, mit der sie die breiten Treppen hinaufstieg. Sie mußte in den Dreißigern sein, viel jünger als Chadwick, wirkte aber sehr gelassen und selbstsicher.

Sie sagte: »Der Heeresarzt eines Artillerielagers in der Nähe kümmert sich um unsere Gäste.« Sie wandte sich auf der Treppe um, hielt seinen Blick fest. »Aber Verbände wechseln können wir auch ohne ihn.«

Rowan war verwirrt. »Es ist sehr freundlich, Mrs. Chadwick, daß Sie uns Ihr Haus in dieser Weise öffnen.«

Sie musterte ihn gelinde amüsiert. »Ist es das? Ich habe noch nicht darüber nachgedacht. Es scheint doch nur natürlich zu sein.« Achselzuckend fuhr sie fort: »Wie ich hörte, wüßten Sie auch gar nicht, wo Sie sonst bleiben sollten.«

»Das stimmt.«

Sie legte ihm die Hand auf den Arm. »Machen Sie kein so verletztes Gesicht. Es sollte nicht anmaßend klingen. Ich – das heißt, wir beide – wollten Sie wirklich gern bei uns haben.«

Später, als Rowan in seinem geräumigen Schlafzimmer in einem tiefen, bequemen Lehnstuhl saß, mußte er sich beinahe kneifen, um sich davon zu überzeugen, daß er wirklich nicht mehr in dem schlecht gefederten Bus saß oder gar träumte.

Außerhalb des geschmackvoll eingerichteten Raumes mit angrenzendem Ankleidezimmer und Bad herrschte völlige Ruhe. Der Krieg, die blendenden Leuchtspurgeschosse, die Detonationen oder die aufreibenden Stunden, in denen er vergeblich versucht hatte zu schlafen, weil er jeden Augenblick erwartete, daß ein Torpedotreffer das Schiff in ein Inferno verwandeln würde – all dies war jetzt weit entfernt.

Es klopfte, und Creswell schaute herein.

Erstaunt rief er: »Donnerwetter, deine Räume sind sogar noch größer als meine!«

Rowan erwiderte lächelnd: »Irgendeinen Vorteil muß der höhere Rang doch haben.«

Creswell setzte sich aufs Bett und sah sich um. »Was hältst du von all dem hier?«

Rowan entdeckte eine Flasche Whisky und einen Behälter mit Eiswürfeln. Sie schrieben 1943, das fünfte Kriegsjahr, aber Chadwick konnte für seine Gäste noch immer echten Scotch auftreiben.

Schließlich sagte er: »Ich denke, hier läßt es sich eine Weile aushalten.«

Creswell schien erleichtert. »In diesem Falle«, er grinste wie ein Verschwörer, »wie wäre es mit einem riesigen Glas Whisky?«

12 ... und wieder zurück

Trotz der luxuriösen Unterbringung in Chadwicks Landhaus, besonders wenn er sie mit der vibrierenden Blechdose *Growler* verglich, schleppte sich bereits nach wenigen Tagen die Zeit für Rowan nur noch mühsam dahin.

Das Wetter hatte sich nicht gebessert, deshalb konnte er das Haus nicht verlassen, ohne bis auf die Haut durchnäßt zu werden. Und das ständige Prasseln von Graupel oder Regen gegen die Fenster war deprimierend.

Chadwick war nach London gefahren, wie er es Rowan frisch und fröhlich nach dem Abendessen, das beinahe bis Mitternacht dauerte, angekündigt hatte.

Auch dieses Essen war nach dem harten Dienst an Bord eine aufschlußreiche Erfahrung. Das edle Glas und das wunderschöne Porzellan, die verschiedenen Gänge der Mahlzeit, von denen jeder den vorhergehenden noch übertraf... Rowan war allmählich in einen Zustand glücklicher Schläfrigkeit versunken, während er Chadwicks endlosen Geschichten über die Vorkriegsmarine lauschte, über Regatten und Empfänge und die gelegentliche Aufregung, wenn Aufstände in fernen, fremdartigen Winkeln der Erde niedergeschlagen wurden.

Sie saßen nur zu viert bei Tisch: Chadwick und seine Frau, Creswell und Rowan. Nach dem vorzüglichen Essen schlief Rowan besser als seit langem.

Aber damit war es jetzt vorbei. Ohne Chadwick schien das Haus größer und leerer. Zwei Tage nach seiner Abfahrt hatte Creswell die Erlaubnis erhalten, das Haus zu verlassen, und war beinahe gegen seinen Willen nach London gebracht worden. Dort wurde er von seinem Vater und seiner Stiefmutter abgeholt. *Der billigen Barfrau,* wie er sie nannte.

Rowan sah wenig von den anderen einquartierten Verwundeten. Soweit er feststellen konnte, waren es etwa zehn Soldaten, aber sie blieben in einem anderen Flügel des großen Hauses, und der strenge Blick ihrer Krankenschwester hatte ihn von einem Besuch abgehalten. Es schien, als seien diese Soldaten für die Dauer des Krieges ständige Bewohner.

Am ersten schönen Morgen traf er einen von ihnen im Park, einen Major der Artillerie. Er wirkte völlig normal und sah mit seinem buschigen Schnurrbart und den Abzeichen der *Desert Rats** an der Uniform aus wie eine der üblichen Karikaturen.

Rowan hatte eine Bemerkung über das Wetter gemacht;

* Angehörige der siebten britischen Panzerdivision, Kerntruppe der britischen Nordafrika-Armee

aber der Major trat zurück und rief heftig: »Erzählen Sie mir nichts über diese verdammten Ägypter!« Dann marschierte er von dannen, und seine Hacken knallten auf den Boden wie bei einer Parade.

Rowan erfuhr später von Mrs. Chadwick, daß diese Worte alles waren, was der Major jemals äußerte.

Er hatte Mrs. Chadwick auch nach der eiligen Abreise ihres Mannes gefragt. Völlig sich selbst überlassen, fühlte er sich abgeschnitten vom Krieg und damit von der einzigen Lebensweise, die er verstand. Er konnte sich vorstellen, daß Neues geplant, eine wichtige Geleitträgergruppe zusammengestellt wurde, die Chadwick dann übernehmen sollte.

Mrs. Chadwick stand in einem ihrer Treibhäuser, wo sie kleine Blumentöpfe untersuchte, in denen nach Rowans Meinung alles mögliche stecken konnte. Sie sagte: »In London wird wohl etwas Wichtiges auf ihn warten. Er bleibt nie lange hier.« Sie sah ihn ruhig an. »Sie vermissen Ihren Freund, nehme ich an. Hier müssen Sie sich ja zu Tode langweilen.«

Rowan erwiderte: »Frank Creswell ist wahrscheinlich todunglücklich über seinen Urlaub zu Hause.« Er zögerte, war jedoch nicht imstande, seine Besorgnis zu verbergen. »Aber danach kann er auf die *Growler* zurückkehren. Ich dagegen habe keine Ahnung, was ich tun werde.«

»Das ist es also.« Sie streifte ihre Arbeitshandschuhe ab und wischte sich Regen vom Ärmel, der durch eine zerbrochene Glasscheibe gefallen war. »Ich wußte doch, daß irgend etwas mit Ihnen nicht stimmt. Aber ich dachte, es steckt eine Frau dahinter.«

Sie sagte das so abrupt, daß Rowan sie überrascht anstarrte. Doch als sie weitersprach, war ihre Stimme wieder so ruhig wie immer. »Ich nehme an, daß Sie jemanden besuchen möchten. Mein Mann wird ein Wort für sie einlegen. Er scheint Sie zu mögen.«

»Überrascht Sie das, Mrs. Chadwick?«

Sie lächelte. »Ein bißchen schon.« Dann warf sie einen raschen Blick auf ihre Uhr. »Ich muß los. In einer Stunde soll ich vor dem Roten Kreuz sprechen.«

Es war immer das gleiche. Rowan schien der einzige unbeschäftigte Bewohner des Hauses zu sein.

Der Heeresarzt kam regelmäßig und untersuchte sein verwundetes Bein. Es war gut verheilt, wenn auch die Narben noch etwas bläulich und bei Berührung sehr empfindlich waren. Bei seinem letzten Besuch hatte der Arzt bemerkt: »Mehr können wir nicht für Sie tun, mein Sohn. Jetzt hängt es von Ihnen ab. Laufen Sie mehr umher.« Er kicherte. »Bis zum nächsten Dorf sind es nur vier Meilen. Die Bewegung würde Ihnen guttun.«

Wenn nur der verdammte Regen aufhören würde! Rowan spürte, wie er mit jedem Tag gereizter wurde. Nach der ersten Woche rief Bill aus London an und fragte wie beiläufig: »Ist bei dir alles in Ordnung, Tim?«

»Ich kann's kaum abwarten, von hier wegzukommen.« Er senkte die Stimme, obwohl er wußte, daß außer dem armen alten Ford niemand im Hauptgebäude anwesend war.

Bill schien beunruhigt. »Es ist eine Unverfrorenheit, dich dort einzusperren! Ich hätte mit Konteradmiral Chadwick gesprochen, wenn ich das gewußt hätte, Tim.«

Bills Ärger tröstete Rowan ein wenig. »Du hast ihn also gesehen?«

»Ja. Ich war mit meiner kleinen Tschechin in der Stadt, mal ganz groß ausgehen. Dabei sah ich auch unseren verehrten Admiral, der mit seiner Frau dinierte. Sie ist ja eine tolle Erscheinung!« Er schien etwas zu spüren. »Bist du noch da?«

»Ja.« Er erinnerte sich an die Schärfe in Mrs. Chadwicks Stimme: *Ich dachte, es steckt eine Frau dahinter.* Sie mußte alles über ihren Mann wissen oder zumindest vieles vermuten. Vielleicht ging das schon seit Monaten oder Jahren so.

Schließlich sagte er: »Ich werde wohl bald von Ihren Lordschaften hören. Wenn nicht, gehe ich selbst zur Admiralität und schlage ihnen die Türen ein!«

»Vergiß meine Telefonnummer nicht. Ich habe noch zehn Tage Urlaub. Versuch dich nach London durchzuschlagen, Tim, wir werden dich verwöhnen!«

Wir. Das Wort schmerzte ihn irgendwie.

»Ich schreibe sie mir auf, Bill. Gib acht auf dich.« Das Gespräch war beendet.

Eine Tür wurde geöffnet, und Mrs. Chadwick trat ein, zog den Regenmantel aus und schleuderte die Gummistiefel von den Füßen.

»Wirklich, dieses Wetter ist unmöglich!« Sie sah den Mitteilungsblock in seiner Hand. »Ein Anruf für mich?«

»Nein, für mich. Ich hoffe, es geht in Ordnung, wenn ich Ihr Telefon benutze?«

Sie schüttelte ihre Locken. »Sie sind manchmal schon komisch. *Geht es in Ordnung, wenn ich Ihr Telefon benutze?* Sie müssen im Herzen noch Viktorianer sein.« Wie sie lächelte und ungeduldig ihre kurzen Locken schüttelte, wirkte sie plötzlich verwundbar, schutzbedürftig auf ihn. Er versuchte, nicht an Chadwick und seine Freundin in London zu denken.

»Ich glaube, das bin ich tatsächlich. Tut mir leid.«

Sie schob sich an ihm vorbei. »Und entschuldigen Sie sich doch nicht immer. Ich habe soeben viel Neues über Sie erfahren.« Sie klingelte. »Von einer alten Schulfreundin, die in Whitehall beschäftigt ist. Oder vielmehr in Bath, bis der Krieg vorbei ist.«

Ford blickte herein. »Ja, Madam?« Er sah aus, als hätte er vor sich hin gedöst.

Mrs. Chadwick musterte Rowan nachdenklich. »Sie sollen noch einen Orden bekommen. Wir wollen das mit einem Drink feiern.« Sie wartete nicht auf Antwort. »Bringen Sie uns den Barwagen, Ford. Wir können dann später entscheiden, was wir trinken.« Sie wartete, bis sich die Tür hinter ihm geschlossen hatte. »Der Arme. Wenn ich nach etwas Bestimmtem verlangt hätte, brächte er doch nur das Falsche.«

Rowan stand an einem Fenster des Salons und sah zu, wie der Regen durch die kahlen Bäume fegte. Der verrückte Major marschierte draußen umher, sein Stöckchen unter den Arm geklemmt, Mütze und Schultern schwarz vor Nässe. *Erzählen Sie mir nichts über diese verdammten Ägypter.* Armer Verrückter. Was hatte ihn wohl so zugerichtet?

Seine eigenen Eltern waren tot. Bills Mädchen, die Tschechin, hatte ihren Mann verloren. Und Chadwick amüsierte sich in London, besuchte wahrscheinlich mit seiner Freundin gerade einen Ball. Rowan steckte die Hände in die Taschen, haßte den Krieg und das, was er anrichtete. Kein Wunder, daß der Gedanke an einen weiteren Orden ihn völlig kalt ließ.

»Was ist denn?« Sie trat neben ihn.

»Tut mir leid.« Unbeholfen lächelte er sie an. »Es geht schon wieder mit mir durch.«

Leise erwiderte sie: »Ich habe von meiner Freundin gehört, was Sie geleistet haben. Ich wußte von vornherein, daß Sie anders sind, hatte aber keine Ahnung, was Sie wirklich durchgemacht haben. Kein Wunder, daß Sie sich hier halb zu Tode langweilen. Morgen werde ich jemanden anrufen, damit Sie in ein Hotel ziehen können, irgendwohin, wo ein bißchen Leben ist.«

Ford kam mit dem Wagen herein: Gin, Whisky, Wasser, Eis, aber nur ein Glas.

Rowan sagte zögernd: »Bitte nicht. Ich würde gern hierbleiben, bis ich meinen Marschbefehl bekomme, wenn ich darf.«

Sie goß eine Menge Whisky ein. »Wir wollen uns das Glas teilen.« Prüfend sah sie ihn an. »Also dann bleiben Sie.«

Irgendwo schlug eine Uhr. »Ich muß heute nachmittag

ins Dorf zum W.V.S.*« Lebhaft wandte sie sich ihm zu. »Ich nehme nicht an, daß Sie Lust hätten mitzukommen, oder? Dort versammeln sich eine Menge Damen, die Wollmützen und Kniestrümpfe stricken.« Rasch fügte sie hinzu: »Tragen die Seeleute wirklich jemals diese gräßlichen Gebilde?«

Rowan beobachtete sie. Die letzte Frage hatte sie nur gestellt, um etwas anderes dahinter zu verbergen. Zum ersten Mal war *sie* unsicher und nervös.

»Ja, ständig, Mrs. Chadwick.« Er grinste. »Ich würde gern mitkommen. Wirklich.«

Sie schüttelte ihre Locken und musterte sich im Spiegel. »Gut. Die Damen bekommen nicht oft einen wirklichen Helden zu sehen. Bin gespannt, welchen Eindruck das auf einige von ihnen machen wird.«

Rowan sagte: »Ich hole nur meinen Mantel.«

»In zehn Minuten also.« Bevor sie die Tür schloß, fügte sie hinzu: »Bitte nennen Sie mich Honor, wenn Sie mögen.«

Nachdenklich stieg Rowan die Treppe hinauf. Er mußte aufpassen, wenn er sich nicht lächerlich machen wollte.

Der Alptraum entfaltete sich mit der Wildheit eines Steppenbrandes. Das Ganze war ein wirbelndes Flammenmeer mit unmenschlichen Lauten und Schreien, die aus jeder Richtung auf Rowan eindrangen. Ein riesiger Spiegel beherrschte das Phantasiegebilde, darin sah er die Silhouette eines anderen Flugzeugs näher kommen und ihn überholen. Die Flammen kreisten weiter um den Spiegel, und als er versuchte, sich zu bewegen, geschah gar nichts. Er blickte auf seine Beine hinunter und sah, daß das linke herabhing wie ein blutiger Sack. Er konnte nichts weiter tun, als die andere Maschine zu beobachten und untätig

* Women's Voluntary Service, freiwilliger, weiblicher Hilfsdienst

zusehen, wie die Leuchtspurgeschosse in seine Tragflächen schlugen. Er spürte, daß ihn glühendes Metall durchbohrte, und hörte sich selbst schreien, als die Flammen ihn einschlossen.

Jetzt nahm er noch eine andere Stimme wahr. Wild richtete er sich im Dunkeln auf und kämpfte mit seinen Decken; sein Schlafanzug war klitschnaß, sein Verstand noch völlig vom Alptraum befangen.

Dann merkte er, daß seine Schlafzimmertür halb offenstand, und sah eine helle Gestalt in dem schwachen Licht, das vom Gang hereinfiel.

»Ist alles in Ordnung?« Honor trat ein, und er sah ihren Körper sich hell von der dunklen Wand und den zugezogenen Vorhängen abheben. »Tut mir leid, daß ich störe, aber Sie haben geschrien.«

Er nickte, versuchte seinen keuchenden Atem, sein wild schlagendes Herz unter Kontrolle zu bringen.

»Nur ein schlimmer Traum.« Er fuhr sich mit der Hand über das nasse Gesicht. »Mein Gott, ich hatte wirklich nicht die Absicht, das ganze Haus zu wecken.«

Sie setzte sich auf den Bettrand, ihre Augen waren im Schatten.

»Ich konnte ohnehin nicht schlafen, wollte mir gerade ein Glas Wasser holen. Außerdem, das *ganze Haus* ist praktisch leer.« Sie streckte den Arm aus und berührte seine Schulter. »Legen Sie sich zurück, versuchen Sie sich zu entspannen. Ich gehe jetzt und lasse Sie wieder schlafen. Hoffentlich ist Ihnen bald besser.«

Er blickte zu ihr auf. »Nein, bitte gehen Sie noch nicht. Es war lieb von Ihnen, zu kommen.«

Sie sagte: »Es ist schon vier Uhr.«

An ihrer Stimme erkannte er, daß sie bebte. Er ergriff ihre Hand, sie war eiskalt.

»Was bin ich für ein Idiot!« Er stützte sich auf einen Ellbogen. »Sie müssen ja halb erfroren sein.«

»Nein.« Sie beobachtete ihn, das spürte er. »Ich mache

mir gleich etwas Heißes zu trinken, sobald Sie sich beruhigt haben.«

Wieder ergriff Rowan ihre Hand, und sie überließ sie ihm. Ihm war, als hielte er ein kleines, verängstigtes Tier. Eine ungeschickte Bewegung, dachte er, und der Zauber war zerronnen.

»Ich finde dies alles sehr beunruhigend.« Er spürte, daß die Hand entweichen wollte, und hielt sie desto fester. »*Bitte*. Es sollte nicht taktlos klingen und alles verderben.«

Sie fuhr ihm mit der anderen Hand übers Haar.

»Armer Tim.« Ihre Stimme klang heiser. »Sie könnten gar nichts verderben.«

Rowan wagte weder zu sprechen noch zu atmen. Das Verlangen nach ihr wühlte in seinem Inneren wie Feuer. Er konnte nichts dagegen tun.

Schließlich ließ er ihre Hand los und legte seine auf ihre Hüfte. Sie saß ganz starr, aber er spürte, wie sie innerlich zitterte. All dies fühlte er, als wäre sie ein Teil seiner selbst.

In der nächsten Sekunde würde er erwachen, dann mußte der Traum vorbei sein. Für immer.

Er bewegte seine Hand und berührte ihre nackte Haut. Sie war kalt und glatt wie Seide.

Leise sagte sie: »O Gott, Tim. Du mußt sofort damit aufhören.«

Ganz sanft zog er sie neben sich, stöhnte vor Verlangen wie unter einem physischen Schmerz. Er streichelte sie, spürte ihre nackte Brust unter seiner Hand, merkte, wie die Brustwarze hart wurde. Sie wimmerte leise und wandte sich ihm zu. Ihr Mund war halb geöffnet, als er sich über sie beugte.

Plötzlich half sie ihm, warf ihr Nachthemd zu Boden, riß ihm den Schlafanzug herunter, küßte ihn und murmelte zärtliche Worte, die er weder hören noch verstehen konnte.

Er erforschte ihren Körper, spürte ihre wachsende Erregung, die seiner eigenen entsprach, bis keiner von ihnen mehr standhalten konnte.

Sie liebten sich mit der Zärtlichkeit der Jugend und der Leidenschaft wollüstiger Erfahrung. Danach fielen sie erschöpft in die Kissen, noch immer eng umschlungen, noch immer vereinigt.

Aber ihre lange aufgestaute Sehnsucht ließ ihnen wenig Ruhe. Als das erste graue Tageslicht durch die schweren Gardinen fiel, empfanden sie es als bösen Eindringling.

Honor schwang die Beine über den Bettrand, aber er hielt sie noch fest, die Hände um ihre Taille gelegt, die Lippen auf ihrer Haut.

»Ich muß gehen.« Sie fuhr sich mit den Fingern durchs Haar. »Wir sind nicht mehr lange allein.«

Wie um ihren Worten Nachdruck zu verleihen, hörte Rowan Schritte auf dem Pfad unterhalb ihres Fensters. Der Major vielleicht, verloren in seiner eigenen Welt und getrennt von allen anderen Menschen.

Honor tastete nach ihrem Nachtgewand, ihr Körper leuchtete weiß im Zwielicht.

Er sagte: »Bitte, Honor, ich wollte nicht . . .«

Sie kam zurück zum Bett und legte ihm die Hand auf den Mund. »Sag nichts. *Ich* bedaure nichts.« Sie ließ es zu, daß er sie noch einmal berührte. »Nein. Ich muß jetzt gehen.« Sie lachte dabei, aber er merkte, daß sie im nächsten Augenblick nachgeben würde.

Da stand er auf und hielt sie fest, ihre zerzausten Locken kitzelten seinen Hals.

»Oh, wie sehr ich mich nach dir gesehnt habe, Honor. Ich wußte selbst nicht, wie sehr.«

Sie trat zurück. »Ich auch nicht.«

Noch lange, nachdem sie den Raum verlassen hatte, saß Rowan auf der Bettkante und starrte das polierte Rechteck der Tür an.

Was hatte er getan? Was hielt sie wohl wirklich von ihm?

Er trat ans Fenster und öffnete die Vorhänge. Es regnete wieder.

Er reckte die Arme und gähnte gewaltig. Aber der Regen störte ihn nicht mehr. Und als er zum Ankleidezimmer ging und im Halbdunkel mit dem narbenbedeckten Bein gegen einen Stuhl stieß, störte ihn das ebensowenig.

Kapitän Bruce Buchan saß in seinem großen Ledersessel und sah zu, wie seine Frau Tee einschenkte.

Die Überholung des Schiffes war beendet, und nachdem die Besatzung vom Urlaub zurückgekehrt war, hatte Buchan die *Growler* nach Rosyth in Nordschottland überführt. Seine Frau war die ganze Zeit in seiner Nähe geblieben. Sie hatte zuerst in einem kleinen Hotel gewohnt, dann waren sie nach Edinburgh gezogen, wo es wenigstens Einkaufsmöglichkeiten für sie gab, als Ablenkung von dem bevorstehenden Abschied.

Er betrachtete die neuen Chintzvorhänge vor den Bullaugen. Ellen hatte darauf bestanden, sie selbst anzubringen. Durch eins von ihnen sah er die rasenden Wolken über der Werft. Januar in Rosyth ...

Sein Blick fiel auf eine Zeitung auf dem Tisch.

Seeschlacht im Schneesturm – Scharnhorst versenkt!

Er dachte an die Arktis, wie er sie erlebt hatte. Wie es letzte Woche dort auf der Höhe des Nordkaps gewesen sein mußte, als das deutsche Schlachtschiff von Admiral Frasers *Duke of York* versenkt worden war.

Es war wie ein Zusammensetzspiel, das zuletzt ein Bild ergab: *Bismarck* und *Scharnhorst* versenkt, *Tirpitz* außer Gefecht. Es war ein seltsames Gefühl, endlich einmal wieder Siege zu erringen, statt sich nur mühsam zu verteidigen.

Seine Frau lehnte sich in ihrem Sessel zurück und legte die Hände in den Schoß. »Nun, mein Lieber?«

Er lächelte. »Ja, das war wieder ein langer Tag.«

Füße trampelten über ihren Köpfen herum, und er vermutete, daß der Flugingenieuroffizier die Landegeräte überprüfte. Die Flugzeuge würden einfliegen, sobald das Schiff auf See war, die Seafire und eine völlig neue Staffel von Swordfish. Neue Gesichter, die man sich einprägen mußte.

Plötzlich sagte sie: »Aus London liegen keine neuen Nachrichten vor, nehme ich an?«

Buchan rutschte unbehaglich herum. Es war das erste Mal, daß sie danach gefragt hatte.

Während seines Urlaubs hatte er *Growler* in regelmäßigen Abständen aufgesucht, sich über den Fortschritt der Arbeiten informiert und darüber gewacht, daß niemand Ausrüstung durch Nachlässigkeit verkommen ließ. Bei einem dieser Besuche hatte er zu seiner Überraschung einen Mann vorgefunden, der zusammen mit Commander Jolly darauf wartete, ihn zu sprechen.

Es war ein Beauftragter der Admiralität, ein streng blikkender kleiner Mann in zerknittertem blauen Anzug. Ein gehobener Angestellter vielleicht? Jemand, der den Verbleib von Vorräten überprüfen sollte, die nicht angekommen waren?

Tatsächlich war es ein Vizeadmiral, ein sehr wichtiger Offizier der Operativen Planungsgruppe.

Er ging mit Buchan die Berichte über den Rußlandkonvoi durch. War irgend etwas ausgelassen? Vertuscht worden?

Erst nachdem der kleine Admiral wieder von Bord gegangen war und Buchan sich in der Stille seiner Kajüte alles noch einmal überlegte, wurde ihm etwas klar, woran er früher nie gedacht hätte: Irgend jemand an höchster Stelle mochte Chadwick nicht. Die Art der Fragen, die beiläufige Bezugnahme auf die Positionen und Entfernungen der Geleitträgergruppe und der Sicherungsfahrzeuge, die Rolle, die *Hustler* in der Schlacht gegen den Schweren Kreuzer gespielt hatte, was *Growler* zu tun versucht hatte . . . Wer diese Untersuchung auch führte, er mußte etwas wissen von der Spannung zwischen Chadwick und Buchan. Und daß nur wenig über diese formlose Unterredung nach außen dringen würde. Aber Buchan dachte an Jolly und war beunruhigt. Möglicherweise würde der mit Chadwick sprechen?

Buchan sah seine Frau an und zwang sich zu einem Lächeln.

»Nein. Neuigkeiten aus London wird es auch nicht geben. Das war ein Sturm im Wasserglas.«

Sie schenkte den Tee ein. »Diesem Mann kann man nicht trauen, Bruce. Er ist so überzeugt von seiner Wichtigkeit. So unredlich. Wenn er entdeckt, daß du hinter seinem Rücken . . .«

»Aber das habe ich nicht getan, Ellen!«

»Ich weiß. Ich spreche nur aus, was *er* denken wird.«

Buchan runzelte die Stirn. »Auf alle Fälle wäre es richtig, wenn er eine Abreibung bekäme. Dieses unnötige Risiko, das er einging . . . Er hatte keine zuverlässigen Nachrichten, daß die Deutschen wirklich diesen schweren Kreuzer einsetzen würden oder daß dieser elende Öltanker tatsächlich so verdammt wichtig war!«

»Fluch doch nicht so, Liebster.«

Er grinste. »Tut mir leid. Aber es stimmt. Er hat uns so gehetzt, daß die Kessel fast explodiert wären. Immerhin mußten wir stoppen. Dabei hätten wir leicht torpediert werden können.« Er geriet in Wut, als er noch einmal diese Spannung, diese Sorgen durchlebte. »Nein. Ich bedaure nichts, was ich dem Admiral von der Operationsabteilung gesagt habe.«

Sie nickte. »Aber sei auf der Hut. Dieser Mann gibt niemals auf.«

Buchan betrachtete sie mit plötzlicher Wärme. *Du auch nicht.*

Es konnte einem übel werden, wenn man die überschwenglichen Berichte über den Konvoi in den Zeitungen las und über Chadwicks Geschicklichkeit und Schwung, wie er mit Drake und Nelson verglichen wurde. Dabei hatte er nur riesiges Glück gehabt, und jemand hoch oben in der Admiralität wußte das.

»Immerhin werden wir *ihn* nicht an Bord haben, wenn wir diesmal auslaufen, Liebste. Das gibt uns Zeit, wieder zu einer funktionierenden Einheit zu werden.«

Sie sah ihn nicht an. »Du wirst mir schrecklich fehlen, Bruce«, sagte sie mit zitternden Lippen. »Es ist so weit dort hinunter. Diesmal kommt mir alles viel schlimmer vor.«

Traurig sah Buchan sie an. »Bitte erzähl das nicht überall herum, Ellen, sonst geht es mir an den Kragen.« Er versuchte, sie zu beruhigen. »In Ceylon ist es bestimmt viel sicherer. Kein Eis, keine U-Boot-Rudel, die einen umschwärmen wie Mörderwale.«

Lebhaft nickte sie. »Trink aus, ich will dir nachschenken.«

Liebevoll lächelte er. »Paß du nur auf den Garten auf, mir passiert schon nichts.«

Später, als sie sich anschickten, von Bord zu gehen, sagte Ellen: »Ich werde jeden Tag an dich denken, Bruce.«

Verdutzt sah Buchan zu Boden. *Sie glaubt, daß ich diesmal nicht zurückkomme.*

Er blickte ihr nach, als sie zwischen den gewaltigen Verladekränen und Schuppen davonging, sah sie kleiner und kleiner werden. Dann warf er einen Blick hinauf zur Brücke der *Growler* und zu der nagelneuen Flagge, die von der Gaffel wehte.

»Aber ich *werde* zurückkommen«, sagte er laut.

Sie standen nebeneinander vor einem kleinen Feuer, das der Gepäckträger extra für sie in dem winzigen Warteraum entfacht hatte. Ihre Hände streckten sie den wärmenden Flammen entgegen. Leise sagte Rowan: »Es war lieb von dir, mich zu begleiten.«

»Ich bin glücklich, daß du mich dabeihaben wolltest.« Sie warf einen Blick auf sein Profil. »Aber ich ertrage den Gedanken nicht, dich jetzt zu verlieren.«

Sie hatten das zerbombte Haus und das Grab seiner Eltern besucht. Er mußte Papiere unterzeichnen, mit dem Polizeibeamten sprechen, den er seit Jahren kannte. Der Mann berichtete: »Ich war der erste im Haus, Sir. Sie waren alle bereits tot, dort unter der Treppe.« Tröstend fuhr er fort: »Keinerlei äußere Verletzungen waren festzustellen. Sie sind durch den Luftdruck umgekommen.« Mit *alle* meinte er wohl auch den alten Hund, der bestimmt bei ihnen gewesen war, als die Bomben fielen.

Später sagte Rowan: »Laß uns in eine Kneipe gehen und etwas trinken. Danach muß ich in den Zug steigen.«

»Bist du sicher, daß ich mitkommen soll, Tim? Einige deiner Freunde werden denken, daß du eine –«

Er drückte ihre Hand. »Und was ist mit *deinen* Freunden? Was würden die sagen, wenn sie uns sähen?«

Sie ließ sich aber nicht ablenken. »Ich bin älter als du. Das ist alles, woran ich denke.«

Jetzt in dem kalten Warteraum erinnerte er sich noch einmal an alles; das große Haus, die gemeinsam verbrachten Tage, die Nächte ihrer Liebe. Angenommen, Chadwick hätte sie erwischt? Allein der Gedanke daran machte ihn ganz krank, um ihretwillen. Chadwick war noch dreimal gekommen, jedesmal nur für ein paar Stunden, und niemals über Nacht geblieben.

Falls sie wußte, was ihr Mann in London trieb, dann hatte sie es zumindest nicht erwähnt. Aber nach jedem seiner kurzen Besuche hatte sie Rowan noch sehnsüchtiger, noch verzweifelter geliebt als zuvor.

Jetzt war es zu Ende. Er mußte zurück zur *Growler* und sich neuen Herausforderungen stellen. Er hätte stolz sein sollen, denn er war nicht mehr ein Pilot unter vielen, sondern würde die Staffel übernehmen; offenbar waren sie knapp an erfahrenen Leuten.

Die Tür wurde vorsichtig einen Spalt geöffnet. »Der Zug kommt, Sir. Ich bringe Ihre Koffer schon hinüber.«

Der Gepäckträger zog sich zurück, und Honor legte die Arme um Rowans Hals.

»Ich danke dir dafür, daß du mich so glücklich gemacht hast, Liebling. Ich werde dich nie vergessen. *Niemals.* Du wirst natürlich eine andere finden, und ich werde vermutlich eines Tages enden als Frau unseres neuen Ersten Seelords.« Sie sprach rasch, als wolle sie Tränen zurückhalten.

Er küßte sie heftig, schmeckte das Salz auf ihren Wangen. Dann sagte er: »Ich komme zu dir zurück. Ganz bestimmt. Ich will nie eine Belastung für dich sein, aber ich bin immer da, wenn du mich brauchst. Denk daran.«

Der Zug rumpelte in die kleine Station, die Türen knallten.

Er küßte sie noch einmal und ging dann rasch zum Zug, wo der Gepäckträger die Tür für ihn aufhielt. Zu dessen Überraschung schob er ihm eine Pfundnote in die Hand.

Als Rowan das Fenster herunterkurbelte, fuhr der Zug an, und er sah Honor in der Tür des Warteraums stehen. Weder bewegte sie sich, noch winkte sie, sie grüßte lediglich mit erhobener Hand, bis der Zug außer Sicht war.

Dann schlug sie den Kragen ihres Pelzmantels hoch und schritt zu dem wartenden Wagen.

13 Frauen und Freundinnen

Zögernd blieb Rowan vor der Tür mit dem Schild *Flugdienstleiter* stehen. Dann klopfte er an die frische Farbe. Es würde ihm seltsam vorkommen, nicht mehr Villiers' gespanntes Gesicht und seine gehetzten Augen zu sehen.

»Herein!«

Rowan seufzte. Das ganze Schiff kam ihm so fremd vor. Oder zumindest anders. Vielleicht lag es auch an ihm selbst. Er war gerade erst an Bord gekommen und hatte keinen einzigen seiner alten Freunde angetroffen. Der Quartermeister hatte ihm erklärt, daß er sofort zum Flugdienstleiter kommen solle.

Er trat ein und erstarrte.

Kitto beobachtete ihn hinter seinem Schreibtisch hervor, das Gesicht spöttisch verzogen.

»Nun?«

»Das wußte ich nicht. Ich hörte, du wärst versetzt. Aber es kam mir schon seltsam vor, daß du keinerlei Nachricht hinterlassen haben solltest.« Er beugte sich über den Schreibtisch. »Herzlichen Glückwunsch! Ich wüßte niemanden, der diese Stellung besser ausfüllt als du.«

Kitto zog eine Grimasse. »Das bekomme ich hier dauernd zu hören. Aber stell dir bloß vor: ich und ein Schreibtischhengst! Noch vor einem Monat war ich selbst Pilot, jetzt soll ich den anderen sagen, was sie zu tun haben. Ich hatte zwar Villliers gelegentlich vertreten, aber sie ließen mir nur zwei Wochen Zeit, das Verfahren von Grund auf zu lernen.«

Rowan warf einen Stapel Akten von einem Stuhl und setzte sich.

Neugierig musterte ihn Kitto. »Bein in Ordnung?«

»Völlig. Sticht nur noch, wenn ich bade.«

»Dann bleib so schmutzig wie ich. Senkt die Brennstoffkosten.« Er grinste, sein blaues Kinn schimmerte in der Januarsonne.

Rowan dachte über die vielen Monate nach, die er Kitto schon kannte. Es waren andere Orte und andere Schiffe gewesen. Dymock Kitto, der alter Profi. Das As.

Kitto schien seine Gedanken zu lesen. »Ich weiß, die Schuhe des Vorgängers und so. Aber du wirst mit deinem neuen Haufen auch ganz schön arbeiten müssen, kann ich dir sagen. Deswegen wollte ich dich auch gleich sprechen.« Er stieß ein paar Papierstapel zur Seite. »Die Zeit wird knapp werden. Immerhin hast du noch Bill und Nick Rolston, Frank Creswell und natürlich Lord Algy.« Er grinste.

»Aber die neuen Jungs sind so grün, daß Frank gegen sie wie Richthofen wirkt!« Dann wurde er wieder ernst. »Sie haben natürlich die ganze Theorie hinter sich, simulierte Starts und Landungen, aber das ist auch ungefähr alles, was sie wissen. Du mußt sie hart anpacken, aber das brauche ich dir nicht zu sagen. Wir haben beide gute Lehrer gehabt. Und Andy Miller war der beste, Gott hab ihn selig.«

»Was ist mit den Swordfishcrews?«

»Die übliche Mischung. Ihr neuer Boss kommt von einem Flugzeugträger, ein Zweieinhalbstreifer namens Dexter. Aktiver Offizier, zweimal ausgezeichnet. Soll so eine Art Senkrechtstarter sein.«

Rowan lächelte. »Genau wie wir. Schade, daß sie den Job nicht van Roijen gegeben haben.«

Kitto rollte die Augen. »*Der ist doch ein verdammter Ausländer!* Wie kannst du so was vorschlagen?« Dann seufzte er. »Natürlich hast du recht. Besonders, weil er der einzige ist, der von dem alten Haufen übriggeblieben ist.«

Sie lauschten dem Gepolter auf dem Flugdeck.

»Wir übernehmen auch verpackte Flugzeuge, Tim. Konvoiverteidiger und Frachtbeförderer, das sind wir.«

Rowan dachte nach. Kitto wußte als Mitglied der Schiffsführung sicher genau, wo *Growler* hingehen sollte. Er würde dieses Wissen niemals ausplaudern, aber die Erwähnung der verpackten Flugzeuge ließ auf weite Entfernungen schließen.

Also keine weiteren Rußlandkonvois, auch keine Atlantikfahrt.

Rowan sagte: »Ich packe jetzt meine Koffer aus.«

»Ja. Heute nachmittag fährst du dann zum hiesigen Fliegerhorst, wo du deine Leute vorfinden wirst.« Dann sah er ihn an. »Und auch deinen neuen Drachen.« Er wartete ein wenig. »Wie ist dir dabei zumute?«

Rowan hob die Schultern. »Nicht schlecht. Natürlich bin ich erst zufrieden, wenn ich einmal mit ihm in der Luft war.«

Er sah im Geist Jonah abstürzen, sah die Rauchspur, die er hinter sich her zog, bis er im Wasser verschwand. Er spürte noch, wie der Fallschirm seine Schultern versengte und das Blut durch seinen Stiefel sickerte. Vorbei und vergessen!

»Ich bin schon drüben gewesen und habe ihn mir angesehen. Er ist völlig neu, Tragflächen noch gefaltet, so daß du ihn das nächste Mal mit auf Urlaub nehmen kannst.« Beiläufig fragte er: »War's übrigens ein schöner Urlaub?«

»Ja.« Rowan fühlte sich beinahe schuldig. »Sehr schön.«

Kitto grinste. »Dachte ich mir. Besonders, da du in diesem Punkt so mitteilsam bist.« Dann öffnete er einen anderen Ordner. »So, Tim, zieh ab. Der Alte wird wahrscheinlich auch noch ein Wort mit dir reden wollen.«

An der Tür wandte Rowan sich noch einmal um. »Diesmal also keine Konteradmiralsflagge?«

Kittos Gesicht blieb ausdruckslos. »Nein. Bisher jedenfalls nicht. Stört es dich etwa?«

Rowan zwang sich zu einem Lächeln. »Natürlich nicht. Warum sollte es?«

Kitto sah ihm nach, als er hinausging. *Dich stört was ganz anderes,* dachte er.

Am Nachmittag wurde Rowan zusammen mit Korvettenkapitän James, dem Operationsoffizier, mit hoher Geschwindigkeit zum Fliegerhorst gefahren. Ihre Fahrerin war eine nicht sehr mitteilsame Wren, die offenbar noch nie von einer Straßenverkehrsordnung gehört hatte.

James sagte, er habe im Horst etwas zu erledigen, aber Rowan hatte den Eindruck, daß er nur der Fahrt wegen mitkam. Er sah erschöpft und bedrückt aus, als sei sein Urlaub irgendwie enttäuschend gewesen.

Rowan hatte ihn danach gefragt, aber James hatte nur kurz erwidert: »Wunderbar! Großartig, wieder mal zu Hause zu sein.«

Rowan lehnte sich in dem klappernden Humber zurück und dachte an Honor. Bestimmt würde sie ihn in wenigen

Tagen vergessen haben. Ihr Leben als Frau eines Flaggoffiziers, ihre Stellung in der Gemeinde, beim Freiwilligen Weiblichen Hilfsdienst und beim Roten Kreuz, die Kleidersammlungen für ausgebombte Familien, all diese endlosen Anstrengungen halfen ihr vielleicht, über alles hinwegzukommen. Sie konnte es sich nicht leisten, in Affären verwickelt zu werden. Er betrachtete sich in dem schlammbespritzten Fenster. Schon gar nicht mit einem jungen Reserveoffizier ohne irgendwelche Karriereaussichten, selbst wenn er den Krieg überlebte. Nein, Honor tat gut daran, ihn zu vergessen.

Aber der Gedanke, daß sie ihre gemeinsame Zeit aus dem Gedächtnis streichen würde, bedrückte ihn. *Er* jedenfalls konnte sie nicht vergessen, selbst wenn er es gewollt hätte. Nicht ihre ruhige Gelassenheit und dann wieder ihre Leidenschaft, ihre Fähigkeit, ihn so lange zu reizen, bis er verrückt nach ihr war.

»Ihre Ausweise bitte, meine Herren!«

Ein Polizist blickte ins Wagenfenster, hinter ihm stand ein Unteroffizier mit umgeschnallter Pistole. Sie waren auf dem Luftwaffenstützpunkt angekommen, ohne daß Rowan etwas von der Landschaft gesehen hätte.

James schnauzte: »*Ausweise!* Immer nur die Bürokratie in diesem verdammten Land!« Er beugte sich über Rowan hinweg und hielt dem erstaunten Polizisten seinen Ausweis hin. »Sie sollten mal an der Front kämpfen. Dann würden Sie vielleicht merken, daß es im Krieg Wichtigeres gibt, als in den Papieren anderer Leute herumzuschnüffeln!«

Der Unteroffizier schaltete sich ein und sagte hastig: »So lautet unser Befehl, Sir. Die Sicherheitsvorschriften verlangen . . .« Er kam nicht weiter.

»Reden Sie sich nicht heraus! Verdammte Bürokratie, das ist alles, Mann! Wenn ich ein deutscher Spion wäre, meinen Sie, dann säße ich hier?«

»Nein, Sir.« Die Stimme des Unteroffiziers klang müde.

Die Fahrerin sagte: »Wir blockieren den Eingang, Sir.« Im Rückspiegel beobachtete sie Rowan.

Rowan sagte: »Sie tun doch nur Ihre Pflicht. Was ist denn los mit Ihnen?«

Mit einem Ruck fuhr der Wagen an, und Rowan sah, daß der Unteroffizier langsam und betont ausatmete, während er salutierte, sah das gekränkte Gesicht des Polizisten.

»Fangen Sie nicht auch noch an!« James' Stimme war ein bösartiges Flüstern. »Ich habe die Nase voll! Nur weil sie einen Orden mehr haben . . .« Er brach ab. »Tut mir leid. Das war sehr dumm von mir.«

Sie fuhren zu einer Reihe hölzerner Gebäude, vor denen eine weiße Flagge an einem Mast auswehte, so steif, als sei sie aus Metall.

Ruhig erwiderte Rowan: »Ja, das war's. Aber vergessen Sie es.«

Die Fahrerin sagte: »Ich muß den Wagen zur Fahrbereitschaft bringen. Lassen Sie bitte anrufen, wenn Sie fertig sind.« Sie zögerte. »Sie sind Kapitänleutnant Rowan, nicht wahr, Sir? Der, über den in den Zeitungen berichtet wurde?«

»Ja.« Seltsamerweise verwirrte ihn das.

Impulsiv streckte sie die Hand aus und berührte seinen Ärmel. »Schön, Sie kennengelernt zu haben, Sir. Mein Bruder war auch Flieger, er wurde letztes Jahr über Deutschland abgeschossen.« Sie kuppelte ein, gab Gas, und der Wagen schlingerte davon.

Rowan blickte ihm nach. »Armes Ding.«

Eine Tür flog auf und er hörte Bills kräftige Stimme: »*Achtung!*«

Die neuen Leute sprangen auf und umstanden salutierend einen dickbauchigen Ofen. Sie trugen ihre zerknitterten Fliegerkombinationen und sahen erschöpft aus.

Rowan gab seinem Freund die Hand. »Rühren! Ich freue mich, dich wiederzusehen. Tut mir leid, daß . . .«

Bill führte ihn in eine Ecke, während die Unterhaltung im Raum wiederauflebte, jetzt jedoch etwas gedämpfter; wahrscheinlich sprachen sie über ihren neuen Staffelkapitän.

»*Ich* bin es, der sich entschuldigen muß, Tim.« Bill senkte die Stimme. »Ich wußte ja nicht, daß du in Chadwicks Haus warst. Später habe ich Frank Creswell in London getroffen, der hat mir alles erzählt. Allerdings war ich überrascht, daß du nicht wenigstens nach London kamst, *nachdem* du deinen Marschbefehl erhalten hattest.«

Rowan erinnerte sich an den umfangreichen Umschlag, seine Rückkommandierung auf die *Growler*. Und die Bescheinigung des Arztes, daß er den Dienst wiederaufnehmen oder zu einem normalen Urlaub anderswohin verreisen könne. Es war der Augenblick, in dem sie hätten Schluß machen sollen.

Honor hatte ihn beobachtet, die Augen so groß, daß sie ihr ganzes Gesicht ausfüllten. Er wollte nicht, daß sie ihn darum bat, sondern hatte einfach gesagt: »Ich würde gern hierbleiben, wenn du mich haben willst.«

Jetzt sagte er: »Ich wollte nach Hause fahren, zu meinen Eltern. Dort ist jetzt alles mit Brettern verschalt.« Er sah Bill an. »Was war denn mit Chadwick? Was hat er in London getrieben?«

Bill schien erleichtert über die Wendung des Gesprächs. »Er war wieder mit dieser Frau zusammen. Eine tolle Person! Habe sie beide wiedergesehen, als ich mein Mädchen zu einem Drink ins Ritz führte.«

»Hat er euch gesehen?«

»Wir sind nach einem Gin gleich wieder gegangen, aber ich glaube, er hat uns trotzdem gesehen. Es schien ihm allerdings gleichgültig zu sein. Ich nehme an, seine Frau ist ziemlich schrecklich, ja?«

»Irrtum.« Rowan begegnete seinem Blick. »Sie ist alles andere als das.« Er wandte sich um und rief: »Alle mal herhören!«

Sie traten dichter heran, ihre Gesichter glühten im Widerschein des Ofenfeuers. Mein Gott, sind die jung, dachte Rowan. Alle Ersatzleute waren Leutnants. Er bezweifelte, daß einer von ihnen schon zwanzig war. Aber Lord Algy stand da und starrte auf seine Füße, als sei er in Gedanken; daneben Nick Rolston, lang und schlaksig, die Hände tief in den Taschen, die Stirn verdrießlich gerunzelt.

Rowan fing an: »Sie haben alle die Ausbildung hinter sich, haben Tausende von Vorträgen erduldet, und wahrscheinlich hat man mehr in Sie hineingestopft, als Sie verdauen können. In Friedenszeiten hätten Sie mindestens zehnmal so viele Flugstunden hinter sich, bevor Sie einer Staffel zugeteilt worden wären. Aber wir können uns diesen Luxus nicht mehr leisten, wie Ihre Ausbilder bestimmt betont haben.« Er sah das Grinsen in einigen Gesichtern. »Denken Sie immer daran: Sie sind nicht nur Flugzeugführer. Sie sind Marineoffiziere und gehören zum Schiff wie jeder Heizer oder Matrose. Spielen Sie sich der Schiffsbesatzung gegenüber nicht auf, nur weil Ihnen mal eine Landung gelungen ist, ohne daß Sie Ihr Fahrgestell verloren haben. Die Seeleute tragen dieselben Risiken wie Sie, vergessen Sie das bitte nicht. Außerdem ist ein Schiff ein viel größeres Ziel als ein Flugzeug.«

Er merkte, daß jetzt Schweigen herrschte, daß Lord Algy ihn überrascht musterte und auch Rolston sein Stirnrunzeln vergessen hatte.

Ruhig fuhr er fort: »Wenn die *Growler* ausgelaufen ist, werden wir kurze Zeit zusammen exerzieren können. Starten und Landen, damit Sie das richtige Gefühl für Ihre Maschine bekommen.« Er sprach wie über eine Person. »Sie haben dabei nicht viel Platz, aber es reicht. Beobachten Sie die älteren Flugzeugführer. Die Tatsache, daß sie noch hier sind und von Ihnen beobachtet werden können, ist genug Beweis für ihr Können.« Dann wurde seine Stimme härter. »In der Luft tun Sie *genau* das, was Ihnen gesagt wird. Decken Sie Ihren Gruppenführer und beobachten Sie gleichzeitig den Luftraum nach hinten.« Niemand lachte. »Sie werden Fehler machen, das tun wir alle. Aber Sie werden kaum Gelegenheit zu einem zweiten Fehler bekommen.« Er entdeckte Creswell, der ihn hinter dem Ofen hervor anstarrte. »Das stimmt doch, Frank, nicht wahr?«

Creswell grinste. »Nur zu sehr, fürchte ich, Sir.«

Sir? Das ließ ihn aufhorchen.

»Sie mögen vielleicht glauben, daß ich zu dick auftrage, daß ich Ihnen imponieren will, weil Sie neu sind. Wenn Sie das denken, irren Sie sich. Ich will nur, daß Sie lernen, Ihre Sache gut zu machen; und dazu müssen Sie am Leben bleiben.«

Er nickte. »Machen Sie weiter. Morgen fangen wir an.«

Draußen fiel Bill neben ihm in Schritt. Jenseits der hinter Sandsäcken verborgenen Flakbatterien, der Treibstofftender und Hangars standen die Flugzeuge auf den Startbahnen aufgereiht oder warteten ungeduldig auf Starterlaubnis.

Sie blickten auf, als eine Staffel Barracuda-Torpedobomber über das Flugfeld donnerte. Die Flügelspitzen berührten einander fast, so genau befolgten die jungen Piloten die Anordnungen ihrer Ausbilder.

Rowan erschauderte, weil ihm der große Torpedofächer einfiel, der auf den Konvoi zugerast war.

»Du denkst wohl, ich hätte ein bißchen zu stark aufgetragen?« fragte er.

»Nein. Aber deine Stimme klang, als wärest du ein anderer.« Bill lachte in sich hinein. »Trotzdem, es steht dir.« Dann deutete er zu dem großen Hangar hinüber, trat zur Seite und beobachtete Rowan. »Das ist sie, Tim.«

Langsam ging Rowan auf die vereinzelte Seafire zu. Nagelneu, wie Kitto gesagt hatte, das sah man ihr an. Er studierte die Neigung der Nase, den glänzenden, vierflügligen Propeller. Und er erstarrte, als er den frischen Namen unterhalb des Cockpits sah: *Jonah II.*

Bill sagte ein wenig unbeholfen: »Die Mechaniker hatten diese Idee, Tim. Hoffentlich bist du einverstanden.«

Rowan nickte, er brauchte ein wenig Zeit zum Antworten. »Das war ein netter Gedanke.« Wieder nickte er. »Sie sieht prächtig aus.«

In der Wachstube am Haupttor wartete James auf sie.

»Ich habe schon nach dem Wagen telefoniert. Es dauert noch zehn Minuten.«

Bill verabschiedete sich. »Ich fliege mit ihnen noch eine Runde, zusammen mit dem Ausbilder. Danach wird es zu dunkel. Wir nehmen einen Bus zurück zum Schiff, dann erzähle ich dir, wie sie sich angestellt haben.«

»Gut.« Rowan dachte noch immer an die Seafire. *Jonah II.* Nur Bill konnte an so etwas gedacht haben, nicht die Mechaniker. »Morgen in aller Frühe mache ich einen Probeflug.«

Es hatte wieder angefangen zu regnen.

Bill sagte: »Gut, morgen in aller Frühe.«

Rowan saß auf dem Rand seiner Koje und starrte vor sich hin. Er brauchte seine Kammer nicht mehr mit einem anderen zu teilen, durch die Beförderung hatte er mehr privaten Raum zur Verfügung als jemals seit seinem Eintritt in die Marine. Alles war frisch gestrichen, wie fast überall an Bord, und trug noch nicht den Stempel der Persönlichkeit des neuen Bewohners.

Er lauschte dem gedämpften Lärm der Generatoren und Lüfter, dem gelegentlichen Gerassel der Winschen, mit denen verspätete Vorräte an Bord gehievt wurden. Draußen war es fast dunkel, und man spürte die Unruhe eines Schiffes, das im Begriff ist, sich vom Land zu lösen.

Morgen nachmittag würden sie auslaufen und zusammen mit ihren Geleitfahrzeugen das Programm der Geschützerprobung, des Einfliegens der neuen Jäger und der Torpedobomber durchziehen, würden Schiff und Besatzung auf einen Stand bringen, der die Billigung des Kommandanten fand.

Er dachte über diesen Tag nach, über seine Scheu vor der neuen Maschine, über seine Verzweiflung beim Beobachten der neuen Staffel, die Scheinangriffe flog und Formationsänderungen.

Nach dem Essen hatte er Bill und Lord Algy die Leitung übergeben. Waren es die Nerven oder nur der Mangel an Training? Schwer zu sagen. Aber die Übungsflüge verliefen mehr als kläglich.

Während er der Armierung seiner Maschine zusah und aufpaßte, daß die Geschütze zu seiner Zufriedenheit eingesetzt wurden, überlegte er, was sich wohl abspielen würde, wenn seine Piloten auf ihrem ersten Patrouillenflug mit einigen erstklassigen feindlichen Jägern zusammenträfen. Darüber dachte er lieber nicht allzulange nach. Es war ihm klar, was passieren würde.

Wie viele Jagdflieger mit Erfahrung im Nahkampf ließ Rowan seine Geschütze so anbringen, daß sie in einer Entfernung von zweihundertfünfzig Yards konvergierten. Das war eine gute Reichweite. Mit etwas Glück und wenn er den richtigen Zeitpunkt erwischte, konnte er so ein feindliches Cockpit oder einen Heckenschützen mit mehreren hundert Einschlägen pro Sekunde eindecken. Weniger erfahrene Flugzeugführer ließen ihre Waffen so ausrichten, daß sie breiter, aber dünner streuten.

Er hatte mit seiner neuen Maschine alles angestellt, was er konnte, ließ sie über die Reichweite der Fla-Waffen hinaus steigen und drückte sie wieder hinab wie ein Verrückter; all das trug sehr zu seiner Beruhigung bei – bis er die anderen Flugzeugführer wiedersah.

Dann hatte er seine Strafpredigt begonnen. »Es war ein fürchterlicher Tag! Sie streunen herum, hören nicht auf die Anweisungen, und mindestens sechsmal haben Sie Ihren Führer ungedeckt gelassen. Künftig werden wir paarweise fliegen. Hundert Yards zwischen jeder Maschine, zweihundert zwischen jedem Paar. Das wird Ihnen mehr Zeit geben, Ausschau zu halten. Die Nummer zwei in jedem Paar hat nach achtern aufzupassen und ihrem Führer mitzuteilen, wohin er ausweichen soll, wenn ein Feindflugzeug von achtern aufkommt. Dann kann sie abdrehen und sich hinter den Feind setzen. Der Führer tut danach dasselbe für sie; auf diese Weise sind beide gegen einen Heckangriff gesichert.« Er machte eine Pause, sah Widerspenstigkeit und Unwillen in ihren Gesichtern.

Creswell meldete sich. »Einiges davon war wohl mein Fehler, Sir. Ich bin beim letzten Anflug zu weit vorgestoßen.«

Rowan glaubte jetzt noch seine Antwort zu hören, selbst hier in der Kammer. »*Alles* war Ihr Fehler. Sie sind der einzige, der es besser wissen müßte. Also spielen Sie sich jetzt nicht auf!«

Creswell hatte ausgesehen, als sei ihm ins Gesicht geschlagen worden.

Einer der Neuen, Leutnant Archer, hatte gesagt: »Es ist eben alles anders, als wir es gelernt haben, Sir. Wir mußten immer in V-Formation fliegen.«

»Ich weiß. Aber wenn Sie drei oder vier dicht geschlossene V-Formationen bilden, ist jeder einzelne viel zu sehr damit beschäftigt, eine Kollision zu vermeiden, um noch Zeit zu haben, nach achtern aufzupassen. Aber von *dort* her kommen die Granaten.«

Danach wurden keine weiteren Fragen gestellt.

Der Türvorhang flog beiseite, und Bill stieg in die Kammer. »Du hast dich ja noch nicht umgezogen, Tim.«

Rowan stand auf. Das hatte er ganz vergessen. »Fünf Minuten. Bleib hier und erzähle mir etwas, wenn du willst.«

Er zog eine Schublade auf und nahm ein frisches Hemd heraus. Vielleicht hatte er geglaubt, Bill hätte die Fahrt nach Edinburgh nur vorgeschlagen, um die Spannung nach der Besprechung etwas zu lockern, und es danach wieder vergessen.

Bill antwortete: »Die Jungs sind schon ganz in Ordnung. Sie brauchen nur ein bißchen Erfahrung.«

»Du meinst, ich sei zu grob zu ihnen gewesen?« Während er sich den Schlips umband, beobachtete er seinen Freund im Spiegel.

»Ich weiß, warum du es getan hast, und deine Begründung war richtig. Aber sieh es einmal von ihrem Standpunkt aus. Sie haben gerade erst ihre Schwingen bekommen. Für sie, genau wie seinerzeit für uns, bedeutet das, daß sie sich so nah am Himmel fühlen, wie sich ein Mensch nur fühlen kann. Bald genug werden sie ihren Schock bekommen, dann kehren sie wieder auf die Erde zurück.«

Rowan zog sein neues Jackett an, sah sein Ordensband und rief sich James' plötzlichen Wutausbruch ins Gedächtnis. Und jetzt war es Bill, der ihn kritisierte.

Langsam sagte er: »Ich glaube, du hast recht.«

»Aber es schadet ihnen nicht im geringsten, wenn sie denken, sie haben einen knallharten Boss.« Bill nickte anerkennend, als Rowan sich ihm zuwandte. »Wir werden die Mädchen gewaltsam von dir fernhalten müssen, wenn sie dich so sehen.«

Es regnete in Strömen, als sie in Edinburgh ankamen, und auf der Princess Street war es so schwarz wie in einem Seestiefel. Ihr Fahrer setzte sie vor dem North British Hotel ab, und sie beschlossen, gleich hier einen Anfang zu machen.

Es war überraschend leer und erinnerte Rowan stark an Chadwicks Haus in Hampshire.

Bill sagte verlegen: »Ich muß ständig an Magda denken. Ich wünschte, du hättest sie kennengelernt. Sie ist ein sehr schönes Mädchen. Es fällt leicht, sich mit ihr zu unterhalten, und du würdest dabei nie vermuten, was sie alles durchgemacht hat.«

Rowan winkte einen Kellner herbei. Es war sonst nicht Bills Art, länger über ein Mädchen zu reden.

Jetzt fuhr er fort: »Ich kam mir allerdings ziemlich gemein vor, wenn ich an ihren Mann dachte. Er mag tot sein oder auch nicht, niemand weiß es. Wir setzen voraus, daß er tot ist, ohne daß wir jemals darüber sprechen.« Seine Stimme klang etwas verwirrt. »Ich liebe dieses Mädchen, Tim, und ich glaube, sie empfindet dasselbe für mich. Was für ein entsetzliches Durcheinander!«

Rowan lächelte. »Ich glaube, es war doch ganz gut, daß ich nicht nach London gekommen bin. Ihr habt euch viel besser kennenlernen können, ohne daß immer ein Dritter dabei war.«

Bill starrte an ihm vorbei. »Vielleicht hast du recht, aber trotzdem ...« Er schlug mit der Faust auf den Tisch. »Zum Teufel! Hier kommen James und der neue Swordfish-Chef.«

Rowan blickte nicht hin. »Vielleicht haben sie uns nicht gesehen.«

Bill grunzte: »Leider haben wir nicht dieses Glück.«

Die beiden Offiziere kamen an den Tisch und sahen sie an. Kapitänleutnant Ralph Dexter hielt sich sehr aufrecht. Er hatte ein gutgeschnittenes Gesicht und ein ständiges verschwörerisches Grinsen um die Lippen, das aber von einer Splitternarbe im Mundwinkel herrührte. Der Splitter war offenbar in einer Notoperation entfernt worden.

James wandte den Blick ab; sein Jackett war nur zur Hälfte zugeknöpft, die Augen wirkten ein wenig glasig.

Dexter fragte fröhlich: »Ist es Ihnen recht, wenn wir hier Platz nehmen? Freund Cyril fühlt sich etwas schwummrig. Ich werde ihn wohl in ein paar Minuten wieder an Bord zurückverfrachten.«

Bill antwortete ein bißchen zu laut: »Oh, wie schade!« Sein Blick deutete allerdings das Gegenteil an.

Mehr Gin wurde aufgetragen, und Dexter fuhr fort: »Ich bin froh, wenn wir endlich auslaufen. Ich kann den

Dienst an Land nicht ertragen. Allerdings habe ich auch einen ganzen Haufen Tölpel in meiner Gruppe. Die einzige Ausnahme ist der lange Holländer, ein schneidiger Bursche.«

Der Neue wurde Rowan langsam sympathisch. Er hatte schon allerhand hinter sich, das merkte man. Jetzt startete er mit ihnen zur nächsten Runde.

Bill äußerte: »Hoffentlich geht es irgendwohin, wo es heiß ist. Wo man in den Bach fallen kann, ohne gleich zu einem Eisklotz zu erstarren.«

»Muß wohl so sein. Mein Steward hat gesehen, daß Pelzjacken an Bord gebracht wurden.« Dexter zwinkerte. »Ihr wißt doch, das ist das sicherste Zeichen für eine Fahrt in die Tropen.«

James ließ die Unterhaltung an sich vorüberplätschern, während er versuchte, seine Gedanken zu ordnen. Sein Magen schmerzte vom hastigen Trinken, und er schwitzte stark. Wenn er sich nicht zusammennahm, mußte er sich gleich erbrechen.

Sein Urlaub in Gosport war entsetzlich gewesen. Dort hatte es in den ersten Kriegsjahren viele nächtliche Bombenangriffe gegeben, aber jetzt waren die Deutschen zu Stippvisiten am hellen Tag übergegangen.

Seine Frau hatte viel auszustehen. Die meisten Nachbarn waren entweder weggezogen oder sprachen nicht mehr mit ihr. Am schlimmsten war, daß sie jetzt anfingen, ihre Gartenmauer zu beschmieren. Jemand hatte *Deutsche Sau* daraufgeschrieben.

Er hörte Dexter über irgend etwas lachen, sah, wie sich Bill bequem zurücklehnte, die Hände hinter dem blonden Kopf verschränkt. Was wußten die von solchen Dingen? James hatte einen Wutanfall über die Ausweiskontrolle bekommen, weil seine Frau ihren Ausweis ständig und überall vorzeigen mußte. Nach den neuen Bestimmungen für Deutsche, die mit britischen Bürgern verheiratet waren, durfte sie ihren Wohnsitz nicht mehr wechseln, ohne die Behörden davon zu verständigen. Sie durfte keinerlei militärische Anlagen oder Schiffe betreten. Es war für sie ausgesprochen erniedrigend. Wenn die *Growler* an der Pier lag und die anderen Frauen an Bord gingen, mußte sie draußen bleiben.

Die Geleitgruppe ging diesmal nach Ceylon. Was danach geschehen würde, wußte niemand oder wollte es nicht sagen.

Er hatte ihr nichts davon erzählt. Zuerst hatte er ihr erklären wollen, daß er diesmal längere Zeit wegbleiben würde und sie allein zurechtkommen müßte, aber dann hatte er geschwiegen.

Er mußte jetzt mit Kitto zusammenarbeiten, der Eric Villiers' Platz eingenommen hatte. Der arme Eric war schlecht genug dran gewesen, ständig gepeinigt von den Greueln, die er hatte mit ansehen müssen. Aber Kitto war eine Kämpfernatur und würde vielleicht alles noch schlimmer machen. James starrte einen Pfeiler an, in der Hoffnung, daß der Raum aufhören würde, sich zu drehen. Verzweifelt grübelte er darüber nach, ob er seine Frau wirklich noch liebte.

Rowan betrachtete ihn skeptisch. James würde nicht mehr lange durchhalten. Armer Kerl, irgend etwas in seinem Urlaub mußte schiefgegangen sein.

Plötzlich sagte Bill: »Großer Gott! Und ich dachte, er wäre noch in London!«

»Wer?«

Rowan fuhr herum und sah Honor auf der anderen Seite des Raumes stehen. Sie wartete hinter ihrem Mann, der einem Kellner Anweisungen gab.

Chadwick drehte sich um und entdeckte sie; auf sein Gesicht trat ein strahlendes Lächeln.

Er kam heran und erwiderte nickend ihren Gruß. »Dies ist meine Frau, meine Herren.« An Rowan gewandt, fügte er freundlich hinzu: »Sie haben Ihren Aufenthalt bei uns genossen, wie ich hörte. Freut mich.«

Er schnippte mit den Fingern und rief dem Kellner zu: »Scotch, aber große, für diese Herren.«

Chadwick fuhr fort: »Ich besuche hier den Kommandierenden Admiral, einen Freund von mir. Habe etwas mit ihm zu besprechen.«

Rowan hörte kaum hin. Er beobachtete Honor über den Tisch hinweg. Sie sah entzückend aus, wirkte aber sehr blaß unter der Deckenbeleuchtung; ihr kupferfarbenes Haar glänzte so, wie er es in Erinnerung hatte, doch unter ihren Augen entdeckte er Schatten. Verzweifelt sehnte er sich danach, sie zu berühren, sie in die Arme zu nehmen.

Er fragte: »Wie sieht es aus in Hampshire, Mrs. Chadwick?«

»Alles unverändert.« Sie hob leicht die Hand. »Viel Regen.« Er bemerkte das Pochen ihrer Halsschlagader. »Sie müssen bald wiederkommen und uns besuchen.«

Chadwick hatte sich eine Zigarette angezündet und blickte lächelnd durch die Rauchwolke. »Ich glaube, diesmal werden Sie eine ganze Weile wegbleiben. Und ich wette, Sie sind bereit zum Auslaufen.« Er klopfte Bill leicht auf den Arm. »Stimmt's, Casanova? Wenn Sie noch viel länger an Land bleiben, haben Sie keine Kraft mehr zum Kämpfen!« Das schien ihn gewaltig zu amüsieren.

Bill lächelte unbehaglich und dachte an Magda, die geweint hatte, als sie sich in ihrer Wohnung zum ersten Mal liebten. Weil sie ihn für ihren verschollenen Mann hielt?

Da sah er, daß James in seinem Stuhl schwankte. Er brauchte sich jetzt nur noch in Gegenwart der Frau des Admirals zu übergeben, dann wäre sein Untergang besiegelt. Dabei sah er Mrs. Chadwick zum ersten Mal richtig an und erstarrte. Was für ein blinder Idiot war er doch gewesen! Er warf Rowan einen Blick zu, sah den Schmerz, die Verzweiflung in seinen Augen. So war das also. Allmächtiger Gott! *Ausgerechnet die Frau des Admirals.*

Chadwick wandte sich jetzt James zu. »Sie sehen ein wenig mitgenommen aus.«

James machte den Versuch aufzustehen, fiel aber wieder in seinen Sessel zurück. »Ich bin bepißt«, sagte er undeutlich.

Chadwick wurde rot. »Wie können Sie es wagen, in Gegenwart einer Dame ...«

Sie fiel ihm ins Wort. »Laß ihn. Er ist krank.«

Dexter zerrte James hoch. »Ich bitte den Portier, ein Taxi zu rufen.«

Grimmig blickte Chadwick ihn an. »Bei diesem Regen? Da müssen Sie aber Glück haben.« Dann sah er auf seine Uhr. »Ich sage meinem Fahrer, er soll Sie zum Schiff bringen. Ich übernachte ohnehin hier im Hotel.« Er warf James einen bösen Blick zu. »Noch dazu ein *aktiver* Offizier!« sagte er wütend.

Bill bot an: »Ich komme mit und helfe Ihnen.«

Einige andere Gäste ringsum lächelten, als die drei zur Tür wankten. Ein Heeresoffizier rief: »Ein Hoch auf die Marine!«

Chadwick folgte ihnen, bewachte das unglückliche Trio wie ein Zenturio seine Gefangenen. Rowan verließ rasch seinen Stuhl und setzte sich neben Honor. Sie sahen sich an, und der Raum und die Gäste versanken für sie.

Schließlich sagte sie: »Ich mußte dich wiedersehen.« Sie streckte die Hand nach ihm aus, zog sie aber wieder zurück. »Die ganze Zeit habe ich an uns gedacht, mich an alles erinnert.« Sie war den Tränen nahe, nicht mehr die unnahbare Dame des Hauses, ruhig und hoheitsvoll, sondern die wirkliche Honor, wie nur er sie kannte.

»Warum hat er dich nach Schottland geschleppt?« fragte er.

Sie schüttelte den Kopf, und die leichte Bewegung ihres Haares brachte in ihm den Schmerz zurück.

»*Ich* bestand darauf, sagte, ich brauche Veränderung. In der Hoffnung, dich irgendwie zu sehen.« Sie senkte den Kopf, und er sah, wie eine Träne auf ihren Rock tropfte. »Ich kann's nicht mehr ertragen.«

Er warf einen raschen Blick zu Tür, entdeckte aber noch keine Marineuniform.

»Wie lange bleibst du hier?« Es überlief ihn eiskalt, als er sich daran erinnerte, daß er sie beinahe in Gegenwart der anderen mit Vornamen angesprochen hätte.

»Eine Woche. Er will wegen seiner neuen Kommandierung einige wichtige Leute aufsuchen.« Sie versuchte zu lächeln. »Du siehst gut aus, Tim. Wundervoll. Aber du dachtest sicher, mich endgültig los zu sein.«

Er berührte ihr Knie mit dem seinen. »Du weißt genau, daß das nicht stimmt. Aber du mußt vorsichtig sein. Wenn er erfährt . . .«

Sie schien ihn nicht zu hören. »Das kümmert mich nicht. Ich mußte dich sehen. Wenigstens noch einmal.« Ihre Augen leuchteten auf. *Versuch es.«*

Er sah eine Bewegung bei der Eingangstür. »Natürlich will ich's versuchen, irgendwie. Ich habe mich auch ganz elend gefühlt ohne dich. Ich wollte es dir nur nicht sagen, es wäre nicht fair von mir gewesen.«

Sie streichelte seinen Arm. »Tim, Liebster . . .«

Chadwicks Stimme übertönte die anderen Geräusche. »So, das wäre erledigt.« Er blickte von einem zum andern. »Jetzt gehen wir essen, denke ich.« Lächelnd sah er Rowan an. »Haben Sie Lust mitzukommen? Möglicherweise ist dies Ihre letzte Chance, was Anständiges vorgesetzt zu bekommen.«

Rowan sah, daß sie fast unmerklich den Kopf schüttelte.

»Besten Dank, Sir, aber ich kann leider nicht. Ich habe noch eine Menge zu tun, bevor wir auslaufen.« Er sah Honor an, bemerkte ihre Erleichterung und auch, was es sie kostete. Aber ihm war klar, daß sie nicht den ganzen langen Abend durchstehen würde, ohne sich zu verraten.

Er erwartete, bei Chadwick Mißtrauen oder Zweifel zu entdecken, aber dieser sagte nur: »Gut. Das höre ich gern. Nehmen Sie die Neuen ordentlich ran, klar? Und Gott helfe den Jungs, wenn sie irgend etwas verkehrt machen!«

Ein Kellner wartete bereits, der Augenblick des Abschieds war schon fast vorbei.

Sie hielt ihm die Hand hin. »Adieu, Kapitänleutnant.« Sie hob das Kinn und sah ihn fest an. »Ich hoffe, wir werden uns irgendwann wiedersehen.«

»Danke, Mrs. Chadwick.« Aus den Augenwinkeln bemerkte er, daß der Admiral bereits zu dem Kellner hinüberging. Er drückte ihre Hand und fügte leise hinzu: »Ich rufe dich an. Aber sei vorsichtig.«

Er trat beiseite und sah, daß der Kellner die Tür zum Speisesaal öffnete. Alle Köpfe wandten sich, um den Admiral und seine Frau vorbeigehen zu sehen.

Bill trat wieder zu Rowan. »So, das also war Mrs. Chadwick.« Er sah seinen Freund an. »Und ich dachte, nur *ich* hätte Probleme.

14 Ein neues Jahr

Ende Januar war die Jagdschutzgruppe klar zum endgültigen Auslaufen. Die *Growler* und ihr Geleit fuhren zu einem Treffpunkt mit einem großen, nach Süden gehenden Konvoi bei Liverpool, und ohne weitere Verzögerung ging es wieder hinaus auf die offene See.

Kapitän Buchans Marschbefehle ließen keinen Zweifel daran, daß er mit *Growler* einen militärischen Konvoi geleiten sollte: zwei große Truppentransporter, mehrere Öltanker, einen Munitionsfrachter und eine Reihe kleinerer Versorgungsschiffe, alle tief beladen und bestimmt für Südostasien via Simonstown und Colombo. Danach sollte die Gruppe zunächst nach Trincomalee im nordöstlichen Ceylon gehen und neue Befehle abwarten.

Buchan war zufrieden damit, denn er kannte den niedrigen Ausbildungsstand seiner neuen Flugzeugbesatzung. Auch sah er mit einem gewissen Vergnügen, wie ihr Schwesterschiff *Hustler* beinahe über Nacht in eine Art schwimmendes Warenhaus verwandelt wurde. Kapitän Turpin war dienstälter als Buchan, und da auf keinem der beiden Träger eine Admiralsflagge wehte, hatte Turpin das Kommando über die Gruppe. Buchans anfängliche Verstimmung darüber war bald vergangen, als er sah, wie Lattenkiste auf Lattenkiste mit zusammengelegten und verpackten Flugzeugen an Bord der *Hustler* gehievt wurde, zur Verschiffung nach Ceylon und noch weiter ostwärts.

Auf dem Flugdeck der *Hustler* gab es kaum noch einen freien Quadratzentimeter, und wenn der Querwind die festgezurrten Kisten voll traf, würde der wachhabende Offizier große Schwierigkeiten haben, genauen Kurs zu halten. Buchan konnte sich Turpins Mißfallen darüber gut vorstellen. Er mochte Turpin nicht, und dieser wußte das genau.

Sobald sich der Konvoi mit seinem starken Zerstörergeleit in Marsch setzte, hagelte es Signale von Turpins Schiff: Patrouillenflüge von morgens bis abends, Zielübungen, Abwehr von Scheinangriffen aus der Luft, an alles dachte er.

Buchan hatte Grund, sich darüber zu freuen, daß seine Leute in Bewegung gehalten wurden. Der lange Urlaub hatte die meisten Besatzungsmitglieder mit den üblichen Problemen belastet. Einige hatten die Untreue ihrer Frauen entdeckt, andere hatten zu Hause nur ausgebrannte und eingestürzte Straßen vorgefunden, wo sie einst als Kinder aufgewachsen waren. Besonders James war mürrisch und bissig zurückgekehrt. Aber seine Abteilung war zu wichtig, als daß sie durch Privatprobleme in Unordnung geraten durfte. Buchan wollte den Ersten Offizier bitten, James einmal gründlich ins Gewissen zu reden. Sollte das fehlschlagen, würde er ihn sich selbst vorknöpfen.

Einige der neuen Flugzeugbesatzungen mußten ebenfalls scharf im Auge behalten werden. Ihre Starts und Landungen während der Ausbildungszeit in Schottland waren haarsträubend gewesen. Aber Rowan und Dexter, ein unvergleichlich gutes Paar, schienen durchaus imstande, mit dieser Sache fertig zu werden. Und Kitto würde von seinem bordgebundenen Sitz, der ihn ärgerte, das Seinige dazu beitragen.

Als sie wieder draußen auf dem grauen Atlantik waren, machten die tobenden, bitterkalten Stürme jeden Start und jede Landung zu einem Risiko für Flugzeug und Deck. Im Lazarett häuften sich die Fälle von Verstauchungen, Verrenkungen und Schnittwunden; einige anders nur schwer zu erklärende Verletzungen schienen Minchin vom Kontakt mit den Fäusten Ungeduldiger herzurühren, die damit Unachtsamkeiten der Neulinge bestraften.

Aber im großen und ganzen war Buchan mit seinem Schiff zufrieden. Es hatte gezeigt, was es leisten konnte, hatte sich einen Namen gemacht und war nicht mehr lediglich eine Nummer.

Der Konvoi hielt weit vom Festland ab, wodurch er die Gefahren der Biskaya mit ihren deutschen Flugplätzen und U-Boot-Stützpunkten minderte. Zwar wurden U-Boote gemeldet, aber es hatte den Anschein, als würden sie weit hinter dem Konvoi an andere, weniger gut geschützte Geleitzüge aus den Vereinigten Staaten oder aus Kanada herangeführt.

Als sie weiter nach Süden kamen, gaben sie einige Geleitfahrzeuge ab und erhielten Ersatz aus Gibraltar. Das Wetter wurde ständig besser, und die täglichen Patrouillen- und Ausbildungsflüge fanden in einer gelösteren Atmosphäre statt.

Rowan bedrückte der Mangel an echter Gelegenheit, seine Seafirepiloten für den Ernstfall auszubilden. Sosehr er anfangs die Begegnung mit deutschen Jagdfliegern kurz vor dem Auslaufen aus Liverpool gefürchtet hatte, so sehr mißfiel ihm jetzt die sorglose Lage. Die langsam fliegenden Swordfishmaschinen waren da günstiger dran. Täglich verbesserten sich ihre Patrouillenflüge rund um den Konvoi, sie sammelten Erfahrungen und deckten all die Probleme auf, die sich bei einer Ausbildungsstaffel niemals stellten.

Rowan wußte, daß sich einige neue Flugzeugführer über seine ständige Forderung nach mehr Praxis amüsierten. Er spürte, daß er sich von ihnen isolierte, nur noch über Bill oder Lord Algy zu ihnen Kontakt fand. Dabei war es ungerecht, den beiden zuviel Verantwortung zuzuschieben.

Er schonte sich selbst am allerwenigsten, argwöhnte aber, daß er mit seinem Eifer eher seine Gedanken beschäftigt halten, als die Staffel zu einer Einheit zusammenschweißen wollte.

Sooft er in der Luft oder in seiner Kammer allein war, erinnerte er sich der Tage und Stunden mit Honor Chadwick. Die wachsende Entfernung von ihr schien seine Sehnsucht nur noch zu verschärfen; einige Ereignisse traten stärker in den Vordergrund als andere, und er schwitzte jetzt noch bei dem Gedanken, welches Risiko sie beide auf sich genommen hatten.

Beispielsweise das letzte Mal in Edinburgh, als sie im Hotel dicht nebeneinandergesessen hatten, während ein ältlicher Kellner ihnen Tee servierte.

Sie hatte geflüstert: »Ich werde dich möglicherweise Monate oder sogar Jahre nicht sehen. Das halte ich nicht aus. Ich habe solche Sehnsucht nach dir, Tim.«

Sie waren aufgestanden, hatten sich angeblickt, der Tee blieb unberührt. Dann waren sie hinauf in ihr Zimmer gegangen, wo die Zurückhaltung einer verzweifelten Leidenschaft Platz machte, die jeglichen Gedanken an Entdeckung ausschloß. Wie leicht hätte man sie überraschen können! Wie sich herausstellte, war Chadwick nicht den ganzen Nachmittag weggeblieben, sondern in dem Augenblick ins Hotel zurückgekehrt, als Rowan es gerade verließ. Er war sich nicht sicher, ob der Admiral ihn gesehen hatte.

Vierzehn Tage nach Liverpool, als er mit entblößtem

Oberkörper in seiner Kammer unter dem Ventilator saß, um sich abzukühlen, rief man ihn in die Operationszentrale. Als er hastig das frische Hemd zuknöpfte, sah er im Spiegel das kleine Silbermedaillon, das er neben der Erkennungsmarke um den Hals trug.

Das rief ihm ebenfalls eine Erinnerung ins Gedächtnis, so lebhaft, als wäre sie erst wenige Stunden alt. In der Nacht, bevor er Chadwicks Haus in Hampshire verließ, hatte Honor es ihm geschenkt, als sie auf dem Teppich vor dem prasselnden Kaminfeuer saßen und Musik hörten.

Anscheinend hatte sie es in einem kleinen Antiquitätenladen in Winchester gefunden, wo sie seinetwegen den Schneider aufsuchte.

»Ich habe gehört, daß sie dich Jonah nennen. Und ich wollte dir eine Kleinigkeit zum Geburtstag schenken.« Das kleine Medaillon stellte einen blasenden Wal dar.

Sie sagte: »Ich wünschte, ich wäre jünger als du.«

Er nahm sie in die Arme, fühlte ihre zarten Formen. »Ja, nächste Woche ist mein Geburtstag.« Im Dunkeln spürte er ihr Lächeln. »Du siehst, ich hole auf.«

Jetzt seufzte er und steckte den silbernen Wal in seinen Hemdausschnitt. Sogar an Jonah hatte sie gedacht.

In der Gefechtszentrale fand er James und Kitto mit Dexter und van Roijen bei einer Besprechung.

James sagte gereizt: »Sie lassen sich ja mächtig viel Zeit.«

Rowan erwiderte: »Jetzt bin ich ja hier.« James' wachsende Gereiztheit war ihm ein Rätsel. Er benahm sich schon beinahe wie Turpin.

Kitto räusperte sich mahnend. »Wirf mal einen Blick auf die Karte, Tim.« Er deutete auf eine Stelle. Wie das leise summende Plott daneben zeigte sie den Konvoi auf seinem Südkurs, die Kapverdischen Inseln lagen einige hundert Meilen an Backbord.

Kitto fuhr fort: »Funkspruch von der Admiralität: Ein U-Boot steht etwa achtzig Meilen südwestlich von uns, anscheinend aufgetaucht und beschädigt. Wie schwer, wissen wir nicht, der Nachrichtendienst meint aber, daß es vor drei Tagen von zwei südafrikanischen Zerstörern übel zugerichtet wurde. Der Kommandant hält Nordkurs, wird wahrscheinlich versuchen, einen Stützpunkt in der Biskaya zu erreichen. Gott weiß, woher diese Informationen stammen, vielleicht von einem Neutralen.« Er entspannte sich etwas: »Ich denke, wir sollten gleich einen Einsatz fliegen. Wenn wir dem Kommandanten zeigen, daß wir Ernst machen, gelingt es uns vielleicht, das U-Boot so lange festzuhalten, bis die Geleitzerstörer heran sind und es kapern können.«

Rowan beugte sich über die Karte. »Das wäre immerhin etwas. Wie ich hörte, haben wir vor ein paar Jahren schon mal ein U-Boot gekapert. Es wäre ein schöner Erfolg für das Schiff.«

James sagte gereizt: »Vielleicht ist gar kein U-Boot da. Die Leute vom Nachrichtendienst lesen zu viele Schauerromane, wenn Sie mich fragen.«

Van Roijen sah Kitto an. »Wie viele Maschinen sollen starten?«

Kitto rieb sich das blaue Kinn. »Das U-Boot ist unter Umständen ein ganz schön harter Brocken.« Wahrscheinlich dachte er an damals, als das konzentrierte Geschützfeuer eines Bootes ihre Swordfish vom Himmel geholt hatte. »Also nehmen wir drei Seafire und eine Swordfish mit Wasserbomben. Die Swordfish wird dann in regelmäßigen Abständen abgelöst, bis sich das Boot ergibt oder wir es versenkt haben.«

James erwachte aus seiner Depression. »Ich teile es dem Kommandanten mit. Ein Signal an den Führer der Geleitfahrzeuge ist bereits gegeben, er kann es kaum abwarten.«

»Das glaube ich.« Dexter nickte grimmig. »Ein gekapertes U-Boot hätte auch ziemlichen Seltenheitswert.«

Kitto sah Rowan an. »Bist du froh über den Einsatz?«

Rowan warf einen Blick auf die Uhr. »Klar. Nick Rolston ist in Bereitschaft, außer ihm nehme ich einen von den Neuen mit. Nichols. Ihm würde ein bißchen mehr Erfahrung guttun.«

»Also los!« Kitto griff zum Telefon. »Ich veranlasse das Nötige.«

Zwanzig Minuten später war Rowan in der Luft, und die beiden anderen Seafire nahmen sich in seinem Rückspiegel aus wie Haie, die zu seinen beiden Seiten Station bezogen hatten. Das System des paarweisen Fliegens wäre hier sinnlos gewesen, da so weit südlich nicht mehr mit feindlichen Flugzeugen zu rechnen war und die Dreiecksformation eine bessere Übersicht erlaubte. Denn möglicherweise hatte das U-Boot nur Reparaturen ausgeführt und war längst weggetaucht. Aber schon allein der Flug fern von der abgestandenen Luft im Schiffsrumpf, dem Geruch nach Dieselöl und Lack, der stumpfsinnigen Eintönigkeit des Konvois war die Sache wert.

Er knöpfte sein Hemd unter der Schwimmweste auf und fühlte, wie ihm Schweiß über die Brust lief. Durch das Plexiglas brannte die Sonne, und unter ihm lag die grenzenlose See wie glitzernde blaue Seide.

Ein paar winzige Wellenkämme und ein kleines Segel waren die einzigen Flecken auf der Oberfläche.

Er sah sich nach Rolstons Seafire um, sah dessen behelmten Kopf vornübergebeugt wie im Gebet. Immer flog er so.

An seiner Backbordseite hielt der neue Flugzeugführer John Nichols gut Position. Die Sonne glänzte hell auf seinem Abzeichen, einem Mädchen mit schwarzen Strümpfen und sonst nichts am Leibe. Nichols war der jüngste unter den Neulingen und hatte sich bereits mit Creswell angefreundet. Er folgte Creswells Beispiel in allem und versuchte auch, dessen Unbekümmertheit zu imitieren. Zweimal hatte Rowan sich schon genötigt gesehen, ihm einen Anraunzer zu verpassen.

Selbst Kitto hatte gesagt: »Dieser Bursche wird entweder das Viktoriakreuz gewinnen oder bei seinem ersten Luftkampf umkommen!«

»Hallo, *Jonah,* hier Nick.« Rowan kehrte in die Gegenwart zurück und wandte sich nach Rolston um, der mit seinem Daumen nach Steuerbord zeigte. »U-Boot in Grün vier-fünf.«

»Gesehen. Danke.«

Er beschattete die Augen mit der Hand: ein dünner dunkler Stock, der kaum Fahrt machte. Wie leicht konnte man ihn übersehen!

»Ziel erkannt, *Jonah.*« Das war Nichols. »Es taucht nicht.«

Rowan beobachtete das winzige U-Boot. Von hier oben wirkte es alles andere als bedrohlich. Eher wie ein dösender Fisch, ein Hecht am Schilfrand.

Er spannte seine Magenmuskeln an, ließ den Schweiß über die Leisten hinabrinnen, während er angestrengt nachdachte.

Dann sah er das schwache Glitzern, kaum zu erkennen vor der blendenden Wasseroberfläche.

Eine Granate explodierte weit an Backbord mit dem üblichen Schmutzfleck am Himmel.

Rowan befahl: »Steuerbordstaffel!«

Er wartete und zählte die Sekunden, während Rolston und Nichols verschwanden und dann wieder an seiner Steuerbordseite auftauchten.

Eine weitere Granate detonierte über den drei Jagdflugzeugen. Der Knall ging im Tosen der Motoren unter, aber die Druckwelle machte sich bemerkbar wie eine starke Bö.

Rowan fragte sich, was der deutsche Kommandant wohl beabsichtigte. Er mußte doch wissen, daß die Seafire von einem Flugzeugträger kamen, und das bedeutete für ihn bei Widerstand große Unannehmlichkeiten. Rowan warf einen Blick auf seine Armbanduhr. Die Swordfish flog langsam hinter ihnen her, brauchte vielleicht noch zehn Minuten ... Dann fluchte er leise, als eine dritte Granate unmittelbar vor ihm detonierte.

Er sagte: »Wir gehen hinunter!«

Er drückte Jonah II in einen steilen Sturzflug, wußte, daß die anderen hinter ihm herkamen. Er blinzelte, um die Feuchtigkeit hinter seinen Brillengläsern loszuwerden, und konzentrierte sich auf den Anflug. Dann drückte er auf den Feuerknopf und beobachtete den Einschlag der Leuchtspurgeschosse auf dem Bootskörper.

Auffangen! Dreihundert Yards. Der Turm war in seiner Optik, wuchs aus dem blauen Hintergrund wie ein solider Felsblock.

Er drückte weiter auf den Knopf, spürte das Rucken der Maschine, als die Geschosse in langen, Rauchspuren hinterlassenden Ketten auf und neben dem U-Boot einschlugen und einen Wirbel von Flammen und Splittern aufjagten.

Er spürte den Druck im Rückgrat, als er den Sturzflug auffing und die Maschine in eine steile Aufwärtskurve zwang, während Rolstons Schatten wie ein schwarzes Kreuz über das Wasser fiel. Er hörte deutlich dessen Bordkanonen und Maschinengewehre hämmern.

»Hallo, *Jonah!*« Nicks Stimme klang, als sei er außer Atem. »Sie haben aufgehört zu schießen!«

Rowan antwortete nicht, sondern beobachtete Nichols, der abdrehte, ohne gefeuert zu haben.

Schließlich sagte er: »Wir umkreisen ihn. Sowie sie ein Schlauchboot aussetzen, greifen wir wieder an. Sie versuchen vielleicht auszusteigen in der Hoffnung, daß sie von einem Schiff aufgenommen werden.«

Träge und in großem Abstand kreisten die drei Seafire ständig über dem langsam fahrenden U-Boot. Vielleicht hatten die dort unten schon genug, hatten möglicherweise bereits andere Kämpfe hinter sich. Rowan sah, wie die deutschen Seeleute zum Bug drängten und zu den Flugzeugen aufblickten. Die meisten trugen nur Shorts, ihre

Haut war fast so dunkel wie ihre Stiefel. Sie mußten schon seit Wochen auf See sein. Jetzt signalisierten sie ihre Übergabe, indem sie sich auf dem Vorschiff versammelten und den Geschützen fernblieben.

»Die Swordfish braust heran wie der Fliegende Holländer!« Rolston ließ sein seltenes Lachen hören.

Rowan lächelte ebenfalls. Auch er sah jetzt die Swordfish, die fünfhundert Fuß über dem U-Boot kreiste, und einige Meilen achteraus konnte er bereits im Hitzedunst verschwimmende Schiffe erkennen. Es waren die Zerstörer, die sich vom Konvoi gelöst hatten und jetzt heranjagten, um das U-Boot zu kapern.

Von der Swordfish blinkte eine Signallampe zum U-Boot hinunter, befahl dem deutschen Kommandanten, nicht auszusteigen, sondern das Enterkommando zu erwarten.

Plötzlich hörte Rowan Nichols schreien: »Sie besetzen die Turmgeschütze!« Nichols' Seafire befand sich in diesem Augenblick am dichtesten beim U-Boot; bevor Rowan reagieren konnte, rief er wild: »Tallyho!«, und drückte seine Maschine in den Sturzflug. Ein Licht flackerte auf der Brücke des U-Boots; Rowan sah, daß einer der Deutschen den Morseanruf bestätigte und bestimmt niemand an Schießen dachte.

Dann schien alles im selben Augenblick zu geschehen. Nichols fing seinen Sturzflug ab und flog das U-Boot von Backbord an, während seine Kanonen loshämmerten und weiße Schaumfedern auf jeder Seite der Ballasttanks aufjagten.

»Abbrechen, Idiot!«

Rowan zog seine Maschine in einer scharfen Kurve herum, sah die Swordfish, das U-Boot und Nichols sich alle drei vor ihm drehen.

Rolston flog parallel zum U-Boot, kaum dreißig Fuß über dem Wasser. Die Tragflächen seiner Seafire legten sich schräg, als er auszumachen versuchte, was sich abspielte. Ein leuchtender Kegel von Leuchtspurgeschossen zischte aus der mehrläufigen Flugabwehrkanone des U-Bootes und schien Rolstons Maschine zu durchdringen, ohne zunächst Schaden anzurichten.

Dann verlor die Seafire plötzlich an Höhe, rollte auf den Rücken und pflügte die See in einer gewaltigen Furche sprühenden Gischtes auf.

Rowan umkreiste das U-Boot, kümmerte sich nicht um die Seeleute, die einen Mann von der jetzt verstummten Kanone wegzogen, sondern starrte nur auf den hellen, nach oben gekehrten Bauch der Seafire, der immer verschwommener aus dem klaren Wasser leuchtete, bis er schließlich ganz verschwand.

Überrascht oder wütend warf die Swordfishbesatzung ihre Wasserbomben. Sie schlugen so dicht beim U-Boot ein, daß es aussah, als spränge es aus dem Wasser wie ein verwundeter Delphin.

Die Besatzung oder zumindest diejenigen, die Nichols' Feuerstoß und die Detonation der Wasserbomben überlebt hatten, sprangen jetzt über Bord. Schwimmwesten tanzten um das Boot herum, und Gischt sprühte aus den Satteltanks wie entweichender Dampf, als das Boot auf Tiefe ging.

Rowan sagte: »Hier spricht *Jonah.* Zurück zur Basis.« Kaum erkannte er seine eigene Stimme wieder.

Er sah noch, wie die beiden Zerstörer zu dem sinkenden U-Boot in seinem wachsenden Kreis aus Gischt und Öl hinjagten. Dann hörte er Nichols heiser sagen: »Sie wollten auf uns feuern!«

»Halt's Maul!«

Rowan wandte sich um und blickte auf die Stelle, wo Rolstons Maschine untergegangen war. Es bestand immer eine Chance, daß man sich aus dem Cockpit befreien konnte, auch wenn es schon versunken war. Aber die Wasserfläche war dort wieder so glatt, wie er es erwartet hatte.

Er überprüfte Kurs und Geschwindigkeit und wartete auf die Swordfish, die noch einen Kreis vollendete und sich dann an sie hängte.

Jetzt tauchte auch der Konvoi über den dunstigen Horizont, die Träger und Truppentransporter.

»Hallo, Foxtrott, hier *Jonah.*« Jedes Glas würde sich auf die zurückkehrenden Flugzeuge richten. »Ablösung unnötig. U-Boot versenkt!«

Es folgte eine längere Pause, dann hörte er: »Hallo, *Jonah,* hier *Foxtrott.* Verluste melden.«

»Ein Jäger abgeschossen.«

Was für einen Zweck hätte es gehabt, den Namen zu nennen? Zu verkünden, daß Oberleutnant Nicholas Rolston, RNVR, ein schlaksiger, temperamentvoller Pilot, soeben gestorben war – wegen der blinden Schießwut eines anderen?

Er spürte, daß der silberne Wal seine Brust verbrannte, und starrte nach vorn durch den rasenden Propeller. Genausogut hätte ich es sein können, dachte er.

»Erbitte Landeerlaubnis.«

»Erteilt.«

Er flog um die breite *Growler* herum und landete fast ohne jede Erschütterung auf dem Flugdeck.

Er sprang aus dem Cockpit, und Lord Algy war einer von denen, die ihm von der Maschine weghalfen, das Gesicht wie versteinert.

»Nick ist tot?«

Rowan riß seinen Helm herunter und nahm einen Krug Limonade von einem der Mechaniker entgegen. Er nickte, trank dann den Krug bis zur Neige aus.

Nichols' Seafire landete kreischend an Deck, verpaßte das erste Fangseil und kam erst beim zweiten zum Stehen, drehte sich halb, während der Motor hustete und erstarb. Nichols stolperte herbei, ohne die Männer auf den Seitengängen wahrzunehmen oder die Bodentruppe, die seine Maschine bereits zum Abstellplatz rollte.

»Ich dachte, sie würden nochmals auf uns feuern, Sir!«

Rowan reichte dem Mechaniker den geleerten Krug zurück. Er war todmüde, wie zermalmt.

»Sie haben nicht abgewartet. Sie haben nicht nachgedacht. Deshalb ging uns das U-Boot verloren, und Nick mußte sterben. Alles Ihretwegen!«

Er wandte sich ab. Ihm war ganz übel, aber Lord Algy holte aus und verpaßte dem jungen Piloten eine Ohrfeige.

»*Das reicht!*«

Rowan schritt an den Arbeitstrupps vorbei, die Nichols anstarrten. Der Junge sagte flehend: »Es war ein Unglücksfall!«

Lord Algy hob seine Mütze vom Deck auf. »Komm mir da oben bloß nicht vor die Augen, sonst gibt es noch einen *Unglücksfall!*« Damit ging auch er von dannen.

Später, als sich die Dämmerung über den Konvoi senkte und die letzten Patrouillen sicher gelandet waren, wurde Rowan zum Bericht in Buchans Kajüte gerufen. Dort fand er bereits Kitto und Commander Jolly vor.

Buchan sagte: »Ich habe gesehen, was sich an Deck abgespielt hat. Oberleutnant Cameron wird für sein Benehmen einen Verweis erhalten. Und dabei hat er noch Glück. Wenn ich nicht mehr daraus mache, dann nur, weil mir der Flugdienstleiter die näheren Umstände auseinandergesetzt hat. Aber ich kann nicht dulden, daß meine Offiziere sich vor der Besatzung wie Proleten in einer Bar prügeln.«

Er schenkte vier Gläser Sherry ein. »Nichols wird diesen Fehler nicht wiederholen, und ihn zu schlagen, hilft weder ihm noch Oberleutnant Rolston.«

Rowan nickte. »Tut mir leid, Sir. Ich hätte es verhindern müssen.«

Er warf einen Blick auf den Sherry, der im Glas vibrierte, da die *Growler* auf ihre Nachtposition im Konvoi dampfte. Ein Zerstörer war soeben mit etwa drei Dutzend Überlebenden des U-Bootes zurückgekehrt. Rowan fragte sich, ob einer davon der Mann war, der nach Nichols' Angriff ganz allein zum Flakgeschütz gerannt war und den tödlichen Feuerstoß in Rolstons Maschine gejagt hatte. Es schien aber wahrscheinlicher, daß er bei seinen toten Kameraden im Wasser trieb.

Buchan nahm sein Glas. »Außerdem gibt es für uns im Augenblick wichtigere Dinge. Ich habe soeben einen Funkspruch erhalten, daß wir nach dem Auftanken in Trincomalee in den Pazifik gehen.«

Rowan warf einen Blick auf die anderen. Sie wußten es offensichtlich schon.

Langsam fügte Buchan hinzu: »Die *Growler* wird Führerschiff der Gruppe, und zwar wieder unter der Flagge von Konteradmiral Chadwick.«

Rowan fragte: »War der Admiral nicht für eine wichtigere Aufgabe vorgesehen, Sir?«

Buchan blickte ihn ein paar Sekunden an, das Sherryglas wirkte in seiner mächtigen Faust sehr zerbrechlich.

»Das hatte ich auch angenommen. Aber offenbar hat man anders disponiert.« Er warf einen Blick auf seine Uhr. »Ich muß wieder auf die Brücke.«

Kitto und Rowan gingen schweigend hinunter zu ihren Kammern. Schließlich sagte Kitto: »Das Ganze kommt mir seltsam vor, Tim.«

»Mir auch.« Er dachte an Honors Gesicht, wenn ihr Mann von einer seiner Exkursionen aus London zurückgekehrt war. Sie wußte genau, daß er mit anderen Frauen schlief. Jetzt stieg Chadwick wieder auf *Growler* ein. Warum? Etwa wegen seiner alten Verbindung zu Buchan? Turpin würde es sicherlich als Affront auffassen, daß nicht seinem Schiff Gelegenheit gegeben wurde, die Admiralsflagge zu führen. Oder hatte sich etwas Schlimmeres zwischen den Beteiligten abgespielt, das jetzt diese Ereignisse ausgelöst hatte? Schließlich zuckte er die Schultern: »Was es auch sein mag, wir können nichts daran ändern. Ich sehe besser nach Rolstons Hinterlassenschaft und lasse den Steward alles einpacken.« Wieder einmal ging eine

Seekiste und ein Brief des Kommandanten an eine Familie in der Heimat.

Bill wartete im Gang auf ihn.

Rowan sagte: »Ich teile Nichols deiner Gruppe zu, Bill. Ein Wechsel wird ihm guttun.«

Hinter ihm nickte Kitto anerkennend. Aus dem Piloten und Kämpfer hatte sich eine Führerpersönlichkeit entwikkelt, dachte er.

Bill sagte: »Ausgezeichnet. Ich benutze ihn als Sandsack, wenn er sich mit mir anlegt.«

Kitto ging weiter zum Duschraum, und Rowan fügte hinzu: »Chadwick kommt wieder an Bord.«

Bill starrte ihn an. »Das kann ungemütlich werden.«

»Wieso?«

Bill legte ihm eine große Hand auf den Arm. »Herrgott, Tim, ich bin doch nicht blind! Ich hoffe nur um deinetwillen, daß *er* es ist.«

Rowan öffnete den Mund, um zu widersprechen, ließ es dann aber sein.

»War es denn so augenfällig?«

Bill grinste breit. »Ziemlich.« Er folgte ihm in die Kammer und fügte hinzu: »Ein Glück, daß der alte James in seinem Suff den richtigen Augenblick erwischt hat.« Dann trat er dichter an Rowan heran und flüsterte: »Du hast sie doch danach nicht wiedergesehen, oder?« Er schüttelte den Kopf. »Nein, sag lieber nichts, ich sehe es dir an.« Er setzte sich auf Rowans Koje und kratzte sich geräuschvoll. »Ich glaube, ich würde mich lieber mit der japanischen Marine anlegen als mit Chadwick.«

Rowan lächelte. Er war froh, daß Bill Bescheid wußte, obgleich ihm das nichts leichter machte.

15 Die Nacht vor dem Auslaufen

Buchan saß mit verschränkten Armen da und sah Konteradmiral Chadwick zu, der rasch ein Bündel Funksprüche durchblätterte.

Trotz der Größe der Kajüte und der laufenden Lüfter war die Luft feucht und drückend. Die Vorhänge waren zugezogen, aber Buchan wußte, daß es draußen in der glühenden Sonne zehnmal so heiß war.

Buchan kannte Ceylon, aber ihm war klar, daß der größte Teil der Besatzung die neue Umgebung für ein Paradies hielt.

Sie waren in Colombo eingelaufen, ohne ein einziges Schiff oder – außer Rolston – einen einzigen Mann verloren zu haben. Buchan glaubte nicht an einen glücklichen Zufall, er wußte nur zu gut, daß die pausenlosen Angriffe der Alliierten auf die U-Boote, die Tag- und Nachtbombardierungen der feindlichen Häfen und Industriegebiete allmählich ihre Wirkung taten.

Drei Tage blieben sie in Colombo liegen, dann ging es weiter zum lebhaften Marinestützpunkt Trincomalee. Auch hier spürten sie bereits Anzeichen des »Tidenwechsels«, wie Churchill es genannt hatte, für die Wende des Kriegsglücks.

Zum ersten Mal seit Japans Eroberung von Malaya und Singapur, seit der Einnahme so vieler Inseln bis hinunter vor die Tore Australiens sammelte die Royal Navy wieder Kräfte. Eine neue britische Pazifikflotte war im Entstehen, und Schiffe aller Art wurden aus den anderen Kriegsgebieten, wo man sie nicht mehr brauchte, abgezogen und in den pazifischen Raum geworfen.

Die Amerikaner waren die ungeheuren Weiten des Pazifik gewöhnt und seit dem Angriff der Japaner auf Pearl Harbour damit beschäftigt, zurückzuschlagen. Das tägliche Eintreffen von Schiffen und Truppen aus der ganzen Welt zeigte die Beschleunigung dieses Vorgangs. Chadwicks Erscheinen auf *Growler* bedeutete sicher, daß ihre Jagdschutzgruppe dabei eine wichtige Rolle spielen sollte.

Chadwick hatte sich irgendwie verändert, fand Buchan und versuchte, sich an ihn in Schottland zu erinnern. Aber vielleicht war in der langen Zeit der Reparaturen und Ausrüstung und während der Geleitfahrt ums Kap der Guten Hoffnung und durch den Indischen Ozean das Bild dieses Mannes in seiner Erinnerung verblaßt.

Trotzdem schien ihm Chadwick, der in makelloses Weiß gekleidet war, schwerfälliger und gealtert.

»Diese Geschichte mit dem Seafirepiloten, der da gefallen ist ...« Chadwick blickte auf. »Scheint mir ziemlich faul zu sein.« Als Buchan nicht antwortete, sondern lediglich die Schultern hob, fügte er scharf hinzu: »Und das verdammte U-Boot ging auch verloren!«

Chadwicks neuer Flaggleutnant trat ein, legte einen kleinen Umschlag auf den Schreibtisch und zog sich schweigend zurück.

Oberleutnant de Courcy war ein ganz anderer Typ als Godsal. Als Buchan den Wechsel erwähnte, hatte Chadwick gleichgültig erwidert: »Marcus Godsal? Ging auf Heimaturlaub und kam bei einem Bombenangriff um. Er taugte ohnehin nicht viel.«

Jetzt lehnte Chadwick sich im Sessel zurück und starrte wie abwesend auf eine Karte des Pazifik am Schott.

»Mein Gott, hier gibt's verdammt viel Arbeit für uns. Während Sie gemütlich ums Kap der Guten Hoffnung fuhren, bin ich nach Australien geflogen. Wollte mit einigen führenden amerikanischen Admiralen sprechen.« Es klang ein wenig unbestimmt, ganz anders als sonst. »Mußte ein Gefühl für die Dinge hier unten bekommen.«

»Werden wir bald zur U.S. Navy stoßen, Sir?«

»So bald wie möglich.« Chadwick nahm etwas nervös

eine Zigarette und zündete sie an. »Ich muß noch entscheiden, wo wir am meisten leisten können. Hier draußen ist zuviel Leerlauf. Sie haben schon so lange nicht gekämpft, daß sie gar nicht wissen, worum es geht.«

Buchan hatte keine Idee, wer »sie« waren, aber als Chadwick an Bord eintraf, war er direkt vom Kommandierenden Admiral gekommen. Vielleicht hatte er dort einen kühlen Empfang bekommen? Vielleicht auch einen Klaps auf die Finger, weil er zuviel von sich selbst redete? Buchan fiel der kleine Admiral ein, der ihn damals in Schottland so eindringlich nach dem Konvoi und nach Chadwicks Verhalten befragt hatte.

Chadwick fuhr fort: »Ich möchte, daß Sie soviel fliegerische Ausbildung betreiben wie möglich, während wir hier unten sind. Halten Sie die Leute ständig in Bewegung. Was ich bisher gesehen und gelesen habe, gefällt mir wenig.« Abrupt fragte er: »Wie kommt Rowan in seiner neuen Stellung zurecht?«

Buchan lächelte. »Sehr gut. Er ist zwar noch jung, aber . . .«

Chadwick unterbrach ihn. »Ich war noch viel jünger, als mir dieselbe Verantwortung übertragen wurde.« Seine Worte schienen ihn selbst etwas zu verwirren; er fuhr fort: »Freut mich, das zu hören. Habe ihn mir selbst ausgesucht. Wir benötigen alle geschickten Offiziere, die wir kriegen können, und wenn wir sie uns stehlen müssen!«

Er nahm den kleinen Umschlag und drehte ihn in der Hand. Buchan stellte fest, daß er rosafarben und die Adresse handgeschrieben war. Es schien die Schrift einer Frau zu sein.

Chadwick sagte: »Ich werde natürlich an Land wohnen.«

Natürlich. Buchans Gesicht blieb unbewegt. Er hatte von Chadwicks Lebensweise gehört. Wahrscheinlich hatte er in jedem Hafen ein Mädchen griffbereit.

»Das läßt Ihnen hier freie Hand, und ich kann an Land gleich ein Auge auf die Dinge halten, die wichtig sind.«

Als aber Tage und allmählich auch Wochen verstrichen, ohne daß etwas Spektakuläres geschah, begannen sich doch viele, die auf Abwechslung gehofft hatten, zu wundern.

Kitto war zu Besuch auf einem riesigen amerikanischen Flugzeugträger gewesen, der sich auf dem Weg zur Pazifikflotte befand. Er hatte dort einen Freund an Bord, den er aus der Zeit vor dem Krieg kannte.

Eines Abends, nach einem besonders enttäuschenden Tag auf See, als sie Ölübernahme von einem Marinetanker und Starten und Landen sowie Scheinangriffe geübt hatten, sagte Kitto in der Messe der *Growler* mit Nachdruck: »Die Yankees wollen uns gar nicht hier draußen haben!«

»Was zum Teufel reden Sie da?« Dexter beobachtete ihn mißtrauisch. »Sie stehen doch auf unserer Seite, oder?«

»Das ist es nicht.« Kitto schien irgendwie enttäuscht. »Ihr solltet mal ihre Flugzeuge und ihre Ausrüstung sehen! Wir sind zu sehr an unseren kleinräumigen, hart zuschlagenden Krieg gewöhnt, haben keinerlei Erfahrung mit weiträumigen Operationen über Tausende und Abertausende von Meilen. Nur sie haben Schiffe und Flugzeuge mit dem erforderlichen Durchhaltevermögen.« Traurig schüttelte er den Kopf. »Ich glaube nicht, daß Admiral Chadwick hierhergeschickt worden ist, um zusammen mit den Amerikanern ein großangelegtes Unternehmen zu planen. Ich glaube eher, daß ihn jemand zu Hause loswerden wollte. Dumm ist nur, daß er seinen Ärger darüber an uns auslassen wird.«

Nur wenige Anwesenden glaubten ihm, aber als die Wochen vergingen und andere Schiffe zu den verschiedenen Kriegsschauplätzen ausliefen, erinnerte sich zumindest Rowan an diese Worte.

Das Ausbildungsprogramm war von grauenhafter Eintönigkeit. Die Gruppe blieb mehrere Tage auf See, dampfte in der Palkstraße, die Ceylon von Indien trennt, auf und ab und absolvierte ihre Übungen so lange, bis jeder vom Brückenpersonal bis zum letzten Heizer es gründlich satt hatte. Danach folgte jeweils ein kurzer Aufenthalt im Hafen, und anfangs sagten dann die meisten: »Aha, nun haben wir es hinter uns.« Sie hatten unrecht.

Anfang Juni hörten sie von der großen Invasion in der Normandie, dem einschneidenden Schritt, auf den sie alle gewartet und den sie zugleich gefürchtet hatten. Denn diese Meldung schob die Jagdschutzgruppe noch weiter an den Rand der Ereignisse.

Dann kam Chadwick eines Tages an Bord, und kurz danach liefen sie mit *Hustler,* ihren Geleitfahrzeugen und dem treuen Bergungsschlepper *Cornelian* aus.

Chadwick gab einen kurzen, aber anfeuernden Befehl an die Schiffsbesatzungen: Sie würden nach Sydney laufen, um von dort mit neuen Befehlen in den Pazifikkrieg einzugreifen. Es sei jetzt Sache aller Offiziere und Mannschaften, ihre Extraausbildung aufs beste zu verwerten.

In dem lebhaften australischen Hafen von Sydney hieß man sie herzlich willkommen. Ceylon war schon ein farbiges Erlebnis gewesen, aber Sydney mit seinen Einwohnern, die so aussahen und sprachen wie sie selbst, unbehelligt von Bombenangriffen oder Rationierungen, war das Paradies.

Die Zeitungen waren voller Berichte über den alliierten Vormarsch in Frankreich und den Fortschritt der U.S. Marines, der »Ledernacken«, im Pazifik. Sie waren auch voller Spekulationen über amerikanische Hoffnungen, die Philippinen mit einer großen Invasion zurückzuerobern. Die Hauptinsel Luzon, hieß es, sei das entscheidende Sprungbrett nach Japan.

Tänze und Partys für die Besatzung der *Growler* wurden arrangiert, Picknicks, Baden in Bondi und anderen Ausflugsorten gehörten bald zum Alltag. Selbstverständlich hatten die meisten unverheirateten Seeleute bald eine australische Freundin, und nicht wenige der verheirateten auch.

Von Chadwick sahen sie wenig, was den meisten nicht unangenehm war. Es hieß, er besuche die Chefs der verschiedenen Stäbe und sei in ständigem Kontakt mit London.

Die *Growler* lief nur ein einziges Mal aus und ließ all ihre Maschinen einen australischen Flugplatz anfliegen. Dort konnten sie betreut und in regelmäßigen Abständen eingesetzt werden, damit ihre Piloten nicht einrosteten. Rowan kam es vor, als ob *Growler* und ihre Begleitschiffe an den Liegeplätzen bereits Wurzeln schlügen.

Nach einem solchen Einsatz vom Flugplatz aus kehrten Rowan und Bill in einem kleinen Bus zum Marinestützpunkt zurück. Es war ein glühendheißer Nachmittag, auf den Straßen drängten sich braungebrannte Australierinnen und Soldaten jeglicher Couleur, zum größten Teil natürlich Amerikaner von den Kriegsschiffen im Hafen.

Bill sagte: »Ich denke daran, um meine Versetzung zu bitten. Was meinst du? Dies hier ist doch zwecklos.«

Rowan dachte nach. Er wußte, was Bill meinte. »Wir könnten mit dem Alten sprechen. Möglicherweise hat er schon etwas gehört.«

Bill grinste kläglich. »Wo warst du, Daddy, als der Krieg zu Ende ging? In Sydney, bei all den hübschen Mädchen, mein Junge.« Er seufzte. »Das Dumme ist nur, daß ich mir jetzt gar nichts mehr aus ihnen mache.«

An Bord fanden sie Oberleutnant de Courcy im Zustand höchster Erregung. »Ein Schiff wurde torpediert. Es hatte Post an Bord, und einiges davon war für *uns* bestimmt«, jammerte er.

Bill lachte. »Nicht anzunehmen, daß der Torpedo das wußte.«

»Sie verstehen nicht.« De Courcy blieb ernst. »Es

hatte auch einen Brief für den Admiral an Bord. Offenbar kommt seine Frau nach Sydney. Sie hat es über das Rote Kreuz gedeichselt.«

»Na und?« Bill warf Rowan einen raschen Blick zu. »Das ist doch sicher eine gute Nachricht.«

De Courcy setzte seine Mütze auf. »Ihr Schiff kommt aber schon heute an, mit dem neuen Konvoi.«

Rowan schluckte. »Ich sah es einlaufen, als ich in der Luft war. Ist schon jemand unterwegs, um Mrs. Chadwick abzuholen?«

»Sie verstehen noch immer nicht.« De Courcy schien den Tränen nahe. »Ich habe in diesem Augenblick erfahren, daß Mrs. Chadwick direkt ins Hotel fährt, wo der Admiral eine Suite bewohnt.« Verzweifelt blickte er auf seine Uhr. »Er wird mir das nie verzeihen!«

Rowan fuhr auf: »Hat er eine andere bei sich?« Er packte de Courcy am Arm und schüttelte ihn. »Ist es das?«

»Nun, ich bin nicht berechtigt, Ihnen das zu sagen, aber ...«

Bill rief rasch: »Ich kenne das Hotel, es ist das beste am Platz. Ich gehe zum Offizier vom Dienst, der besorgt uns einen Wagen.«

Trotzdem dauerte es einige Zeit, bis sie die Marinebasis verlassen konnten. Als sie dann durch die belebten Straßen jagten, mußte Rowan sich beherrschen, um nicht ständig auf die Uhr zu sehen. Er fragte sich, was Honor sagen, wie ihr Zusammentreffen sich abspielen würde.

»Stopp!«

Quietschend hielt der Wagen, und Rowan eilte durch die Glastüren; er blieb einen Augenblick stehen, um seine Augen an den kühlen Schatten des Hotelfoyers zu gewöhnen.

Da sah er sie. Sie drehte ihm den Rücken zu, aber er erkannte sie sofort. Sie trug ein schlichtes grünes Kleid, und neben ihr standen ein paar Koffer. Sie sprach mit dem Empfangsportier, der einen verwirrten Eindruck machte.

Rowan lief zu ihr und hörte gerade noch, wie der Mann zuvorkommend sagte: »Tut mir leid, Madam. Konteradmiral Chadwick ist im Augenblick nicht im Haus. Aber seine Frau ist oben in der Suite, wenn Sie vielleicht mit ihr sprechen möchten?«

Rowan sagte: »Hallo! Ich dachte mir, daß ich Sie hier finden würde.« Sein Herz schlug wild, als sie sich ihm zuwandte. Sie schien ihm noch schöner, als er sie in Erinnerung hatte. »Das Schiff mit Ihrem Brief wurde versenkt, wir haben gerade erst von Ihrer Ankunft erfahren.« Er senkte den Blick und fügte hinzu: »Ich wollte dies hier verhindern.«

Sie ergriff seine Hände und zog ihn vom Tresen fort.

»Das macht nichts, Tim. Ich weiß es schon lange. Bevor wir uns kennenlernten, dachte ich, ich könnte es unter den Teppich fegen, es einfach nicht zur Kenntnis nehmen.«

Rowan erwiderte: »Du kannst in diesem Hotel nicht bleiben, Honor. Aber wenn er zurückkommt, wird er hören, daß du hier warst und alles weißt. Hier draußen kann man so etwas nicht geheimhalten.«

Sie wirkte plötzlich hilflos, und er hätte sie gern in die Arme genommen, so wie einige Leute in ihrer Nähe, die gerade Freunde begrüßten.

Zögernd sagte sie: »Ich möchte dir keine Unannehmlichkeiten machen, Tim. Wenn er das mit uns erfährt . . .«

Rowan faßte einen Entschluß. »Willkommen in Sydney, Honor.« Er senkte den Kopf und küßte sie leicht auf die Wange. »Laß uns das Beste daraus machen.«

Er sah Bill und winkte ihn herbei. »Dies ist Bill, mein Freund.«

Sie ergriff Bills Hand. »Hallo, Tims Freund! Ich habe Sie schon in Edinburgh gesehen.«

Bill grinste. Er überragte sie um Haupteslänge. »Wir suchen besser ein anderes Hotel für Sie, Madam. Ich nehme das Gepäck.«

Sie schob ihre Hand durch Rowans Arm. Er spürte, daß sie nur mit Mühe ihre Fassung bewahrte.

Sie sagte: »Bring mich schnell hier weg, ich muß immer an diese Frau oben in seinem Zimmer denken. Wahrscheinlich bin ich nicht besser als sie, aber ihm ist eben *jede* Frau recht.«

Zum Glück hatte Bill ein Taxi entdeckt und rief rasch: »Ich habe dem Chauffeur gesagt, wo er Sie hinbringen soll. Sie sind dort gut untergebracht, Mrs. Chadwick, bis Sie entschieden haben, was Sie tun werden.«

Er schlug von außen die Tür zu und wartete, bis sie abgefahren waren.

»Er ist nett«, sagte sie.

Rowan drückte ihren Arm, konnte es noch immer nicht fassen, daß sie neben ihm saß.

»Er war schon früher in Sydney, hat hier Rugby gespielt. Wenn er sagt, es sei ein gutes Hotel, dann stimmt das auch.«

Sobald er sich davon überzeugt hatte, daß sie ein schönes, gemütliches Zimmer mit Aussicht auf den Hafen erhalten hatte, sagte er: »Ich fahre jetzt wohl besser an Bord zurück. Wir wollen das Unheil nicht herausfordern.« Er sah ihre plötzliche Sorge, und fügte sanfter hinzu: »Ich möchte nicht, daß dein Name durch meine Ungeschicklichkeit Schaden erleidet.« Er drückte sie an sich, roch den Duft ihres Haares, die frische Wärme ihrer Haut. »Ich liebe dich, Honor, und möchte dich für mich allein haben, so egoistisch das auch ist.«

Sie sah ihn halb lachend, halb weinend an.

»Es ist besser, du gehst jetzt, Tim. Wir wissen beide, warum.«

An Bord der *Growler* fand er Bill besorgt auf ihn warten.

»Ist der Admiral gekommen?« fragte Rowan.

»Ja. Und hat mit seinem unglücklichen Flaggleutnant gesprochen. Ich wette, danach ist er wie ein wilder Stier in sein Hotel zurückgestürmt.«

Rowan rief den Steward. »Ich brauche einen Drink.«

Bill betrachtete ihn ernst. »Du wirst noch mehr brauchen, wenn ich dir erzähle, daß wir Auslaufbefehl haben. Übermorgen fahren wir. Ich weiß es, weil Kitto mir sagte, ich solle den Flugplatz anrufen, damit sie uns die Maschinen zurückschicken.«

Rowan setzte sich in den Sessel und starrte die Wand an. Schon *übermorgen!*

Möglicherweise hatte er insgeheim dasselbe geglaubt wie die anderen: daß für *Growler* der Krieg praktisch vorüber sei.

Bill fragte: »Wie geht es ihr?« Forschend blickte er seinem Freund ins Gesicht. »Ich sehe, wie es dir geht. Aber sie hat eine ganze Menge mehr zu verlieren.«

»Ich weiß. Du hättest das Haus sehen sollen und das Grundstück, Bill.«

»Würdest du ihretwegen auch so viel aufgeben?«

»Du weißt, daß ich's tun würde.« Daran zweifelte er nicht, jetzt und in Zukunft nicht.

»Gut. Dann heißt es volle Kraft voraus, Tim. Es wird noch stürmisch für euch beide werden, aber dennoch beneide ich dich.«

Rowan stand auf, trat ans Schott und rückte ein gerahmtes Foto der ersten Seafire-Besatzungen der *Growler* zurecht. Dabei sah er die Gesichter der Toten, die ihn aus der Vergangenheit anblickten.

Verzweifelt sagte er: »Aber ich weiß nicht, was ich tun soll. Wenn ich jetzt falle, was dann? Dann steht sie praktisch ohne einen Penny da.«

Bill warf ihm einen warnenden Blick zu, als James und de Courcy die Messe betraten.

»Ich nehme an, daß sie diese Entscheidung selbst treffen wird, Tim.«

Rowan seufzte. »Wenn ich sie lasse.«

Chadwick öffnete das Schlafzimmerfenster und ließ die kühle Nachtluft herein. Er war nackt bis auf ein um die

Hüfte geschlungenes Handtuch, in der Hand hatte er ein Glas Whisky. Es war Mitternacht, aber er hörte immer noch gleichmäßigen Verkehrslärm und sah die Lichtreklamen der Restaurants und Klubs. Der Himmel war sehr klar, erhellt vom strahlendsten Vollmond, den er je gesehen hatte. Der große Bogen der Harbour Bridge, im Volksmund *Kleiderbügel* genannt, glänzte im silbernen Mondlicht wie Eis.

Er schwenkte Whisky und Eis im Glas und versuchte, seine Gedanken zu ordnen.

Hinter ihm lag das Mädchen mit ausgestreckten Armen und Beinen wie eine gefallene Statue, noch immer in tiefem Schlaf. Ihr Atem ging ruhig und gleichmäßig.

Chadwick fluchte leise vor sich hin und rief sich den Schreck ins Gedächtnis, den ihm de Courcys Mitteilung verursacht hatte.

Er hatte in letzter Zeit so vieles zu bedenken gehabt; andererseits hätte er damit rechnen müssen, daß seine Frau etwas Ungewöhnliches unternehmen würde. Er hätte wissen können, daß sie es schaffen würde, unter dem Vorwand ihrer Arbeit für das Rote Kreuz eine Reise nach Sydney zu organisieren.

Das Glas zerbrach unter seinem harten Zugriff. Diese Sache war so verdammt unfair und belastete ihn noch zusätzlich.

Aber warum war sie gekommen? Doch sicherlich nicht seinetwegen.

Er ging im Dunkeln zum Nachttisch und schenkte sich einen neuen Whisky ein.

Wenn sie von seiner Affäre in London erfahren hatte, konnten die Dinge schwierig werden.

Er setzte sich, um in Ruhe zu überlegen. Wenn er sich nicht so auf die Pläne der Admiralität konzentriert hätte, die eine neue britische Pazifikflotte aufstellen wollte, wäre er vermutlich vorsichtiger gewesen. Er dachte an die Frau in London, die er seit zwei Jahren kannte. Sie war groß, blond und wild, und es war ihm ein Vergnügen gewesen, sie zu zähmen. Er war niemals ihrer Wünsche, ihres hemmungslosen sexuellen Verlangens überdrüssig geworden. Dann wurde sie eines Tages durch eine Unvorsichtigkeit schwanger. Das Problem hatten sie zwar aus dem Weg geräumt, aber schließlich war sie die Tochter eines hohen Zivilbeamten in Whitehall, der engen Kontakt zu den meisten Ministern des Kabinetts unterhielt. Falls da etwas durchsickerte, bedurfte es mehr als seiner Freunde in der Admiralität, wenn er ungerupft davonkommen wollte.

Dann hatte er sich tief in die pazifische Planung gestürzt. Ganz offensichtlich waren die Amerikaner nicht begierig darauf, ihre Operationen wegen der Aufstellung einer britischen Flotte zu ändern. Sie hatten vorgeschlagen, die Briten sollten lieber die japanische Ölversorgung im ostindischen Raum angreifen und stören. Oder, wenn sie unbedingt in den Pazifik wollten, sollten sie sich in den sogenannten *Fleet Train*, den Troßverband der Flotte, einordnen, der aus kleinen Flugzeugträgern, Öltankern und Munitionsschiffen bestand und das logistische Gefolge der aktiven Flotte darstellte. Damit sollte zur gegebenen Zeit General Arthurs Angriff auf die Inseln gedeckt werden.

Die britischen Behörden waren bereit, diese Rolle zu spielen. Bald schon sollten größere Flugzeugträger und Schlachtschiffe aus heimischen Gewässern abgezogen werden und dann mit den Amerikanern in die Kämpfe eingreifen.

Bis dahin ... Es war Chadwick klar, daß ihn irgend jemand höheren Orts mit Absicht in dieses Randgebiet geschickt hatte, weit genug entfernt vom Zentrum des Geschehens.

Chadwick erinnerte sich der Worte seines besten Freundes bei der Admiralität, der versucht hatte, ihm das Kommando über die Jagdschutzgruppe auszureden. Er hatte ihm geraten zu warten, bis sich etwas Besseres biete. Am Horizont zeichne sich bereits eine Stellung in Washington ab, die mit einem Marineoffizier von Chadwicks Rang besetzt werden mußte. Der Krieg konnte höchstens noch ein Jahr dauern, und der Endkampf würde sich in Ostasien abspielen. Dann lag die wirkliche Macht in Washington, auf der Türschwelle des Präsidenten.

Sein Freund hatte ihm auch unmißverständlich klargemacht, daß Chadwick vorsichtiger sein müsse. Seine Schwäche für Frauen war vielen bekannt. Wenn nun auch noch Väter in hohen Positionen in seine Affären verwikkelt würden, ginge das entschieden zu weit. Dann würde Chadwick sich vermutlich schneller am Land wiederfinden, als er sich träumen ließe.

Aber Chadwick liebte das Leben in der Marine über alles. Er hatte niemals jemandem gestattet, seiner Karriere zu schaden, auch wenn er selbst nicht die geringste Rücksicht auf den Ruf anderer nahm.

Wie Buchan, zum Beispiel. Bei der Kriegsgerichtsverhandlung nach der Kollision hätte Chadwick ihn mit einem einzigen Wort retten können. Buchan war Seemann mit Leib und Seele und ein Offizier der alten Schule. Aber Chadwicks nichtssagende, unverbindliche und vorsichtige Zeugenaussage hatte ihn erledigt.

Chadwick selbst erschien dies nur recht und billig. Er hatte vom Leben noch viel zu erwarten, wohingegen Buchan in den Tag hineinlebte, nur für sein jeweiliges Schiff da war, wenn auch mit der Zuverlässigkeit eines alten Segelmeisters. *Alt,* das war er. Nicht an Jahren, aber in seiner ganzen Einstellung. Aus reiner Herzensgüte hatte Chadwick ihm dieses Kommando über die *Growler* verschafft. Er hätte niemals zugegeben, daß es ihm Freude machte, Menschen als seinen Besitz zu betrachten und sie wie Schachfiguren zu bewegen.

Er stand auf und massierte sich den Magen. Er achtete auf seine Figur, war stets äußerst gepflegt. Die Leute sagten ihm oft, er sähe jünger aus, als er tatsächlich war. Im Augenblick aber tröstete ihn das nicht. Er dachte an Honor. De Courcy würde herausfinden, in welchem Hotel sie abgestiegen war, dann wollte er hingehen und ihr alles erklären. Das hatte auch früher schon geklappt. Sie mußte einsehen, daß eine reine Weste für seine Position, ja für seine ganze Zukunft von lebenswichtiger Bedeutung war, und somit auch für sie.

Seltsam, was dieser dämliche Flaggleutnant ihm von Rowan erzählt hatte. Hatte der Kapitänleutnant versucht, seinen Admiral vor Schande zu bewahren? War es schon so bekannt, daß er mit Grace zusammenlebte? Er blickte hinüber zu der nackten Frau auf dem Bett. Gracie, wie sie sich gern von ihm nennen ließ. Groß und stattlich und mit einer Gier, die sogar seinen ständigen Appetit zu überfordern drohte. Er musterte ihre großen Brüste. Zu jeder anderen Zeit hätte er sie in seiner üblichen Weise geweckt, hätte ihr schmerzliches und lustvolles Stöhnen genossen.

Aber Rowan war die ganze Zeit mit Honor allein im Haus gewesen. Lächelnd schüttelte er den Kopf. *Er* hätte vielleicht – aber keinesfalls Honor. Er rief sich ins Gedächtnis, wie er sie kennengelernt hatte, kurz nachdem seine erste Frau bei einem Autounfall ums Leben gekommen war. Honor war eine ihrer Freundinnen gewesen. Sie hatte sich seitdem kaum verändert: wunderschön, gehorsam, ganz und gar dem Haus und ihrer Stellung als Offiziersfrau ergeben. Er war bereits Kapitän zur See, als sie heirateten, ein bekannter Yachtsegler und Flugzeugführer, dazu Tennis- und Squashmeister. Kein Wunder, daß sie eingewilligt hatte, ihn zu heiraten, auch wenn er um einiges älter war als sie. Er runzelte die Stirn. *Aber doch nicht Honor,* überlegte er noch einmal. Sie war zu ruhig, zu froh, die Frau eines Admirals zu sein.

Was hatte der Narr Buchan gesagt? Irgend etwas über Alter und Tüchtigkeit Rowans?

Das Mädchen auf dem Bett bewegte sich und gurrte: »Komm her, Liebling. Mach um Gottes willen Schluß mit deinen trüben Gedanken.«

Er trat wieder ans Fenster. Diese Grace mußte er so schnell wie möglich loswerden.

Er nahm einen großen Schluck Whisky und spürte, wie seine alte Zuversicht zurückkehrte. Eher glaubte er, daß Honor trotz der Gefahren diesen weiten Weg auf sich genommen hatte, um ihm beizustehen. Sie mußte von der Frau in London gehört haben und wollte nun demonstrativ ihren ehelichen Zusammenhalt vorführen. Die gute, ernste und prüde Honor. Es mußte doch wohl mehr in ihr stecken, als er gedacht hatte. Gleich morgen früh würde er zu ihr gehen. Die Tatsache, daß er bereits Auslaufbefehl hatte, würde ihm helfen. Ein paar sanfte Worte, das Versprechen, sich künftig zu bessern . . . Zufrieden nickte er in der Dunkelheit. So war es richtig.

Er tastete sich zurück zum Tisch, auf dem die Getränke standen, und stieß dabei mit dem Schienbein gegen einen Stuhl

»Verdammter Mist.«

»Was war das, Baby?« Sie rollte sich auf den Rücken, ihre Beine bewegten sich lüstern. »Was zum Teufel machst du da?«

Chadwick fühlte sich bereits viel besser. Er würde auslaufen und den Yankees zeigen, wie man eine Jagdschutzgruppe führte. Dann würde bald alles wieder in Ordnung kommen.

Er ließ das Handtuch zu Boden fallen.

»Komm und sieh selbst nach, Gracie.« Er wartete, bis sie die Hände ausstreckte und ihn festhielt. Wenn sie eine Katze wäre, würde sie jetzt schnurren, dachte er.

Er ließ das Glas fallen und warf sich auf sie. Er wollte es ihnen schon zeigen. Und gnade dem, der ihm dabei in die Quere kam!

Sie saßen dicht nebeneinander in einer kleinen Nische des halbdunklen Restaurants und beobachteten ein Tanzpaar.

Rowan drückte Honor an sich und wünschte, sie wären irgendwo allein.

Schließlich fragte er: »Was hat er gesagt?«

Sie fuhr mit dem Finger über den Rand ihres Weinglases und versuchte, den aufsteigenden Widerwillen zu unterdrücken.

»Ich habe ihm gesagt, warum ich nach Sydney gekommen bin.« Sie sah ihm ins Gesicht. »Deswegen wollte ich dir auch nicht schreiben. Nicht, bevor ich ihn gesprochen hatte. Zu Hause kursiert eine ganze Menge Klatsch über ihn, mußt du wissen, über ihn und seine Geliebte. Und einige Leute sind nicht mehr ganz einverstanden mit seinen Entscheidungen während des Rußlandgeleits, mit den hohen Verlusten an Menschenleben.« Sie senkte den Blick. »Er versuchte immer wieder, mich umzustimmen. Sagte, wenn ich ihn verließe, könne seine Karriere leiden.« Sie schauderte. »Dann kam er in mein Zimmer und versuchte, mir Gewalt anzutun.« Trotzig warf sie den Kopf hoch. »Aber das konnte ich verhindern.«

Sie verschwieg Rowan, daß sein Betteln plötzlich umgeschlagen war in eine furchterregende Brutalität. Er hatte ihr das Kleid heruntergerissen und sie ins Gesicht geschlagen. Er hatte völlig die Selbstbeherrschung verloren, benahm sich wie ein Fremder, wie ein Verrückter, bis er dann ebenso rasch wieder eiskalt wurde.

»So, Tim. Der Fall wäre erledigt. Ich werde nie mehr zu ihm zurückkehren.« Ernst sah sie ihn an. »Aber ich biete dir keinen Tausch an. Ich liebe dich mit jeder Faser meines Herzens, aber niemals würde ich das benutzen, um dich unter Druck zu setzen.«

Er streichelte ihren Arm. »Aber ich liebe dich doch.«

Traurig lächelte sie ihn an. »Das seltsame war, er hat nicht ein einziges Mal gefragt, ob ich jemand anderen liebe.« Wieder erschauerte sie. »Siehst du, Tim, er hat in seinem ganzen Leben noch nie verloren. Das hat wohl mit dazu beigetragen, daß ich ihn geheiratet habe. Ich hatte das Gefühl, daß ich einen starken Mann brauchte. Aber unter all dieser äußeren Zuversicht ist er innerlich schwach. Und gefährlich.« Sie sah zur Seite. »Also nimm dich in acht, Tim. Ich weiß, daß ihr morgen auslauft. Er sagte, wie ich diesen Schritt noch bedauern würde, wenn ich erst sähe, was er aus seiner neuen Stellung macht.«

»Armes Liebes.« Zart berührte er ihre Haut mit den Fingern. »Wenn nur . . .«

Sie nickte. »Laß uns gehen, Tim. Er soll uns nicht unseren letzten Abend verderben. Um nichts in der Welt.«

In einer dunklen Ecke des Restaurants saß James, bereits wieder halb betrunken, und einer der Kellner beobachtete ihn besorgt. Es war immer schlecht, einen Mann in Uniform vor die Tür zu setzen, besonders einen Offizier.

James sah Rowan mit einer Dame zur Tür gehen und richtete sich ruckartig auf. Mit Chadwicks Frau! Er konnte sich genau an sie erinnern, trotz des Nebels in seinem Gehirn.

So war das also! Das nächste Mal, wenn dieser verdammte Chadwick eine seiner höhnischen Bemerkungen über James' deutsche Frau machte, dann würde er ihm ein paar Wahrheiten erzählen. James stand auf und stieß dabei den Wasserkrug um.

Es war die Nacht vor ihrem Auslaufen, und er war allein. James sah sich im Restaurant um. Er wollte sich irgendwo eine Frau suchen.

Der Kellner begleitete ihn zur Tür. Er wußte eine Menge über Seeleute, gleichgültig, welche Uniform sie trugen. Deshalb steckte er James eine Karte in die Tasche und sagte: »Die Dame wird Sie sicher wieder aufmuntern, Kamerad. Die versteht sich darauf.«

Er sah zu, wie James auf die Straße schwankte, und schloß die Tür hinter ihm.

16 Angriff

Während die Amerikaner den Druck auf die von den Japanern besetzten Inseln im Pazifik aufrechthielten, bereitete sich ihre Hauptflotte mit den gewaltigen Versorgungsbasen auf entscheidendere Bewegungen vor.

Wie die meisten seiner Kameraden, so hatte auch Rowan erwartet, daß ihre kleine Jagdschutzgruppe zumindest eine Nebenrolle bei dem ganzen Geschehen spielen würde. Es dauerte jedoch nicht lange, bis sie feststellten, daß die Troßschiffe beim Aufmarsch der Alliierten im Pazifik und Indischen Ozean nur das bedeuteten, was ihr Name besagte, aber nichts mehr.

Die Zeit schleppte sich dahin. Die Gruppe legte gehorsam Hunderte von Seemeilen zurück: zum US-Stützpunkt auf den Admiralitätsinseln, hinauf nach Hawaii oder hinüber nach San Diego auf dem amerikanischen Festland, überallhin, wo Nachschub benötigt oder versammelt wurde. Vom frühen Morgen bis in die Dunkelheit flogen sie regelmäßig ihre Luftpatrouillen, mit der einzigen Abwechslung, daß die Größe oder Zusammenstellung der Konvois variierten. Die Gruppe war verstärkt worden, ein Kreuzer des Freien Frankreichs war zu ihnen gestoßen, die 10 000 Tonnen große *Spartiate.* Sie war während der Invasion in der Normandie zurückerobert und mit Franzosen bemannt worden, die bis dahin in der britischen Marine gedient hatten. Ihr Kommandant, der schwarzbärtige, dynamische *Capitaine de Vaisseau** Tristan Perotto, war äußerst unzufrieden mit ihrer Aufgabe, die auf amerikanischen Werften hastig zusammengenieteten Versorgungsschiffe zu betreuen, während er doch gegen die Deutschen kämpfen wollte.

Abgesehen davon gab es wenig Veränderungen. Die Korvetten waren jetzt als Fregatten klassifiziert, und ge-

* Kapitän zur See

nau wie bei den beiden Flugzeugträgern leuchteten allmählich immer mehr Rostflecken durch ihren Tarnanstrich. Die *Hustler* transportierte meist Flugzeugersatzteile für die Amerikaner, ihre Flugzeuge verbrachten mehr Zeit an Land als an Bord. All dies trug erheblich zur allgemeinen Spannung und sinkenden Moral bei, und Chadwicks Ungeduld und Launenhaftigkeit verbesserten die Situation keineswegs.

Die heftigen Nahkämpfe zwischen japanischen Marinesoldaten und amerikanischen Ledernacken auf vielen kleinen Pazifikinseln, wo Pardon weder gewährt noch erwartet wurde, schienen sich weltweit entfernt von diesen verbrauchten Schiffen abzuspielen.

Sie hatten bisher noch keine Japaner gesehen. Die Rußlandkonvois, deutsche U-Boote und andere Gefahren der Vergangenheit waren fast schon Geschichte, und allen, die damals noch nicht dabeigewesen waren, kamen sie wie eine legendäre Hölle vor.

Ende August begannen die Amerikaner ihre ersten massiven Trägerangriffe auf die Philippinen und die Inseln Chichi Jima und Iwo Jima. Erstere lag nur fünfhundert Meilen von Tokio entfernt.

Als die Siegesnachrichten durchkamen, waren *Growler* und ihre Begleiter gerade im Begriff, Brisbane zu verlassen, um einen weiteren Nachschubkonvoi zweitausend Meilen weit zur amerikanischen Flottenbasis auf Manus Island in der Gruppe der Admiralitäts-Inseln zu geleiten. Der Konvoi brachte Munition, Treibstoff, Verpflegung und in Lattenkisten verpackte Grumman-Jagdbomber, die an die großen Flugzeugträger der Flotte weitergegeben wurden.

Die Grumman-Martlets machten ihnen beinahe den schlimmsten Ärger. Jedesmal wenn die Gruppe einen Hafen anlief oder in den Signalbereich höherer Instanzen kam, bat Chadwick um Austausch einiger Seafire gegen Grumman-Jagdbomber. Sie hatten eine größere Reichweite und waren den japanischen Jagdflugzeugen gleichwertig.

Rowan interpretierte die Bestrebungen des Admirals als Wunsch, seine Gruppe an die vorderste Front zu bringen, damit sie nicht – und er selbst mit ihr – in Vergessenheit geriet.

Aber es kamen keine Austauschflugzeuge, und nach wie vor hingen an den Schwarzen Brettern die gewohnten Auslaufbefehle zu Geleitfahrten.

In Brisbane fand Rowan zwei Briefe von Honor vor, beide in Sydney aufgegeben, und im letzten erklärte sie, daß sie bald nach England zurückkehren müsse.

Rowan war teils froh darüber, daß sie abreiste, teils natürlich enttäuscht. Immer wieder las er ihre Briefe, entdeckte jedesmal etwas Neues und anderes darin. Und er hoffte, daß auch sie in seinen Briefen Trost fand, die aber erst von der Zensur freigegeben werden mußten.

Er saß in seiner Kammer und schrieb wieder einmal an sie, als er in die Gefechtszentrale gerufen wurde.

Der Konvoi, den sie geleiteten, war kleiner als sonst üblich, und als er auf dem Flugdeck kurz anhielt, sah er, daß sich die Schiffe in drei Reihen formiert hatten. Der französische Kreuzer führte die mittlere Reihe an.

Das Land war schon fast hinter dem Horizont verschwunden, und was von der Queenslandküste noch sichtbar war, glich blassen Schatten im Dunst.

Er betrat die Gefechtszentrale, suchte sich einen Stuhl so nahe unter dem Deckenlüfter wie möglich und nickte Kitto, James, Dexter und Broderick, dem Operationsoffizier (Luft) zu. Selbst Syms, der rundköpfige Meteorologe, war zugegen: »die Stammfirma«, wie die Gruppe bezeichnet wurde. Sie kannten sich so genau, daß nur wenige Worte zur Verständigung genügten.

Aber heute war etwas anders als sonst, dachte Rowan. Zwar sah James so verdrießlich und angespannt aus wie immer, Kitto jedoch schien irgendwie erregt zu sein, was neuerdings selten vorkam. Denn jede Hoffnung auf ein Ende der Eintönigkeit ging gewöhnlich verloren, noch bevor man sie richtig überprüft hatte.

Kitto stand auf und verkündete: »Der Admiral wird jeden Augenblick kommen, der Kommandant auch.«

Er warf Rowan einen kurzen Blick zu. *Der Kommandant auch.* Es mußte also etwas Wichtiges sein, wenn Buchan seine Brücke verließ.

Mit halbersticktem, zornigem Gebrüll erwachte eine Swordfish auf dem Flugdeck zum Leben: Die erste Patrouille machte sich startklar. Commander Jolly würde den Einsatz überwachen. Die Swordfishbesatzungen hatten im Gegensatz zu den Jagdfliegern genügend Gelegenheit zum Exerzieren, sowohl einzeln als auch in der Gruppe. Sie überprüften die örtliche Schiffahrt oder größeres Treibgut, wobei sie von der *Spartiate* unterstützt wurden. Der Kreuzer hatte drei Seeflugzeuge an Bord, die zum Start katapultiert werden mußten und die der Kommandant offenbar unabhängig von Chadwick nach eigenem Ermessen einsetzte.

Rowan hatte Chadwick bisher kaum gesehen. Gewöhnlich blieb er in seinen Räumen und ließ holen, wen er persönlich sprechen wollte. Und wenn er Rowan der Untreue mit seiner Frau verdächtigte, so hatte er sich das zumindest noch nicht anmerken lassen.

In diesem Augenblick öffnete sich die Tür, und Chadwick, Buchan und der Flaggleutnant traten ein.

Chadwick nickte. »Setzen Sie sich, meine Herren.«

Sein frisches Hemd, seine Shorts, weißen Strümpfe und Schuhe, alles an ihm war makellos: von Kopf bis Fuß der imponierende Befehlshaber.

Sie setzten sich.

»Sie werden vielleicht nicht bemerkt haben«, er schwankte ein wenig, als *Growler* ihren Bug in das erste größere Wellental tauchte, »daß *Hustler* ohne die übliche Decksladung verpackter Flugzeuge ausgelaufen ist.«

Rowan hatte es bemerkt, aber nicht weiter beachtet.

Chadwick fuhr fort: »Wir haben nämlich dieses Mal eine besondere Aufgabe zu bewältigen. Ich sagte Ihnen zu Anfang, daß wir noch zeigen werden, was wir leisten können. Die Flottenversorgung ist wichtig, aber glanzlos. Was wir jetzt vorhaben, ist weder das eine noch das andere, aber ein sehr guter Auftakt.«

Er schnipste mit den Fingern. »Karte!«

Sein Flaggleutnant, der aussah, als sei er inzwischen erheblich gealtert, rannte zum Schott und entrollte eine große farbige Wandkarte. Sie zeigte die Nordküste Australiens, Neuguinea und die von Japan besetzten Gebiete Indonesiens.

Ruhig sagte Chadwick: »Die Amerikaner haben alle Hände voll zu tun mit ihren philippinischen Operationen. Und unsere neue britische Pazifikflotte wird erst in einigen Monaten einsatzfähig sein. Also wurde uns die Aufgabe übertragen, an bestimmten Stellen Sumatras unsere Visitenkarte abzugeben.«

Während der folgenden Sekunden studierte Rowan die unterschiedlichsten Reaktionen auf den Gesichtern jener, die an Bord bleiben und den Plan ausarbeiten, und der anderen, die selbst nach Sumatra fliegen würden.

»Die Swordfish sind hierfür natürlich ungeeignet«, fuhr Chadwick fort, und Rowan meinte zu sehen, wie sich Dexters Hände entspannten. Er hatte sich wohl gerade den langsamen Anflug seiner schwerfälligen Maschinen über feindlichen Flakstellungen vorgestellt.

»Aber sobald wir mehr Informationen haben, werde ich die lahmen Enten für ein Ablenkungsmanöver gegen die örtliche Schiffahrt benutzen.

Dann sah er Rowan an.

»Aber die Seafire beider Träger werden als Jagdbomber eingesetzt, jede von ihnen mit einer Fünfhundert-Pfund-Bombe beladen.« Er schlug die Fäuste zusammen. »Das gibt eine große Feuerwerksnacht!«

Dann nickte er James zu. »Noch irgend etwas?«

James stand umständlich auf und fummelte mit seinen Papieren herum. »Der Feind unterhält einigen Jagdschutz für seine Häfen und Raffinerien auf Sumatra, Sir. Aber viele dieser Flugzeuge sind kürzlich verlegt worden, damit sie gegen die Amerikaner eingesetzt werden können.«

Chadwick grinste in seiner altbekannten Weise. »Sie sehen, meine Herren, es ist ein Kinderspiel. Sie warten auf Ihre Chance, müssen sich viel zu lange gedulden, aber jetzt ...«

Rowan sah wieder den ursprünglichen Chadwick vor sich, wie er in Liverpool an Bord gekommen war, so voller Zuversicht und Optimismus. *Ein Kinderspiel.* Er merkte plötzlich, daß er das kleine Medaillon unter seinem Hemd berührte. Es war ebensowenig ein Kinderspiel wie damals der Angriff auf den Öltanker in Norwegen.

Noch dazu war dies ein völlig anderer Krieg. In Europa hatte man immer das Gefühl, irgendwie doch nach Hause zu kommen, auch wenn das Schlimmste passierte. Und wenn man wirklich abgeschossen wurde und hinunter mußte in den Bach, konnte man damit rechnen, daß sich die Deutschen an die Genfer Konvention hielten.

Aber die Japaner! Er hatte grauenhafte Geschichten gehört, was sich in Malaya, Burma und sonstwo abgespielt hatte, wo siegreiche japanische Armeen die Flaggen der Kolonialmächte England, Holland und Frankreich niedergeholt hatten. Die von ihnen gefangengenommenen Europäer, Männer wie Frauen, mußten entsetzlich leiden.

Rowan verbot sich diese trüben Gedanken und blickte auf die große Wandkarte. Die Entfernungen zwischen den vielfach überbevölkerten Inselgruppen waren gewaltig, die Nachschublinien unendlich lang. Kein Wunder, daß die Amerikaner es schwer hatten, in harten Kämpfen verlorenes Terrain zurückzugewinnen. Es war ein Krieg der großen Flugzeugträger, der U-Boote, der Nachschubgeleite, des plötzlichen Vorstoßes von Landungsfahrzeugen unter dem Schutzschirm der Bomben und Artillerie.

Er stellte sich ihre beiden Geleitträger, den französischen Kreuzer und die Handvoll Fregatten vor. Wahrlich keine Armada!

»So, meine Herren, ich erwarte den vollen Einsatz jedes einzelnen. Nachher werde ich zur *Hustler* hinüberfliegen und dort ebenfalls das Nötige sagen.« Er hob eine Augenbraue in Dexters Richtung. »Sie bereiten das vor, klar?«

Er hob seine Mütze vom Tisch auf und blickte sie einen Augenblick nachdenklich an.

»Falls wir diesen Auftrag erfolgreich erledigen, haben wir etwas mehr Gewicht in die Waagschale zu werfen, wenn unsere neue Flotte eintrifft. Das wäre nicht das schlechteste.« Er gönnte der kleinen Gruppe von Offizieren einen letzten Blick. »Achte also jeder darauf, daß nichts schiefgeht, verstanden?«

Ohne weiteren Zwischenfall übergaben sie ihre Frachter in Manus an die Amerikaner. Und nach einer unangenehm langen Verzögerung gingen sie endlich ankerauf.

Sie fuhren zunächst nach Südosten und bogen dann nach Westen in den Indischen Ozean ab. Obwohl sie die Versorgungsschiffe ohne Verluste geleitet hatten, sollte es in diesem Seegebiet japanische U-Boote geben. Einige Handelsschiffe und ein Zerstörer waren versenkt, andere beschädigt worden. Das ließ ihnen den Krieg wieder näher und wirklicher erscheinen.

Die Schiffe und Flugzeuge der Gruppe exerzierten während des Tages soviel sie konnten, aber nach seinem Besuch beim amerikanischen Admiral auf der Insel hatte Chadwick nichts weiter über den beabsichtigten Angriff gegen Ziele auf Sumatra gesagt. Um so hitziger verliefen die Diskussionen, und die Ansichten über den Angriff reichten von unwahrscheinlich bis absurd. Bill Ellis hielt es für nahezu ausgeschlossen, daß man zwei überbeanspruchte Geleitträger gegen gefährliche Ziele an Land einsetzen würde. Kitto dagegen führte an, daß auch Raddampfer ursprünglich nicht als Minensucher gebaut und Millionärsyachten nicht für die Verwendung als U-Boot-Jäger gedacht waren. Doch nach fünf Jahren Krieg hielt er alles für möglich.

Es sah dann tatsächlich so aus, als hätte Chadwick seinen Willen durchgesetzt. Als die kleine Gruppe nach Nordwesten dampfte und die nächstgelegene australische Küste gut fünfzehnhundert Meilen achteraus ließ, nahm der Glaube an die Operation wieder erheblich zu.

Kapitän Buchan auf seiner Brücke dachte an wenig anderes als an die Kurslinien und Peilungen, die ihm täglich deutlicher vor Augen führten, wie nahe sie an die Gefahrenzone herangekommen waren. Ebenso wie die anderen Kommandanten der Gruppe wußte er genau, was sich während Chadwicks Besuch beim amerikanischen Admiral abgespielt hatte.

Ein leichter Flugzeugträger unter dem Kommando dieses Admirals war durch Torpedobomber schwer beschädigt worden. Er gehörte zu jener Gruppe, die japanische Schiffe und Flugzeuge vom zentralen Kriegsschauplatz, also den Philippinen und besonders dem Golf von Leyte, abziehen sollte, denn dort lag offenbar der Angelpunkt des amerikanischen Angriffs. Es war ein Krieg der großen Flotten, der Schlachtschiffe und hauptsächlich der Flugzeugträger, die bereits ihre Überlegenheit bewiesen hatten.

Während Chadwicks Jagdschutzgruppe sich in Manus gelangweilt hatte, gab es täglich Berichte über die ansteigende Kampftätigkeit auf den zweitausend Meilen entfernten Philippinen, aus denen klar hervorging, mit welch fanatischer Entschlossenheit die Japaner zurückschlugen.

Und als von immer schwereren Kämpfen und immer größeren Verlusten berichtet wurde, bekam Chadwick seinen Einsatzbefehl.

Seine Gruppe sollte einen Scheinangriff auf die Südspitze Sumatras, am Nordende der Sundastraße, führen. Dies würde zwar keine Feindkräfte binden, aber vielleicht doch für Ablenkung sorgen und einer amerikanischen Flugzeugträgergruppe Gelegenheit zu einem wirklichen Angriff auf die große Ölraffinerie bei Palembang geben.

Aus der Ferne gesehen ein guter Plan, dachte Buchan. Er würde die Verteidiger ablenken und dann einen vernichtenden Schlag aus der Luft führen und bot seiner Ansicht nach zweierlei Vorteile: Einmal verloren die Japaner ihre wertvolle Treibstoffversorgung, zum anderen würden die von ihnen mit barbarischer Strenge beherrschten Völker sehen, daß das Kriegsglück sich nun gegen ihre Unterdrücker wandte.

Aber Chadwicks wegen machte sich Buchan Sorgen. Tatsache war, daß niemand so recht wußte, was man mit seiner Jagdschutzgruppe anfangen sollte. Ohne die große britische Pazifikflotte war sie praktisch nutzlos. Vielleicht hielt die Führung der U.S. Navy dies für eine gute Gelegenheit, sich Chadwick vom Halse zu schaffen. Aber dann kannte sie ihn schlecht.

Auch das Wetter machte Buchan Sorge. Während der letzten vierundzwanzig Stunden hatte es sich ständig verschlechtert; die tropischen Regengüsse waren derartig heftig auf das hölzerne Flugdeck niedergeprasselt, daß man sich oben auf der Brücke nur schreiend verständigen konnte.

Es war jetzt Oktober, sonst eine sichere Wetterperiode ohne Taifune. Aber plötzliche Wetterstürze waren trotzdem keine Seltenheit. Buchan konnte sich nur schwer damit abfinden, daß das Schicksal von Menschen und Flugzeugen auf den Kenntnissen eines ehemaligen

Schulmeisters, des Meteorologen Syms, beruhen sollte. Er hatte sich zwar gut eingearbeitet, war aber bei weitem kein Experte.

Buchan ging zur Flugbrücke und blickte hinunter aufs Deck. Im achteren Teil drängten sich die Jagdflugzeuge und zwischen ihnen hantierten die Mechaniker wie Götzenanbeter. Chadwick sollte ihnen endlich sagen, daß der Angriff abgeblasen werden würde, dachte Buchan. Trotzdem hatte er die schweren Bomben unter den Seafiremaschinen scharf und einsatzbereit machen lassen.

Buchan hob das Glas und ließ es langsam über ihre Begleitschiffe schweifen. Vier Zerstörer der australischen Marine waren zu ihnen gestoßen, und ohne die sonst üblichen schwerfälligen Frachter hatte die Gruppe tatsächlich den Anschein eines Kampfverbandes. Aber eben nur den *Anschein.*

Der Brückenunteroffizier sagte: »Anruf von der Operationszentrale, Sir.« Dann hielt er die Hand über die Muschel und fügte leise hinzu: »Der Admiral, Sir.«

»Kommandant hier, Sir.« Buchan beobachtete den nächsten Zerstörer durch sein salzverschmiertes Glas. Er stieg und stampfte wie ein Vollblutpferd.

»Ich habe soeben einen Funkspruch vom C. in C. erhalten.« Chadwicks Ton war knapp und nüchtern. »Die Amerikaner sind in Schwierigkeiten. Sie haben vor Mindanao bei einem schweren Luftangriff hohe Verluste erlitten. Es wird einige Zeit dauern, bis sie ihre Kampfverbände neu organisiert haben.«

Buchan wartete und glaubte, den Admiral atmen zu hören.

Schließlich fuhr Chadwick fort: »Deshalb läuft unsere Operation jetzt. Sie ist kein Scheinangriff mehr. Ich werde die Gruppe entsprechend informieren.«

»Verstehe, Sir.« Buchan überlegte rasch. »Ich würde es gern vorher mit Ihnen besprechen, Sir.«

Ungeduldig fuhr Chadwick ihn an: »Dies ist unsere

Chance! Vielleicht die einzige, die wir jemals bekommen.« Dann knallte er den Hörer auf.

Buchan trat wieder hinaus in den heißen Wind und beobachtete das eifrige Treiben rings um die festgezurrten Flugzeuge.

Verfügbarkeit. Das war das Wort, das sie bei den Stabsoffiziers- oder Kommandantenkursen immer gebrauchten. Es bedeutete: Benutzt, was ihr habt! Er blickte über sein Schiff, über das stampfende und rollende Flugdeck. Sie waren eben gerade verfügbar. Er verspürte einen leichten Schwindel im Kopf, hatte das Gefühl, seekrank zu werden.

Ein anderes Telefon summte. Diesmal war es der Flugdienstleiter.

Kitto sagte: »Ich hab's gerade gehört, Sir. Das klingt wie ein harter Brocken.«

Buchan erwiderte: »Wir wollen tun, was wir können.« Dann fragte er zögernd: »Haben Sie mit dem Meteorologen gesprochen?«

»Es besteht Aussicht, daß der Südost weitere schwere Regenböen heranbringt, Sir. Wenn es schlimmer wird, müssen wir die Sache abblasen.«

Buchan biß die Zähne zusammen. »Rufen Sie Ihre Leute. Der Angriff beginnt bei Anbruch der Morgendämmerung in vier Tagen. Den Rest wissen Sie ja selbst.«

Am anderen Ende der Leitung legte Kitto sehr leise auf und blickte Rowan an.

»Der Countdown läuft, Tim. Ich weiß jetzt das Ziel: ein japanisches Treibstofflager, erst kürzlich fertiggestellt.« Er rieb sich das Kinn. »Ich glaubte schon, es sei ein Scheinangriff, um den Feind abzulenken; aber ich hatte unrecht.« Seine Stimme wurde wieder frisch und geschäftsmäßig. »Ab sofort müssen wir zusätzliche Patrouillen fliegen. Wenn ein japanisches Aufklärungsflugzeug auftaucht, muß es sofort abgeschossen werden.« Er schlug mit der Hand auf den Tisch. Verdammt, wenn wir nur mehr Seafire und weniger Swordfish hätten!«

Ein Telefonposten blickte auf und sagte: »Funkspruch, Sir. Weitere Feindangriffe auf amerikanische Schiffe südöstlich der Philippinen.«

»Danke.« Kitto sah Rowan an. »Glaubst du wirklich, daß unsere winzige Anstrengung irgendeine Änderung bewirkt? Bei einer Schlacht in zweitausend Meilen Entfernung?« Er nickte, beantwortete damit seine eigene Frage. »Hier draußen geht alles rascher. Ich nehme an, sie könnte sich wirklich auswirken.«

Ein Läufer erschien und sagte zu Rowan: »Der Admiral möchte Sie auf der Brücke sprechen, Sir.«

Rowan verließ die Operationszentrale. Dies war sein erster Kontakt mit Chadwick, aber einmal mußte es ja sein.

Er fand Chadwick im Kartenhaus, wo er eine Zigarette rauchte und Kaffee trank.

»Sir?«

»Ach ja, Rowan. Was macht Ihr Bein?«

Die Frage traf ihn unvermutet, was wohl auch beabsichtigt war.

»Alles wieder in Ordnung, Sir.«

»Gut.« Chadwick nahm vorsichtig ein Tabakkrümchen von der Zungenspitze und betrachtete es nachdenklich. »Sind Sie froh, daß es endlich losgeht?«

Froh? Was für eine Frage.

»Ich habe mir die Karten und die Zeichnungen angesehen, Sir.«

»Das habe ich nicht gefragt.«

Rowan blickte ihn ernst an. »Ich denke, es ist ein ziemliches Risiko, Geleitträger einen solchen Angriff ausführen zu lassen, Sir. Falls Sie meine ehrliche Meinung wissen möchten: Ich glaube, wer sich diesen Plan ausgedacht hat, der weiß nicht, worum es im Krieg geht.«

Chadwick lächelte. »Als ich das erstemal zu einem Flug startete, geschah das von der seltsamen Plattform eines Schlachtschiffes aus. Und vor einer Woche flog ich eine Swordfish von einem Träger zum anderen. Ohne Probleme.«

Rowan hatte von den Swordfishpiloten gehört, daß Chadwick den Steuerknüppel erst übernommen hatte, als sie in Sichtweite von *Hustler* waren. Chadwick war wenige Fuß am Mast vorbeigezischt und vom Batsman* dreimal abgewinkt worden, bevor er endlich landen durfte, wobei er dann so hart aufsetzte, daß es ihm fast die Zähne aus dem Mund schlug. Er blieb jedoch völlig ungerührt und hatte nur lässig geäußert: »Nichts dabei!«

Chadwick fuhr fort: »Dieses Schiff ist jetzt eine Plattform für einen besonderen Zweck: Bomben zu dem verdammten Treibstofflager zu transportieren. Genau wie Nelsons *Victory* eine Plattform war für ihre Breitseiten, nur daß die Teerjacken damals nicht jede halbe Stunde eine Kaffee- und Eiscremepause einlegten!« Er lächelte, aber der stählerne Ton in seiner Stimme war nicht zu überhören.

Rowan erwiderte: »Ich sage nicht, daß wir es nicht schaffen können, Sir.« Er ärgerte sich über seine Willfährigkeit; denn ihm war klar, daß die Auseinandersetzung eines Tages nicht mehr vermieden werden konnte.

»Das höre ich gern.« Chadwick schenkte sich noch eine Tasse Kaffee ein. Auf seinem Rücken und unter den Armen waren dunkle Schweißflecken zu sehen. Das paßte irgendwie nicht zu ihm.

Beiläufig fuhr er fort: »Wenn wir Erfolg haben, werde ich sicherstellen, daß wir alle etwas Besseres bekommen. Vielleicht ist dies Ihr letzter derartiger Einsatz . . .« Er wandte sich Rowan zu und beobachtete dessen Reaktion. »Nein, *so* meine ich es nicht!«

Rowan sagte nichts, spürte aber, wie der Ärger in ihm

* Bats – Landungskontrolloffizier

wuchs. Diese Zweideutigkeit war bestimmt absichtlich, wohlüberlegt gewesen. Er sollte denken, daß er bereits abgeschrieben sei.

Der Admiral sagte: »Beförderung, meine ich, einen Stabsrang vielleicht. Wir werden sehen.«

»Und Sie, Sir?« Rowan konnte sich die Frage nicht verkneifen. »Was werden Sie tun?«

Chadwick musterte ihn ruhig. »Meine Pflicht.« Er lächelte. »So gut ich das vermag.«

Rowan schritt langsam zur Tür. Er mußte allein sein, mußte die Möglichkeit verarbeiten, daß er von dem Flug nicht zurückkam.

Chadwick sagte: »Wie ich höre, haben Sie meine Frau in Sydney getroffen?«

»Ja, Sir.«

»Das war kein Zufall!«

»Wenn Sie Ihren Flaggleutnant fragen . . .«

»Ich frage niemanden, Rowan. Aber ich sage Ihnen, benehmen Sie sich gefälligst anständig!«

»Gewiß, Sir.« Rowan fühlte, wie die Wände des Kartenhauses auf ihn zukamen, bis Chadwick den Raum zu füllen schien.

»Mich interessiert nicht, was sie Ihnen vorgejammert hat, Rowan. Und auf keinen Fall gehen unsere Privatangelegenheiten einen Subalternoffizier auch nur das geringste an, der sich einbildet, er wüßte mehr, als er wissen sollte.« Dann hatte er sich wieder unter Kontrolle. »Jedenfalls entscheide ich, wie es weitergeht.«

Rowan sah in gleichgültig an, sein Ärger war jetzt der Verachtung gewichen.

»Ich liebe Honor, Sir. Es ist zwecklos, das zu leugnen«, sagte er.

Überraschenderweise blieb Chadwick ganz ruhig. »So etwas habe ich vermutet. Das alles ist natürlich Unsinn. Aber wenn Sie darauf bestehen, sich zu blamieren, werden Sie vor Gericht ein ziemlich trauriges Bild abgeben. Sie beide. Ich fürchte, danach wird nicht mehr viel *Liebe* übrigbleiben, mit der Sie sich brüsten könnten.«

Rowan wandte sich ab. Er war prompt in die Falle getappt, die Honor hatte vermeiden wollen. Vollkommen gleichgültig, was jemand über Chadwick sagte oder wessen man ihn verdächtigte, er würde immer als der tadellose Offizier dastehen, dem man böses Unrecht zugefügt hatte.

»Wenn Sie sich allerdings einen Rest gesunden Menschenverstand bewahrt haben, könnten wir trotzdem einen Ausweg finden.«

»War das alles, Sir?« Entnervend, wie ruhig ihm die eigene Stimme vorkam. Wie gleichgültig.

»Ja. Sie können gehen.« Als die Tür sich hinter Rowan geschlossen hatte, fügte Chadwick barsch hinzu: »Und zwar zur Hölle!«

Rowan ging zur Brücke und sah Buchan mit Bray sprechen. »Ist alles in Ordnung?« fragte ihn der Kommandant.

»Ja, Sir.« Rowan balancierte die Bewegungen des Schiffes aus und erinnerte sich daran, wie Buchan nach ihm geschickt hatte, um ihm den Tod seiner Eltern mitzuteilen.

»Was ist?« Buchan entließ Bray mit einer Kopfbewegung. »Möchten Sie mir etwas sagen?«

»Ja, Sir. Es handelt sich um einen Brief für den Fall, daß etwas schiefgehen sollte. Da ist jemand, dem ich ihn gern zukommen lassen würde.«

Buchan lächelte nicht und stellte auch keine Fragen. »Ich verstehe. Selbstverständlich.«

»Danke, Sir.« Er wollte den Brief nicht Bill geben, denn das konnte ihn belasten, selbst wenn er lebend zurückkehrte. »Ich bin Ihnen wirklich sehr dankbar.«

Buchan sah ihm nach, als er die Brücke verließ. Er hatte gar nicht gewußt, daß es jemanden gab, dem Rowan einen Brief zu hinterlassen wünschte.

Brays Stimme riß ihn aus seinen Gedanken.

»Signal von *Redshank**, Sir! Flugzeug in Sicht, Peilung Nordwest!« Er nickte und griff zum Glas. »Geben Sie Fliegeralarm und informieren Sie die Operationszentrale.«

Er trat hinaus in das grelle Licht und suchte nach der kleinen Fregatte, die wie ein Pointer den Verband anführte. Die Alarmglocken schrillten durch das Schiff, auch vom französischen Kreuzer tönte das Plärren eines Horns herüber.

Unten an Deck sprinteten die Arbeitsgruppen auf ihre Alarmstationen und machten die Seafire startklar, während sich die Geschütze unterhalb des Flugdecks auf ihren Plattformen nach außenbords drehten.

»I.O. meldet Schiff gefechtsbereit, Sir.«

Schon widerhallte der Donner fernen Flakfeuers von der Brückenpanzerung.

Buchans Augen tränten, als er die Rauchwölkchen detonierender Granaten beobachtete, die von der Führerfregatte und dann von anderen Geleitfahrzeugen abgefeuert wurden.

Es hätte zu keinem ungünstigeren Zeitpunkt passieren können. Der ziemlich starke Wind kam genau von achtern.

Er wartete, bis Bray vom Kompaß zurückgerannt kam.

»Fertig, Sir.«

»Geben Sie Signal, und drehen Sie dann in den Wind.« Buchan ignorierte das Klappern der eigenen Signallampe und die antwortenden Lichtblitze der beiden Zerstörer, die darauf warteten, *Growlers* enger Drehung zu folgen.

»Hart Backbord!«

Buchan griff zum Brückenkleid, als der Befehl vom Steuerhaus wiederholt und ausgeführt wurde. Das Warten war vorüber.

* Rotschenkel

17 Überlebenschancen

Rowan preßte sich mit dem Rücken gegen das stählerne Schott, während er die eifrigen Gestalten in der Operationszentrale beobachtete. Gruppe Blau war seit zehn Minuten in der Luft und hatte den Feind identifiziert, ein zweimotoriges Aufklärungsflugzeug.

Wahrscheinlich hatte es trotz der großen Entfernung schon eine Sichtmeldung an seine Basis abgegeben.

Rowan hörte die gedämpften Stimmen der Flugzeugführer im Bereitschaftsraum, die abwarteten, ob für alle Alarmstart befohlen würde. Er hatte es selbst oft genug miterlebt und erinnerte sich an die ersten Male, wenn man versuchte, so entspannt zu scheinen, als kümmere einen das Ganze nicht weiter. Jetzt erkannte er auch Kittos Stimme, die über Funk hereinkam, knapp und sachlich.

Die Gruppe flog in achtzehntausend Fuß Höhe und in Sichtkontakt mit dem japanischen Aufklärer. Eine Welle atmosphärischer Störungen drang aus dem Empfänger, dann hörte er Bill rufen: »Achtet auf den Heckschützen!« Danach schwieg der Lautsprecher.

Rowan beobachtete James und Broderick mit ihren Funkgasten. Sie sahen das alles von anderer Warte aus. Rowan aber war im Geist oben bei den Fliegern. Seine Bauchmuskeln schmerzten, und er stellte fest, daß er sie anspannte, als sei er tatsächlich selbst im Kampf.

James bemerkte: »Dieser japanische Pilot war zu langsam. Er verfolgte eins der französischen Wasserflugzeuge und schoß es ab. Er hätte verschwinden sollen, solange er noch Zeit dazu hatte.«

Rowan musterte ihn grimmig, rief sich das deutsche Wasserflugzeug ins Gedächtnis, das auf der See niedergegangen war; er erinnerte sich auch an die Walrus, die ihn aufgenommen hatte, und an all die anderen Male, bei denen er diesen verrückten, aber zweckmäßigen Amphibienflugzeugen begegnet war.

Der Unteroffizier mit den Kopfhörern rief aufgeregt: »Sie haben ihn!« Mit gefurchter Stirn beugte er sich vor. »Eine von unseren Maschinen hat's erwischt, Sir!«

Erregt fragte Rowan: »Wen?«

Der Unteroffizier sah ihn an. »B wie Baker, Sir.«

Rowan schritt durch den Bereitschaftsraum weiter zur Brücke und zu Kittos kleiner Plattform. Zusammen starrten sie achteraus, über die Schiffe hinweg, die noch immer auf Gegenkurs lagen.

Ein langer, dunkler Rauchstreifen zog sich über den Himmel und endete an der Stelle, wo der japanische Aufklärer ins Wasser gestürzt war. Sehr viel tiefer hing eine weitere Rauchspur, schien auf den Aufbauten des französischen Kreuzers zu balancieren. Dann gab es einen grellen orangefarbenen Blitz, aber keinerlei Knall, da der Aufschlagsort zu weit entfernt lag. Auch kein Fallschirm war auszumachen.

Rowan beobachtete, wie sich die nächste Patrouille auf dem Flugdeck startklar machte, und wartete, bis der Lautsprecher die Rückkehr von Bills Gruppe ankündigte.

Später, bei der Berichterstattung, als *Growler* bereits höhere Umdrehungen lief, um wieder aufzuschließen, sagte Bill heftig: »Ich jagte einen langen Feuerstoß in den Japaner, und er ging sofort nach unten. Lord Algy flog noch einmal hinter ihm vorbei, wie immer. Der Heckschütze muß geradezu auf ihn gewartet haben, obwohl sein eigenes Flugzeug bereits brannte und stark an Höhe verlor.«

»Hat er versucht, auszusteigen?«

Bills Augen waren von der Anstrengung gerötet. »Er winkte mir noch einmal kurz zu, dann kippte sein Kopf vornüber. Die Flammen erledigten den Rest.«

In dieser Nacht, während die Schiffe abgeblendet durch ein Seegebiet fuhren, das wieder einmal von sintflutartigem Regen zu weißem Gischt aufgepeitscht wurde, wanderte Rowan ruhelos über den Hangar und durch die menschenleeren Seitengänge. Er konnte nicht schlafen.

Der Regen erinnerte ihn an das Haus in Hampshire. Vielleicht war Honor jetzt schon dort, tröstete gerade andere Verwundete? Aber dann wies er den Gedanken weit von sich. Ihre Bande waren so fest, daß niemand sie sprengen konnte, so wie auch ihre Liebe sie überrascht hatte, ohne daß einer von ihnen es erwartet oder sich dagegen gewappnet hätte.

Wenn er es doch nur nicht Chadwick erzählt hätte! Indem er versucht hatte, sie zu verteidigen, hatte er vielleicht alles verdorben und würde sie möglicherweise nie wiedersehen.

Die Jagdbomber der *Hustler* sollten die erste, die der *Growler* die zweite Welle fliegen. Falls die Japaner wirklich nicht von dem Aufklärer gehört hatten, mußten sie trotzdem inzwischen voll abwehrbereit sein, spätestens wenn die zweite Angriffswelle geflogen wurde.

Er blickte hinüber zu Jonah II, der unter einer Inspektionslampe glänzte. Seine Flügel waren an den Spitzen noch eingeklappt, die anderen Maschinen umstanden ihn, als wollten sie ihm Gesellschaft leisten.

Rowan hatte Flugzeuge abgeschossen und feindliche Schiffe beharkt, so viele, daß er sich an die genaue Zahl nicht mehr erinnern konnte. Aber immer hatte sich das auf See oder wenigstens an der Küste abgespielt. Ihr jetziges Ziel jedoch lag weit landeinwärts und verlangte einen tiefgeflogenen Bombenangriff. Rein und raus, *großes Feuerwerk,* hatte Chadwick gesagt. Aber Rowan hatte einen solchen Einsatz bisher noch nie geflogen, außer bei der Zerstörung eines Wracks in der Nähe der Goodwin-Sände.

Er überlegte, wer ihn begleiten würde. Außer Bill waren alle noch grün wie Gras. Creswell, trotz seines zweiten Streifens und des Glücks, das er bisher gehabt hatte, war zwar überzeugt von seinem Können, doch fehlte es ihm an Erfahrung.

Rowan blickte zu Bills Maschine hinüber: ein Rugby-

Ball, auf dessen Spitze ein volles Bierglas stand, war sein Abzeichen.

Er ging zur nächsten Leiter. Oben in der Operationszentrale dösten die Wachhabenden müde in der schalen Luft. Ringsum tickten und schnurrten die Koppelgeräte, und aus dem Sprachrohr zum Funkraum hörte Rowan das leise Gestammel von Morsebuchstaben.

Er blickte auf die erleuchtete Karte, sah die einem Krummsäbel ähnliche Form Javas, das sich zur Sundastraße hin erstreckte, die es von Sumatra trennte. Auf beiden Inseln saßen japanische Soldaten, bewachten die Straßen und suchten mit einsatzbereiten Abwehrwaffen den Himmel ab. Trotzdem konnte er sich nur schwer vorstellen, daß es außerhalb dieses Schiffes noch anderes Leben gab.

Hoch oben auf der Brücke saß Buchan in seinem Stahlsessel, blickte durch das gläserne Brückenkleid und lauschte dem Regen und den Sturzbächen, die sich von der Brücke auf die darunter kauernden Örlikonschützen ergossen.

Morgen um diese Zeit war vielleicht schon alles vorüber. Falls der Aufklärer noch eine Sichtmeldung abgegeben hatte, dann würde der Feind einen gewaltigen Luftangriff starten, und danach war es zwecklos, weitermachen zu wollen. Buchan stieß mit dem Fuß gegen das Metall unterhalb des Brückenkleides. Laßt doch mein Schiff aus dem Spiel, dachte er. Laßt es einen Krieg führen, auf den es sich versteht und für den es konstruiert worden ist.

Er hörte, daß Jolly aus dem Kartenraum kam und neben ihn trat. Bestimmt würde er hiernach ein eigenes Kommando erhalten.

Jolly sagte: »Alles ruhig, Sir. Ich habe an die gesamte Gruppe gegeben, daß bei erstem Tageslicht Gefechtsstationen zu besetzen sind.«

»Gut. Wir müssen sichergehen.«

In seinen Räumen lief Chadwick auf und ab, ein Whiskyglas in der Hand. Aufwärts und wieder abwärts, je nachdem, wie sich das Deck unter ihm hob und senkte. Er dachte an den Blick seiner Frau, als er sie schlug und ihr Kleid zerriß. Er hatte sie vorher niemals wirklich begehrt, aber in diesem Augenblick hätte er sie beinahe vergewaltigt. Der Gedanke, daß sie mit Rowan geschlafen hatte, war für ihn immer noch unfaßbar.

Seltsam, wie sich das Ganze jetzt zu einem Muster fügte. Zuerst hatte er geglaubt, daß alles auseinanderbrechen würde, jetzt aber war er in der Lage, seinem Namen einen Stempel aufzudrücken, den niemand, wie hoch seine Position auch sein mochte, ignorieren konnte. Dann würde auch Honor wieder bettelnd zu ihm zurückkommen.

Zufrieden wandte er sich wieder seinem Whiskyglas zu.

Es würde noch sehr interessant werden.

Weder am nächsten noch an den folgenden Tagen ließ sich der Feind blicken. In der übrigen Welt, besonders im Pazifik, erreichte der Seekrieg einen neuen Höhepunkt der Grausamkeit. Doch im Morgengrauen des vierten Tages, als der Regen allmählich nachließ und der Wind zu einem Flüstern erstarb, kam es den Männern auf den jetzt langsam fahrenden Schiffen so vor, als seien alle anderen bereits tot.

Buchan betrachtete den langen, blutroten Streifen am östlichen Horizont und dann die glitzernden Regentropfen an den Mündungen der Zwillingsgeschütze, in denen sich das erste Morgenlicht spiegelte. Es war völlig ruhig, bei ihrer langsamen Fahrt spürte er nicht einmal den Luftzug der großen Ventilatoren.

Unten wurde in aller Stille gearbeitet. Die Flugzeugführer überprüften ihre Maschinen und ihre Karten, alles in völligem Schweigen.

An Deck, noch in der Dunkelheit verborgen, waren die Jagdbomber bereits versammelt und warteten, die Nasen himmelwärts gerichtet, auf den Einsatzbefehl. Die Waffenwarte hatten ihre Arbeit getan, die riesigen Bomben hingen unter den Flugzeugen wie obszöne Früchte. Buchan blickte übers Wasser und sah die Nachbarschiffe noch immer nur als schwarze Schatten, obwohl an den Aufbauten des Franzosen zwei Bullaugen das Frühlicht wie zwei böse rote Augen reflektierten.

Buchan tastete seine Brusttaschen ab, um sicherzustellen, daß sie fest zugeknöpft waren. Sein Ölzeugbeutel war wasserdicht für den Fall, daß er schwimmen mußte. Auch Rowans Brief hatte er dort hineingesteckt. Jetzt wußte er eine Menge mehr über ihn und Chadwick, denn er hatte den Namen auf dem Umschlag gelesen.

Einige Male hatte er die junge, sehr attraktive Frau an Land gesehen. Er wünschte jetzt, er hätte mit ihr gesprochen, aber seine eigene Frau hatte ihn aus Abneigung gegen Chadwick davon abgehalten.

»Flugdienstleiter meldet alles einsatzbereit, Sir.«

»Gut.« Buchan hob das Glas und betrachtete die plumpe Silhouette der *Hustler.* Jeden Augenblick würde dort die erste Angriffswelle starten.

Er hörte Chadwick auf die Brücke kommen. Der Admiral roch nach Rasierwasser und frischem Kaffee, und in der Dämmerung leuchteten sein Hemd und seine Shorts so weiß wie Schnee.

»Noch zwei Minuten, Sir.« Brays Stimme war nur ein ehrfürchtiges Flüstern.

Chadwick rieb sich geräuschvoll die Hände. »Großartig! Wir werden diese verdammten Japsen das Pfeifen lehren!«

»Eine Minute, Sir.«

Buchan versuchte, nicht ständig zum Flugdeck der *Hustler* hinüberzublicken, sondern sich auf sein eigenes Schiff zu konzentrieren. Auf all die Kabel und Sprachrohre, die ihn mit jeder Abteilung, jedem Geschütz und mit dem Maschinenraum verbanden.

»Es geht los, Sir! Die erste Maschine startet. *Jetzt!*«

Buchan sagte nichts, aber er beobachtete den winzigen Feuerschein des Auspuffs, als die Maschine vom Träger aus steil aufwärtskletterte, sich schräglegte und in das blutrote Dämmerlicht tauchte. Dann erst erreichte ihn der Ton, das hohe, schrille Heulen, das in ein heiseres Brüllen überging, als die nächste und dann die übernächste Maschine startete.

Fast im selben Augenblick kam die Meldung durch: »Erste Welle in der Luft, Sir.«

Buchan griff zum Telefon und hörte so prompt Kittos Stimme, als habe dieser den Hörer schon in der Hand gehabt.

»Kommandant. Sagen Sie ihnen: viel Glück!«

Hinter seinem Rücken lächelte Chadwick über Buchans schwerfällige Sentimentalität, über seinen Mangel an Worten.

Aber trotzdem war er froh darüber, daß Buchan das Kommando hatte. Männer mit Spürsinn und eigenen Ideen waren in solchen Zeiten unzuverlässig. Wieder lächelte er. Buchan hatte weder das eine noch das andere, und das machte ihn zu einem ausgezeichneten Untergebenen. Das war er immer gewesen und würde es auch bleiben.

»*Fertig*, Sir!« Brays Stimme ließ Chadwick zusammenfahren.

Buchan verschränkte die Arme. »Starterlaubnis erteilt!«

Wenige Minuten später war Jonah II in der Luft.

Rowan setzte sich im Cockpit zurecht und überprüfte noch einmal seine Geräte, bis er zufrieden war. Er fühlte sich selbst wie eine Maschine, während er beobachtete, wie die übrigen Flugzeuge der Staffel ihre Positionen einnahmen, paarweise, wie er es mit ihnen bis zum Überdruß geübt hatte.

Er warf einen Blick auf den Kompaß und versuchte, alle

unnötigen Details aus seinem Gedächtnis zu streichen. Bei den Einsatzbesprechungen mit Kitto, James und mit Broderick hatte der Angriff wie eine gewaltige Unternehmung gewirkt. Aber wenn all die Aufregung vorbei war, betraf es nur noch den Piloten und das, was er durch die rasenden Propellerflügel ausmachen konnte.

Er sah die karmesinrote Glut über seine Hände hinwegwandern, als er die Seafire auf Nordostkurs drehte. Jonah II schien mit der großen Bombe unter dem Bauch schwerfälliger zu reagieren. Aber dies und die randvollen Treibstofftanks strich er besser aus seinen Gedanken. Rowan hatte sich immer vor Feuer gefürchtet, seit er zum ersten Mal abgeschossen worden war. Das eiskalte Wasser auf seiner schwelenden Fliegerkombination war ihm damals wie Balsam vorgekommen, obwohl es ihn genauso gnadenlos umgebracht hätte.

Schon fünfzehntausend Fuß! Die See dehnte sich weit unter ihm. Auf der einen Seite verschwand sie in Dunkelheit, auf der anderen ging sie in blutrote Dämmerung über, eine dunkelblaue Fläche mit gelegentlichen weißen Flöckchen. Die Schiffe waren achteraus verschwunden, vom Land war noch nichts in Sicht.

Er stellte sich die Seafire vor, wie ein unbeteiligter Zuschauer sie jetzt gesehen hätte: ihn selbst, Bill und Frank Creswell, jeden von ihnen mit einer Nummer Zwei hinter sich, um das Heck zu schützen und Ausschau nach achtern zu halten.

Er fragte sich, ob Bill wohl noch an den jungen Nichols dachte, dessen Voreiligkeit Nick Rolstons Ende bedeutet hatte.

Eine Seafire war an Bord des Trägers geblieben, da sich bei ihr kurz vor dem Start ein Motorschaden herausgestellt hatte. Er konnte sich die Enttäuschung und den Ärger im Hangardeck vorstellen, aber auch die Erleichterung des jungen Flugzeugführers, wenn er ehrlich genug war, dies zuzugeben.

Es war jetzt schon viel heller, die See sah frisch und einladend aus. Er drückte sich gegen seinen Fallschirm und die Gurte, spürte die Berührung des silbernen Walfischmedaillons unter seinem Hemd. Der Gedanke, im Wasser auf dem Rücken dahinzutreiben, verursachte ihm überall heftigen Juckreiz.

»Hallo, *Jonah*, hier *Katie*.«

Rowan drehte den Kopf und blickte zum rechten Flügel hinüber. Dort flog Archer, einer der Ersatzpiloten.

Erregt rief er: »Schiff an Steuerbord voraus!«

Rowan sah es, noch während Archer sprach. Nach den Umrissen war es ein kleiner Küstensegler, aber zu weit ab, um sie zu interessieren. Möglicherweise war es ein Beobachtungsschiff, aber sie hatten keine Zeit, das herauszufinden.

»Nicht beachten. Aber halte weiterhin gut Ausguck nach Steuerbord. Wenn sie uns angreifen, dann aus der Sonne.«

Er hörte Bill lachen. »Welcher Sonne?«

Danach schwiegen sie und konzentrierten sich, denn genau wie Möwen bedeuteten auch Schiffe Landnähe.

Rowan überprüfte die Uhrzeit, jetzt mußte es jeden Augenblick soweit sein.

Er spürte, wie ein Schweißtropfen hinter seinen Brillengläsern herunterrollte. Dort! Ein grüner und brauner Landstreifen, geschwungen wie ein Ellbogen. Er kam rasch auf sie zu, und die Strömungen dicht unter Land waren so klar zu erkennen, als seien sie auf der Karte eingezeichnet. Mehrere Boote, einige vor Anker, andere bewegten sich langsam und scheinbar ziellos. Ein kleineres, schnelleres Schiff schnitt eine scharfe Furche ins Wasser: möglicherweise ein Patrouillenboot.

Die Drähte würden bereits summen. Feindliche Flugzeuge! Wie viele? Welche Peilung?

Er überlegte, ob die Maschinen der *Hustler* ihr Bombardement schon beendet hatten. Sie waren weiter nördlich eingeflogen und würden auch so zurückkehren, um eine Begegnung zu vermeiden. Falls sie zurückkehrten.

Sie hatten den Auftrag, sich wieder zu formieren und in großer Höhe zu kreisen, so daß sie der heimkehrenden *Growler*-Staffel Jagdschutz geben konnten.

Er blinzelte, als die See unter seinen Tragflächen verschwand. In dem starken Hitzeflimmern konnte er alles nur undeutlich ausmachen.

»Rauch recht voraus!« Das war Bill, ruhig und selbstsicher.

Rowan bestätigte und schielte durchs Plexiglas, ärgerte sich über das jetzt stärker werdende Sonnenlicht, das ihn blendete.

Dann sah er den Rauch. Er wirkte stabil, unbeweglich, eine große braune Kuppel, die über dem Land stand wie eine überdimensionale menschliche Gehirnmasse. Er befeuchtete sich die Lippen.

»Kiellinie bilden!«

Nochmals überprüfte er den Bombenabwurfschalter.

Dort lag das Ziel. Er erkannte einen dünnen Silberfaden, den kleinen Fluß, der von den Tankleichtern befahren wurde.

James hatte gewöhnlich recht mit seinen Angaben. Nur ein Jammer, daß er so reizbar und jähzornig war.

Nervös ballte er die Hände und öffnete sie wieder. Sie waren schweißnaß, sein Herz hämmerte wild.

Ihm war, als sei er völlig allein und flöge geradewegs in diese große braune Wolke hinein. Er sah jetzt, daß sie viel größer war als vermutet und noch ständig weiterwuchs. Sie sah aus, als sei sie undurchdringlich, als müsse sich Jonah II an ihr den Schädel einrennen.

Nimm dich zusammen, du Idiot! Er blickte rasch in den Spiegel, sah die anderen in unregelmäßiger Linie hinter sich. Für sie war es viel schlimmer.

Er zuckte zusammen und packte den Steuerknüppel fester. Hier war also die Flak, obgleich Gott allein wußte, woher sie schoß. Die bekannten Flecken detonierender Granaten, ein Dutzend etwa in jeder Gruppe, trieben an ihm vorbei, und er glaubte, auch achteraus weitere Detonationen zu hören.

Jetzt erkannte er den Hügel. Er war tafelförmig, als sei der Gipfel mit einer Riesenaxt weggehackt worden. Der Rauch stieg dahinter auf. Dort hatten sie also das Treibstofflager erbaut, ziemlich in der Mitte zwischen der großen Raffinerie in Palembang auf Sumatra und Batavia* südöstlich davon auf Java.

Die Seafire schaukelte heftig und hob die Nase, als weitere Granaten unmittelbar vor ihr explodierten. Es wurde Zeit, es hinter sich zu bringen.

»Wir gehen hinunter!«

Er fühlte, wie die Fallschirmgurte an ihm zerrten, und beobachtete fasziniert durch den glitzernden Bogen des Propellers, wie das Land unter ihm Gestalt und Substanz gewann.

Jetzt schoß die Flak auf dem Hügel. Er hielt den Atem an, als die langen Perlenschnüre der Leuchtgeschosse an Backbord vorbeizogen und die Garbe von den unsichtbaren Schützen wie mit einem Gartenschlauch hin und her geschwenkt wurde, um sich auf den Winkel seines Sturzflugs einzustellen.

Schneller und schneller ging es, das Heulen des Fahrtwinds mischte sich mit dem Motorenlärm, als er die Maschine abfing und wieder steil hochdrückte, zum Kamm des Hügels. Er sah verstreute Gebäude, Hütten, eine geschwärzte Narbe zwischen den Bäumen und dann die glühenden Trümmerstücke eines zerschmetterten Flugzeugs: eine Seafire der *Hustler*. Er konnte sogar erkennen, wo ihre Bombe einen tiefen Krater in die Steilkante des Hügels gerissen hatte.

Er straffte sich, als das Treibstofflager wie ein architek-

* das heutige Djakarta

tonisches Modell vor ihm auftauchte, umringt von mehreren mächtigen Kratern und vielen Bränden. Aber die meisten Tanks waren noch unversehrt. Neben dem einen befand sich sogar eine Geschützstellung, und er sah von dort die Leuchtspurgeschosse aufsteigen. Nadelscharf zeichneten sie sich über seinem Cockpit ab, in einer rasselnden, schnarrenden Prozession tödlichen Lichts.

Er konzentrierte sich auf das Ziel, den großen Zentraltank, und verbannte alles andere aus seinen Gedanken.

Er hörte jemanden wild rufen: »Jäger! Zwölf Uhr!« Aber auch das ignorierte er. Die feindlichen Jäger waren also senkrecht über ihnen, doch zwischen ihm und diesem Tank befand sich nichts als leichte Flak. Die schwereren Geschütze waren auf dem Hügel oder unten am Fluß stationiert und konnten nicht weit genug gesenkt werden, um sie zu gefährden. Sogar die beeindruckenden Japaner brachten es also nicht fertig, an alles zu denken. Er drückte auf den Auslöseschalter der Bombe und fühlte, wie sich das Cockpit plötzlich anhob, als sei es in einen Heißluftstrom geraten.

Kugeln trafen die Maschine von unten, aber Rowan konzentrierte sich auf das Hochziehen. Er stieg so steil auf, daß er den Druck auf den Augen spürte. In einer scharfen Kurve drehte er weg vom Hügel, hörte die dumpfe Bombendetonation und unmittelbar darauf die nächste, die sein Hintermann ausgelöst hatte.

Da lag ein schnittiges Fahrzeug auf dem Fluß, dicht am Ufer und halb verborgen unter Zweigen und Tarnnetzen.

Er ging in den Sinkflug, drückte den Feuerknopf und beobachtete beinahe entspannt, wie seine Geschosse Zweige und Palmwedel herunterrissen, quer über das Schnellboot peitschten und dieses sowie den ganzen Fluß in ein Flammenmeer verwandelten.

Er hörte Bill schreien: »Hochziehen! Zieh hoch, John!«

Während Rowan in einem engen Halbkreis wieder stieg, sah er eine Seafire kopfüber auf den offenen Platz zujagen, den die Japaner wohl für den Bau weiterer Tanks geschaffen hatten.

Ihm wurde fast übel, als er mit ansah, wie die Seafire eine ungeschickte Bauchlandung machte und wie wild die nackte Erde aufpflügte. Es war John Nichols' Maschine, die wohl beim Auslösen der Bombe von Leuchtspurgeschossen getroffen worden war. Rowan sah ihn aus dem Cockpit taumeln und auf die Erde fallen, bevor die Seafire explodierte.

Überraschenderweise ging sie jedoch nicht in Flammen auf. Das wäre besser gewesen, dachte Rowan, als er einen Schwarm kleiner khakigekleideter Gestalten herbeirennen sah, die den völlig benommenen Nichols umzingelten.

Das ganz Treibstofflager brannte jetzt, selbst die umgebenden Bäume standen in hellen Flammen. Umgestürzte Fahrzeuge, hinweggefegte Gebäude – es schien unglaublich, daß ein so kleiner Angriff so entsetzlichen Schaden anrichten konnte. Rowan bemühte sich, nicht daran zu denken, was sie mit Nichols tun würden, bevor sie ihn sterben ließen.

Er rief ins Sprechgerät: »Achtet auf die Jäger! Wir fliegen zurück!«

Creswell sah sie zuerst. »Steuerbord querab, hoch!« Seine Stimme klang gepreßt.

Rowan blinzelte ins grelle Licht. Sie flogen in etwa zwanzigtausend Fuß Höhe mit großem Sicherheitsabstand ihren Kreis. Das war eine gute Taktik. Wenn die Flak die Angreifer nicht vorher erwischte und sie über dem Hügel auftauchten, waren die japanischen Jäger in der günstigsten Position, um ihnen den Weg abzuschneiden. Acht oder neun waren es.

Sein Cockpit ruckte, als Granatsplitter auf beiden Seiten einen Fächer bildeten. Einer schlug ins Fahrgestell, und Rowan spürte, wie seine Muskeln sich verkrampften, da er Feuer befürchtete.

Er gab Vollgas und dachte an nichts anderes als an den

glitzernden Kreis feindlicher Jäger am sonst leeren Himmel.

Warum gab es jetzt keine Regengüsse und dichte Bewölkung, da sie es doch am nötigsten brauchten?

»Steuerbordstaffel!« Er wußte, daß sie nach Steuerbord ausfächerten, ohne daß er nach ihnen zu sehen brauchte. »Wir müssen diesen Kreis durchbrechen, Bill!«

»Klar.« Er stellte sich Bill vor, wie er das ganze Cockpit ausfüllte. »Sonst nehmen sie uns einzeln aufs Korn.«

Bum ... bum ... bum. Die Flak war wieder näher, konzentrierter. Die japanische Jägerformation begann aufzubrechen, noch ehe die Flugzeuge der *Growler* heran waren.

Wieder einmal das menschliche Element. Es war bestimmt schwer für sie, untätig zuzusehen, wie ihr Treibstoffdepot in die Luft gejagt wurde.

Rowan suchte sich eine Maschine aus und hielt sie fest im Visier, sah im hellen Sonnenlicht den Piloten mit seinem Lederhelm. Er wartete, bis das vom Rumpf seines eigenen Flugzeugs reflektierte Licht den Gegner blendete, und jagte dann einen vier Sekunden langen Feuerstoß in ihn hinein.

Das japanische Flugzeug, eine stumpfnasige Zero, begann abzustürzen, rollte sich auf den Rücken und drehte sich immer weiter um die eigene Achse, während es in einer steilen Spirale auf das brennende Treibstofflager zuschoß. Rowan wartete den Aufschlag nicht ab, sondern drehte scharf nach Steuerbord ab und nahm einen weiteren japanischen Jäger aufs Korn, der an Creswells Heck vorbeiflog. Wieder kam er sich vor wie ein Automat. Dreihundert Yards. Leichtes Ziel. *Feuer.*

Die Leuchtspurgeschosse fegten über das Cockpit des Japaners hinweg, dann drückte Rowan den Knüppel nach vorn, bis das Heck der japanischen Maschine in einer wirbelnden Masse gestreuter Geschosse lag. Aber der

Gegner befreite sich aus Rowans Angriff, zog steil nach oben und tauchte dann scharf nach Backbord weg, während Rowan hinter ihm her jagte.

Ein weiterer langer Feuerstoß, die Geschosse konvergierten auf dem Rückgrat der Zero und drangen ins Cockpit und die übrigen Teile der Maschine ein. Er sah, wie der Arm des Piloten zur Seite schlug, vielleicht beim Versuch, sich zu befreien. Dann detonierte die Zero und warf rauchende Wrackstücke vor den Kurs zweier ebenfalls in einen verbissenen Luftkampf verwickelter Flugzeuge.

Rowan blinzelte, um klar sehen zu können. Er war eiskalt und glühend heiß, alles gleichzeitig; Verzweiflung stieg in ihm auf, als die eine der beiden Maschinen, die mit dem Abzeichen der eigenen Staffel, brennend an ihm vorbeistürzte, während die Zero ihr folgte, um das Ende mit Maschinengewehrfeuer zu beschleunigen.

Leutnant Maple, neunzehn Jahre alt, der sich freiwillig zur U-Boot-Waffe gemeldet hatte, aber als untauglich zurückgewiesen worden war, schaffte es jetzt, sich aus der zerfetzten Seafire zu befreien. Von seinem Fallschirm wurde er wenige Sekunden vor der Explosion der Maschine ins Freie gezerrt.

Rowan hatte nicht genügend Zeit gehabt, Maple näher kennenzulernen, aber der Leutnant schien ein netter junger Mann zu sein. Rowan beobachtete jetzt, daß er sich dem Zug des Fallschirms anpaßte, dann jedoch verzweifelt um sich trat, als die Zero, aus allen Rohren feuernd, den Fallschirm sowie den Jungen selbst mit ihren Geschossen zerfetzte, bevor die Reste schwer wie Steine auf die Bäume hinunterstürzten.

»Hinter dir, Tim!«

Rowan keuchte vor Schreck und blickte schnell in den Spiegel, sah die Zero mit hämmernden Kanonen durch sein Blickfeld schwimmen. Wild riß er Jonah II herum und hörte den Motor stottern, bevor er sich wieder erholte. Er spürte, daß einige Kugeln einschlugen, und als er nochmals in den Spiegel sah, stellte er fest, daß die Zero hochgezogen wurde und jetzt deutlich über ihm lag. Irgend etwas zerrte an seinem rechten Ärmel wie eine Hand, und mit Schrecken sah er, daß eine Kugel das Leder mit der Präzision eines Skalpells aufgeschlitzt hatte. Er hörte das wilde Hämmern von Maschinengewehrfeuer, aber diesmal war es ein anderer Ton, und dann sah er Bill vorbeiflitzen, seine Seafire durchlöchert wie ein Pfefferstreuer.

Jonah II erbebte unter einer dumpfen Explosion, und Rowan begriff, daß Bill den Verfolger abgeschossen hatte. Das war gerade noch gutgegangen!

»*Tallyho!*«

Rowan schob die Schutzbrille hoch und wischte sich die tränenden Augen, als drei weitere Seafire auf sie zurasten. Hinter ihnen sah er schäumende Brandung und dunkelblauen Ozean. Die drei waren überlebende Jäger von *Hustler*, die jetzt in den Kampf eingriffen.

»Abbrechen! Zur Basis zurückkehren.«

Die Zeros hatten eine größere Reichweite und würden bestimmt sehr bald Verstärkung erhalten. Besser, sie verschwanden jetzt gleich, solange die Japaner noch durch das plötzliche Auftauchen der drei zusätzlichen Jäger verwirrt waren.

Sie flogen Zickzack durch den Beschuß der Bodenflak in Richtung See. Das schnelle Patrouillenboot lag noch immer dort unten, aber nicht mehr lange. Bill drückte seine Maschine im Sturzflug hinunter und beharkte es von Bug bis Heck; noch bevor sein Schatten von der Wasseroberfläche verschwunden war, stand das Boot in hellen Flammen. Die Besatzung sprang über Bord und schwamm zu den Fischerbooten hinüber.

Dann verschwand das Land hinter ihren Tragflächen, und nur der leere Ozean leuchtete vor ihnen.

»Sind alle okay?«

Rowan hatte bemerkt, daß der Staffelführer der *Hustler* fehlte. Somit war es jetzt seine Aufgabe, die Moral der Piloten für den Rückflug zu heben. Das gehörte immer zum schlimmsten Teil. Man hatte mit dem Tod gerechnet, und wenn man dann doch auf dem Rückflug war, drängte alles auf einen ein: die toten Freunde, die Erinnerung an die Angst, die Hochachtung vor dem unbekannten Feind.

Er lauschte ihren Bestätigungen, die Stimmen klangen heiser und spröde.

Dann fragte Bill: »Wie steht's mit deinem Treibstoff, Tim?«

Rowan starrte zu ihm hinüber und dann auf seinen Druckmesser. Er war doch schwerer getroffen als angenommen.

Wenn man nicht selbst verwundet wurde, bildete man sich oft ein, alles sei in Ordnung. Er war überrascht, wie ruhig er blieb. Also kam er doch nicht ungerupft davon. Im Grunde hatte er es auch nicht anders erwartet, nur wurde der Schock ein wenig hinausgezögert.

Seine Stimmte klang unbewegt. »Ich schaffe es schon, Bill.« Er blickte wieder hinüber zu Bills Maschine. »Vielleicht kannst du mir ein paar Liter leihen?« Unglaublich, daß er einen so blöden Witz machte. Er konnte sich ausmalen, wie er auf Bill wirkte.

Er meinte zu spüren, wie die anderen Flugzeugführer lauschten, mit ihm fühlten, ihn aber wohl bereits abgeschrieben hatten. Er tastete nach der Pistole, die er stets bei sich trug, seit sie sich in diesen Gewässern befanden. Japaner oder Haie, er würde dafür sorgen, daß keiner von beiden ihn lebendig erwischte.

Bill fragte: »Bist du sicher?« Er flog näher heran. »Man hat immer noch eine Chance, Tim.« Er schien beinahe zu betteln.

»Halt die Augen offen, Bill. Die Halunken haben sich zwar zurückgezogen, das bedeutet aber keineswegs, daß sie nicht mit einemmal wieder aus der Sonne kommen.« Als Antwort auf eine nicht ausgesprochene Frage fügte er hinzu: »Ich will wirklich nicht sterben, Bill, jetzt schon gar nicht!«

Er erinnerte sich an den Alptraum, als er im Schlaf geschrien hatte und Honor zu ihm gekommen war. Damals hatte er geträumt, ein Flugzeug habe sich hinter ihn gesetzt. Im Traum hatte er schon den Einschlag der Kugeln gefühlt, und ohne Bills Eingreifen wäre es vorhin tatsächlich soweit gewesen.

Wenn Honor damals nicht zu ihm gekommen wäre, hätte sich dann alles andere nicht ereignet? Diese Frage beantwortete sich selbst. Sie waren von Anfang an füreinander bestimmt gewesen, ohne es zu wissen.

Rowan spürte, daß ihm der Zorn in den Augen brannte wie Rauch. Jetzt würde Chadwick doch alles bekommen, Glückwünsche, Ruhm und wahrscheinlich auch Honor. Und wer konnte sie tadeln? Wenn Chadwick seine Drohung wahrmachte, mußte sie schließlich doch nachgeben.

Jonah II hustete und bellte, seine Nase senkte sich, bevor Rowan die Maschine wieder unter Kontrolle brachte. In diesem Augenblick sah er den Tod vor Augen. Von Rechts wegen sollte er bereits unten im Bach liegen, denn die Benzinuhr stand auf Leer. *Erledigt!*

Ohne sich dessen bewußt zu sein, sagte er laut: »Dauert nicht mehr lange, Bill.«

Bill erwiderte sofort: »Halte durch, alter Junge. Ohne dich bin ich nichts wert.«

Rowan lauschte dem Dröhnen des Motors, erwartete, daß er jeden Augenblick stehenblieb. Er schätzte die Zeit ab, die er brauchte, um sich aus dem Cockpit zu befreien, und überlegte, ob es schneller ginge, wenn er zusammen mit Jonah abstürzte und die See den Rest erledigte.

Er fragte sich, was Chadwick wohl sagen würde, wenn die übriggebliebenen Flugzeuge ohne ihn zu ihren Trägern zurückkehrten. Er mußte etwas sagen, und sei es nur zu seiner eigenen Genugtuung.

Wären die Schiffe nicht so weit entfernt gewesen, hätte

er versucht, Funkkontakt aufzunehmen; aber bei der Nähe der feindlichen Basis mußte dies nur die Kameraden unnötig gefährden. Der französische Kreuzer besaß ein Wasserflugzeug, das konnte starten und ihn auffischen, bevor die Haie ihn erwischten. *Konnte.*

Das Cockpit bebte und vibrierte anhaltend. Vielleicht riß sich das Fahrgestell los, aber das machte jetzt auch nichts mehr aus.

Das einzige, was ihm Kummer bereitete, war die Frage, wie Honor diese Nachricht aufnehmen würde. Der Brief, den er vor seinem Start geschrieben hatte, mußte ihren Schmerz nur noch vergrößern; er hätte ihn doch nicht zurücklassen sollen. Ein einfaches Wort von einem guten Freund war sicherlich besser. Er blickte hinüber zu Bills Maschine und winkte ihm zu. Das geschah völlig automatisch, vielleicht genauso, wie Lord Algy gewinkt hatte, als er hinunter mußte.

Bill rief aus: »Tim! Ich sehe die Schiffe, Gott sei Dank! Sag mir, daß du sie auch siehst!«

Rowan beugte sich vor und starrte durch das ölverschmierte Plexiglas. Er entdeckte Löcher und Risse im Motorgehäuse; ein Stück Metall stand heraus und flatterte im Luftstrom. Jetzt sah er die Schiffe. Winzig klein am glitzernden Horizont aufgereiht, wie eine Prozession von Käfern. Er blickte auf den Höhenmesser und nach der Sonne, dann auf seine Uhr. Irgend etwas stimmte nicht. Die Gruppe hätte viel weiter entfernt sein müssen. Offenbar hatte Chadwick die ungepanzerten und schwach bewaffneten Träger rücksichtslos aufs Spiel gesetzt, nur um sie so dicht heranzubringen.

Bill schrie: »Schaffst du's, Tim?«

Rowan antwortete mit zusammengebissenen Zähnen: »Ich weiß nicht, womit ich landen soll, aber ich will's versuchen.«

Ganz vorsichtig zog er den Steuerknüppel zurück, spürte das Cockpit heftig erbeben, als wolle es protestieren. Jonah schien sich unter ihm aufzulösen. Aber vielleicht schaffte er einen nicht zu steilen Aufstieg? Weitere zweitausend Fuß würden ihn so nahe heranbringen, daß man ihn möglicherweise auffischen konnte.

Rowan merkte plötzlich, daß er in seine Sauerstoffmaske hineinsummte, und blickte wieder hinüber zu den anderen.

Er sagte: »Schau nicht immer nach mir, Bill. Paß auf dein Heck auf.«

Bills Antwort klang unsicher, irgendwie bewegt. »Gib mir keine Befehle, ich bin größer und stärker als du.«

Creswell piepste dazwischen: »Und auf jeden Fall häßlicher.«

Das Trio stieg so langsam und schwerfällig, daß es eine Ewigkeit dauerte, bis die Maschinen der *Hustler* unter ihnen verschwanden. Und plötzlich waren sie da: wirkliche Schiffe, mit individuellen Formen und Persönlichkeit.

»Hier spricht Jonah II. Erbitte Landeerlaubnis.« Er zögerte, dachte daran, wie oft er das von anderen gehört hatte. Schließlich fügte er hinzu: »*Notlandung.*«

»Landeerlaubnis erteilt.« Dann, nach einer Pause: »Womit wollen Sie landen? Sie haben kein Fahrgestell mehr.«

Rowan blickte auf den Schalter zum Ausfahren des Fahrgestells. Er wollte es nicht mehr probieren, der Luftwiderstand konnte eine verhängnisvolle Verzögerung hervorrufen. Trotzdem bestand kein Grund zur Sorge. Er malte sich das geschäftige Treiben auf dem Flugdeck aus, die Vorbereitungen zu seiner Aufnahme. Das würde sie vielleicht von der entsetzlichen Erkenntnis ablenken, daß nur so wenige Maschinen zurückkehrten.

Plötzlich dachte er an die Bruchlandung der Seafire, an das ärgerliche Gesicht des Flugzeugführers, an die würdelose Art, wie seine Stiefel hervorragten, als sie seine Leiche wegtrugen.

Vielleicht würde es ihm gleich ebenso ergehen, und das zu Chadwicks Füßen.

Er tastete rasch nach dem Medaillon und drückte es.

18 Der »göttliche Wind«

Buchan widerstand der Versuchung, die Brücke zu verlassen und wieder ins Kartenhaus zu gehen. Es war zwar erst kurz nach Anbruch der Dämmerung und dem Start der Jagdbomber, aber die Luft war bereits heiß und drückend. Die Brückenaufbauten klapperten und ächzten, da *Growler* mit höchster Umdrehungszahl lief.

Buchan hatte sich beinahe an den Gedanken gewöhnt, daß der Angriff auf das Treibstofflager tatsächlich Erfolgschancen hatte, wenn auch nur wegen des Fehlens feindlicher Flugzeuge, da ließ Chadwick seine neue Bombe platzen.

Es hatte angefangen mit einem längeren Funkspruch vom Oberkommando, der die neuesten Schiffsbewegungen meldete. Ein japanischer Truppentransport hatte angeblich vor einigen Tagen Singapur verlassen und in der vergangenen Nacht die Sundastraße* passiert.

Chadwick hatte alle Einwände vom Tisch gefegt. »Wir setzen sofort sämtliche Swordfish ein und gehen mit der Gruppe auf Abfangkurs.« Dann sah er Buchan an. »Gleichzeitig tue ich damit Rowan und seiner Staffel einen Gefallen. Kürzerer Heimflug, klar?« Er strahlte über das ganze Gesicht; diese Schlußfolgerung amüsierte ihn offenbar.

Ein rascher Blick querab bestätigte Buchan, daß alle Schiffe ihre Position hielten. Die Zerstörer und Fregatten tauchten wacker in die endlose Reihe der Wellentäler, während die Flugzeugträger und der französische Kreuzer mühelos die Seen zerschnitten.

Unruhig rutschte er auf seinem Brückenstuhl herum,

* zwischen Sumatra und Java

als er an den nächsten Funkspruch dachte, den sie vom amerikanischen Admiral erhalten hatten.

Der Angriff der US-Flugzeugträger auf Palembang war infolge der unerwartet hohen Verluste der Amerikaner bei Leyte abgeblasen worden. Alle verfügbaren Kriegsschiffe und viele weitere, die in ihren augenblicklichen Einsatzgebieten eigentlich nicht entbehrt werden konnten, wurden zur Verstärkung des Aufmarsches zu den Philippinen geschickt.

Die Berichte gaben nur die knappen Fakten wieder, aber es schien so, als kämpften die Japaner verbissen um jeden Fußbreit Boden; es war auch die Rede von selbstmörderischen Angriffen auf größere Schiffe. Das konnte natürlich Zufall sein, sagte sich Buchan, aber während die kleine Kampfgruppe mit Höchstfahrt immer näher an die vom Feind besetzten Inseln Sumatra und Java herandampfte, war dies doch eine weitere Sorge, mit der er fertig werden mußte.

Chadwicks einziger Kommentar war:

»Ein Jammer, daß ich nicht die Erlaubnis bekommen habe, die große Ölraffinerie in Palembang anzugreifen. Die geraten auch wirklich wegen der geringsten Kleinigkeit gleich in Panik!«

Buchan hörte, daß Chadwick wieder auf die Brücke zurückkam, und straffte sich.

Der Admiral fragte: »Irgendwelche Nachrichten?«

»Bisher noch nicht, Sir.«

Buchan versuchte seine Besorgnis zu verbergen. Als er Rowan und seine Kameraden in den blutroten Morgenhimmel verschwinden sah und kurz danach auch die Swordfish-Torpedobomber, hatte ihn eine Vorahnung drohenden Unheils befallen. Seit sie erfahren hatten, daß die Amerikaner ihren Angriff nicht starten würden, war ihm klar, daß der Feind hier genügend Schiffe und Flugzeuge zur Verfügung hatte.

Chadwick mußte von Sinnen sein. Aber dadurch, daß er

die restlichen Flugzeuge ebenfalls losjagte, hatte er eine Trumpfkarte ausgespielt. Niemand konnte ihm später den Vorwurf machen, er habe die Gruppe aus dem Seegebiet beordert, um die Flugzeuge ihrem Schicksal zu überlassen.

Ein Telefonposten rief gedämpft: »Von der Gefechtszentrale, Sir.« Er sah den Admiral an.

Chadwick griff zum Telefon, sein Blick ruhte dabei auf dem nächsten Zerstörer. »Ja. Sind Sie das, James? Verstehe.« Er biß sich auf die Lippen. »Es ist bestätigt, sagen Sie?«

Buchan warf ihm einen verwunderten Blick zu.

Der Signalmeister, ebenfalls mit einem Hörer in der Hand, rief laut: »Die Seafire kehren zurück, Sir!«

Im selben Augenblick plärrte auch schon der Lautsprecher: »An alle Stellen! An alle Stellen! Klar zum Aufnehmen von Flugzeugen!«

Dankbar sah Buchan den Signalmeister an. Der erste Teil der Unternehmung war vorüber.

»Geben Sie an die Geleitfahrzeuge, Signalmeister, klar zur Kursänderung!«

Ihm fiel wieder ein, daß Chadwick neben ihm stand. »Die Seafire sind zurück, Sir.«

»Ja, ich habe es gehört. Seine Stimme klang teilnahmslos. »Dieser Narr James hat einen weiteren Funkspruch der Yankees entschlüsselt. Sie sagen, der japanische Truppentransport wurde letzte Nacht in der Javasee von ihren U-Booten angegriffen und hat kehrtgemacht.« Er sah Buchans grimmiges Gesicht. »Wir müssen also abwarten, bis Dexter das allein herausfindet und mit seinen Swordfish zurückkehrt.« Er warf einen Blick auf die Brückenuhr. »Aber nicht allzu lange.«

Haßerfüllt sah Buchan ihn an. Und alles nur wegen Chadwicks Ruhmsucht und Selbstüberschätzung. Der Angriff der Seafire war schon unüberlegt genug gewesen; aber danach weiterzumachen, auch die Torpedoflugzeuge gegen diesen verdammten Truppentransport zu schicken, nachdem die Amerikaner bereits angekündigt hatten, daß sie Palembang nicht mehr angreifen würden, war unverantwortlich.

Bray rief: »Nur drei Seafire, Sir. Die anderen gehen zur *Hustler.*«

Buchan nahm Kontakt mit dem Flugdienstleiter auf. »Kommandant hier. Was hören Sie?«

Kittos Stimme klang angespannt. »Nur noch drei, Sir und Rowan hat den größten Teil seines Fahrgestells verloren. Ich habe alles vorbereitet, so gut ich's konnte. Er wird eine Bauchlandung versuchen.«

Eine Hupe ertönte, und ohne hinzusehen, konnte sich Buchan das Bild ausmalen: den Feuerbekämpfungstrupp, das Sanitätspersonal, wie sie alle zum Himmel starrten.

Ruhig sagte er: »Gut, ich drehe jetzt in den Wind.« Er nickte Bray zu. »Ausführung, N.O.«

Irgend jemand rief: »Ich sehe ihn! Der arme Kerl!«

Buchan schnauzte: »Schluß mit dem Gequatsche!« Für Chadwick fügte er hinzu: »Ich hoffe nur, der Einsatz war diesen Preis wert, Sir.«

Zum ersten Mal hatte Chadwick keine schnelle Antwort bereit. Auch er beobachtete die dunkle Silhouette von Rowans Seafire, die jetzt einen weiten Halbkreis über dem Heck beschrieb. Er hörte das Stottern des Motors, und selbst ohne Glas sah er die Beschädigungen an Fahrgestell und Tragflächen.

»Sir!« Das war de Courcy, sein Flaggleutnant. »*Spartiate* signalisierte, daß ihr Wasserflugzeug nördlich von uns Feindflugzeuge gesichtet hat!« Er starrte den Admiral an, als sei er fassungslos über die Ungeheuerlichkeit seiner Meldung.

Buchan hörte alles, das Stimmengewirr in den Sprachrohren aus der Gefechtszentrale, aus den Telefonen, das Krächzen der Landeanweisungen über den Brückenlautsprecher.

Er hatte einen Kapitän mit vieljähriger Erfahrung gekannt, der vor dem Krieg plötzlich einen riesigen Eisberg vor sich sah, der aus der Dunkelheit wie eine riesige Klippe aufgetaucht war. Seine Erfahrung, seine Ausbildung, seine Verantwortung für Schiff und Besatzung, alles war mit einemmal wie blockiert. Unfähig, sich zu bewegen oder zu reagieren, brachte er keinen Ton heraus und konnte nichts unternehmen, um das Unheil zu verhindern. Einer seiner Offiziere war eingesprungen, gab die nötigen Befehle und rettete das Schiff. Der Kapitän wurde abgesetzt.

Es war genau das, was Buchan im Augenblick empfand. Sein Schiff, die Besatzung, all die vielen Menschen an Bord wurden unbarmherzig ins Verhängnis gestürzt, und er konnte nichts dagegen tun.

»Funkraum meldet Sprechkontakt mit Swordfishstaffel, Sir. Unternehmen abgebrochen, kein feindlicher Konvoi zu entdecken.«

Dem Telefonposten war es unbehaglich, daß er etwas verkünden mußte, was jeder in Hörweite bereits wußte, nur die zurückkehrenden Swordfishbesatzungen nicht.

»Sie sollen warten, bis wir die Jagdflugzeuge an Bord haben.« Buchan wunderte sich selbst über seine ruhige Stimme. »Geben Sie an den Artillerieoffizier, er soll alles vorbereiten zur Abwehr von Flugzeugangriffen. Sobald die beschädigte Maschine an Bord ist, sollen alle Flugzeuge sofort auftanken und Munition auffüllen.«

»Auch die Swordfish, Sir?«

Buchan sah Chadwick an, erwartete eine Antwort von ihm. Als dieser nichts sagte, fügte er hinzu: »Ja. Wir sind so weit ab von jeder Unterstützung, daß wir mit allem kämpfen müssen, was wir haben.«

Der Lautsprecher krächzte: »Klar zur Aufnahme eines beschädigten Flugzeugs. Feuerbekämpfungstrupp und Sanitäter mit Tragbahre zum Einsatz!«

Buchan dachte an den Brief in seinem Ölzeugbeutel und warf nochmals einen Blick auf Chadwick.

Er glitt aus seinem Brückenstuhl und sagte heiser: »Ich fahre selbst, N.O. Rowan ist mir zu wichtig.«

Rowan beobachtete, wie die *Growler* an seiner Backbordflügelspitze vorbeiglitt, als er im weiten Halbkreis ihr schäumendes Kielwasser anflog. Alles wartete auf ihn, aber er fand dennoch Zeit festzustellen, daß die Geschütze ausgeschwenkt und einsatzbereit waren, auch auf den Begleitfahrzeugen. Sie erwarteten also einen feindlichen Angriff. Er blinzelte in das vom Wasser reflektierte Sonnenlicht und konzentrierte sich voll auf die plumpe Form der *Growler.*

Wenn der Motor jetzt aussetzte, konnte er noch aussteigen und von einer der Fregatten aufgenommen werden. Er biß sich auf die Lippen, sah das Schiff auf sich zukommen. Seine Landeklappen waren ausgefahren, soweit er feststellen konnte, aber die meisten Schalter und Meßgeräte schienen außer Betrieb zu sein.

»*Großer Gott!*« Er klammerte sich an den Steuerknüppel, denn das Schiff raste mit unglaublicher Geschwindigkeit auf ihn zu. »*Runter, runter!*« Er tastete nach dem Gashebel und wurde beinahe besinnungslos geschlagen, als die Maschine mit ungeheurer Wucht an Deck aufprallte, sich knirschend durch die Fangseile wühlte und auf die Insel zujagte. Er keuchte bei jedem Stoß, bei jedem Schlingern. Der Motor schwieg, aber der Propeller drehte sich noch. Undeutlich sah er die Insel über sich aufragen, aber Jonah II wollte nicht anhalten. Die Steuerbordtragfläche wurde abgerissen, und als die Propellernabe mit der Wucht eines Dampfhammers die Stahlplatte der Aufprallbarriere rammte, glaubte Rowan, sein Kopf würde geradewegs durch die Plexiglashaube geschleudert.

Die nächsten Augenblicke waren verworren. Schaum aus den Feuerlöschern versperrte ihm die Sicht, er hörte ringsum das Scharren von Füßen, fühlte Hände, die an seinen Gurten und seinen Schultern zerrten, als würde die

Seafire jeden Augenblick explodieren. Er schwebte halbwegs zwischen Bewußtlosigkeit und Schock und ließ sich widerstandslos wegtragen.

Als er sich ein wenig erholt und festgestellt hatte, daß er noch am Leben war, drangen andere Laute auf ihn ein: das Rufen von Befehlen, das Geklapper der Munitionsaufzüge, das Aufheulen einer weiteren Seafire, die ohne Rücksicht auf Jonahs verstreute Wrackteile landete.

Der Chefarzt riß ihm die Fliegerkombination auf. »Allerhand los heute, Tim. Die Japaner kommen in Massen, der Himmel ist voll von ihnen. Aber wir müssen unsere Flugzeuge erst mal wieder an Bord nehmen.« Gleichgültig warf er ihm einen Blick zu: »Ich fürchte, Ihr Bein ist gebrochen. Aber es hätte schlimmer ausgehen können.«

Rowan legte sich zurück, starrte zu den Decksbalken auf und dachte an das zerschmetterte Jagdflugzeug am Hang des Hügels und an das auf der Lichtung, an die herbeieilenden japanischen Soldaten. Beide Träger hatten die Hälfte ihrer Maschinen verloren. *Es hätte schlimmer ausgehen können?*

Bill beugte sich über ihn, das Gesicht voller Schweiß und Hitzepickel. »Fein hast du das gemacht, Tim.« Dann sah er Minchin an. »Nur das Bein?« Er stand auf und sah sich um. »Ich muß los, Tim, wir starten sofort wieder.«

»Was?« Rowan versuchte sich aufzusetzen, spürte aber zum ersten Mal den Schmerz. Hastig sagte er: »Schient das verdammte Bein, aber schnell!«

Minchin überließ diese Arbeit seinem Assistenten. »Sonst noch was?«

»Ja. Lassen Sie mich zur Brücke hinauftragen, Doktor. Ich will Dymock zur Hand gehen.«

Er fühlte, wie sein Mund trocken wurde, als die Gruppe anfing zu feuern. Zuerst die schweren Geschütze der *Spartiate,* dann fiel der schärfere, bösartigere Chor der Zerstörer ein.

Fast schwanden ihm wieder die Sinne, als er, notdürftig

geschient, die Leitern zur oberen Brücke hinaufgeschafft wurde.

Kitto betrachtete ihn nachdenklich. »Ich wußte, daß du zurückkommen würdest.«

Dann fuhr er lächelnd fort: »Die Swordfishstaffel landet jetzt. Wir sprechen später weiter.«

Er kehrte zu seinem Funksprechgerät zurück, und Rowan hatte Zeit, einen Blick auf die Angreifer zu werfen, die sich jetzt den letzten Schiffen der Gruppe in zwei Wellen näherten. Es waren mindestens achtzig mittelschwere Bomber und Jagdbomber.

Er beobachtete die plumpe Landung einer Swordfish und sah, wie sie von der Bedienungsmannschaft sofort hinter das Sicherheitsnetz befördert wurde. Einige Mechaniker blickten zu den detonierenden Granaten auf, während sie zum Volltanken der Flugzeuge liefen. Wahrscheinlich dachten sie an die Gefährlichkeit des hochexplosiven Fliegerbenzins.

Jetzt schossen auch die Bofors der *Growler,* man sah ihre Rauchringe über den Seitengängen und den niedergelegten Antennen, während ihre Bedienungsmannschaften die anfliegenden Maschinen beobachteten. Sie waren noch außerhalb der Reichweite der automatischen Waffen, aber bald würden auch diese losrattern.

Ein Unteroffizier rief Rowan zu: »Der Kommandant will Sie sprechen, Sir.«

Rowan nahm das Telefon und verfolgte gleichzeitig die dünne Rauchspur eines abstürzenden Flugzeugs, bis es mit einem gewaltigen Aufspritzen in der See verschwand.

Der Unteroffizier sagte: »Das war das Wasserflugzeug der *Spartiate,* Sir.«

Kitto nickte. »Pech! Aber wenigstens verschaffte uns der Pilot durch seine frühe Meldung genügend Zeit zur Vorbereitung.«

Rowan lauschte der Stimme des Kommandanten im

Telefonhörer. Ohne jede Unruhe, aber auch ohne ein einziges überflüssiges Wort.

»Sie kennen die Lage, Tim. Zwei Seafire tanken gerade auf, und der Chefmechaniker meldet soeben, daß der Motorschaden bei der einen gleich behoben sein wird. Wenn wir überhaupt eine Chance haben sollen, brauche ich dort oben erfahrene Flugzeugführer. Kitto soll daher diese Maschine fliegen. Können Sie seine Aufgabe übernehmen?«

»Ja.« Ohne jede Einschränkung, ohne jeden Zusatz. Da die Hälfte der Jagdflugzeuge bereits verloren und der Himmel voller Japaner war, würde er ohnehin nicht viel zu tun haben. »Das schaffe ich, Sir.«

»Gut. Sagen Sie es ihm selbst.« Nach einer kurzen Pause fuhr Buchan fort: »Ich bin froh, daß Sie heil zurück sind, Tim. Wie ich höre, war der Angriff erfolgreich.«

Kitto nahm die Neuigkeit mit unverkennbarer Erleichterung auf. Er übergab Rowan das Mikrophon und warf einen Blick auf seinen Unteroffizier. »Er kann weitermachen, wenn dir flau werden sollte.«

Sie fuhren alle auf, als das Sperrfeuer ernsthaft eröffnet wurde: schwere Geschütze, Bofors und Örlikon, und dann das Rasseln der Maschinengewehre auf der Brücke. Es war ohrenzerreißend.

»Führer an Kontrolle. Erbitte Starterlaubnis.« Unverkennbar Bills Stimme.

»Erlaubnis erteilt. Paß auf dich auf, Bill.«

Dann fegte die Jagdmaschine über das Flugdeck und schwang sich aufwärts wie ein Komet.

Minuten später folgte Creswell, seine Maschine qualmte noch von einigen früheren Beschädigungen.

Kitto startete als letzter, seine Seafire wirkte seltsam sauber und glänzend nach der Ruhepause im Hangar.

»Komm schon, *Hustler*!« Der Unteroffizier richtete sein Glas auf den anderen Träger.

Rowan fühlte seine Haut kribbeln wie unter einer kalten Dusche. Der Schock setzte offenbar erst jetzt ein, und er konnte das Zähneklappern nur mühsam unterdrücken.

Eine Bombenreihe fiel zwischen die Fregatte *Woodlark** und einen der Zerstörer. Die letzte Bombe der Reihe traf das Achterdeck der *Woodlark* und detonierte unmittelbar dahinter in ihrem Kielwasser. Die Fregatte geriet außer Kontrolle, ihre eine Schraube war weggerissen, die andere beinahe von ihrer Welle abgetrennt.

Weitere Bomben fielen vor und neben den französischen Kreuzer, aber sein heftiges Abwehrfeuer ließ keinen Augenblick nach, selbst als eine Bombe direkt hinter seiner Brücke einschlug. Rauch und Wrackstücke flogen auf, und Rowan sah, wie ein Mann der Geschützbedienung hochgerissen wurde und fünfzig Fuß achteraus ins Kielwasser stürzte.

Die Artilleriebeobachter riefen den Geschützbedienungen ständig ihre Instruktionen zu. Flugzeuge griffen von vorne und gleichzeitig aus beiden achterlichen Quadranten an, einige flogen unter völliger Mißachtung des Sperrfeuers und der Kollisionsgefahr bis dicht heran, warfen ihre Bomben ab und beharkten die Schiffe in Längsrichtung mit ihren Maschinengewehren.

Ein zweimotoriger Bomber glitt ganz flach in die See und rutschte noch einen Augenblick in der Bugwelle eines Zerstörers mit, bevor er sein Schwanzende steil aufrichtete und versank. Zwei weitere fielen dem dichten Netzgewebe der Leuchtspurgeschosse zum Opfer, und ein anderer, offenbar von einer Flakgranate getroffen, stürzte vom Himmel wie eine brennende Fackel.

Ein Zerstörer vom äußeren Flügel der Gruppe erhielt innerhalb von Minuten zwei Volltreffer und begann zu sinken; die Besatzung schnitt Boote und Flöße frei, duckte sich aber gleichzeitig unter dem intensiven Beschuß.

* Heidelerche

Rowan lauschte Bills Stimme und den Antworten der Piloten von *Hustler*, die jetzt endlich zu ihm stießen.

»Vorsicht, Frank!«

Ihre Stimmen wurden undeutlich und krächzten durch den Geschützdonner, ein Geheul verlorener Seelen im Tollhaus.

»Hier kommt einer!« Ein Ausguckposten richtete sein Glas auf die anfliegende Maschine und schrie ins Sprechgerät: »Einzelnes Flugzeug in Grün vier-fünf!«

Der kleine Jagdbomber flog einen geraden Kurs diagonal zur Fahrtrichtung des Schiffes. Die Geschützbedienungen konzentrierten ihr Abwehrfeuer auf diese eine Maschine, und bald war die Luft um die Zero voller Leuchtspurgeschosse und detonierender Granaten.

»Ich hab ihn!« Rowan beobachtete, wie die Zero schwankte und ein großer Teil ihrer Tragfläche spiralförmig hinunterstürzte. Aber weder stieg der Pilot aus, noch änderte er seinen Kurs auch nur um ein einziges Grad, trotz des dichten Feuerkegels, der sich auf ihn konzentrierte.

Rowan verfolgte ihn mit dem Glas, stützte sich dabei auf das Brückenkleid, um sein bandagiertes Bein zu entlasten.

Der japanische Pilot flog dicht an ihrem Heck vorbei. Würde er etwa . . .

Etwas großes Graues verdeckte die Linse seines Glases. Es war die *Hustler,*und er sah die dicht an dicht auf dem Flugdeck stehenden Swordfish, die sich klarmachten zum Start, obwohl niemand so recht wußte, was sie in der Luft sollten.

Heiser schrie er: »Meldung an Brücke! Diese Zero macht Bruchlandung auf *Hustler!*«

Das Geräusch der Detonation wirkte seltsam gedämpft. Die Zero traf das hölzerne Flugdeck, durchschlug es wie eine Rakete und explodierte im Innern. Die Druckwelle rollte über das Wasser und traf die *Growler* mit der Wucht eines Orkans.

Alles schrie zugleich; entsetzt sah Rowan, wie ein Flammenmeer aus der *Hustler* brach und der Qualm weiterer innerer Explosionen herausgeschleudert wurde.

»Flugzeugpeilung in Grün neun-null! Höhenwinkel vier-fünf!«

Rowan schrie in sein Mikrophon: »Hallo, Bill, hier Jonah. Feindflugzeug greift uns von Steuerbord querab an. Sieh zu, ob du es erwischen kannst.«

Er sah die vertraute Form der Seafire durch den Qualm eines sinkenden Zerstörers stoßen, als Bill im Sturzflug angerast kam.

An der Absicht des angreifenden Japaners konnte kein Zweifel bestehen. Er wollte sich auf *Growler* stürzen: eine menschliche Bombe.

Auch der Artillerieoffizier erkannte die Gefahr, und sämtliche Waffen, die freies Schußfeld hatten, füllten den Raum zwischen Flugzeug und Schiff mit rasendem Abwehrfeuer.

Rowan befeuchtete sich die Lippen, als er seinen Freund angreifen sah. Schon oft hatte er ihn so fliegen sehen, mit der Geschicklichkeit und Leichtigkeit langer Erfahrung.

Er beobachtete das Aufblitzen an den Vorderkanten seiner Tragflächen, sah Bruchstücke der helleren Zero davonfliegen, bevor sie mit einem gewaltigen Knall explodierte und die Wasserfläche in weitem Umkreis mit Gischtfedern füllte.

Bill zog aus seinem Sturzflug hoch und donnerte über Chadwicks Admiralsflagge hinweg, während er zugleich in sein Mikrophon schrie: »Da kommt noch so ein Biest auf euch zu, Tim!«

Diese Zero hatte den Qualm zwischen zwei Fregatten durchstoßen und den Anschein erweckt, als stürze sie ab; dann wurde sie aber dicht über dem Wasser herumgerissen, hochgedrückt und raste jetzt auf den Bug der *Growler* zu.

Creswell rief in sein Mikrophon: »Dich krieg ich, Kumpel!« Dann schrie er gellend auf, und Sekunden später verschwand seine Maschine im aufspritzenden Wasser.

Rowan merkte, daß hart Ruder gelegt wurde, spürte die kombinierte Anstrengung von Schraube und Ruder, als Buchan versuchte, das Schiff aus der Gefahrenzone zu bringen.

Der japanische Pilot war entweder verwundet oder hatte die Kontrolle über seine Maschine verloren; erst in der letzten Sekunde fing er den Sturzflug auf, taumelte durch einen Hagel von Maschinengewehrfeuer und fiel mitten zwischen Jonahs Überreste.

Die Detonation war eher zu fühlen als zu hören. Das Tageslicht wurde ausgelöscht, und Rowans Lunge schien sich mit Feuerglut zu füllen. Er war unfähig zu atmen, rieb sich die tränenden Augen und starrte benommen das vordere Flugdeck an. Er hätte es von hier aus nicht sehen dürfen. Er lag auf dem Bauch, seine Ohren dröhnten, aber er konnte es sehen.

Zögernd kehrte sein Gehör und damit auch das Verständnis der Situation zurück. Die stählerne Front seiner Plattform war weggerissen, und er konnte sich nicht erklären, wieso er das überlebt hatte. Der Unteroffizier, die Telefongasten und auch die Ausgucksporten waren verschwunden, über Bord gerissen. Ihr Tod war nur zu erkennen an den abgetrennt baumelnden, blutigen Drähten und Kabeln.

Stimmen schrien jetzt aus jeder Richtung; als Rowan sich an das zerfetzte Brückenkleid heranzog, sah er das Schwanzstück der Zero am gegenüberliegenden Ende des Flugdecks liegen und drei völlig zerstörte Swordfish in der geschwärzten Schleifspur, die sie hinterlassen hatte. Unter der Brücke war ein Krater, durch den ein Omnibus mühelos hindurchgepaßt hätte.

Aber durch den Qualm kämpften sich bereits Männer mit Schläuchen und Feuerlöschern; andere Gestalten rannten gebückt zu den zertrümmerten Swordfish, wo ein Offizier, dessen einer Arm abgerissen worden war, verzweifelt versuchte, sich aus dem Cockpit zu ziehen.

Rowan spürte unüberwindlichen Brechreiz. Das mußte van Roijen sein, der große Holländer; er glaubte, ihn noch von seiner Familie erzählen zu hören, während er stolz die Fotos herumzeigte.

Er spürte, daß ihn jemand an den Schultern rüttelte.

»Langsam, Mann! Ich bin noch nicht tot!«

Da merkte er, daß der Seemann halb verrückt war vor Entsetzen. Es war ein Bootsmannsmaat des Brückenpersonals.

»Sie sind alle tot dort oben, Sir!« Er duckte sich, als eine neue gewaltige Detonation das Schiff erschütterte. »Ich kann niemanden finden!«

»Helfen Sie mir!« Rowan sah die Verzweiflung und Unsicherheit im Gesicht des Mannes.

Während Splitter gegen Rumpf und Brückenaufbauten klirrten und immer wieder Granaten und Bomben detonierten, kämpften sie sich gemeinsam zur oberen Brücke hinauf. Die stählerne Handreling war verbogen, und ein Schütze der Örlikon hing mit verzerrtem Gesicht tot in seinen Gurten.

Die Brücke bot einen Anblick des Schreckens. Tote und zerfetzte Menschen lagen zwischen verbogenen Sprachrohren und zertrümmerter Einrichtung verstreut. Rowan schleppte sein gebrochenes Bein über Glassplitter und zerrissene Kleidungsstücke und klammerte sich an den Bootsmannsmaaten, der ihn zum Vorderteil der Brücke geleitete, die jetzt offen war wie eine gezackte Tür.

Er sah Oberleutnant Bray ihn aus dem rauchigen Sonnenlicht mit hellen Augen anstarren, aber er war ebenso tot wie die Leute in seiner Umgebung, darunter Admiralsteward Dundas, der gegen das Stahlschott geschleudert worden war und sich daran den Schädel eingeschlagen hatte.

Rowan erreichte den Stuhl des Kommandanten und hielt sich an ihm fest. Der stählerne Sitz war wirklich solide konstruiert, aber jetzt war er halb abgeknickt wie ein

Schilfrohr. Darunter lag Buchan und stierte ihn mit glasigen Augen an, aber er atmete noch.

Rowan keuchte: »Wir wollen versuchen, ihn aufzuheben.«

Aber Buchan sagte mit fast normaler Stimme. »Nein. Rückgrat gebrochen. Dieser verdammte Stuhl.« Schmerz überkam ihn, seine Augen wurden trübe. »Rufen Sie Jolly. Und achten Sie auf *Hustler*!«

Rowan hielt sich an dem verbogenen Stuhl fest, während eine weitere Detonation den Rumpf erschütterte. Das Schiff war außer Kontrolle!

Er sah den Bootsmannsmaat an. »Rufen Sie den I.O.« Er deutete auf die Halterung der Telefone. »Tun Sie alles, was Sie können!« Wenn er den völlig verängstigten Mann von der Brücke ließ, sah er ihn bestimmt nicht wieder.

Eine Gestalt taumelte neben dem umgestürzten Flaggenspind auf die Beine: Chadwick. Rowan hatte ihn in der Gefechtszentrale vermutet. Dort unten konnte niemand überlebt haben, die Zero mußte mitten zwischen ihnen detoniert sein. James, Broderick und auch Syms, der Meteorologe, hatten dort ihre Gefechtsstationen.

Chadwick keuchte: »Lassen Sie Jolly aus dem Spiel. Der hat unten alle Hände voll zu tun, falls er noch am Leben ist.« Er starrte den Leichnam seines Stewards an. »Nun kriegt er die Stellung in meinem Haus doch nicht.«

Dann schoß sein Arm nach vorn und zeigte durch das zerfetzte Brückenkleid.

»Sehen Sie dort! *Hustler*!«

Der andere Flugzeugträger legte sich immer mehr über, die Flugzeuge fielen von seinem Deck wie weggeworfenes Spielzeug, während die Flammen das ganze Schiff einhüllten und jede Öffnung Funken sprühte. Mit lautem Getöse ging Munition hoch, und brennendes Öl lief wie flüssige Lava über den Rumpf.

Rowan rief heiser: »Im nächsten Augenblick rammen wir sie!«

Chadwick nickte. »Übernehmen Sie das Schiff. Sie haben doch immer behauptet, Sie wären Wachoffizier auf Zerstörern gewesen.«

Er grinste mit verzerrtem Gesicht.

Rowan fiel beinahe auf die Sprachrohre, als eine weitere Bombe querab von ihnen detonierte und Metallstücke über die Brücke schleuderte. Chadwick mußte schwer verwundet sein. Blut lief an seinen Beinen herunter und sammelte sich unten zu einer Pfütze. Es kostete ihn ungeheure Anstrengung, auf den Füßen zu bleiben.

»Brücke! Steuerhaus!« Rowan duckte sich, als Bruchstücke der Radarantennen über das Kartenhausdach rollten und unten an Deck aufschlugen.

»Hier Steuerhaus, Sir!«

Rowan erkannte die Stimme des Gefechtsrudergängers, was ihn sehr beruhigte.

»Steuerbord zehn!« Er kroch hinüber zum Tochterkompaß und wischte sich Blut und Staub aus dem Gesicht. Er versuchte, Brays starren Blick zu meiden, während er den leise tickenden Kompaß beobachtete.

»Mittschiffs. Steuern Sie Kurs eins-fünf-null.« Gott sei Dank, das Ruder war noch in Ordnung.

Chadwick tastete nach seinem Glas und ließ es dann wieder auf die Brust sinken. Er starrte hinüber zu dem anderen Flugzeugträger, in die prasselnden Flammen, die ihn vom Bug bis zum Heck einhüllten und sein Inneres verschlangen.

»Kurs eins-fünf-null liegt an.«

Ein Sanitätsgast und Männer mit Tragbahren kamen aus dem Qualm und erstarrten bei dem Anblick, der sich ihnen bot.

Rowan sagte: »Sehen Sie nach dem Kommandanten. Hier unter dem Stuhl.« Dann fügte er, an Chadwick gewandt, hinzu: »Und was ist mit Ihnen, Sir?«

Der Sanitätsgast stand auf. »Der Kommandant ist tot, Sir.«

Rowan blickte in Buchans Gesicht. »Das wußte ich nicht.«

»Also«, der Admiral zog eine silberne Taschenflasche heraus, »das beantwortet Ihre Frage, Rowan: Ich bleibe hier.«

Chadwick taumelte gegen die Sprachrohre, als eine weitere Bombenreihe zwischen die zickzackfahrenden Schiffe krachte. Einige trafen offenbar ihre Ziele; die Flugzeuge nutzten jetzt den Vorteil, den ihnen die Selbstmordpiloten durch Reduzierung der gegnerischen Abwehr verschafft hatten.

Heiser fuhr der Admiral fort: »*Kamikaze* nennen sie sich. Das heißt *Göttlicher Wind.* Wie James vorhin meldete, haben sie auf diese Weise neulich zwei moderne amerikanische Flugzeugträger versenkt.« Er stöhnte und nahm einen langen Schluck aus der Flasche. »Und jetzt lassen Sie doch Jolly suchen. Sagen Sie ihm, er soll sofort alle Maschinen starten lassen, solange noch ein Flugdeck zur Verfügung steht.«

Zwei neue Telefonposten waren erschienen und stülpten sich die Kopfhörer über.

Rowan sah sie an. »Rufen Sie den dienstältesten Flugzeugführer, den Sie finden können. Kapitänleutnant Dexter ist noch an Bord.«

Aber Dexter war tot, und die Aufgabe, die noch vorhandenen Maschinen auf das verbliebene Stück Flugdeck bringen zu lassen, fiel Bats zu, während ein junger Signalgast die entsprechenden Zeichen mit der Lampe gab.

Chadwick beobachtete schweigend den erbitterten Abwehrkampf seiner Gruppe und machte keinerlei Anstalten, die Brücke zu verlassen.

»Nur eine Seafire von unserer Staffel ist noch übrig, Sir.«

Rowan sah den Telefonposten an, wagte nicht zu fragen und war auch nicht imstande, selbst nachzusehen, wer es geschafft hatte, wieder zu landen.

Chadwick stand näher bei dem Telefonposten und sagte: »Es ist Ihr Freund.« Müde schüttelte er den Kopf. »Kitto mußte also dran glauben. War recht gut für einen Amateur.«

Die japanischen Bomber flogen noch drei weitere Angriffe, verloren zwei Flugzeuge und versenkten einen bereits beschädigten australischen Zerstörer.

Auf allen Schiffen ließ das Abwehrfeuer nach, die Männer standen erschöpft zwischen leeren Granathülsen und ihren toten Kameraden.

Chadwick sagte langsam und betont: »Ich werde niemals in die Scheidung einwilligen, merken Sie sich das.«

Rowan fuhr herum, unfähig zu begreifen, warum Chadwick jetzt davon sprach, obwohl der Feind jeden Augenblick erneut angreifen konnte.

Ruhig antwortete er: »Unsere Kampfgruppe hätte ebensogut völlig vernichtet werden können. Wir haben in den letzten zwei Stunden so viele gute Leute verloren, daß Sieg oder Niederlage nicht mehr zählen. Machen Sie, was Sie wollen. Sagen Sie, was Sie wollen. Aber ich werde Honor niemals zu einem Menschen wie Ihnen zurückkehren lassen. Sie würden sie zerstören, wie Sie alle in ihrer Umgebung zerstören.«

»Flugzeug in Rot drei-null!« Ein Brückenlautsprecher war wieder zum Leben erwacht.

Dann sagte der Unbekannte mit gebrochener Stimme: Belege das! Es sind eigene Flugzeuge!« Man hörte Fußtritte in den Glasscherben, und Commander Jolly kam, so adrett wie immer, auf die Brücke.

»Sämtliche Feuer gelöscht, Schotten abgestützt, Verwundete nach unten geschafft. Telefonverbindungen werden repariert.« Er entdeckte den Leichnam des Kommandanten und sah Rowan erstaunt an. »Man hat mir gesagt, daß es schlimm aussieht, aber ich glaubte, er führe die *Growler* noch immer.« Er deckte Buchan mit einem Mantel zu. »Mir kam nie der Gedanke, daß er sterben könnte.«

Chadwick drehte sich um, als Bill mit ein paar Seeleuten auf der Brücke erschien.

Rowan versuchte zu lächeln, aber er zitterte so, daß er sich mit beiden Händen am Tochterkompaß festhalten mußte.

»Hallo, Bill.« Bill grinste, aber sein Gesicht gefror zu einer Maske, als er das Blutbad erblickte.

Sie sahen alle auf, als Flugzeuge niedrig über sie hinwegdonnerten. Wenn jemand einen Funkempfänger finden konnte, der noch funktionierte, würden sie ohne Zweifel bald erfahren, wer ihnen zu Hilfe gekommen war. Nicht daß es sie sonderlich interessierte.

Jolly sagte: »Sie helfen Tim besser nach unten. Ich übernehme hier.«

Chadwick krächzte: »Nichts werden Sie übernehmen!« Er stieß sich ab und trat einen Schritt vor, die Silberflasche fiel unbeachtet in sein Blut. »*Ich* habe diese Gruppe zu dem gemacht, was sie ist. *Ich* und niemand sonst hatte das nötige Können und die Vorstellungskraft . . .« Er stieß einen schrecklichen Schrei aus und brach zusammen.

Bill sagte: »Ich hole Minchin.«

Jolly schüttelte den Kopf. »Nein. Ich habe heute schon genügend Tote gesehen, dies ist nur einer mehr.«

»Signal von *Spartiate,* Sir.« Der Signalgast hielt die Augen halb geschlossen, als wolle er sich vor dem Anblick schützen, der sich ihm hier bot. »Wiederholt von dem neuen Luftgeleit.« Er hielt den Schreibblock in einen hellen Sonnenstrahl, der durch ein faustgroßes Loch in der Stahlpanzerung fiel. »Kann begrenzten Jagdschutz geben bis zum Eintreffen des Küstengeschwaders heute nacht. Haben Sie die Möglichkeit, selbst einige Flugzeuge starten zu lassen?«

Jolly blickte von Rowan zu Bill. »Nun? Das muß ich Sie beide fragen, denn sonst gibt es niemanden mehr, den ich fragen könnte.«

Rowan spürte, daß die Folgen des Schocks nachließen,

so wie sich die Oberfläche der See wieder glättete, nachdem ein tieffliegendes Flugzeug sie aufgewühlt hatte.

»Frage bejaht.« Er blickte hinunter auf Buchans Leichnam. »Er hätte das auch gesagt.«

Jolly nickte und sah Rowan forschend ins Gesicht, als erwarte er, darin eine Antwort zu finden.

Knapp und korrekt sagte er: »Geben Sie an *Spartiate* zur Wiederholung an Luftgeleit: Wir freuen uns, Sie hier zu haben. Normaler Dienstbetrieb wird so bald wie möglich wieder aufgenommen.«

Bill legte den Arm um Rowans Schulter und half ihm hinunter zu dem, was von der Flugbrücke übriggeblieben war.

Auf dem Flugdeck stand Bills Seafire und eine einsame Swordfish, das war alles.

Bill sagte leise: »*Normaler Dienstbetrieb* – von wegen!«

Rowan antwortete nicht, sondern sah sich nach den anderen Schiffen um, oder wenigstens nach dem, was von ihnen übriggeblieben war. Der Kreuzer qualmte noch immer, einer der Zerstörer hatte eine Fregatte im Schlepp, eine weitere Fregatte lag so tief im Wasser, daß sie aussah wie ein auftauchendes U-Boot. Die übrigen schienen unbeschädigt zu sein. *Hustler* war nicht mehr da, und *Growler* würde lange Zeit benötigen, um wieder seetüchtig zu werden.

Er berührte den verbogenen Stahl, erinnerte sich all der Gesichter, die es jetzt nicht mehr gab. Buchans Stolz und seine unendliche Liebe zu dem Schiff standen ihm vor Augen; selbst seine letzten Worte waren noch eine Warnung an Rowan gewesen, *Growler* vor der drohenden Kollision mit der sinkenden *Hustler* zu bewahren.

Über ihren Köpfen flogen die Langstreckenflugzeuge, die zu ihrem Schutz eingesetzt worden waren, ständig Patrouille. Rowan dachte an seinen eigenen letzten Flug, an die Rückkehr zur *Growler*. Wieder streichelte er das zerrissene Metall.

Die *Growler* war gut zu ihm gewesen, als er sie am meisten gebraucht hatte. Während er jetzt einen Blick auf die Beschädigung, die Spuren der gelöschten Brände und die Einschußlöcher in dem nicht gerade schnittigen Rumpf warf, war er plötzlich dankbar dafür, daß er an Bord hatte sein können, als auch sie ihn dringend benötigte.

Epilog

Am Vormittag eines kalten Märztages 1945 lief H.M. Geleitflugzeugträger *Growler,* umgeben von einer kleinen Gruppe wachsamer Schlepper, in Rosyth ein und machte an der Pier fest.

Für viele in der Besatzung war es ein bewegender Augenblick, als sie auf dem narbenübersäten Flugdeck oder auf ihren anderen Stationen antraten. Die Stille wurde nur gelegentlich unterbrochen durch die Trillerpfeifen an Bord und auf den Ankerliegern, die *Growler* ihren Salut erwiesen.

Für alle anderen war es ein neues Erlebnis. Ihnen selbst unbewußt, waren sie nicht nur anonymer Ersatz für die vielen, die vor fünf Monaten südöstlich von Sumatra gefallen oder schwer verwundet worden waren; sie standen jetzt an deren Stelle da, als *Growler* endlich heimkehrte.

Als die Schlepper loswarfen und zum Abschied noch einmal ihre Sirenen heulen ließen, winkte und rief vom Anleger her eine kleine Gruppe wartender Zuschauer.

Rowan stand auf der Brücke und musterte mit seinem Glas die aufwärtsgewandten Gesichter, als die ersten Wurfleinen flogen. Zum größten Teil waren es Offiziere und Werftbeamte, daneben ein paar bevorzugte Verwandte. Er war sich der groben Schweißarbeiten und der frischen Farbe bewußt, die jedoch kaum die schweren Beschädigungen verdeckten. Armes altes Schiffchen, dachte er, wie bist du doch zusammengeschlagen worden!

Er sah Bill am rechten Flügel stehen, die Hand grüßend am Mützenschirm. Wie anders sie doch jetzt alle aussahen, die Seeleute, Heizer und Mechaniker. Nicht mehr in ölverschmierten Overalls oder abgetragenen Fliegerjacken. Sie waren uniformiert in Reih und Glied angetreten, ihre Front wurde ab und zu unterbrochen durch eine Offiziers- oder Unteroffiziersmütze. Hinter ihnen standen die übriggebliebenen, narbenbedeckten Flugzeuge.

»Hauptmaschine abstellen!«

Rowan sah den Kommandanten an, einen völlig anderen Typ als Buchan. Jolly war als Kommandant auf einen Neubau versetzt worden. Überhaupt gab es nicht mehr viele Leute auf der Brücke, die den Bombenangriff und den Untergang der *Hustler* miterlebt hatten.

Wieder hob Rowan das Glas. Da standen auch einige auf dem Anleger, die eigentlich keinen Grund mehr für ihre Anwesenheit hatten. Eine zerbrechliche kleine Frau in schwarzem Mantel mit einer glitzernden goldenen Marinekrone auf dem Kragen: Mrs. Buchan. Eine große, blonde junge Frau, die den Blick abwandte, als er sie durch das Glas ansah: James' Witwe. Man hatte ihr endlich den Zutritt zum Werftgelände gestattet.

Rowan erwartete nicht, Honor unter den Wartenden zu sehen. Er hatte ihr aus Australien geschrieben, wo die *Growler* von einer Werft zur anderen verlegt worden war, ohne daß die Reparaturen jemals beendet wurden. Honor hatte ihm geantwortet, als sein Schiff in Sydney lag. Sie bedankte sich für seinen Brief und für die knappe Schilderung, wie ihr Mann gefallen war.

Danach war das Schiff weiter hin und her geschickt worden. Der Krieg neigte sich langsam dem Ende zu, der Sieg war kein Phantasiegebilde mehr. Die Alliierten hatten fast ganz Deutschland besetzt, die endgültige Kapitulation wurde in den nächsten Wochen erwartet. Es schien alles so unwirklich. Im Pazifik waren die Dinge ebenfalls in rascher Bewegung, die meisten der von den Japanern gehaltenen Inseln bereits zurückerobert.

Rowan hatte zwei weitere Briefe von Honor erhalten, die ihm in den südafrikanischen Marinestützpunkt Simonstown nachgeschickt worden waren, wo *Growler* wegen eines größeren Maschinenschadens längere Zeit liegen mußte. Die Briefe waren voller Wärme, enthielten sonst aber wenig, vor allem nicht das Versprechen, auf das er gehofft hatte.

Er senkte das Glas, als die Schiffsbesatzung wegtrat und die Arbeit des Festmachens und das Ausbringen der Fender begann.

Der Kommandant sprach mit dem Hafenkapitän und dem Lotsen. Die Signalgasten tuchten ihre Flaggen auf, der neue Navigationsoffizier radierte auf der Karte seine Kurslinien aus.

Zwar hatte Rowan nicht erwartet, Honor hier zu sehen, aber die Enttäuschung schmerzte dennoch.

Er verließ die Brücke und stieg die Leitern hinunter. Bald würden sie alle an Land gehen. Dann kamen neue Schiffe, neue Gesichter, während sie auf das Ende des Krieges im Pazifik warteten. Selbst Bill würde in der nächsten Stunde verschwinden. Er hatte von Magda gehört, die nun endlich frei war, um ihn zu heiraten.

Da hörte er Bills schweren Schritt hinter sich und dann seine direkte Frage: »Warum rufst du sie nicht einfach an?«

Rowan drehte sich um und versuchte, seine Gefühle zu verbergen. »Sie ist vielleicht noch nicht ganz darüber hinweg.«

Bill packte ihn am Arm und drehte ihn zur Gangway. »Hast du etwa Angst vor einer Abfuhr?« Dann fügte er etwas freundlicher hinzu: »Sie denkt wahrscheinlich genau dasselbe: Daß du dich verpflichtet fühlen könntest, wenn sie von sich aus Kontakt aufnimmt.«

Rowan sah seinen Freund nicht an. »Du hast recht.« Er

ging zum Stand des Quartermeisters. »Mal sehen, ob schon Telefonverbindung besteht.«

Sie bestand, aber es dauerte eine Ewigkeit, bis das Gespräch endlich vermittelt war.

Als Honor sprach, klang ihre Stimme so klar und deutlich, als sei sie neben ihm.

»Hallo? Wer ist dort?«

»Tim. Du erinnerst dich, daß ich dir in meinem letzten Brief schrieb . . .« Er brach ab, hörte ihr rasches Einatmen, das mehr wie ein Schluchzen klang.

»Oh, Tim! Liebster Tim! Ich hatte so schreckliche Angst. Ich dachte . . .« Sie weinte.

Rowan packte das Telefon fester, wünschte, er könnte sie im Arm halten und ihre Tränen trocknen. Er wußte, daß Bill, der Quartermeister und mehrere Seeleute ihn beobachteten, aber das war ihm gleichgültig.

»Ich sehne mich nach dir. Ich komme noch heute nacht zu dir, und wenn ich mir ein Auto stehlen muß!«

Sie war jetzt ganz still, er hörte sie nur atmen.

Schließlich sagte sie: »Ich werde am Bahnhof auf dich warten, egal, wann du ankommst. Oh, Tim, ich bin so froh und dankbar!«

Bill beobachtete Rowans Gesicht und lächelte zufrieden. Die beiden waren füreinander bestimmt, paßten so gut zusammen; und doch wären sie durch dieselben Hemmungen beinahe getrennt worden. Er sah Rowan auflegen und fragte: »Alles klar, alter Junge?«

Rowan nickte und blickte zur leeren Brücke auf. »Besser als das. Ich fahre sofort zu ihr. *Jetzt*!«

Bill atmete langsam aus. »Ich begleite dich hinüber.«

Später standen sie oben auf der Pier, unter der ein Taxi mit laufendem Motor wartete.

Rowan zögerte ein wenig, ließ den Blick noch einmal über den narbenbedeckten Rumpf der *Growler* schweifen. Dann hob er grüßend die Hand und schritt langsam die Stufen hinab, einer neuen Zukunft entgegen.

Bitte beachten Sie
die folgenden Seiten

»Außerordentlich dichte und fachmännische Beschreibung der Seeabenteuer.«

HAMBURGER ABENDBLATT

Indochina 1941: Nach der Besetzung Frankreichs operiert die *Soufrière,* der Welt größtes U-Boot, in asiatischen Gewässern. Die Briten müssen sie kapern, ehe sie den Japanern in die Hände fällt. Commander Ainslie hat dabei nicht nur dieses Monster der Tiefe zu zähmen, sondern sowohl den Kampf gegen den größten Flugzeugträger Japans als auch um das Leben einer jungen Witwe und ihrer kleinen Tochter zu gewinnen.

Alexander Kent
Feuer aus der See
Roman
322 Seiten
Ullstein TB 24400

Ullstein Taschenbuch

Geheimwaffe CHARIOT: *Nur für Freiwillige*

1943 – die Alliierten befinden sich im Krieg mit Japan. Im besetzten Singapur erfahren der britische Leutnant James Ross und die Männer seiner Spezialeinheit, daß die Deutschen eine U-Boot-Basis aufbauen: Operation Monsun. Tollkühn plant Ross einen lebensgefährlichen Angriff, mit einem auf deutsche Kriegsmarine getarnten U-Boot und mit einem Zwei-Mann-Torpedo, CHARIOT genannt ...

Alexander Kent
Operation Monsun
Roman
384 Seiten
Ullstein TB 24633

Ullstein Taschenbuch